叛逆航路

アン・レッキー

はるかな未来。強大な専制国家ラドチは人類宇宙を侵略・併呑して版図を広げていた。その主力となるのは宇宙艦隊と，艦の AI 人格を数千人の肉体に転写して共有する生体兵器“属躰《アンシラリー》”である――。“わたし”は宇宙戦艦の AI だったが，最後の任務で裏切りに遭い，艦も大切な人も失ってしまう。ただ一人の属躰となって生き延びた“わたし”は復讐を誓い，極寒の辺境惑星に降り立つ……。デビュー長編にしてヒューゴー賞，ネビュラ賞，クラーク賞など，『ニューロマンサー』を超える史上初の英米 7 冠を制覇。本格宇宙 SF のニュー・スタンダード登場！

登場人物

ブレク……………………兵員母艦〈トーレンの正義〉の属躰《アンシラリー》
セイヴァーデン・ヴェンダーイ……千年前の〈トーレンの正義〉の副官
オーン・エルミング…………十九年前の〈トーレンの正義〉の副官
スカーイアト・アウェル………十九年前の〈エンテの正義〉の副官
アリレスペラス・ストリガン……惑星ニルトに隠れ住む医師
アナーンダ・ミアナーイ…………星間国家ラドチの絶対的支配者

叛逆航路

アン・レッキー
赤尾秀子訳

創元ＳＦ文庫

ANCILLARY JUSTICE

by

Ann Leckie

この作品が生まれることを信じ
生まれたのを見ることなく亡くなった
わたしの両親
メアリー・P・ディーツラーと
デイヴィッド・N・ディーツラーに捧げる

叛逆航路

1

全裸の人間が、うつぶせに倒れていた。死んだような鉛色。かたわらの雪面には赤い血の滴が飛び散っている。気温は摂氏マイナス十五度で、吹雪は数時間まえに通り過ぎたばかりだった。弱々しい朝日のもと、見渡すかぎりの雪原に轍《わだち》が数本、氷でつくられたすぐそばの建物につづいていた。あれは酒場だ。もしくはこの町で、酒場と称されているもの。

投げ出した腕、そして肩から腰の線に、なぜか見覚えがあるような気がした。が、それはありえない。この町に知っている人間などいないのだ。ここは辺境の極寒の惑星でもとりわけ極寒の僻地《へきち》、ラドチャーイのいう文明からはほど遠い地だった。わたしがそんな惑星のそんな町まで来たのは差し迫った用件があったからで、道に死体がころがっていようと知ったことではない。

ときにわたしは、自分でもよくわからないことをする。与えられた命令に従うだけの生活が長かったわたしにとって、命令なしの暮らしはつい最近始まったばかりといえた。だからなぜ立ち止まり、うつぶせの裸の肩を爪先《つまさき》で起こしてその顔を見ようとしたのかは、いまもって説明できない。

凍りつき、血で汚れ、打撲痕のある彼女を、わたしは知っていた。名前はセイヴァーデン・ヴェンダーイ。はるか昔、わたしの副官のひとりで、当時はまだ若く、その後昇進して別の艦船の艦長となった。千年まえに死んだと思っていたが、いまここにいるのは間違いなく彼女だ。わたしはしゃがみこみ、脈をみた。かすかだが、呼気も感じる。

まだ死んではいない。

セイヴァーデン・ヴェンダーイは、わたしにとってどうでもいい人間だ。何ひとつ、義務はない。当時も、けっして好きな副官ではなかった。もちろん彼女の命令には忠実に従ったし、彼女も属躰《アンシラリー》を酷使せず、一部の副官のように、わたしの分躯《セグメント》に危害を加えることもなかった。だから彼女を嫌う理由などひとつもない。それどころか、彼女の振る舞いや話し方は、教養豊かで上品な、良家の娘のそれだった。もちろん、わたしに対しては、そうではない。わたしは人間ではなく装備のひとつ、艦船の一部でしかないからだ。しかしそれでもなおわたしは、過去に一度も、彼女に好意を抱かなかった。

わたしは立ち上がると酒場へ行った。店内は暗く、白い氷の壁には長年の汚れがこびりつき、空気にはアルコールと嘔吐《おうと》物のにおいがした。木のカウンターの向こうにいるのが、おそらく主人だろう。この土地の生まれらしく小柄で小太り、肌は白くて目は大きい。汚れたテーブル席には、客が三人だらしなくすわっていた。氷点下でも、ズボンと厚手のシャツしか着ていない。惑星ニルトのこの地域では、いまは春。短い季節のうららかな日和を楽しんでいるのだろう。わたしにちらとも目を向けないが、店の外にいたわたしに気づかないはずはない。そして、なぜ店に入ってきたのかも。おそらく三人のうち、ひとり以上がかかわった——セイヴァーデンがあの状態になってから、さほど時間はたっていないはずだからだ。でなければ、とっくに死体になっている。

「橇《そり》を借りたい」わたしは主人にいった。「低体温用キットも購入したい」

背後で客のひとりが笑い、ばかにしたようにいった。

「いい根性したねえちゃんだな」

わたしは彼女をふりかえり、その顔をじっと見た。ニルト人らしく色白で太っているが、背は高めだ。体格は、わたしよりいい。が、身長はわたしのほうが高く、しかも見た目に反し、わたしには力がある。この客は、誰を相手にしているかがわかっていない。シャツの迷路のような模様から推測するに、彼女はたぶん男だろう。ただ、確信はなかった。ラドチでは、そんなことはどうでもいいのだ。ラドチャーイは性別など気にせず、使う言語——わたしの第一言語——にジェンダーの区別はない。しかしこの地域はそうではなく、わたしが文法の性を間違えば、厄介なことになりかねなかった。性を見分ける手がかりは地域によって、それもときに大きく異なり、わたしの理解の範囲を超えていた。

ここは黙っていよう、とわたしは決めた。二秒後、客がテーブルの上の何かに、ふと視線をそらした。この場で苦もなく、わたしは彼女を殺せる。その考えにかなり心惹《ひ》かれたものの、いまはセイヴァーデンが最優先だろう。わたしは主人をふりかえった。

主人は客の言葉が聞こえなかったかのように、まっすぐわたしだけを見て身を乗り出した。

「うちを何屋だと思ってる？」

「ここは――」これなら性別を気にせずに答えられる。「橇を貸し出し、低体温用キットを売るところだと思っている。料金は？」

「二百シェンだ」相場の二倍。「橇だけでね。裏にあるから、自分でとってきな。キットのほうは百シェン」

「未開封のもの」と、わたしはいった。「使い古しではなく」

彼女はカウンターの下からキットを取り出した。封は破られていない。

「外にいるあんたの友だちは、料金未払いなんだよ」

嘘かもしれないし、嘘ではないかもしれない。いずれにせよ、数字はでたらめだろう。

「金額は？」

「三百五十」

性を特定せずに話しつづけることはできると思った。が、見当だけはつけてみようか。当たりと外れの確率は五分五分だ。

「あなたには、客を見る目がないらしい」主人はおそらく男。「あんな貧乏人に――」セイヴァーデンが男なのはわかっている。「そこまで飲み食いさせるとは」主人は無言だ。「合計で六百五十？」

「まあ、そんなもんでいいだろ」

「いや、まだある。ひとつはっきりさせておきたい。このあともし、誰かがわたしを追い、さらに要求する、あるいは盗みを働こうとすれば、命をおとすことになる」

静寂。背後で唾を吐く者がいた。「くそったれのラドチャーイ」

「わたしはラドチャーイではない」これはほんとうだった。ラドチャーイは人間であり、わたしは人間ではない。

「あの男はそうさ」主人は外に向かって小さく顎を振った。「そしてあんたは、しゃべり方は違っても、ラドチャーイのにおいがぷんぷんする」

「それはおまえが客に出してる残飯のにおいだろ」背後で笑い声があがった。わたしはポケットからチットをひとつかみ取り出し、カウンターに投げた。

「釣りはいらない」背を向けて出口に向かう。

「これで足りなかったらただじゃおかねえぞ」

「橇が裏手になかったら、ただではおかない」わたしは外に出た。

まずは体温調節だ。わたしはセイヴァーデンを仰向《あおむ》けにした。キットの封を開けてカードに薬液をつけ、セイヴァーデンのなかば凍りついた、血に汚れた口のなかに差し入れる。インジケータが緑になったところで、薄いラップを広げ、充電を確認し、彼女の体に巻きつけてスイッチを入れる。それから橇を準備しに、裏手に向かった。

幸い、待ち伏せしている者はいなかった。ここに死体を残していけば騒動になるだろう。橇を運び、セイヴァーデンを乗せる。自分のコートを脱いで彼女に掛けようかと思ったが、体温調節ラップの上に掛けてもたいして役にはたたないだろう。橇のエンジンをかけ、出発する。

町のはずれで部屋を借りた。灰緑色のプラスチック製の、二メートル四方の薄汚れたプレハブが十二あり、そのひとつだ。ベッドはなく、毛布は追加料金で、暖房もそうだった。セイヴァーデンを雪のなかから救うのにすでに大金を使っていたが、わたしはどちらの追加料金も支払った。

セイヴァーデンの体の血糊《ちのり》をできるだけきれいに拭きとり、手首に触れ（まだ脈はある）、体温を測る（いくらか上昇していた）。以前のわたしなら意識するまでもなく、彼女の深部体温を把握していただろう。そして心拍数、血中酸素濃度、ホルモン値も。また、見たいと思えばそれだけで、あらゆる傷を見ることができた。しかし、いまのわたしはその点で盲目だった。セイヴァーデンは明らかに殴られていて、顔は腫れ上がり、上半身には打撲痕がある。

低体温用キットは必要最低限の処置だったが、これひとつしかないうえ、あくまで応急手当てだ。セイヴァーデンは身体内部、あるいは頭部に深刻な損傷を受けているかもしれず、かといってわたしにできるのは、せいぜい外傷や捻挫の手当てくらいだった。低体温と打撲だけであればよいのだが……。医学知識のないいまのわたしには、これ以上は無理だった。目で見てわかる程度の診断しかできない。

つぎの薬液を彼女の口に入れる。肌に触れると、極端な冷えはおさまっていた。外見も死体のようには見えない。顔色は、痣《あざ》があるとはいえ、通常の褐色にもどりはじめている。わたしは雪を融かすために器に入れると、彼女が目覚めたときに蹴飛ばすことのない場所に置き、ふたたび外に出た。ドアには鍵をかけておく。

太陽の位置は高くなっていたが、日差しは変わらず弱々しい。昨夜の吹雪でできた雪原には轍の数が増え、ニルト人の姿もひとりふたり見える。わたしは橇を引いて酒場の裏手にもどした。声をかけてくる者はなく、酒場の暗い戸口の向こうから聞こえてくる音もない。わたしは町の中心部に向かった。

住民たちは戸外で仕事に励んでいた。色白の太った子どもたちが雪蹴りをして遊び、わたしに気づくとぴたりと動きを止めて、ぎょろ目をさらに見開き、じっと見つめた。大人たちはわたしに気づかないふりをしながらも、通り過ぎるときにちらっと目を向ける。わたしは一軒の店に入っていった。陽光の下から、薄暗く寒い店内へ。それでも外より五度くらいはましだろうか。

十人ほどが立ち話をしていたが、わたしが入るなり口を閉じた。自分が無表情であることに気づき、顔の筋肉を動かして、柔らかい、しかし曖昧な表情をつくってみる。

「何がほしいんだ?」いきなり主人が喧嘩ごしで訊いた。

「こちらの人たちのほうが先ではない?」先客には男女が交じっていることを期待し、ぼかして話す。主人はぶすっとして答えない。「パンを四つと、固形油をひとつ。それから低体温用キットをふたつと、救急セットをふたつ、もしあれば」

「十と二十と三十がある」

「では三十を」

彼女は品物をカウンターに置いた。

「全部で三百七十五シェンだ」背後で誰かが咳払《せきばら》いをした。これもまた不当に高い請求だ。支払いをすませ、外に出た。道では子どもたちが笑い声をあげて遊び、大人たちはわたしが存在しないかのように歩き去っていく。それからもう一軒立ち寄った。セイヴァーデンには服が必要だろう。わたしは買い物をすませると、あのプレハブにもどった。

彼女はまだ昏睡《こんすい》状態だったが、わたしの目で見るかぎり、ショック症状はない。器の雪は大半が融け、わたしはそこに、石のように硬いパンの半分を浸けた。

もっとも危険なのは頭部と内臓の損傷だ。買ってきた救急セットをふたつとも開け、セイヴァーデンの毛布をはがし、治療薬のひとつを腹部の上に置く。薬はじわじわと広がり、透明の膜となって固まった。もうひとつは彼女の顔、打撲がもっともひどい場所に当てる。そちらも問題なく固まったところで、わたしはコートを脱ぎ、横になって眠った。

それから七・五時間と少し過ぎたころ、セイヴァーデンの体がわずかに動き、わたしは目覚めた。

「意識がもどった？」わたしは彼女に尋ねた。治療薬が片方のまぶたと口の半分を覆っているが、顔全体の腫れと痣はかなりよくなっていた。わたしはこの場にふさわしい表情を考え、そのように顔をつくった。「あなたが雪のなか、酒場の前で倒れているのを見つけ、助けが必要に思えた」セイヴァーデンはかすかに息を吐いたが、顔をわたしのほうには向けなかった。

「空腹ではない？」彼女の目はうつろで、返事はない。「頭をひどく打たなかった？」

「いいや」小さな声。表情が若干やわらいだ。

「空腹？」

「いいや」

「最後に食べたのはいつ？」

「わからない」ぼそりとひと言。

わたしは彼女の上半身を起こし、灰緑色の壁にもたせかけた。倒れて新たな傷をつくっては困るので、慎重にやる。彼女の体は壁を背に安定し、わたしは水でふやけたパンをスプーンですくうと、薬に触れないよう注意して、そっと彼女の口に入れた。

「飲みこんで」わたしがいうと、彼女は飲みこんだ。そうやって、ふやけたパンの半分を食べさせ、残りはわたしが食べた。それからもうひとつ、雪を入れた容器を持ってくる。

わたしがそこに硬いパンを半分入れるのを、彼女は無言でじっと見ていた。顔つきは妙におちついている。

「あなたの名前は？」尋ねてみたが、返事はなかった。

麻薬をやっているな、と思った。麻薬は感情を抑制するといわれ、実際そうなのだが、それ以外のこともやってのける。以前のわたしなら、麻薬がどのようにしてどのような影響を人体に及ぼすかを正確に説明できただろう。しかし、いまのわたしは以前のわたしではなかった。

人間は何らかの感覚を抑えたいがために麻薬をやるらしい。あるいは、麻薬を摂取すれば感情を排除でき、きわめて理性的になることから（理論上は）真の知恵が得られると信じる人間もいる。しかし現実は、そんなにうまくはいかない。

セイヴァーデンを雪のなかから助けてここまで来るのに、かけがえのない時間と金《かね》を費やした。いったい、何のために？　ほったらかしておけば、そのうちまた麻薬を一度、二度、三度とやり、あの薄汚い酒場のような場所をまた見つけ、大騒ぎをしたあげくに殺されるだろう。本人がそれを望んでいるなら、わたしに止める権利はない。しかし本気で死にたければ、どうして手際よくやらないのか？　よくあるように、その意志を届け出て、医者のもとに行けばすむものを。わたしには理解できなかった。

しかし、わたしに理解できないことは山のようにある。人間のふりをして過ごした十九年は、思ったほど多くのことを教えてはくれなかった。

2

セイヴァーデンを雪上で見つけた日の十九年と三か月と一週まえ、わたしは惑星シスウルナの軌道上にある兵員母艦だった。ラドチの軍艦でも最大級で、上下十六デッキある。司令、管理、医療、水耕、技術、セントラルアクセス、そして大隊ごとのデッキだ。大隊デッキはわたしの将校たちが勤務・生活する場であり、彼女らの息遣い、筋肉の動き一つひとつをわたしは把握していた。

兵員母艦はめったに動かない。わたしは二千年の大半をいくつかの星系《システム》で、極寒の真空を外殻に感じながら静かに過ごした。ガラス球のような青と白の惑星シスウルナのときもそうで、周回軌道にあるステーションが近づいては遠のき、さまざまな船舶が到着してはドックに入り、アンドックし、ブイとビーコンに囲まれたどこかのゲートに向かっていくのをながめる日々がつづいた。わたしがいる場所からでは、シスウルナの国境や領界線は判別できないが、惑星の夜の面なら町の明かりがそこかしこで輝き、それらを結ぶ道路網も見える。どれもシスウルナ併呑後に復旧されたものだ。

また、仲間の軍艦――小型で高速の〈剣《つるぎ》〉や〈慈《めぐみ》〉、当時もっとも数が多かったわたしと同じ兵員母艦〈正義〉たち——の存在を感じ、声を聞くことはできた（姿はかならずしも見られない）。最古参の年齢はほぼ三千年で、お互い旧知の間柄だから、いまではもう、よほどのことがないかぎり言葉はかわさない。おしなべて、日常的なやりとりはせず、気心の知れた温かい沈黙を守っていた。

当時、わたしには属躰《アンシラリー》がいたので、同時に複数の場所に存在することができた。そしてエスク大隊のオーン副官の命により、わたしはシスウルナのオルスという町で任務に就いた。

オルスは町の半分が水に浸かり、もう半分は沼地にある。沼地側は泥の深部を整備し、その上に床版《しょうばん》を敷いて建設された。運河で緑色の粘液が増えると、それが床版の隙間を埋め、建物の裾にまとわりつき、流れつく場所——季節によって変わる——にあるあらゆる固定物を覆っていく。硫化水素の悪臭がやわらぐのはごくたまで、夏の嵐が訪れたときだけだ。そして嵐が訪れると、沼地側は揺れ、震え、街路は防波島を超えてくる泥水に膝の高さまで浸る。が、あくまで、ごくたまに。たいていは、嵐によって悪臭はいや増した。気温は一時的に下がりはするが、ほっとするのもせいぜい数日で、それ以外は茹《う》だるように暑い日々がつづいた。

わたしの軌道からオルスを見ることはできない。町というより村に近いものの、かつては河口にあり、海岸沿いに広がる国の首都でもあった。当時は川が交易路となり、平底船が湿地沿いに往復して、住民を町から町へ運んでいたという。しかし何百年かの歳月で川も姿を変え、いまやオルスはなかば廃墟《はいきょ》と化していた。交差する運河に囲まれた四角い土地は徐々に面積がせばまり、周囲も、そして土地そのものも、泥のこびりついた床版だらけだ。そして乾季になると、緑の泥沼から建物の屋根や柱が現われる。以前はここに何百万人もが暮らしていたが、ラドチ軍がこの惑星を併呑した五年まえには、わずか六千三百十八人。当然ながら、併呑によって人口はさらに減少した。とはいえ、他の地域ほど激減はしていない。わたしたち――エスク大隊のかたちをとったわたし自身と各分隊の副官たち――がアーマーと銃で武装して町じゅうの街路に並び立つとすぐ、イックト教の司祭長が先任将校、すなわちオーン副官のもとにやってきて、即座の降伏を申し出たからだ。司祭長は信徒に併呑を生き延びる術を説き、結果的に大半が生き残った。が、これはそうそうあることではない。ラドチ軍は当初から、併呑中は息遣いを荒くするだけで死を招きかねないと明言し、上陸するとすぐ、それを目に見えるかたちで教えるからだ。しかし、それでもなお、ラドチに反抗する者はかならず存在した。

ここの司祭長は、なみはずれた影響力をもっていた。町が小さいからといって、あなどってはいけない。巡礼の季節になると、何万もの人びとが寺院前の広場を目指し、廃道の床版の上で野宿した。イックトの信徒にとって、オルスは惑星で第二の聖地であり、司祭長は聖なる存在だった。

通常、地元市民で構成される警察組織は、併呑の正式完了をめどに設けられた。完了までは、五十年かそれ以上はかかる。しかし、シスウルナの場合は通常よりかなり早い時期に、生き残った住民に市民権が与えられた。といっても、治安維持を任せきるほどの信頼はないため、かなりの規模の軍隊が駐留する。そうしてシスウルナの併呑が完了し、〈トーレンの正義〉のエスク大隊の大半が艦に引き上げたあとも、オーン副官はオルスに残り、わたしも二十の属躰からなる〈トーレンの正義〉1エスク分隊として、彼女とともに残留した。

司祭長の住居は寺院の近くにあり、オルスが都会だったころから無傷で残っている数少ない建物のひとつだった。片流れ屋根の四階建てで、壁はなく、側面はすべて開放されている。ただ、なかの人間がプライバシーを守りたいときは衝立《ついたて》が置かれ、嵐が来ると鎧戸《よろいど》がおろされた。そして司祭長がオーン副官を迎えたのは、この住居に設けられた五メートル四方の空間だった。周囲の黒い衝立の上から、かすかに光が射しこんでくる。

「どうですかな、副官――」司祭長は高齢だった。髪は灰色で、灰色の髭《ひげ》をうっすらはやしている。「オルスの任務で何か苦労はおありかな?」彼女とオーン副官はクッションに腰をおろしているが、このクッションも例外ではなく、じめじめとしてカビ臭い。司祭長は長い黄色の布を腰に巻きつけ、肩には曲線やら山形などがインクで描かれて、この模様はその日の典礼の内容によって変わった。そしてラドチャーイの作法を尊重し、手袋をはめている。

「いいえ、ありませんよ、もちろん」オーン副官は明るく答えたが、おそらく本心ではないだろう。副官の瞳は濃褐色で、短く刈った髪は黒い。肌は浅黒く色白ではないものの、上流階級ほど濃くはなかった。髪や目と同じく肌色も変えられるのだが、副官にその気はないらしい。ふだんは軍服――こげ茶色のロングコートに宝石をあしらったピン、シャツにズボン――とブーツ、手袋といったいでたちだが、いまは司祭長と同じようなスカートふうの布を腰に巻き、上は薄手のシャツ、そして手袋だ。しかしそれでも、汗をかいている。このときわたしは直立不動で入口にいた。助祭が現われ、オーン副官と司祭長のあいだに杯と鉢を並べていく。

わたしはまた、四十メートル離れた寺院の内部にもいた。変則的な造りで、高さ四十三・五メートル、奥行き六十五・七メートル、幅二十九・九メートル。突き当たりには、ほぼ屋根まである扉が並び、対面の壁には、シスウルナのどこかにある断崖絶壁の精密画が描かれて、床にすわる人びとを見下ろしていた。絵画の下には説教台が設けられ、そこから横長の階段が、緑と灰色の石床までつづいている。そして何十とある緑の天窓から射しこむ光が、側壁に描かれた絵画――イックト教の聖人たちの生涯からとられた場面絵――を照らしていた。オルスのほかの建物とは異なる建築様式で、イックト教と同じく、シスウルナのよその地域から持ちこまれたものだ。巡礼シーズンになると、ここは信者であふれかえる。聖地はほかにもあるのだが、オルス人にとって〝巡礼〟とは、年に一度、この寺院を訪ねることを意味した。しかしシーズンはまだ少し先で、いまは十人ほどが片隅でささやくように祈りを捧げているだけだ。

司祭長は笑った。

「あなたは外交家ですね、オーン副官」

「わたしは軍人ですよ、司祭長」ふたりはラドチ語を使っているが、副官は一語一語ゆっくりと丁寧に、美しい上流階級のアクセントを意識して話している。「任務に苦労はありません」

司祭長はほほえまなかった。短い沈黙が訪れ、助祭が片口杯を置いた。なかにはシスウルナで茶と呼ばれる液体が入っている。なまぬるく、甘く、どろどろして、いわゆる茶にはほど遠い。

わたしは寺院の外にもいた。藍《あい》色植物が繁る広場に立ち、行き交う人びとをながめる。ほとんどは司祭長と同じ明色の腰巻き姿だが、幼児や信心深い者は肩の模様が多く、手袋をはめている者は少ない。住民の一部は移住者で、併呑後、オルスでの任務を命じられた、あるいは土地を与えられたラドチャーイだ。その多くはオーン副官同様、シンプルな巻き布に軽くゆったりしたシャツを着ていた。なかには頑固にズボンとジャケット姿のラドチャーイもいるが、たいていは汗びっしょりだ。またラドチャーイなら、どんなときでもほぼ確実に宝石を身につけている。友人や恋人からの贈り物、故人を偲《しの》ぶもの、あるいは家系や庇護関係《クリエンテラ》を示す宝石だ。

北に目を向けると、かつては寺院前の住宅地だったがいまでは門前湖と呼ばれる方形の水域がある。そして湖の向こうに広がる地域は標高がいくらか高く、乾季になるとしっかりした地盤が現われて、呼び名はいまも敬意を表し、上町《かみのまち》だ。わたしはそちらも巡回した。湖の畔《ほとり》を歩けば、広場に立つ自分の姿が見える。

手漕《こ》ぎの舟が濁水の湖をゆっくり渡り、床版にはさまれた運河を行ったり来たりする。水面は藻類の浮きかすに覆われながらも、水草がそこかしこで頭だけのぞかせていた。町の外、東と西にはブイで囲まれた進入禁止水域がある。からまり淀《よど》む水藻の上でヌマバエの翅《はね》が虹色にきらめき、大型船と浚渫船《しゅんせつ》が見えるものの、どれもまったく動かない。併呑まえにはこれが、水底の臭い泥をさらっていたのだろう。

南側も似たようなものだったが、沼地が終わる泥の砂嘴《さし》の向こうには、ほんものの海の水平線がちらっとだけ見える。そしてわたしは、こういった景色を同時に視界に入れていた。寺院の周囲のさまざまな場所に立ちながら、町の通りを歩きながら——。気温は二十七度。いつものことながら蒸し暑い。

いま巡回しているのは、二十あるわたしの体のうちほぼ半分だ。残りは眠っているか、オーン副官の公邸にいる。公邸は三階建ての大きな館で、以前は大家族の住居兼貸舟店だった。屋敷の一面は緑の泥の大運河に、反対側は町の目抜き通りに面している。

公邸では、わたしの分軀《セグメント》三体が日課をこなしつつ（わたしは一階の中央、低い壇に置かれた織物に腰をおろし、漁業権に関するオルス人の苦情に耳を傾けている）、監視の目を怠らない。

「このようなことは政務官に話してください」わたしは現地の言葉でいった。ここの住民はすべて知っているので、このオルス人が女であり、孫もいる年齢であることはわかっている。文法的かつ礼儀的にきちんと会話するのであれば、その点は把握しておかなくてはいけない。

「あたしは政務官を知らないの！」彼女は激しく怒っていた。政務官はここより上流の、クッド・ヴェスに近い大きな町にいた。かなり上流であるため、空気は乾いて涼しく、悪臭もない。

「だいたい、政務官がオルスの何を知ってるっていうのさ？　政務官なんていないのとおんなじだよ！」自分の家が代々、あの進入禁止水域といかに深いつながりをもっているかを語る。ブイで囲まれた水域は、今後三年は漁が禁止されることになったのだ。

いつものように、わたしの頭の一部は頭上の軌道にある。

「副官――」司祭長がいった。「オルスを愛しているのは、不幸にもオルスで生を享《う》けた者に限られる。ラドチャーイはもちろんのこと、わたしが知っているシスウルナの人間のほとんどは、乾いた土地に住みたがる。雨季と乾季以外の季節がある土地にね」

オーン副官は額に汗の粒を浮かべ、お茶と呼ばれる飲みものが入った杯を手にとり、顔をしかめることなく口にした。訓練と意志の強さのたまものだ。

「わたしは上官から、帰還を求められています」

比較的乾燥した町の北端では、こげ茶色の軍服を着た兵士がふたり、無蓋の車の上でわたしに気づき手を上げた。わたしも片手を上げてこたえる。つづいてひとりが「やあ、1エスク！」と声をかけてきた。どちらも〈エンテの正義〉7イッサ分隊の一般兵で、指揮官はスカーイアト副官だ。彼女たちはオルスからクッド・ヴェス（この町は比較的新しい河口で発展した）の中間地域を巡回する。7イッサの兵士は人間で、わたしが人間ではないことを知っている。気安い態度のなかにも、どこかつねに身構えるものがあった。

「あなたにはここにいてもらいたい」司祭長はオーン副官にそういったが、これは副官には聞き慣れた台詞だった。本来なら二年まえ、副官は〈トーレンの正義〉に帰還していたのだ。しかし司祭長の慰留がつづき、いまもここにいる。

「ご存じのように」と、オーン副官はいった。「1エスクを人間の部隊に置き換えるのが、上の方針です。属躰なら永遠にサスペンション・ポッドにいられますが、人間は……」茶杯を置き、黄褐色の平たいケーキをとる。「人間には、再会したい家族がある。人生があるのです。属躰のように、何百年も凍った状態ではいられません。同じ仕事をさせるなら、属躰ではなく人間の兵士を船倉から出してやるほうが、はるかに有意義です」副官はここに駐留して五年、司祭長とは定期的に会談の場を設けてきた。しかし、この話題についてこれほど率直に語ったのは初めてだ。副官は少し眉をひそめた。その呼吸とホルモン・レベルから、わたしは彼女が不安な思いにとらわれたのがわかった。「〈エンテの正義〉7イッサに何か大きなご不満でも?」

「いいえ」司祭長は苦笑し、オーン副官を見つめた。「わたしはあなたを知っている。1エスクを知っている。代わりに誰がここに送られてこようと、同じように知ることはないだろう。わたしだけでなく、信者たちもね」

「併呑というものは、たいへん厄介です」〝併呑〟という言葉に司祭長は顔をしかめ、副官はそれに気づいたものの、話をつづけた。「しかし〈エンテの正義〉7イッサは、併呑時にはオルスに来ていません。それに当時、オルスにいたほかのイッサ分隊の兵と1エスクの行為に、とくに違いなどなかったでしょう」

「いいや、イッサの兵士は――」司祭長は茶杯を置いた。困惑ぎみに見えたが、わたしは彼女の内部データにアクセスできないので、たしかなことはわからない。「1エスクがしなかったこともたくさんしたよ。そして1エスクもイッサも、数多《あまた》の人民を殺害した。その点だけでいえば、1エスクのほうが、奪った命の数は多いだろうがね」司祭長は入口で黙って立っているわたしに顔を向けた。「悪く思わないでくれ。だが、わたしはそう思っているんだよ」

「お気遣いは無用です」わたしは初めて口を開いた。司祭長はわたしに対し、人間に話しかけるように話すことがよくあった。「おっしゃったことに間違いはありません」

「司祭長」オーン副官の声には不安が満ちていた。「もし〈エンテの正義〉7イッサの兵士たちが……いや、ほかの誰であれ、オルスの市民に暴行を加えてきたとすれば……」

「違う、違う！」司祭長は声を荒らげた。「ラドチャーイは市民に対しては慎重だ！」

副官の顔が熱を帯び、そこにわたしは苦悩と怒りを感じた。心のなかを直接見ることはできないが、筋肉の細かい動きなら読みとれる。これは副官の感情を透明なガラスごしに見ているのと変わりなかった。

「大きな声を出してすまない」司祭長はそういったが、副官は表情を変えない。濃い肌色では怒りの紅潮も見えなかった。「わたしたちに市民権が与えられたあとは……」ふと考えこみ、いいなおす。「7イッサがこの地に赴任してからあとは、とくに不満を感じたことはない。しかし、あなたがいう〝併呑〟のとき、人間の部隊がどのようなことをしたか、わたしは間近に見てきた。与えられた市民権はいつでも剝奪される可能性がある」

「そのようなことはけっして――」副官がいいかけたのを、司祭長は片手を上げて制した。

「わたしは7イッサ、少なくともイッサのような者たちが、勝手に境界線を引き、その反対側にいる人間にどのような振る舞いをするかを知っている。五年まえは市民か非市民かで区別した。将来は、どうなる？　市民にふさわしいかどうか、ではないか？」諦めたように手を振る。

「考えても仕方がないな。境界線など、いつでも好きなときに引ける」

「そのようにお考えになるのも無理はないと思います。あれは苦難の時代でしたから」

「あなたは驚くほど、不思議なほど、無邪気な人だ。あなたが命令さえすれば、1エスクはわたしを殺すだろう、何のためらいもなく。しかし1エスクは、目的もなく力を誇示するためだけに、ゆがんだ欲望を満たすためだけに、わたしを殴ったり、屈辱を与えたり、強姦したりはしない」司祭長はわたしをふりむいた。「どうかな？」

「はい、おっしゃるとおりです、司祭長」

「〈エンテの正義〉の人間の兵士は、その種のあらゆることをやったのだよ。わたしに対してではないがね。オルスの住民のごく一部にだ。しかし、行なったのはまぎれもない事実なんだよ。7イッサだけは、そんなことはしないと断言できるかね？」

副官は答えに窮し、まずいお茶を無言で見つめた。

「不思議だな。あなたは属躰にまつわる話をご存じのはずだ。身の毛がよだつ、ぞっとする話をね。ラドチャーイの手になる、究極の残虐行為だ。わけてもガルセッド……ああ、なんと悲惨な……。いまから千年もまえのことだ。ラドチャーイは侵略のたびに住民を──成人の半数だったか？──連れ去っては、生ける屍《しかばね》に変える。そして軍艦のＡＩの奴隷とし、同胞と戦わせるのだ。わたしはもしあなたから……併呑まえに尋ねられていたら、これは死よりもむごい運命だと答えていただろう」司祭長はわたしの顔を見た。「違うかね？」

「わたしの属躰は屍ではありません」と、わたしは答えた。「また、併呑された地域の人民のうち、属躰になった者の割合は半数以下です」

「あなたのことが怖くて仕方なかった」と、司祭長はいった。「あなたが近くにいると思うだけで恐ろしかった。表情のない顔、感情のない声──。だが、もっと恐れているのは、みずから進んで兵士になった、生きた人間の軍隊だ。そんな者たちに信頼をおくことはできない」

「司祭長――」オーン副官は唇を嚙みしめた。「わたしはみずから進んで兵士になりました。しかし弁解はいたしません」

「あなたのことは信じているよ、善人であると。志願兵にもかかわらず」杯をとってお茶をする。まるでいま、自分は何も発言しなかったかのように。

オーン副官の首の筋肉が引き締まり、唇が堅く結ばれた。いいたいことがあるものの、口にしてよいかどうか逡《しゅんじゅん》巡している。そして、決断した。

「イメのことはご存じかと思います」決断してもなお、声には緊張と警戒心がにじみでていた。

司祭長は、ほう、という顔をした。ただし悲しげに、苦しげに。

「イメの件を知っていれば、ラドチの統治を信頼できる、とでもおっしゃりたいのか?」

具体的にはこういうことだ。イメ・ステーション、およびその星系の小規模なステーションや衛星は、どの地方宮殿からも遠く、ラドチ最果ての地にあるといっていい。そしてイメの総督は、僻地《へきち》であることを長年うまく利用してきた。横領はもとより、賄賂や保護料の収受、金《かね》と引き換えの職位の提供などだ。何千人という住民が不当に処刑され、あるいは属躰として(実質的に処刑と変わりないが)軍務に就かされた。そしてこの属躰製造は、法律で禁止されてもなおつづいたのだ。総督はあらゆる通信および遠距離移動の許諾権を独占し、通常そのような行為はステーションのAIが当局に報告するのだが、イメに限ってはなぜかそれを免れ、腐敗は蔓延《まんえん》、浸透した。

そんななか、一隻の船がゲートから現われた。そのすぐそば、わずか数百キロしか離れていない場所にいた巡視艦〈サールセの慈〉は、不審船に船籍の問い合わせをしたものの、応答がない。そこで攻撃し、乗船すると、船内には何十人もの人間と、蛮族《エイリアン》のルルルルがいた。〈サールセの慈〉の艦長は兵士に、属躰として使えそうな人間のみ捕虜にし、残りは蛮族ども殺せ、と命じた。そして船そのものは、総督所有とする。

この星系で、乗員が人間の軍艦は〈サールセの慈〉だけではなかった。そして人間の兵士もごたぶんにもれず、賄賂と甘言、それがうまくいかなければ脅迫と粛清の慣習に浸りきっていた。ところが、このときばかりは違った。〈サールセの慈〉の1アマート1が、人間もルルルルも殺害しないと、上官の命令を拒否したのだ。そして自分に従うよう、仲間を説得した。

これは五年まえの出来事で、いまだに尾を引いている。

オーン副官はクッションの上ですわりなおした。

「あの問題が白日の下にさらされたのは、人間の兵士がひとり、命令にそむいたからです。それが反乱へとつながった。もし彼女が人間でなかったら……もし属躰だったら、あんなことにはなりません。属躰に反抗はできない」

「あの問題が白日の下にさらされたのは……」司祭長は副官のいいまわしを真似た。「人間の兵士が……彼女の部隊が攻撃した船に、蛮族もいたからだ。ラドチャーイは、人間を殺しても良心の呵責《かしやく》など感じない。非市民なら、なおさらね。しかし、蛮族との戦争に関しては、とても慎重になる」

なぜなら、同じく蛮族のプレスジャーと結んだ条約事項に触れるからだ。もしこの条約に違反すれば、きわめて深刻な事態を招く。とはいえ、この考えに異議を唱える高官は多いだろう。オーン副官も反論したいようだったが、彼女はその代わりにこういった。

「イメの総督は、その点はまったく気にかけていませんでした。あの兵士がいなければ、戦争は始まっていたでしょう」

「兵士は処刑されたのだろうか？」司祭長は鋭い点をついた。謀反はもちろん、命令にそむいた兵の行き着く先だ。

「聞いたところでは……」副官の呼吸は浅く、いくらか乱れている。「ルルルルは、彼女をラドチ当局に引き渡すことに同意したようです」大きく息を吸いこむ。「その後どうなるのかは、わたしにはわかりませんが」おそらくすでに、どうにかなっているだろう。辺境のイメの知らせがシスウルナまで届くには、一年以上かかる。

司祭長は黙ったまま、お茶をつぎたした。そして小さな杯にスプーンで、魚のすり身を加える。

「今後もぜひ駐留していただきたい。同じ要望を出しつづけると、あなたの立場が悪くなったりするだろうか？」

「いいえ。それどころか、エスクのほかの副官たちは多少うらやんでいるでしょう。艦上にいても動くチャンスはありませんから」副官は自分の杯を手にとった。外見は穏やかに、しかし内心は苛立《いらだ》ち、動揺して。イメの話題に、彼女の心は乱れていた。「動くというのは推薦、ひいては昇進です」ラドチによる併呑は、このシスウルナが最後になる。いいかえると、将校が新市民とのつながりを通じ、あるいはあからさまな横領によって私財を増やすチャンスはこれが最後だ。

「ますますわたしは、あなたにここにいてほしくなった」司祭長はそういった。

わたしは帰宅するオーン副官の後ろを歩いた。同時に、寺院の内部と広場を監視する。いつものように、大人たちは広場の中央でカウに興じる子どもたちを避けて歩き、子どもたちは声をあげて笑い、叫びながらボールを蹴りあっていた。門前湖に目をやると、上町の十代の若者がひとり、むっつりと水際にすわりこみ、その視線の先では幼い子が六人ほど、歌いながら石から石へ飛びうつっている。

一、二、おばちゃんが　いってたよ
三、四、死体の兵隊
五、六、おまえの目を撃つ
七、八、おまえを殺し
九、十、ばらばらにして　また組み立てる

通りを歩いていくと、住民はわたしに挨拶をし、わたしは挨拶を返した。しかしオーン副官は不機嫌で、会釈をしてもかたちばかりだ。

漁業権のことで苦情をいいにきた市民は、不満げな顔で帰っていった。その後、衝立の横から子どもがふたり入ってきて、市民がすわっていたクッションの上で脚を組んだ。どちらも清潔だが色褪《あ》せた布を腰に巻き、手袋はしていない。年長のほうは九歳くらいだろうか。小さいほうは、胸と肩に描かれた模様から——多少ぼやけていた——六歳以下だとわかる。その子がわたしを見て、眉をひそめた。

オルス語では、大人より子どものほうが話しかけやすい。性別の区別がない単純な表現でかまわないからだ。

「こんにちは」わたしはオルス語で声をかけた。このふたりはオルスの南端に住み、これまでわたしは何度も話しかけたことがある。とはいえ、ふたりが公邸に来たのは初めてだった。

「どんなご用でしょうか?」

「あなたは1エスクじゃないわ」小さいほうの子がいった。大きいほうは〝やめろ〟というように手を振る。

「いいえ、1エスクですよ」わたしは軍服の上着の記章を指さした。「ほら。ここにいるのはわたしの14分軀です」

「ほおら」と、大きいほう。

小さいほうはしばし考えてから、いった。

「あのね、歌を知ってるの」わたしが黙っていると、その子は胸いっぱいに息を吸いこんだ。

たぶん歌うつもりなのだろう。ところが、途中でふっと息を止め、わたしを見上げた。「聴いてみたい？」どうやらまだ、わたしがほんとうに1エスクかどうか疑っているらしい。

「はい、聴いてみたい」と、わたしは答えた。わたし——1エスク——は〈トーレンの正義〉が就役して百年ほどたったころ、副官のひとりを楽しませるために、初めて歌をうたった。その副官は私物が制限されるなか、楽器を持ちこむほどの音楽好きだったのだ。仲間の副官を誘っても相手にされず、結局、わたしに歌唱を教え、自分が伴奏した。わたしは副官を喜ばせるため、片端から覚えては歌い、新しい歌を見つけては歌った。そうして彼女が艦長になるころ、わたしは大量の歌曲を身につけていた。誰も楽器を与えてくれなかったが、歌うことならいつでもできる。しかし、〈トーレンの正義〉は歌に興味がある、というのは単なる噂でしかない。わたし——兵員母艦〈トーレンの正義〉——が1エスクの歌の習慣を受け入れたのは、それが無害であるからだ。また、歌を聴いて喜ぶ艦長がいる可能性があったからでもある。そうでなければ、やめさせていた。

このふたりの子は、道端でわたしと会っていたら、ためらうことなく歌っていただろう。しかしここは公邸で、陳情者用のクッションにすわっているのだから、事情はまったく異なる。想像するに、様子うかがいの訪問ではないか。公邸にはアマートをまつる仮設の祭壇があり、この子たちはおそらくその係をしたいのだろう。アマートに花を捧げる花係は、イックト信仰の地では名誉でもなんでもない。が、任期が終わると習慣的に、果実と衣類の慰労品が渡される。しかも現在の花係は、この子の親友だ。いっそう興味がわいたにちがいない。

オルス人はおしなべて、この種の要望を思いついてもすぐに、あるいは露骨に口にしたりはしない。だからこの子なりに考え、道端よりは公式かつ改まった場で歌うという、曖昧なかたちを選んだのだろう。わたしは上着のポケットから菓子をひとつかみとりだし、子どもたちの前の床に置いた。

小さいほうは、これでわたしに対する疑念は晴れたとでもいうように手を振り、また息を吸いこんで、今度は実際に歌いはじめた。

わたしの心は　魚
水草に　隠れた魚
緑のなかに　緑のなかに

メロディは、広く歌われるラドチの歌とオルス独自のものが混じりあったいささか奇妙なものだった。歌詞は初めて聴くものだ。子どもはかすかに震える、しかしよく通る声で四番まで歌ったが、五番に入りかけたところで、いきなり口を閉じた。衝立の向こうから、オーン副官の足音が聞こえる。

歌っていた子が腕をのばし、床に置かれた報酬をつかんだ。そしてふたりともお辞儀をしながら立ち上がると、衝立の外へ飛び出し、オーン副官と、その後ろにいたわたしの横を駆け抜けていった。

「ありがとう!」副官はふたりの背中に向かって声をかけた。するとふたりはぴくっとし、ちょこんと小さく頭を下げて、外の通りへ走っていった。

「新しい歌でも?」オーン副官はそう訊いたが、音楽に対しては一般的な人と同じ程度の興味しかない。

「少しばかり」と、わたしは答えた。通りの先で、あの子たちはまだがむしゃらに走っている。そして角の家を曲がったところで走るのをやめ、肩で息をした。小さいほうが手を広げて相方に菓子を見せたが、小さい手でありながら、あれほど急いで駆け出しながら、菓子はひとつも落とさなかったらしい。年上の子は菓子をひとつとり、口に入れた。

五年まえなら、わたしはもっと栄養のあるものを提供しただろう。惑星の基幹施設の修復が始まる以前、食糧はきわめて乏しかった。飢えの心配はもはやないとはいえ、配給はごく質素で、食欲をそそるものは少ない。

寺院内部は緑の灯火に照らされ、静まりかえっていた。司祭長は衝立の奥の部屋にこもりきりで、助祭だけが行ったり来たりしている。

オーン副官は公邸の二階に行くと、オルス様式のクッションに腰をおろし、シャツを脱いだ。外の通りからは見えないよう、ここには衝立が置かれている。副官はわたしが差し出した(ほんものの)お茶を拒否した。わたしは一連の報告を始め——すべて正常、日課どおり——これは同時に〈トーレンの正義〉にも伝わっている。

「そういうことは政務官に訴えるべきだ」オーン副官は漁業権の陳情について、いくらか不満げにいった。目をつむり、その視界に午後の報告が流れていく。「漁業権に関しては、こちらに権限はない」

わたしは無言だった。発言は求められておらず、望まれてもいない。副官は小さく指を動かし、わたしが政務官宛てに作成した文書の内容を了承すると、つぎに妹から届いた最新の手紙を開いた。副官は収入の一部を親に送り、親はそれを使って子どもたちに詩作を学ばせている。詩は文明の所産であり、価値が高い。副官の妹に才があるかどうかはわたしに判断できるはずもないが、副官より高貴な家系であっても、才能に恵まれた者は少ないといえた。いま副官は、妹の手紙とその詩を非常に喜び、それが苦悩と疲れを癒《いや》してくれたようだ。

広場にいた子どもたちは笑いながらそれぞれの家に帰っていった。門前湖にいた若者は、いかにも若者らしい大きなため息をつくと、小石を放り投げた。水面に小さなさざなみが立つ。

併呑のためだけに覚醒させられた属躰は、体内のインプラントで生成されるフォースシールド以外は何も身につけていないことが多く、一見、水銀が注がれたような、外見がほぼ同一の兵士がごまんとできる。わたしはしかし、つねに船倉の外にいて、戦闘が終了したいまは人間の兵士と同じ軍服を着ていた。その軍服の下で、わたしの体はひとつ残らず汗をかき、しかも退屈している。うち三体——寺院の広場に立つ三体は、三つの声で歌いはじめた。「わたしの心は魚、水草に隠れた魚……」通り過ぎる者がひとり、驚いてわたしをふりかえったが、ほかはみな知らん顔だ。どうやらわたしに慣れたらしい。

3

　翌朝、治療膜は剝げ落ち、セイヴァーデンの顔の痣《あざ》も色が抜けてきた。体調は安定しつつあるように見える。いまなお恍惚《こうこつ》状態なのは、さもありなんといったところだ。

　わたしは購入した衣類の包みを解いた。保温下着、キルトのシャツとズボン、アンダーコート、フードつきのオーバーコート、そして手袋。セイヴァーデンの顎をつまみ、顔をこちらに向けさせる。

「聞こえる？」

「ああ」濃褐色の瞳は、わたしの左肩を越えてどこか遠くを見つめている。

「起きなさい」腕を引っぱると、セイヴァーデンはゆっくりまばたきし、上半身を起こした。が、すぐまたぐったりとなる。それでもわたしは時間をかけて、なんとか彼女に服を着せた。それから外に出していた物をリュックにしまい、肩に掛け、セイヴァーデンの腕をつかんで外に出る。

　町のはずれにフライヤーを貸す店があった。ただし、看板に書かれた保証金の倍額を払わなければ、貸してもらえないだろう。わたしは店主に、フライヤーで北西の放牧地を訪ねるつもりだと説明した。しかし、真っ赤な嘘は見抜かれたらしい。

「あんた、この惑星の人間じゃないだろ」と、店主はいった。「町から出るなんていうくらいだから。放牧地に行くよそ者は、決まって道に迷うよ。発見できることもあれば、できないこともある」店主の言葉に、わたしは無言だった。「貸したフライヤーがもどってこなかったら、うちはどうなると思う？　飢えた子どもたちを連れて、雪の原をさまようんだ」

セイヴァーデンはわたしの横で、あらぬほうをぼんやりとながめている。

仕方なく、わたしは金《かね》を取り出した。この保証金はおそらくもどってこないだろう。すると店主は、これじゃ不足だ、あんたは地元の飛行免許を持っていない、といった。しかし通常、免許証など不要である。もし必要なら、わたしはあらかじめ偽造していた。

結局、店主はフライヤーを貸し出し、わたしはエンジンをチェックした。汚れはなく、修理も適切で、燃料も十分だ。わたしは満足し、なかにリュックを置いてセイヴァーデンを乗せると、操縦席についた。

吹雪から二日たち、ふたたび雪苔《ゆきごけ》が姿を現わしはじめていた。眼下の雪面のそこかしこに淡い緑の帯があり、そのなかに濃緑の筋も見える。そこからさらに二時間ほど丘陵地帯を飛んだ。このあたりまで来ると苔の緑がぐっと濃くなり、その色合いも孔雀《くじやく》石のごとくじつに多様で、場所によっては、放牧されている動物たちに踏みしだかれていた。春になり、長毛のボヴの群れは移動を始めたのだろう。道沿いのあちらこちらに、アイスデヴィルが潜む穴も見える。ボヴがこの穴に足をとられたら、アイスデヴィルがなかに引きずりこむのだ。ここから見るかぎり、アイスデヴィルの姿はないが、ボヴの放牧者たちでさえ、すぐ近くにいても気づかないことがあった。

飛行は順調だった。セイヴァーデンはわたしの隣でなかば横たわり、ひと言も口をきかない。それにしても、よく生きていたものだと思う。どうやってこの惑星まで来たのだろう？　信じがたいというほかなかった。が、信じがたいことは起こりうる。オーン副官が生まれる一千年ほどまえ、セイヴァーデンは〈ナスタスの剣《つるぎ》〉の艦長を務め、その後、艦を失った。人間の乗員の大半は脱出ポッドでなんとか避難したが、セイヴァーデンの乗ったポッドは行方不明になった、とわたしは聞いていた。しかしいま、セイヴァーデンはここにいる。比較的最近になって、誰かに発見されたのだろう。生きているのはラッキーとしかいいようがない。

セイヴァーデンが〈剣〉を失ったとき、わたしは六十億キロ離れた場所にいた。ガラスと磨きぬかれた赤い石の町を巡回中で、あたりは静まりかえり、聞こえるのはわたしの靴音と副官たちの会話くらいだ。そしてときおり、わたし自身の歌声が五角形の広場にこだました。周囲の家々には五角形の中庭があり、その壁を赤、黄、青の花々が滝のように飾っている。ただし、花はどれも枯れかかっていた。わたしと副官たち以外に歩く者はない。逮捕されたらどうなるかを、みんな知っているからだ。住民は家のなかで息をひそめ、つぎに起こることを待っていた。副官の笑い声、あるいはわたしの歌声を聞いては顔をゆがめ、震えるだけだ。

騒ぎはたまにしか起きなかった。ガルセッド人はかたちばかりの抵抗しか示さない。兵員母艦はどれも無人で、〈剣〉と〈慈《めぐみ》〉は星系《システム》を警備する任務に就いている。ガルセッド系の数ある惑星、衛星、ステーションなど、五つの地域の五つの区の代表者、合計で二十五人が地元民の名において降伏し、それぞれ〈アマートの剣〉に向かった。ラドチの皇帝アナーンダ・ミアナーイに会い、住民全員の命乞いをするためだ。というわけで、町は怯《おび》え、静まりかえっている。

小さな五角形の公園には黒い御影石の記念碑があり、「五つの正道」と、それを住民に説いた者の名が刻まれていた。副官がひとりその横を通り過ぎながら、もうひとりの副官に愚痴をいう——今回の併呑は、どうしようもなく退屈だ。その三秒後、わたしのもとにセイヴァーデンが艦長を務める〈ナスタスの剣〉から緊急連絡が入った。

乗っていたガルセッドの選帝侯三人が、〈剣〉の副官を三人、属躰《アンシラリー》の分躯《セグメント》を十二体、殺害したうえ、導管を切断、船殻を破壊したという。報告に添付された映像には分躯が見たまぎれもない銃が映っていたが、なぜか艦内のほかのセンサーは銃を捉えていない。映像を見ると、選帝侯のひとりが、ラドチ式アーマーが放つ水銀光——属躰の目にしか見えない——に囲まれながらも銃を発射し、弾丸はそのアーマーを貫通して分躯を殺した。分躯の死により視界は失われ、銃とアーマーも消える。

選帝侯たちは乗艦の際、かならず身体検査を受ける。だから武器やシールド生成機、インプラントなどがあれば、〈ナスタスの剣〉は感知できたはずなのだ。ラドチ式アーマーは、ラドチ周辺域で普及したとはいえ、そのような地域はどこも一千年以上まえにはすでに併呑されている。そしてガルセッドはラドチ式を使用せず、製造方法も、もちろん使用法も知らない。それにたとえ知っていたところで、あの銃とあの銃弾は、ラドチ式ではありえなかった。

その種の銃を持ち、アーマーで防備した三人のガルセッド人は〈ナスタスの剣〉のような軍艦にとりかえしのつかないダメージを与える可能性があった。そのうちひとりでもエンジンにたどりつき、銃が熱シールドを撃ちぬけば……。エンジンは限界を超えて加熱し、シールドはたちまち蒸発して、艦全体が一瞬のうちにまばゆい閃光《せんこう》となって消滅するだろう。

だが、わたしにできることは何もなかった。誰にも手の打ちようはない。緊急連絡は約四時間まえのもの——過去から、幽霊から送られたメッセージだった。わたしのもとに届いたときにはすでに、事は成し遂げられていた。

いやな音がして、眼前のパネルの青光が点滅した。直後、青光の隣にある燃料計がいきなりゼロになった。数分もすれば、フライヤーのエンジンは機能停止するだろう。セイヴァーデンはわたしの横で無言のまま、手足を投げ出し、ぼんやりしている。

わたしは着陸した。

どうやら、燃料タンクは細工されていたらしい。わたしが点検したとき、燃料は四分の三まで入っていたはずだが、実際はそうではなかった。そして離陸後、燃料の半分を消費したところで鳴るはずのアラームは切断されていた。

わたしは保証金を倍額支払っている。そして店主は、フライヤーを失うことをずいぶん心配していたから……このフライヤーにはほぼ確実に発信機がつけられているだろう。わたしが緊急呼び出しをしようがしまいが関係のない発信機だ。店主の望みは、フライヤーを失うことなく、わたしを雪苔が散在する雪原で孤立させることだった。もちろん、わたしはわたしで救助要請することはできる。通信用のインプラントは無効にしたが、端末は携帯しているからだ。ただし、救助隊を送ってくれそうな者が近くにいるとは考えにくい。よしんば助けが到着したところで、それがわたしに敵意をもつ店主の到着より早かったところで、わたしは目的地にたどりつけないだろう。これはきわめて深刻な事態だった。

気温は摂氏マイナス十八度。風は南の風、約八キロメートル毎時。降雪の可能性あり。朝の天気予報を信頼すれば、さして悪天候ではない。

緑の雪苔の上にできた白い着陸跡は、上空からはっきり捉えられるだろう。このあたりはなだらかな丘陵地だが、通り過ぎた山々はここからはもう見えない。

通常の緊急事態だったら、救助隊が到着するまでフライヤーにとどまるのが最善だ。しかし、これは通常の緊急事態ではない。助けなど来るはずもなかった。

発信機がフライヤーの着陸を伝えたら、店主は殺害準備を整えてすぐこちらに向かうか、もしくは時間が過ぎるのを待つだろう。あの店にはほかに数機あったから、このフライヤーがなくても数週間はしのげるはずだ。そして彼女自身語ったように、よそ者が雪原で迷うのは、特段珍しいことでもない。

選択肢はふたつ――。ひとつはここで待機し、殺しと金品略奪を目論《もくろ》んでやってくる店主を逆に襲い、そのフライヤーを奪う。だがこれは、店主がわたしの飢えと凍えを待つ戦術をとった場合は意味がない。ふたつめは、セイヴァーデンをフライヤーから降ろし、リュックを肩に掛け、ふたりで雪原を歩いていく。目的地は北西六十キロほどだ。この程度の距離なら、天候と地面――そしてアイスデヴィル――の条件にもよるが、わたしなら一日で歩くことができる。ただセイヴァーデンは、よくてその倍はかかるだろう。それにこの選択肢は、店主が待機せず、フライヤーを取り戻しにすぐこちらに向かった場合は意味がない。わたしたちの足跡は、雪と苔にくっきりと残るだろう。店主は容易にわたしたちのあとを追い、息の根を止められる。それならまだ、使いものにならないフライヤーで待ち伏せ、奇襲したほうがよいかもしれない。

目的地にたどりついても、目当てのものが見つかるかどうかは運次第だ。この十九年は綱渡りの連続だった。何週間も何か月も探しまわり、息を潜め、ときにこのような苦境に陥り、生きるか死ぬかはコイン投げと変わらなかった。ここまで来られただけでも、運がよかったといえる。今後、さらなる運を期待することはできない。

ラドチャーイなら、おそらくコインを投げるだろう。正確にいえば、ひとつかみの、十枚以上の円盤《オーメン》を投げる。どの円盤も重要な意味をもち、それぞれが宇宙の地図の上にどのように落ちるかは、アマートの御心によって決まるのだ。ものごとは、そうなるべくしてそうなる。なぜなら、世界はそうやってめぐっているからだ。いや、ラドチャーイなら、宇宙は神々の姿である、というだろう。アマートが光を思い、光を思うには当然、光ならざるものもあり、こうして光と闇が放出された。これが流出《エマナチオン》の始まりであるエトレパ・ボー、すなわち光と闇だ。これにより導かれたのが、エスク・ヴァル（始まりと終わり）、イッサ・イヌ（動と静）、ヴァーン・イトゥル（存在と非存在）だった。この四つのエマナチオンがさまざまに分離し、また結合し、宇宙を創造した。このように、すべてはアマートから流出したものだ。

些細《ささい》なこと、一見無意味な出来事も、からまりあった全体の一部であり、一粒の塵《ちり》がなぜその道をたどり、なぜその場に落ちたかを理解するのは、アマートの意思を理解することにつながる。この世に〝単なる偶然〟などない。たまたま起きることなどなく、すべては神の御心に従っている。

というのが、ラドチャーイの正派の教えだ。わたし自身は、宗教というものがよくわからないし、理解するよう求められもしなかった。ラドチャーイはわたしをつくったが、わたしはラドチャーイではない。神の意思など知りもしなければ気にかけもしない。わかっているのはただひとつ——わたし自身は投げられた場所に落ちる、ということだけだ。それがどこであれ。

フライヤーからリュックをとって開き、予備のマガジンをコートの下、銃の近くにおさめる。ふたたびリュックを閉じて肩に掛け、フライヤーの反対側にまわり、ハッチを開けた。

「セイヴァーデン——」

彼女は小さな声をもらしただけでぴくりとも動かない。わたしが腕をつかんで引っぱると、ふらつきながら、なかばずり落ちるようにして雪の上に降りてきた。

わたしはこれまで一歩、また一歩と進んで、ようやくこの地にたどりついた。そしていま、わたしは北西を目指し、セイヴァーデンを引きずるようにして歩きはじめた。

北西の地に、アリレスペラス・ストリガン医師がいてくれることを願った。一時期、ドラス・アンニア・ステーションで開業していた医師だ。このステーションは、少なくとも五つのステーションが順次重ねられてできあがった集合体で、二十ほどのルートが交差する、ラドチ領からかなり離れた場所にある。それでも時間さえかければ行くことはでき、ストリガン医師は職業がら、さまざまな先祖をもつさまざまな者たちと出会っていた。診療費は通貨や記念品、骨董品《こっとう》など、価値があるといわれるものならなんでもよかったらしい。

わたしはこのステーションにも行った。そして複雑な多層構造をながめ、ストリガンの診療所兼住居を訪ね、彼女がそこに残していったものをじかに見た。ストリガンはある日、異なる船の乗船券を五枚購入し、忽然《こつぜん》と姿を消したのだ。理由は誰にもわからなかった。あとに残されたのは弦楽器が入ったケース（そのうちわたしが知っているのは三種類のみだった）、棚五段分を占める聖画像、木や貝殻、金でつくられたみごとな神像、聖人像、そして銃が一ダース。どの銃にもステーションの許可番号ラベルが丁寧に貼られていた。これらはどれも、診療費代わりにもらった品々がきっかけで収集されたものらしい。アパートの賃料は百五十年分が支払いずみだったことから、ステーションの管理部はいっさい手をつけずに残していた。

わたしは役人に金《かね》をつかませ内部に入り、ここまで来た目的のコレクションを見てまわった。千年たっても色褪《あ》せることのない五角形のタイル数枚。金の縁取り部分に文字が刻まれた浅い碗《わん》。ストリガンにはこの文字の意味がおそらくわからなかっただろう。そしてわたしがよく知っている四角形の平らなプラスチック一枚。これはボイスレコーダーで、触れると笑い声が聞こえ、碗と同じく、死語となった言語で語る声が聞こえた。

もともと数が少ないものを、よくここまで集めたものだと思った。ガルセッドの工芸品が希少なのは、同地にラドチの艦船を撃滅し、アーマーを撃ちぬける武器があると知ったアナーンダ・ミアナーイが、住民を含め、徹底破壊を命じたからだ。五角形の広場と花々はもとより、ガルセッドの星系にあるすべての惑星、衛星、ステーションの全生命が、抹殺された。何人《なんぴと》も、ガルセッドで生きることはできない。ラドチに刃向かうとどうなるか、忘れることも許されない。

ストリガン医師は、たとえば碗を患者からもらい、詳しく調べてみようと思ったのだろうか？　碗がこの地にたどりついたのなら、ほかのものもたどりついたのではないか？　患者は謂《いわ》れを知らないまま、診療費代わりに何かを贈った。あるいは謂れを知って、早く手放したかったか……。そして何かがストリガンを出奔させた。所有物のほぼすべてを残してまで、姿を消そうと思わせるほどの何かだ。持っていると危険なもの。かといって、壊す気になれないもの。うまいやり方で処分することもできない何か。

わたしはそれを、なんとしてでも手に入れたかった。

できるだけ早く、できるだけ遠くへ行こうと思い、必要最低限の休憩のみで、ひたすら歩きつづけた。快晴で、ニルトにしては日差しも明るいが、わたしは盲目のような気分だった。これまで抑えつづけ、抑えることに慣れていたはずの感覚だ。かつてわたしは二十の体をもち、四十の目で見て、必要に応じ、あるいは望むがままに、何百人もの他者に近づくことができた。しかしいまは、一方向しか見ることができない。ふりかえっても、背後に見えるのは広大な雪原だけで、そのときは体の正面にあるものが見えないのだ。いつもはこの感覚を避けるため、極端に広い場所には行かないようにしていた。そしてどこであれ、つねに背後を確認していたのだが、ここではそれができない。

微風が吹いているのに顔が火照り、そのうち麻痺《まひ》してきた。手足が痛みはじめ、重く感じ、しびれたようになる。寒さのなかの六十キロ行軍など想定外だったので、手袋もブーツも用意していなかった。とはいえ、これでもまだましだとは思う。もし真冬だったら、気温はいまとは比べものにならないだろう。

セイヴァーデンの体も冷えきっているはずだった。それでも彼女はわたしに引かれるまま、着実に前に進んではいる。苔のある雪面で足を引きずり、うなだれ、不満をいうどころか、まったく口を開かない。太陽が地平線に沈みかけたころ、彼女は少し背筋をのばし、顔を上げた。

「その歌なら知ってる」

「え?」

「きみがハミングしている歌だ」

セイヴァーデンは気だるそうに首を回してわたしを見た。表情に不安や困惑はないが、言葉を発するとき、少しはアクセントを隠そうとしただろうか？　いや、麻薬でぼんやりしていれば、そこまで気はまわらないだろう。ラドチの領界内では、アクセントで裕福な権力層の出身であることがわかる。そのような名家の者は十五歳で適性試験を受け、最終的には名誉ある職に就く。ただし領界外では、このアクセントは多種多様な娯楽における悪役――金持ちで堕落した酷薄な人間――の象徴として使われるのだ。

そのとき、フライヤーのエンジン音がかすかに聞こえた。わたしは足を止めずに顔だけふりむき、地平線を見やった。はるか遠くに、小さな点がある。フライヤーは低速、低空でわたしたちの跡をつけてくるようだ。救助隊ではない、と確信した。投げたコインは、悪い面が出たらしい。ここは一面雪の原で、身を隠す場所もない。

わたしたちは歩きつづけ、フライヤーの音は近づいてくる。競走したところで勝ち目はなく、ましてやセイヴァーデンの足は疲れはじめていた。黙りこくり、そろそろ限界に近いだろう。何かに気づいて思わずしゃべりでもすれば、それだけで地面にくずおれてしまいそうだ。わたしは歩みを止めると、つかんでいた腕を放した。セイヴァーデンはわたしの横で立ち止まる。

フライヤーは頭上を通り過ぎ、機体を傾け、前方の雪原に着陸した。距離は約三十メートル。上空から撃てる武器を持っていない、もしくはそれをしたくなかったか……。わたしはリュックを肩からはずし、銃を引き抜きやすいよう、コートの前の留め具をゆるめた。

フライヤーから降りてきたのは四人だった。あの店主と、見知らぬ者ふたり、そして酒場でわたしに〝いい根性したねえちゃん〟といった客だ。わたしが殺意を覚え、自制した客。片手をコートの下に入れ、わたしは銃を握った。できることは限られている。

「常識ってものがないのかよ？」店主が声をあげた。距離は十五メートル。四人全員が立ち止まった。「フライヤーがいかれたら、その場でじっとしてろよ。そうすりゃ、こっちの手間もはぶけたんだ」

わたしは酒場の客に目を向けた。客はわたしを思い出し、こちらも同じであることがわかったらしい。

「酒場で――」と、わたしはいった。「盗みを働けば命をおとすと、警告したはずだ」

客は薄ら笑いを浮かべた。

見知らぬ者の片方が、服のどこからか銃を取り出した。

「まだ盗んじゃいねえよ」

わたしは銃を引き抜き、見知らぬ者の顔を撃ちぬいた。彼女は雪面に倒れこみ、ほかの者が動く間もなく、わたしは酒場の客を撃った。のけぞる彼女の横にいた者も。三発つづけて撃つのに、一秒とかからなかった。

店主は悲鳴をあげ、走りだした。わたしはその背に向けて引き金をひく。店主は三歩ほど歩いてから、どさりと倒れた。

「寒いよ」わたしの横でセイヴァーデンがいった。あいかわらず、ぼんやりと。

フライヤーは無人だった。ここに来た全員が、わたしを狙って外に出たのだ。愚か者たち。

何もかもが愚かといえた。まともに計画を練ったとは思えない。わたしはセイヴァーデンとリユックをフライヤーに乗せ、離陸するだけでよかった。

アリレスペラス・ストリガンの住み処は、上空からかろうじて目視できた。直径三十五メートル強の円形の土地で、そこだけ雪苔が薄い。丸い土地の外にフライヤーを停め、わたしは降りずに外をうかがった。この位置からだと建物があるのがわかり、うちふたつは雪をたっぷりかぶっている。一見、使われていない放牧野営地のようだが、集めた情報を信じるなら、そうではない。フェンスの類もないものの、ストリガンの警戒心を甘く見る気はなかった。

しばらく考えてから、わたしはハッチを開けてフライヤーから降り、セイヴァーデンも降ろした。彼女を後ろに従え、円形地の外縁へ向かってゆっくりと歩く。わたしが立ち止まるとセイヴァーデンも立ち止まり、うつろな目で前方をながめた。

ここから先は、計画を立てようにも立てられなかった。

「ストリガン！」大声で呼びかけてみる。が、しばらく待っても応答はない。わたしはセイヴァーデンをその場に残し、さらに歩いていった。雪をかぶったふたつの家屋の入口には奇妙な影ができていて、わたしは歩みを止め、目を凝らした。

どちらの入口も開いており、その先は真っ暗だ。この種の建物では、室内の温度を保つため、入口はエアロックのような二重扉だろう。しかしだからといって、扉を開いたままにしておくのは考えにくい。

はたしてストリガンは侵入防止の対策をしているのか、していないのか……。わたしは円形地のなかに一歩足を踏み入れた。何も起こらない。

二重扉は外側も内側も開き、明かりはなかった。片方の家屋は、内部も外と変わらず寒く、種々の道具や食料、燃料を保管する倉庫のようだ。そしてもう一方の家屋は、比較的最近まで暖められていたのだろう、内部の気温は二度だった。こちらは明らかに人の住居だ。

「ストリガン！」暗闇に向かって声をあげたが、その反響の仕方から、空き家のように思われた。

外に出てみると、フライヤーの駐機跡があった。つまりストリガンは立ち去り、開いた扉と暗闇は来訪者へのメッセージというわけだ。彼女はもう、ここにはいない――。どこへ行ったのか、わたしに調べる手立てはなかった。何もない空をむなしく仰ぎ、また雪面の駐機跡に目をもどす。しばらくその場に立ったまま、からっぽの空間をぼんやりとながめる。

セイヴァーデンのところにもどると、彼女は緑の苔が交じる雪面に横たわり、眠っていた。

乗ってきたフライヤーの後部に、ランタンとコンロ、テント、そしてわずかな寝具があった。わたしはランタンを手に、住居と思われる建物に向かった。なかに入って、ランタンのスイッチをいれる。

床には明るい色の大きな絨緞《じゅうたん》が敷かれ、壁には青やオレンジ、目にしみるような緑色のタペストリーが掛けられていた。壁ぎわには背もたれのない低いベンチがいくつか並び、その上にはクッション。このベンチと明色のタペストリー以外に、たいしたものはなかった。ゲーム盤がひとつあったが、盤の穴の開き方や、駒の散らばり具合など、わたしが見たこともないものだ。ストリガンは誰を相手に遊んでいたのだろう？　いや、これはただの置き物かもしれない。木盤の彫りは精巧で、駒は色鮮やかだった。

部屋の隅のテーブルに、楕円《だえん》形の木箱が置かれていた。彫刻の施された蓋には小さな飾り穴がいくつもあり、箱全体に糸が三本、きつく巻かれている。木の色は淡い金色で、木目は曲線や渦巻き模様だ。飾り穴のパターンも木目と同じく複雑だった。とても、とても美しい。巻かれた糸を一本、爪ではじくと、糸はやさしい音をたてた。

それぞれのドアの向こうは、台所、浴室、寝室だった。そしてもうひとつ、狭いながらも診察室がある。キャビネットの扉を開けると、救急治療キットが丁寧に重ねられていた。治療具の入った引き出し、薬の入った引き出し……。ストリガンは急病人を助けるため、放牧野営地に行ったのかもしれない。が、照明だけでなく暖房も消し、入口を開放したまま出かけるというのは考えにくかった。

奇跡が起きないかぎり、計画と準備と努力の十九年は、ここで幕をおろすということだ。

台所のパネルの裏に、種々の制御盤があった。電力供給をオンにして、暖房と照明のスイッチを入れる。そしてまた外に出ると、セイヴァーデンの体を引きずって家のなかにもどった。

寝室にあった毛布を床に重ね、寝床をつくる。セイヴァーデンの服をはぎとり、そこに寝かせて毛布を掛ける。彼女は眠りこけたままで、そのあいだにわたしは室内をもっと調べることにした。

キャビネットには食料がたっぷりあった。カウンターにはカップがひとつ。緑色の液体が底にこびりついていた。その横の白い碗には、なかば凍った水のなかに硬いパンの残りが少々。ストリガンは食後の片づけもせずに、食料や医薬品も放置して家を出たらしい。寝室を調べてみると、丁寧に繕い、補修された暖かい衣類があった。とるものもとりあえず、急いで出かけたにちがいない。

ストリガンは、自分が何を所有しているかを知っていた。もちろん、だからこそ、逃亡したのだ。彼女に多少なりとも分別があれば——あるはずだとわたしは確信している——わたしの接近を知るなりすぐ家を飛び出し、できるだけ遠ざかろうとするだろう。

でも、どこへ？　わたしのことをラドチの手先だと思ったにせよ、ラドチからも彼女の故郷からもはるかに遠いこんな場所まで追ってきたのだから、どこへ逃げようといずれは発見されてしまう。ストリガンにも、それはわかっていたはずだ。が、たとえそうでも、逃げ出す以外に道はなかったか。

ともあれ、彼女はこの家に帰ってくるほど愚かではないだろう。

一方、セイヴァーデンは、そろそろ禁断症状に苦しむと思われた。麻薬を見つけて与えれば別だが、わたしにその気はない。ここは暖かく、食料もある。調べれば、何か手がかりを見つけられるかもしれなかった。ラドチの追っ手が来たと思いこんだストリガンが、逃げ出すときに考えていたこと――彼女の行き先を知る手がかりだ。

4

オルスの夜。わたしは通りを歩いていた。静寂、水の悪臭、暗闇のなかのひと握りの明かり、進入禁止水域のブイの点滅。わたしはまた、眠ってもいた。そして同時に、公邸の一階ですわっていた。緊急事態に備えるためだが、最近ではそういうこともめったにない。わたしはその日の残りの業務をやりおえると、眠っているオーン副官を看視した。

夜が明けて、入浴用の水を副官のもとに運び、服を着せた。地元の衣服のほうが軍服よりはるかに楽だ。副官は二年まえからいっさい化粧をしなくなった。高温多湿の環境では維持するのがむずかしいからだ。

着替えがすむと、副官は聖像に向き合った。四つの手にそれぞれエマナチオンをのせたアマート像は一階にあるが、ほかの像〈トーレンの正義〉の将校たちが厚く信仰するトーレンの像や、オーン副官の親族が敬愛する神々の像）は、上階のこの寝所の近くに置かれ、朝の祈りはこちらの像に捧げられる。

「正義の花は、平和――」祈禱《きとう》が始まった。ラドチャーイの兵士は全員、従軍中は毎朝欠かさずこの言葉を唱える。「礼節の花は、思いと行ないの美しさ――」〈トーレンの正義〉の艦上にいる副官たちはスケジュールが異なるので、オーン副官と同じ時刻に祈ることはほとんどない。そこでいま聞こえるのはオーン副官ひとりの声で、はるか遠くの軌道にいる将校は彼女たちだけで祈る。「裨益《ひえき》の花は、まさしくアマート。そしてわたしは正義の剣……」祈りは交唱のかたちをとるが、長さはわずか四行だ。わたしも目覚めていれば静かに聞くが、それはどこか目に見えない、遠くの地から響いてくる声のようだった。

毎朝、ラドチ圏内の公認寺院ならどこでも、司祭――誕生と死亡、およびあらゆる契約の記録官でもある――が、その日のオーメン（金属の重い円盤）を投げる。家庭や個人も独自のオーメンを投げることはでき、公式のオーメン投げに同席する義務はないものの、友人や隣人と語らい、噂話を聞くにはうってつけの場だった。

そしてここオルスに、まだ公認の寺院はない。第一にアマートをまつり、地元の神々は脇役にまわるため、イックトの司祭長が首を縦に振らなかったからだ。自分たちの寺院で自分たちの神をさしおいてアマートを主神とすること、従来の典礼にラドチャーイの儀式を加えることを、司祭長は善しとしなかった。というわけで、さしあたってはオーン副官の公邸が祈禱所となり、当座しのぎで任命された花係が毎朝やってきては、アマート像の周囲の花を新しいものにとりかえる。花は通常、地元産の桃色の、花弁が三枚ある小さな花で、建物周辺にたまった泥や、床版《しょうばん》の割れ目で開花する。雑草といってもよいくらいだが、子どもたちはこの花が大好きだった。最近は、青と白の小さな百合の花が湖で、とくにあの進入禁止水域の近くで咲いている。

オーン副官は布を広げ、ひと握りのオーメンを用意した。これと神像は副官の私物で、適性試験を受けて配属されたとき、家族から贈られたものだ。

朝の儀式は副官と当日の侍者のみで行なわれることもあったが、たいていはほかにも参列者がいた。たとえば町の医者や、ここの土地を与えられたラドチャーイ数人、学校に行きたがらない、あるいは遅刻しても平気な地元の子どもたちなどだ。子どもたちはきらきら輝く円盤が気に入っているらしい。またときには、イックトの司祭長も姿を見せた。イックト神はアマート同様、他の神を拒否することを信者に求めてはいない。

オーメンが落ち、布の上で静止すると（ころがって布の外へ出てしまうと解釈不能になるので、参列者は固唾《かたず》をのんで見守る）、司宰《しさい》する者はその散らばり具合をながめ、その形に結びついた言葉を告げる。しかし、オーン副官の場合、かならずしも毎回これができるとはかぎらなかった。そこで、副官がオーメンを投げると、わたしがそれを観察し、割り当てられた言葉を副官に送信した。なんといっても、わたし――〈トーレンの正義〉は、二千年近く生きてきたのだ。落ちたオーメンの散らばりパターンは大方目にしたといっていい。

儀式が終わると、副官は朝食をとる。いつもは、地元産の穀物でつくるパンと（ほんものの）お茶で、食事がすむと壇の上の敷物に腰をおろし、住民が陳情、苦情を申し立てに来るのを待つ。

「今夜、ジェン・シンナンから夕食に招かれています」

あの日の朝、わたしはオーン副官に伝えた。同時にわたしは朝食を食べ、銃の手入れをし、声をかけてくる住民に挨拶を返し、町を巡回する。

ジェン・シンナンは上町《かみのまち》に住み、併呑まえは町いちばんの富豪で、影響力でもイックトの司祭長に次ぐ有力者だった。そしてオーン副官は、彼女を嫌っていた。

「うまく断わる口実はないかな」

「はい、見当たりません」わたしは敷地の端、ほぼ通りに面したところで警備もしていた。オルス人がひとり、わたしを見て歩をゆるめ、八メートル離れた場所で立ち止まった。わたしの頭上にある何かをながめるふりをする。

「ほかには?」

「政務官が、オルス沼沢地における漁業制限の公式見解をくりかえし述べ――」

副官はため息をついた。「もちろん、そうだろうな」

「どうかしましたか、市民?」わたしは立ち止まって逡巡《しゅんじゅん》しているようすのオルス人に声をかけた。もうじき彼女に初孫ができることは近隣住民も知らない。そのため、わたしもそれは知らないふりをして、この男性にありきたりの声かけをした。

「政務官も――」オーン副官はつづけた。「ここに来て、硬いパンと胸のむかつく野菜の酢漬けを食べて暮らしてみればいい。そうすれば漁業制限がもたらすものを実感できるだろう」

通りにいる男は背を向けて去りかけたが、思いなおしたらしく、わたしに挨拶した。

「おはよう、ラドチャーイ」小さな声でいい、こちらへ近づいてくる。「副官にも挨拶させてくれ」オルス人はこちらが苛《いら》つくほど無口かと思えば、ときにすばらしく不作法になる。

「ちゃんと理由があるのはわかっている」副官はわたしにいった。「彼女のいうとおりだとも思う。だが、それでも……」ふたたび、ため息。「ほかには？」

「デンズ・エイが外にいて、副官とお話ししたいそうです」わたしはそういいながら、デンズ・エイを屋内に招きいれた。

「話というのは？」

「口にしたくなさそうです」副官が了解して手を振り、わたしはデンズ・エイを衝立《ついたて》のこちら側へ連れてきた。彼女は黙礼し、副官の前にあるクッションに腰をおろす。

「おはよう、市民」副官がいい、わたしが通訳した。

「おはようございます」デンズ・エイはおずおずと、言葉を選びながら、雲ひとつない晴天であることや気温の高さについて感想を述べ、副官の体調をうかがい、あたりさわりのない噂話をして、ようやく本題に近づいた。「お……おれには友人がいましてね」そこで言葉を切る。

「ん、それで？」

「そいつが、きのうの夕方、釣りをしたんだけども……」また言葉を切る。

オーン副官は三秒待ったが、沈黙がつづくため、自分から尋ねた。

「たくさん釣れたのかな？」場の雰囲気を考えると、とても良い質問だった。短く、しかも来訪理由を話せと急かしもしない。

「い、いや、それほどは……」デンズ・エイの顔に、苛立ちがよぎった。「繁殖地の近くがいちばん釣れるんだけどね、そこは進入禁止になっちまったから」

「そうだね。あなたの友人は、法を犯してまで釣りをしないだろう」

「も、もちろんしませんよ。だけども、その……そいつはときどき、芋を掘るんですよ。禁漁区の近くで」

進入禁止の水域周辺に、食用になる芋類などあるはずがなかった。しばらく(せいぜい数か月)まえに、根こそぎ掘り起こされたからだ。そして禁止水域内には、よほどの覚悟がなければ侵入できない。芋類が明らかに減少した、もしくはまったく消えたとなれば、わたしたちが犯人を見つけ出し、警備を強化する。オーン副官はもちろんのこと、下町《しものまち》の住民なら誰でも知っていることだ。

副官は話の続きを待った。オルス人のまわりくどい話しぶりはいつものことで、副官は表情を変えずに堪えている。

「ここの芋は、味がいいと聞いたが」副官はたまらず口を開いた。

「ええ、そりゃあもう!」デンズ・エイはうなずく。「泥から引っこ抜いてすぐ食うのが、いちばんうまいんだよ」これには副官が少し顔をしかめた。「まあね、切って焼いてもうまいけどね……」デンズ・エイはそこで、媚《こ》びるような笑みを浮かべた。「おれの友だちに、少しここに持ってこさせましょうかね?」

副官は配給食料に不満だったから、この申し出を受け入れるかもしれない。と、わたしが思ったところで、彼女はこういった。

「いや、それにはおよばない。話の続きをうかがおう」

「続き?」

「あなたの……友人の話だ」副官はそういいながら指を小さく動かし、わたしに質問を送ってきた。「友人は禁止水域の近くで芋を掘った。そして?」

わたしは副官に、掘ったと思われる場所を示した。オルス全域を巡回するわたしは舟の出入りを把握しているので、彼女たちがどの場所で灯火を消したかもわかる。消す理由はおそらく、わたしに見られたくないからだ。

「そして……」デンズ・エイはためらいがちにいった。「ちょっとしたものを見つけたんですよ」

(行方不明の者はいるか?) 副官は声には出さず、多少緊張してわたしに訊いた。わたしはノーと答える。「何を見つけたのかな?」副官は声に出してデンズ・エイに尋ねた。

「銃ですよ……」やっと聞こえる程度の小声で。「一ダース。あれよりまえのもの」

あれ、というのは併呑を指す。シスウルナの地元の軍が所有する武器は併呑後、すべて没収された。よってこの惑星上に、わたしたちの知らない銃などあるはずがないのだ。デンズ・エイの答えは思いがけないものだった。オーン副官の全身が、二秒ほど硬直した。

それから戸惑い、警戒、疑惑——。(彼女はなぜ、わたしにこのような話をするのだろうか?) 副官は無言でわたしに尋ねた。

「まえから噂はあったから」デンズ・エイはつづけた。「副官だって知ってたでしょ?」

「噂というのは、いつの世も絶えることがない」よく使われる表現のため、副官はわたしの通訳を介さず、現地語でいった。「暇つぶしには何よりだからね」

デンズ・エイは身振りでそれを認めたが、副官の忍耐も限界にきたらしい。

「その銃は、併呑まえからそこにあったのではないか?」

デンズ・エイは左手を振って否定した。

「ひと月まえにはありませんでしたよ」

(併呑以前の銃を誰かが見つけ、そこに隠したのだろうか?)副官は無言でわたしに話しかけてから、声に出してデンズ・エイに確認した。

「禁止水域の水中に銃らしきものが一ダースある、と噂されていたのだな?」

「そちらのみなさんには屁でもない銃ですよ」なぜなら、わたしたちにはアーマーがあるからだ。ラドチのアーマーは、基本的には貫通不能とされる。わたしは自分のアーマーを意のままに展開できるし、分軀《セグメント》すべてにインプラントされていた。もちろんオーン副官にもアーマーはあるが、副官の場合は体外装着型だ。とはいえ、これで不死身になるわけではない。戦闘においては、その下に実際の鎧《よろい》をつけることもある。連結式の軽量な鎧で、頭部と胴、四肢を覆うのだ。しかし、副官であれわたしであれ、たかだか一ダースの銃で深傷を負うことはない。

「そうすると、銃は誰が何のために隠したのだろう?」副官が尋ねると、デンズ・エイは唇を嚙み、顔をしかめてしばし考えこんだ。

「上町のタンミンドとラドチャーイは似たところがあるから」

「市民よ――」副官はその言葉に力をこめた。〝市民〟すなわち〝ラドチャーイ〟だ。「わたしたちは、住民を撃つ気になればすぐに撃つ」そして実際に、それをやってのけた。「武器をわざわざ隠す必要などない」

「ほらね、だからおれはここに来たんだ」わかりきったことをいわせるなという口調だった。子どもに向かっていうように。「あんたたちは人を撃つとき、理由をいって引き金をひく。でも、言い訳はしない。それがラドチャーイのやり方なんだ。だけどあんたたちが来るまえ、上町のやつらはオルスの人間を撃つとき、ちゃんと言い訳を考えた」副官が怪訝《けげん》な顔をしたため、デンズ・エイは露骨にいった――「誰かに死んでもらいたいとき、〝問題を起こすおまえには消えてもらう〟といって撃ち殺したりはしないんだ。上町の人間なら、〝おれたちの身を守るために仕方がない〟という。そして殺したあとで、死体や家をさぐって武器を……証拠を見つけるんだ」その言い方から、過去、証拠は捏造《ねつぞう》されることもあったらしい。

「では、タンミンドとわたしたちのどこが似ているのだろう?」

「神さまが同じだよね」いや、実際には違う。しかし、上町であれどこであれ、そのような作り話が流布していた。「どっちも宇宙に住んで、暑苦しい服を着たがる。あんたたちは金持ちで、タンミンドも金持ちだ。上町のやつが……」具体的な人物を指しているように思われた。「オルス人の誰それが自分たちの命を狙っている、とわめいたら、ラドチャーイはきっと信じる。そして誰それのことは信用しないんだ。嘘つきだって決めつけてね」

つまりそれが理由で、デンズ・エイはオーン副官に会いに来た――今後、何が起きようと、銃を隠したのは自分たち下町のオルス人ではありえないことを伝えたかったのだ。たとえ誰かが、そう主張しようと。

「オルス人とか――」オーン副官はいった。「タンミンド人、モハ人などは、もはや意味がない。それは過去のものだ。いまここにいる者はすべてラドチャーイなのだから」

「はい、おっしゃるとおりです、副官」デンズ・エイは感情のこもらない声でいった。

副官はオルスに駐留して長いので、これが不同意を表わしていることくらいはわかる。そこで表現を変えた。

「人を撃ち殺すような者はここにはいない」

「ええ、もちろんいませんよね」デンズ・エイはまた同じ調子でいった。彼女の年齢なら、わたしたちが住民を虐殺したことは知っている。近いうちに同じことがあるのではないか――。不安に怯《おび》えるのも無理はない。

デンズ・エイは帰り、オーン副官は考えこんだ。邪魔する者はなく、時間は静かに過ぎてゆく。

緑の灯に照らされた寺院内では、司祭長がわたしをふりむき、こういった。

「昔は合唱団がふたつあったんだよ。それぞれ百人でね。あなたなら、きっと喜んでくれた」

合唱団の記録なら、わたしも見たことがあった。そしてときには子どもたちが、はるか昔の――五百年以上もまえの歌をうたって聞かせてくれることもある。「もはやこの地に、昔の面影はない。結局のところ、世のなかのいっさいが移ろい、変わりゆくということだ」わたしは心のなかでうなずいた。

「今夜、船を出してくれ」オーン副官が沈黙を破った。「銃の出所を知る手がかりが見つかるかもしれない。今後のことは、もう少しようすを見てから考えよう」

「承知しました、副官」わたしは静かに答えた。


ジェン・シンナンは門前湖の先の上町に住む。上町のオルス人は、召使を除けばごく少数だ。家屋は下町のものとはいささか異なり寄棟《よせむね》造りで、各階の中央部分は壁で囲まれているが、暑さがやわらぐ晩は窓も扉も開け放たれた。上町は下町よりはるかに新しく（五十年ほどまえ、廃墟《はいきょ》の上に建設された）、温度調節システムも進んだものが使われている。住民はズボンとシャツを着て、そこにジャケットまではおり、ラドチャーイの移民も従来どおりの衣類に身を包んだ。オーン副官も、上町を訪れるときは軍服姿でもとくに不快ではなさそうだった。が、ジェン・シンナンに会いにいくのは、不快だった。副官は彼女を嫌っていたからだ。もちろん、そのようなそぶりはいっさい見せないが、ジェン・シンナンのほうも、副官を快く思ってはいないようだった。夕食に招待するのは、ラドチの代表者に対する社交辞令の類でしかない。そして今夜、食卓を囲むのは、ジェン・シンナンと彼女の親族のジェン・ター、オーン副官とスカーイアト副官のわずか四人だ。スカーイアト副官は〈エンテの正義〉7イッサ分隊の指揮官で、オルスとクッド・ヴェスの中間地域を管理している。大半が農地だが、ジェン・シンナンとジェン・ターの所有地もあった。巡礼シーズンになると、7イッサはわたしたちの応援にやってくるため、スカーイアト副官はオルスでもよく知られている。「収穫物が残らず没収されたよ」そういったのは、上町近くのタマリンド果樹園を所有するジェン・ターだ。彼女はスプーンで皿をばしっと叩いた。「収穫したものすべてだ」

テーブルの中央には碗《わん》や皿が置かれ、卵に魚（沼ではなく海で捕ったもの）、スパイシー・チキン、パン、蒸し野菜、五、六種類の付け合わせが盛られている。

「料金は支払われたでしょう？」オーン副官はいつものようにアクセントに気をつけながら、ゆっくりとしゃべった。ジェン・シンナンもターもラドチ語を話すことができるので、通訳は不要だ。またラドチ語なら、性別や地位など、タンミンドとオルスで基本要素とされるものの表現に気をつかわずにすむ。

「いや、わたしがクッド・ヴェスまで持っていけば、もっと高値で売れた！」

以前なら、彼女のような地主は殺され、農場はラドチャーイの被保護者《クリエンス》のものになっていたかもしれない。実際、シスウルナの併呑初期に命を絶たれた者はかなりの数にのぼる。理由は単純で、邪魔になるからだ。何にとって邪魔なのかは、挙げだしたらきりがない。

「ご理解いただけていると思いますが――」オーン副官はいった。「食料配給はさまざまな問題を順次解決しながら実施されているのが現状です。最善の方法を実現できるまで、いましばらく忍耐が必要でしょう」副官は居心地が悪いとき、堅苦しい表現をする。ときに過剰なほどに。

ジェン・シンナンは淡いピンクの華奢《きやしや》なガラス皿のほうに腕をのばした。

「スタッフドエッグをもっといかがかな？」

副官は手袋をはめた手を上げ、「いえ、もう十分いただきましたので」と断わった。

ジェン・シンナンは話題を変えようとしたのだろうが、ターはそれを無視して固執した。

「くだものまで？　それも、タマリンドだ！　飢えにあえぐ者がいまもいるとは思えないね」

「まさしく！」スカーイアト副官がほがらかにいった。オーン副官の顔を見てほほえむ。濃い褐色の肌、琥珀《こはく》色の瞳。スカーイアト副官はオーン副官と違い、格式のある名家の出だった。

彼女の7イッサ分隊のひとりが、ダイニングの戸口の横で、わたしと並んで立っている。どちらももちろん直立不動だ。

オーン副官はスカーイアト副官にたいへん好意をもっているし、いまの発言も歓迎したはずだが、向けられた笑顔に対し、笑顔でこたえることはできなかった。

「少なくとも、今年はいない」

「ターはわたしよりはまだ順調だろう」ジェン・シンナンは身内をなだめるようにいった。彼女も上町からさほど遠くない場所に農地を所有しているのだ。そしてあの、沼地で取り残された浚渫《しゅんせつ》船の持ち主でもある。「いまさら愚痴っても仕方がないが、労多くして功少なしだった」

オーン副官は何かいいかけてやめ、それに気づいたスカーイアト副官が訊いた。いつものことながら、自然に口をついて出る母音にはとても気品がある。

「オーン副官、禁漁はあと三年つづくのか？」

「そう、三年はつづく」

「愚かだ」ジェン・シンナンがいった。「オルス人は善人ではあっても、愚かだ。副官もこの地に赴任したとき、あそこを視察したはずだ。漁を解禁すれば、ふたたび魚は捕りつくされるだろう。かつてのオルス人は偉大だったかもしれないが、子孫はもはやそうではない。野心はなく、目先のことしか考えられない。誰がボスかを教えてやれば、素直に服従はする。その点は副官、あなたはとっくに実感ずみだろう。しかしオルス人は、ひとりの例外もなく、役立たずで迷信深い。どん底の闇界で暮らすと、おそらくそうなってしまうのだろう」ジェン・シンナンは自分のジョークに笑い、ターも笑った。

シスウルナの宇宙空間に居住する民族は、宇宙を三つに分ける。そのうち中央には人類にとって自然な環境――宇宙ステーション、船舶、人工の居住空間があり、その外側の「黒界」が楽園で、神や聖なるものはここで暮らしている。そして惑星シスウルナの――その意味ではあらゆる惑星の――重力の井戸の底には死者の地、「闇界」が広がる。人はここから抜け出さないかぎり、邪悪から完全に解き放たれることはないとされた。

この点で、宇宙を神そのものとみなすラドチャーイの思想と、タンミンドの黒界の考え方はきわめて近いように思える。が、ラドチャーイ的見方からすれば、重力の井戸を死者の地と信じる者が、トカゲを信仰する者たちを迷信深いと批判するのは、いささか奇異だ。

オーン副官は礼を失しないよう無理に笑みをつくり、スカーイアト副官はこういった。

「それでもあなたはここで暮らしている」

「わたしは抽象的、哲学的思考と現実を混同したりはしないからね」しかしこの表現もまた、ラドチャーイなら首をかしげるだろう。〝現実〟の世界で暮らすタンミンドは〝闇界〟なるものから抜け出すことを善しとしているのだから。「冗談ではなくね。わたしには持論がある」オーン副官は、タンミンドのオルス人に対する考え方を多少なりとも知っていたし、ジェン・シンナンの表現に不思議な顔をすることもなく、むしろ興味を抱いたかのように、「ほう？」とだけいった。

「その持論をぜひとも教えてほしい」スカーイアト副官が促した。スパイシー・チキンを口に入れかけていたターも、その手を止め、フォークを振って同意する。

「オルス人の生き方は、その住み処と同じで――」ジェン・シンナンはいった。「屋根しかなく、野ざらし同然だ。プライバシーなどもたず、真の意味での自我がない。自分と他人を分ける感覚に欠けているんだ」

「他人の私有地はもとより――」ターがチキンを飲みこんでいった。「他人の家のなかにまで入りこんで、ほしいものはなんでも持ち帰っていいと思っている」

招かれていない家に入るとき、下町でも暗黙のルールがあるにはある。巡礼シーズンはさておき、盗みを働く者などめったにいなかった。

ジェン・シンナンはそのとおりだとうなずいた。

「ここで飢えている者などいないよ、副官。働く必要はなく、沼で釣りをするだけだ。巡礼シーズンには巡礼者から巻き上げればいいしね。野心をもつような場もチャンスもなく、向上心など、もちようがない。やる気がないというより、できないのだな、たとえば教養を磨くとか……」言葉をさがして黙る。

「内面を磨くとか?」スカーイアト副官がいった。オーン副官と違い、この会話を楽しんでいるようだ。

「そう、そう!」ジェン・シンナンはつづけた。「内面を磨くことなど考えもしない」

「あなたの持論に従えば――」オーン副官の口調はきわめて(異様なほどに)冷静だった。「オルス人は人ではない」

「独立した一個の個人ではない、ということかな」ジェン・シンナンは、自分の発言の何かが副官を不機嫌にさせたらしいと感じたものの、確信はなさそうだ。「うまく説明できないが」

「おまけに――」ターは場の空気を感じとっていない。「働かなければわたしたちのような生活ができないことを、まったくわかっていない。わたしたちの財産をうらやみ、ねたみ、あげくに非難する。なんで自分たちに分けてくれないんだ、とね。懸命に働きさえすればいいのに……」

「壊れかけた寺院のために金《かね》を使い、自分たちは貧乏だと愚痴る」と、ジェン・シンナン。「そして沼の魚を漁《あさ》りまくり、わたしたちを責めたてる。進入禁止を解除したら、副官、あなた方がわたしたちと同じ目にあうのは必至だ」

「あなたが沼から大量に泥を掘り起こし、それを肥料として販売したことは、魚の絶滅と無関係だとおっしゃるのですか?」オーン副官の口調には棘《とげ》があった。肥料はあくまで名目で、実際は宇宙空間で暮らすタンミンドが宗教儀礼で使うのだ。「すべてはオルス人が無節操な漁をしたせいだと?」

「もちろん、浚渫も多少は関係あるだろうね」ターがいった。「しかし、オルス人さえ資源を適切に扱えば……」

「いいでしょう」ジェン・シンナンはうなずいた。「魚場を破壊したのはわたしだと、あなたは非難している。だがね、わたしはオルス人に仕事を与えた。生活を少しでもましにする機会を与えたんだ」

スカーイアト副官は、オーン副官が限界に近い状態であるのを感じたようだ。

「この惑星のセキュリティはステーションほどではないから」と、明るい調子でいう。「つねに、その……漏れがある。看過するものがある、とでもいえばいいかな」

「ふむ」と、ジェン・シンナン。「あなたたちは全員に追跡タグをつけたのだから、それぞれどこにいるかを把握しているだろう」

「かならずしも」と、スカーイアト副官。「つねに監視しているわけではないよ。あなたたちも、惑星全域を監視できるAIをつくろうと思えばつくれるだろうに、なぜかいまだに試みられていない。しかしステーションでは――」

オーン副官は、ジェン・シンナンがスカーイアト副官の言葉の罠《わな》にはまったことに気づいたらしく、こういった。

「ステーションでは、AIがすべて見ています」

「そっちのほうがはるかに楽だから」スカーイアト副官は明るくつづけた。「セキュリティなど、ほとんど気にしなくていい」いささか誇張されているが、この場では致し方ないだろう。

「AIがすべてを見るなんてことはない」ターがフォークを置いていった。副官ふたりは無言だ。「たとえばあなたたちの親密な……」

「すべてです」オーン副官は断言した。

二秒ほど、静まりかえった。わたしの横で、7イッサの護衛の唇がゆがんだ。単なる痙攣《けいれん》の類かもしれないが、わたしの想像ではおそらく、笑いたいのをこらえたのだろう。ステーションと同じく軍艦にもAIがあるため、ラドチャーイの兵士にはプライバシーがまったくない。「確かです」

静寂を破ったのはスカーイアト副官だった。

「そういえば、あなたの姪《めい》は今年、適性試験を受けるのでは？」

ターはうなずいた。彼女自身は農場から収益を得ているので、軍務に就く必要はない。後継親族にしても、生計を立てられるかぎりは、農地経営を引き継ぐだろう。ただし、いま話題の彼女の姪は、併呑時に両親を失っていた。

「あなたたちももちろん──」ジェン・シンナンがいった。「試験を受けたのだろう？」副官ふたりはうなずいた。適性試験は軍人または役人になる唯一の道だが、誰でもどの職にでも就けるというわけではない。

「あなたたちには良い試験かもしれないが」と、ジェン・シンナン。「シスウルナには不向きな気がする」

「それはまた、どうして？」スカーイアト副官は、軽い驚きの表情を見せた。

「何か問題でも？」オーン副官のほうは、あいかわらず表情が硬い。ジェン・シンナンへの不快感は継続中だ。

「なんというか」ジェン・シンナンは純白の柔らかいナプキンをとり、口をぬぐった。「聞いたところでは、先月、クッド・ヴェスの役人候補はすべて少数派のオルス人に決まったらしい」

オーン副官は戸惑い、スカーイアト副官はにっこりした。

「つまり――」スカーイアト副官はジェン・シンナンの顔を見つつ、オーン副官に向けてもいった。「公正な試験ではないと？」

ジェン・シンナンはナプキンを畳み、碗の横に置く。

「では、副官、ここはお互い腹を割って――。あなたたちが来るまで、オルス人の官吏がいなかったのにはそれなりの理由があるからだ。もちろん、何事にも例外はつきもので、司祭長は尊敬に値する人物だというなら、それはそれでいい。しかし、彼女は例外でしかない。二十人ものオルス人が役人になり、タンミンドはひとりもいないとなると、試験に欠陥があるか、もしくは……。先陣を切って降伏したのはオルス人だった。あなたたちがそれを評価し……見返りを、与えたくなるのもわからなくはない。しかしそれは、相手を間違っている」

オーン副官は無言だったが、スカーイアト副官はこう訊いた。

「あなたのいうとおりだとして、なぜそれが間違いなのだろう？」

「さっきもいったように、オルス人は権威ある地位には不向きだからだ。例外を否定する気はないが……」手袋をはめた手を振る。「不公平が明白であれば、住民は役人を信用しなくなる」

オーン副官の顔に無言の怒りがわきあがり、かたやスカーイアト副官の顔には笑みが広がった。

「あなたの姪はさぞかし神経質になっているでしょう」

「そりゃあね」ターは認めた。

「気持ちはとてもよくわかる」スカーイアト副官はのんびりといった。「適性試験は市民の人生にとって非常に大きな意味をもつからね。でもだからといって、恐れる必要はない」

ジェン・シンナンは乾いた笑い声をあげた。

「恐れる必要がない？　下町の連中はわたしたちを恨んでいる。過去も、現在もね。そして現在、法に準じた契約を結びたければ、わたしたちはクッド・ヴェスまで出向くか、下町を経由して副官の公邸まで行かなくてはならない」法律に基づく契約は、アマートの寺院で締結するのが決まりなのだ。が、最近になって（激しい議論を呼んでいるが）、関係者のなかに排他的一神論者がいる場合は、寺院の階段ですませてもよいことにはなった。「巡礼シーズンには、実質的にほぼ不可能だ。クッド・ヴェスに行くのも、我が身を危険にさらすのもね」

ジェン・シンナンは頻繁にクッド・ヴェスを訪れている。友人宅の訪問や買い物程度のことも多い。上町のタンミンドはみな、併呑以前からそうだった。

「報告されていない問題や障害でもあるのでしょうか？」オーン副官は丁寧な訊き方をしたが、顔はこわばっている。

「じつはね」ターがいった。「いおういおうと思っていたんだけどね。ここに数日ほど滞在しているあいだに、姪が下町で嫌がらせを受けたらしい。下町には行くなといったのに、若い子はするなといわれたことをしたがる」

「嫌がらせというのは、具体的には？」

「おや」と、ジェン・シンナン。「訊くまでもないのでは？　野卑な言葉に脅迫……。どうせ口先だけで、この先どうなるか見ていろよという程度だろうが、子どもにはそれでも十分に恐ろしい」

その〝子ども〟というのは、この二日間ほど、午後になると門前湖の畔《ほとり》にすわりこみ、ため息をついていた若者だ。わたしは一度声をかけたが、彼女は返事もせずに顔をそむけたので、その後はかまわず、ひとりにさせておいた。そして彼女に嫌がらせをいった町民などひとりもいない。（いざこざは、いっさいありません）わたしはオーン副官にメッセージを送った。

「では、姪御さんから目を離さないようにしておきましょう」オーン副官はそういいながら指を動かした。わたしのメッセージを受信したという合図だ。

「よろしく頼むよ、副官」ジェン・シンナンはそういった。「あなたなら信頼できる」

「面白がっているな？」オーン副官は堅く結んだ口もとをややゆるめていった。このまま顔の筋肉を張り詰めていたら、そのうち頭まで痛くなっただろう。

スカーイアト副官は並んで歩きながら、からからと笑った。

「まさしく喜劇だ。こういってはなんだが、腹を立てれば立てるほど、きみの話は堅苦しく手厳しくなり、ジェン・シンナンはますますきみを誤解していく」

「そんなことはない。彼女はわたしのことを調べたはずだ」

「まだお怒りらしい。しかも悪いことに――」スカーイアト副官はオーン副官と腕をからめた。「わたしに怒っている。すまない、あやまるよ。たしかに、彼女はきみのことを遠回しに尋ねてきた。しかし、それは当然の興味だよ」

「そしてきみは答えた、同じく遠回しに」

わたしは副官たちのうしろを7イッサの護衛と並んで歩いた。行く手の街路、門前湖の向こう、そして広場にわたしが立っているのが見える。

「嘘はついていない」スカーイアト副官がいった。「わたしは彼女にこう話したんだ――属《アンシラ》躰《リー》を率いる副官は、財産とクリエンスを豊富にもつ、由緒ある上流階級の者が多いとね。彼女はクッド・ヴェスの知り合いからもっといろいろ聞いたかもしれないが、どっちみち似たようなものだろう。きみはそういう家系の出じゃないから、ジェン・シンナンのような人間はきみに反感をもつ。一方で、きみが命令するのは属躰であり、がさつな人間の兵士ではない。頭の古いやつらは人間の兵士を嫌い、無名の家の者が将校になるのが気にくわないんだ。つまるところ、きみの属躰を認め、受け入れても、きみの親族を受け入れることはない。ジェン・シンナンはオーンという副官を、相反する感情で見ているだろう」話す声はほとんどささやきに近かった。通り過ぎる家々は静まりかえり、一階の明かりがついている家はひとつもない。これは下町らしからぬ光景だった。いつもなら、住民は夜が更けるまで道端に腰をおろし、小さな子さえそうだった。

「ジェン・シンナンのいうとおりだと思う」スカーイアト副官はつづけた。「いやいや、オルス人に対する見方じゃない。適性試験への疑惑だよ。きみだって感じているだろう、あれはいくらでもごまかしがきく」その言葉に、オーン副官は裏切られたような憤りを感じたが、口にはしなかった。「何百年ものあいだ、金持ちで縁故に恵まれた者しか就けない職があった。軍の将校だってそうだよ。ただこの五十年、いや七十五年ほどは様子が違う。弱小家系でも、将校にふさわしい人材が急に生まれるようになったのだろうか？」

「いったい何をいいたい？」オーン副官はスカーイアト副官を振り払うように、組んだ腕を引いた。「まさかきみから、そんな質問をされるとはね」

「いやいや、勘違いしないでほしい」スカーイアト副官は逆に腕を引きよせた。「これは当然の疑問だし、答えは決まっている。〝いいえ、そんなことはありません〟だ、もちろん。しかし、どう思う？　試験が不公平なのは過去の話か、それともいま現在か？」

「きみの意見は？」

「両方かな。過去も現在もだ。われらが友人のジェン・シンナンは、そのあたりがわかっていない。彼女はただ、出世は縁故のおかげであり、同じことは適性試験にもいえる、としか考えていないんだ。そして浅ましくも、オルス人がいい思いをしているのはラドチに従順だからだといわんばかりで、その直後に、自分たちのほうがもっと貢献できるとほのめかした。ジェン・シンナンもジェン・ターも、自分の子どもは受験させないんだよ。試験を受けるのは両親を失った姪だけだ。それでも姪には投資せざるをえない。試験に合格させてやるから小遣いをくれといえば、すぐにくれただろう。むしろあちらからいいださなかったのが、不思議なくらいだ」

「それはない」オーン副官は強い口調でいった。「賄賂をもらったところで、きみには合格させられない」

「別にできなくてもいいよ。彼女は問題なく合格し、地方の大きな町で研修して、いいポストに就くに決まっている。いいかい、オルス人は協力的であることの見返りを実際に得ているんだよ。ただし、ここでは少数民族だ。併呑という耐えられない、しかし不可避の事態が収束したいま、どの民族にもラドチの一員になってよいこともあると実感させたい。降伏せずに抵抗しつづけた一族を罰したところで、何の益もないだろう」

それからふたりは黙って歩き、湖の畔で立ち止まった。腕は組んだままだ。

「家まで送っていこうか?」スカーイアト副官が声をかけたが、オーン副官は返事をせず、湖面の先をながめていた。機嫌はなおっていないらしい。寺院の傾斜した屋根の、緑色の天窓がきらめき、開いた扉からあふれ出た明かりが広場を照らして湖面に映える。この時期は徹夜で祈りを捧げるのだ。スカーイアト副官は困ったように弱々しくほほえんだ。

「また怒らせてしまったみたいだ。この埋め合わせはするから」

「期待しているよ」オーン副官は小さなため息をついた。スカーイアト副官とは、けっして本気の喧嘩ができない。それにいまは、そこまでする理由もなかった。ふたりは並んで湖畔を歩いた。

「市民と非市民の違いはなんだと思う?」オーン副官の声は、沈黙が破られたとはいえないほど小さかった。

「市民は文明人で——」スカーイアト副官は笑った。「非市民は文明人ではない」これはラドチ語でしか通じないジョークだった。ラドチ語では、〝市民〟と〝文明人〟は同一語なのだ。ラドチャーイであること、すなわち文明人だ。

「つまり、シスウルナの住民がミアナーイ帝から市民として認められれば、その瞬間から文明人になるのか」これはラドチ語では堂々巡りというか、意味をなすようでなさないむずかしい問いだった。「きみのイッサたちが、礼儀正しい言葉づかいをしなかったという理由で人民を銃殺した場合——そんなことはしない、なんていわないでくれよ、実際にはもっとひどいことをしたのだから——その人民がラドチャーイではない、すなわち文明人でないなら、何の問題もない」最後の部分は、地元のオルス語に切り替えられた。ラドチ語ではいいたいことがうまく伝わらないからだ。「何をしようと、文明の名のもとに正当化される」

「でも、まあ……あれは効果があったよ。最近では、住民はみな、わたしたちに礼儀をもって話すようになった」言葉を切り、眉間に皺が寄る。「どうしてこんな話をする?」

オーン副官は前日の司祭長との会話を伝えた。

「そうだったのか……。それで反論はしなかった?」

「したところで、何も良いことはない」

「確かにね。しかし、反論しなかったのは、それが理由ではないだろう？　属躰は人に暴力をふるったり、賄賂を受けとったり、レイプしたり……人間の兵士のように、怒りに任せて射殺したりはしない。だがそんな属躰も、もとは人間だった。何百年ものあいだ、サスペンション・ポッドで冷凍されていただけだ。現在、どれくらいの数がストックされていると思う？〈トーレンの正義〉に積まれているだけでも、向こう百万年くらいは属躰に不足しないよ。事実上、彼女たちは死んでいる。それでいったい何が違うというんだ？　こういうとまた怒るかもしれないが、これは厳然たる事実だよ――栄華は他者を犠牲にして得られる。文明の数ある利点のひとつは、そのことに目をそむけていられることだろう。見たくなければ見なくていい。良心の咎《とが》めを感じることなく存分に、文明の恩恵に浴せる」

「きみは心が痛まないんだな？」

スカーイアト副官は、大きな声で陽気に笑った。カウンター・ゲームや人気の茶店の話でもしているかのように。

「自分はいずれ頂点に立つ、二流の家系は栄えあるわが家系に奉仕するだけの存在だと信じて育てば、それが当たり前になる。生まれたときから、他人は自分のために尽くすものだと疑わないし、実際、そのとおりだからね。併呑の最中の出来事は……程度が違うだけで、基本的には何も変わらない」

「わたしとは少し見方が違うな」オーン副官は苦々しげにそれだけいった。

「うん、たぶんね」スカーイアト副官の声にやさしさがこもった。彼女はオーン副官を心から慕っているのだ。そしてオーン副官のほうも、今夜のように腹を立てることがあってもなお、スカーイアト副官をいとおしいと思っていた。「きみの家系はこれまで、それなりの犠牲を強いられてきた。おそらくそのせいで、きみは自分のために犠牲を払う者に同情しがちなんだ。祖先が併呑時にどんな思いをしたかは、考えまいとしても考えてしまうだろう」

「きみの祖先は、併呑されたことがない」オーン副官はつきはなすようにいった。

「いや、たしか、併呑された系列もあったと思う。いまは系譜からはずれているけどね」オーン副官の腕を引き、立ち止まらせる。「オーン……自分の力ではどうしようもないことで悩むのはよそう。現実は現実だ。罪悪感にかられる必要はない」

「誰にも非がないというわけか」

「そうはいっていない」声がぐっとやさしくなる。「でもきみは、これからもそういう考え方をするんだろうな。いいかい、ここの住民の暮らしは改善されていくだろう、なぜなら、わたしたちがいるからだ。いまだって、以前よりはいい。地元民にとっても、外からやってきた者にとってもね。ジェン・シンナンだってそうだ。ただ彼女の場合、自分がオルスのボスでなくなったことに腹を立て、ほかのことは目に入らない。そのうち彼女にもわかるだろう。ほかのみんなもね」

「殺された者は？」

「もうこの世にはいないんだ。あれこれ心配してもしようがない」

5

目覚めたセイヴァーデンはそわそわし、苛《いら》ついていた。きみは誰だ、とわたしに二度訊き、わたしの答えに三度、不満を述べた。わたしの答えは——いうまでもなく——嘘であり、意味のある情報はいっさい含まれていない。

「ブレクなんて名前の人間は知らないし、きみには一度も会ったことがない。ここはどこだ？」

最果ての地。ただし名前はある。「ここは、ニルト」

セイヴァーデンはむきだしの肩に毛布を掛けた。そしてぶすっとし、毛布をはぎとると腕組みをした。

「ニルト？ 聞いたこともないな。ぼくはどうやってここまで来た？」

「わたしにはわからない」セイヴァーデンの前の床に食料を置く。

彼女はまた毛布をつかんだ。「いらないよ」

好きにすればいい、という仕草を返す。わたし自身は彼女が眠っているあいだに食べ終わり、休息もとった。

「あなたには、こういうことがよくある？」わたしは彼女に訊いた。

「は？」

「目覚めたとき、自分がどこにいるのかわからない、一緒にいるのが誰なのか、どうやってここまで来たのかがわからない」

セイヴァーデンは毛布を肩に掛け、すぐまたはぎとると、手首を合わせてごしごしこすった。

「二度ばかりね」

「わたしの名前はブレク。出身はジェレンテイト」これはすでに伝えてあったが、ふたたび訊かれるのはわかっていた。「一日まえ、酒場の近くで倒れているあなたを見つけた。あなたがどのようにしてあそこまで行ったのかは、わたしにはわからない。放っておけば死ぬだろうと思った。もしそれを望んでいたのなら、よけいなことをして申し訳ない」

理由は不明だが、この説明はセイヴァーデンの神経に触れたらしい。

「ほんと、きみはチャーミングだよ、ジェレンテイトのブレクさん」どこか小ばかにした言い方で、わたしは違和感を覚えた。いまのセイヴァーデンは裸で、いかにもだらしがない。軍服を着た将校ではないのだ。

怒りがじわじわとわきあがってきた。理由ははっきりしている。しかし、怒りを表に出せば、セイヴァーデンは侮辱の言葉で対抗し、それがさらにわたしの怒りをかきたてるだろう。そこでこれまでと変わらず、わずかな興味を示すだけの、曖昧な表情を保った。そして先ほどと同じ、好きにすればよい、という仕草をした。

わたしはセイヴァーデンが軍務に就いた最初の艦船だった。彼女は訓練を終えたばかりの十七歳で、併呑の最終段階の任務を割り当てられた。小さな衛星の赤褐色の岩石層を掘ったトンネルのなかで、捕虜の監視をするのだ。捕虜は十九人。冷え冷えとしたトンネルのなか、全裸で震えながら一列に並び、診断されるのを待っている。

わたしの属躰《アンシラリー》のうち七人がトンネルに散らばり、武器を手に監視していた。まだ十代のセイヴァーデンは、顔つきこそ豪家のそれだったが、華奢《きやしや》なからだに黒い髪、褐色の瞳、褐色の肌はごく平凡で、つんととりすましたところも（後年ほどでは）ない。到着後間もなく囚人監視を任されたために緊張はしていたが、突然与えられたささやかな権力にご満悦で、こげ茶色の軍服の上下、手袋、そして副官の記章が自慢で仕方がないようす。また、訓練とは違う現場で銃を持つことに、心なしか興奮しているようでもあった。

壁ぎわに並ぶ捕虜のひとり――筋骨たくましく、折れた片腕がぶらぶらしている――が、耳障りな音をたてながら泣いていた。苦しそうに息を吸い、うめき声とともに息を吐く。彼女は、そしてほかの十八人も、自分にはふたつの道しかないことを知っていた。いま自分を監視しているような属躰――自我は消失し、肉体は軍艦の付属器でしかない属躰となるべく保存されるか、でなければ処分されるかだ。

セイヴァーデンは、一列に並んだ捕虜の横をいかにも重々しく、気どって歩いた。しかしそのうち、哀れな捕虜のしゃくりあげに苛つきはじめ、とうとう彼女の前で立ち止まった。

「うんざりなんだよ《アートルズ・テイッツ》、静かにしろ！」腕の筋肉が小さく動き、わたしは銃を振りあげる気なのだとわかった。たとえ台尻で殴り、捕虜が意識を失おうと、誰ひとり気にもとめないだろう。頭を撃ちぬいたところで、重要な備品が巻き添えをくらわないかぎり、問題にはならない。属躰に改造する人間の肉体は、くさるほどあるのだ。

「副官――」わたしはセイヴァーデンの正面に立ち、機械的にいった。「ご注文のお茶の用意ができました」実際は五分まえにいれていたのだが、報告せずに控えていた。

若年の副官セイヴァーデンが発する信号からわたしが読みとったのは、驚き、不満、怒りと苛立ち。

「茶をいれろと命令したのは十五分まえだぞ」セイヴァーデンはそういい、わたしは返事をしなかった。捕虜はわたしの背後でまだすすり泣き、うめいている。「そいつを黙らせろ」

「全力を尽くします」と答えたものの、それを実現する方法、捕虜の苦悶《くもん》をおさめる方法はただひとつしかない。新任のセイヴァーデン副官は、まだそのことに気づいていないらしかった。

セイヴァーデンは〈トーレンの正義〉で任務に就いてから二十一年後――わたしが雪上で倒れている彼女を発見する一千年以上まえ――エスク大隊の先任副官になっていた。年齢は三十八。市民の寿命はほぼ二百年だから、その基準からすればまだきわめて若い。

最後の日、セイヴァーデンは私室の寝台にすわってお茶を飲んだ。私室は三×二メートルの部屋がふたつで、壁は白く、とても簡素だ。いまやどこから見ても、どこをとっても、まさしく上流階級出身の軍人だった。ひるむことも、躊躇《ちゅうちょ》することもない。

堅い寝台にはもうひとり、エスク大隊の新任副官がセイヴァーデンの横に腰をおろしていた。数週間まえに着任したばかりで、セイヴァーデンと同じ家筋だが、出身家は異なる。この年頃だったセイヴァーデンと比べると、長身で体格もよく、上品さもいくらか上回っていた。血縁であろうとなかろうと、先任副官から私室に呼ばれて緊張していたが、顔や態度には表わさない。セイヴァーデンが彼女にいった。

「気をつけたほうがいいぞ……関心をもつ相手には」

若き副官は戸惑い、眉をひそめた。この呼び出しの目的に気づいたらしい。

「誰のことかはわかるな？」セイヴァーデンはそういい、わたしにはその誰かがわかった。エスク大隊のとある副官が、若い彼女に目をつけ、時間をかけてゆっくりと、控えめに、気をひいてきたのだ。ただし、セイヴァーデンが気づかないほど控えめではなかった。というより、現実には大隊室にいる者全員が気づき、新任副官がまんざらでもない態度をとるのを見てきたのだ。

「わかっています」若き副官は憮然《ぶぜん》として答えた。「しかし、なぜそのような……」

「はっ！」セイヴァーデンは横柄に、吐き捨てるようにいった。「無害な楽しみなのに、といいたいのか？　そうだな、たぶん楽しいだろう」セイヴァーデン自身、問題の副官と夜をともにしたことがあり、自分が何をいっているかはよくわかっているはずだった。「だがな、害はあるんだ。彼女は立派な軍人だが、とんでもない僻地《へきち》の家系だ。きみより年下なら、それでも問題はなかっただろうが」

若い副官は明らかに〝とんでもない僻地〟の出ではなかった。しかしまだ無邪気な若者はセイヴァーデンが何をいいたいかを悟り、怒り、分をわきまえない反論をした。

「とんでもない《アートルズ・ティッツ》！　誰もクリエンテラの話などしていませんよ。わたしたちは退役するまでクリエンテラは結べないじゃないですか」富裕層では、庇護関係《クリエンテラ》はきわめて明確な上下関係を意味した。保護者《パトロヌス》は被保護者《クリエンス》に財政的、社会的援助を約束し、クリエンスはパトロヌスに奉仕、貢献を提供する。この契約は代々引き継がれ、旧家では使用人のほぼすべてがクリエンスの子孫であり、裕福な氏族が営む事業では、格式の劣る家系のクリエンスが雇われていることが多い。

「辺境の一族はどこも野心に燃えている」セイヴァーデンの口調がほんの少し柔らかくなった。「そして知恵が働く。だからのしあがってこられたんだよ。彼女はきみより年上で、きみたちは今後何年も協力して任務を果たさなくてはいけない。彼女の手練手管に惑わされ、それを継続し、それに依存すれば、そのうち彼女は家柄の上下を無視してきみにクリエンテラを申し出るだろう。きみが家門の名誉を傷つけることを、きみの母親が喜ぶとは思えない」

若き副官の顔は、怒りと無念で紅潮した。大人としての初ロマンスは一瞬にして輝きを失い、卑しむべき打算でしかないとわかったのだ。

セイヴァーデンは身を乗り出し、お茶の入ったフラスクを取りかけて、その手を止めた。そしてしかめ面《つら》でわたしをふりむく。反対側の手の指を動かし、声には出さずにこういった。

「袖口が三日まえからほつれたままだぞ」

わたしはセイヴァーデンの耳に直接あやまった。

「申し訳ありません、副官」すぐに繕わせるのがわたしの務めだった。1エスクの分躯《セグメント》に、袖口のほつれたシャツをとりにいくよう指示しなくてはいけなかったのだ。それも、三日まえに――。この晴れの日に、ほころびのあるシャツを副官に着せてはいけない。

気まずい沈黙がつづいた。若き副官は、打ちひしがれている。わたしはまたセイヴァーデンの耳に直接語りかけた。

「副官、ご都合がつきしだい、大隊長がお目にかかりたいそうです」

昇進が決まっていることを、わたしは知っていた。いますぐ袖口を繕えと命令されても、その時間はない。セイヴァーデンがこの部屋を出たらすぐ、わたしは彼女の荷物をまとめなくてはいけないからだ。そして三時間後、彼女はこの艦を出ていくだろう、〈ナスタスの剣《つるぎ》〉の新任艦長として。わたしはセイヴァーデンとの別れを、とくにさびしいとは思わなかった。

些細《ささい》なことだ。あの状況でセイヴァーデンを責めるのは酷だろう。冷静に対処できる十七歳が、そうそういるとは思えない。エリート意識を植えつけられて育ち、そのとおり傲慢《ごうまん》な若者になっただけのことだ。当時のわたしには千年の経験があり、血統よりも能力が優先すると思うようになっていた。〝とんでもない僻地〟の家系が功をなし、セイヴァーデンの家系にひけをとらない名家になったのを幾度となく見てきたのだ。が、それもこれも、セイヴァーデンその人に非があったからではない。

彼女が副官から艦長になるまでの歳月は、小さな時間の積み重ねだった。とるに足りない出来事ばかりの歳月。わたしは特段、セイヴァーデンを嫌ってはいなかった。ただ好意をもったことが一度もないというだけだ。しかしいま、彼女を前にして、いやでももうひとりの副官と比べてしまう自分がいた。

ストリガンの家に滞在した翌週は、じつに不愉快だった。セイヴァーデンは世話がやけ、頻繁に着替えさせなくてはいけない。彼女は食事をほとんどとらず（それはある意味、ありがたかったが）、脱水症に陥らないよう気を配る必要もある。それでも週末にはきちんと食べはじめ、断続的に眠りはした。ただし眠りは浅く、体をひくつかせては寝返りをうつ。また、ぶるぶる震えることも多く、呼吸は荒かった。そしてだしぬけに、がばと起き上がる。起きているときは泣きべそをかくか、でなければ不平不満を並べたてた——何もかも目障りだ、野暮ったい、けばけばしい、どぎつい。

そして数日後、セイヴァーデンはわたしが眠っていると思い、玄関の二重扉の表側まで行くと、外の雪原をながめた。それから服とコートを着て、とぼとぼと離れ家に向かい、フライヤーに乗りこむ。エンジンをかけようとしたらしいが、わたしはとっくに主要部品を抜きとり、隠しておいた。こちらにもどってきたセイヴァーデンは、玄関の扉を二枚とも閉める程度の精神状態にはあったようだ。そうして部屋に入ってきたとき、わたしはストリガンの弦楽器を手に、ベンチに腰かけていた。セイヴァーデンは驚きを隠そうともせず、じっとわたしを見る。重くてむずむずするコートが不快なのだろう、小さく肩をゆすっていた。

「ここにはもう、いたくない」セイヴァーデンの傲慢な、居丈高《いたけだか》なラドチャーイらしい言い方のなかに、なぜか怯《おび》えが混じった。

「わたしの準備が整えば、ふたりで出発できる」そういいながら、わたしは手にした楽器を少しだけ爪弾《つまび》いた。セイヴァーデンは感情をこらえきれないようで、顔に怒りと失望があらわになった。「あなたがここにいるのは――」わたしは淡々といった。「わたしについていくと、あなた自身が決めたからではないか」

セイヴァーデンは背筋をのばし、胸をはった。

「きみはぼくのことを何も知らない。ぼくが何を決めたか、決めなかったかもね」

わたしはまた、むっとした。そんなことをいちいちいわれる覚えはない。

「そうそう、忘れていた。すべてはアマートの御心によるものであり、あなたの過失ではない」

セイヴァーデンは目をむき、口を大きく開けて何かいおうとした。が、何もいわないまま胸いっぱいに息を吸いこみ、唇をぶるるっと震わせながら勢いよく吹きだした。そしてわたしに背を向け、コートを脱いでそばのベンチに放り投げる。

「きみにはわからないよ」さげすんだ口調ながら、どこか涙声のようでもあった。「ラドチャーイじゃないからね」

つまり、非文明人ということだ。「麻薬を使いはじめたのは、ラドチを出るまえ？　それとも出てから?」ラドチ内では入手不能のはずだが、小さいながらも密輸基地はあり、役人は見て見ぬふりをしていた。

セイヴァーデンはコートを投げ捨てたベンチにどすんと腰をおろした。

「お茶を飲みたい」

「ここにはない」わたしは楽器を脇に置いた。「ミルクならある」正確にいえば、ボヴの発酵乳だ。地元民はこれを水で薄め、温めて飲む。においは——味もだが——汗くさい長靴を思わせた。飲みすぎればおそらく、セイヴァーデンなら吐き気をもよおすだろう。

「この世にお茶がない土地なんてあるのか?」セイヴァーデンは膝に両肘をつくと、左右の手首を額に押しつけ、力なく指を広げた。

「ある。ここがそうだ」わたしは答え、つぎに質問した。「なぜ麻薬に手を出した?」

「きみにはわからないよ」うつむいた顔から涙がこぼれ落ちる。

「それでもともかく話してみて」わたしはまた楽器を手にとり、爪弾いた。

セイヴァーデンは静かに泣いて、六秒後にこういった。

「ある人から、なんでもはっきり見えるようになるといわれた」

「麻薬を使うと?」答えはない。「何がはっきり見えるといわれた?」

「その歌なら知ってるよ」セイヴァーデンはうつむいたままいった。

この曲から、セイヴァーデンはわたしのことを思い出すかもしれない——。わたしは曲を替えることにした。ヴァルスカーイの一部地域では、歌唱は優雅な気晴らしとされ、合唱が社会活動の中心だった。併呑の際、当時のわたしは複数の声をもち、お気に入りの曲をたくさん仕入れた。ここではそこからひとつ選ぶとしよう。この曲をセイヴァーデンが知っているはずはない。ヴァルスカーイは彼女が現役の将校だった時代にはすでに存在していなかったからだ。

「その人がいうには――」セイヴァーデンは顔を上げた。「感情は知覚を曇らす。感情によるゆがみのない澄んだ視界こそが純粋理性だと」

「それは嘘だ」わたしはこの一週間、ほかにすることがないので、ずっと楽器をいじっていた。いまはなんとか同時に二本の弦を鳴らすことができる。

「最初は彼女のいうとおりだと思ったんだ。ともかく最初はすばらしかった。何もかも、いっさいが消えてくれてね。それから効果が薄れて、またまえと同じに……いや、まえよりもずっとひどくなって、しばらくすると、感覚がなくて気分が悪くて……。よくわからない。言葉では説明できないよ。ともかく、量を増やせばそれも解消された」

「そして同時に、我慢できる時間が短くなった」わたしはこの十九年、似たような話を何度か耳にした。

「ああ、アマートよ……」セイヴァーデンは苦しそうにつぶやいた。「死んでしまいたい」

「ではなぜ死なない?」わたしは曲を替えた――わたしの心は魚、水草に隠れた魚、緑のなかに、緑のなかに。

セイヴァーデンは、岩がしゃべりでもしたかのようにわたしを見た。

「あなたは艦を失い――」わたしはつづけた。「一千年のあいだ凍っていた。そして目覚めたとき、ラドチは以前のラドチとは違っていた。侵略はせず、プレスジャーと屈辱的な条約を結び、あなたの一族は財政的、社会的地位を失っていた。あなたを知っている者、覚えている者はひとりだにいない。あなたの生き死にを気にかける者もいない。これはあなたが慣れ親しんだ環境ではなく、あなたの望む人生のかたちではない」

困惑の表情が三秒つづいたあと、セイヴァーデンはいった。

「きみはぼくが誰なのかを知っているな?」

「あなたが誰なのかは、もちろん知っている。あなた自身がわたしに語ったから」というのは嘘だった。

セイヴァーデンはまばたきした。まつ毛が涙に濡れている。自分がそんな話をしたかどうかを思い出そうとしているのだろう。いうまでもなく、彼女の記憶は不完全だ。

「少し眠るといい」わたしは弦に手のひらを当て、音を止めた。

「ここから出ていきたいんだ」セイヴァーデンはベンチにすわったまま、膝に両肘をついたまま、動きもせずにいった。「どうしてそれができない?」

「わたしには、ここですませなくてはいけない用事がある」

セイヴァーデンの口もとが、ばかにしたようにゆがんだ。そのとおり、ここで待つのは愚かだろう。多くの歳月と計画と労苦のあげく、わたしは失敗した。しかし、それでもなお。

「ベッドで横になりなさい」ベッドといっても、いまセイヴァーデンがすわっているベンチの横に置かれたクッションと毛布だ。彼女は冷たい、なかばさげすんだ目でわたしを見てから、床にすべり落ちるようにして横たわり、毛布を引っぱりあげた。しかしそうすぐには眠れないだろう。どうやったらここを出られるか、あれこれ手立てを考えるにちがいない。わたしを説得して、あるいは力ずくで、自分の思いどおりにさせるにはどうすればよいか。だがそんな算段は、「自分の思い」が明確になるまでは意味がない。そこが彼女にはわかっていないが、わたしは指摘せずにおいた。

一時間もたたないうちに、セイヴァーデンの体から力が抜け、息遣いもゆっくりとしたものになった。彼女がわたしの将校だった時期なら、眠りについたか、どの睡眠段階にあるか、夢を見ているかどうかまで把握できたが、いまはただ、外見から判断するほかなかった。

わたしは緊張をとくことなく床にすわり、セイヴァーデンとは別のベンチにもたれて、毛布を足に掛けた。ここに来てから欠かさずしているように、眠るときはインナーコートを開いて銃に手を添える。そして横たわり、目を閉じた。

二時間後、かすかな物音に目覚めた。が、横になったまま動かない。片手は銃の上だ。するとふたたび、小さな音がした。最初よりは若干大きめ。玄関の内側の扉が閉まった。ほんの少し、まぶたを開ける。セイヴァーデンはクッションの上で静かに横たわっているが、彼女も確実に音を聞いた。

まつ毛ごしに、人が見えた。野外用の服装。身長は二メートル弱。分厚いダブルコートの下は細身。肌は灰白色。

彼女はその場に立ったまま、わたしとセイヴァーデンを見下ろした。そして七秒後、静かにわたしのところへ来てかがみ、わたしのリュックを片手でつかんで引きよせた。反対側の手には銃。その銃口はぶれることなく、まっすぐわたしに向けられている。ただし、わたしが目覚めていることには気づいていないようだ。

彼女はリュックの鍵を開けるのにてこずり、自分の服のポケットから何やら道具を取り出した。そしてたちまち、わたしの予想を超えてあっという間に、リュックをこじあけた。銃はこちらに向けられたままだ。彼女は動かないセイヴァーデンをちらっ、ちらっと見ながら、リュックの中身を外に出していった。

着替え。銃弾。ただし、銃はない。これで彼女は、寝ているわたしが銃を持っていると推測、あるいは確信しただろう。ホイルで包んだ濃縮食品が三つ。食事道具。水のボトル。直径五センチ、厚み一・五センチの金色のディスク。彼女はそれを不思議そうにながめてから床に置いた。金《かね》の入った箱。そのおおよその額がわかり、彼女は驚いたようなため息をつくと、わたしに目を向けた。わたしは動かない。彼女はリュックのなかに何があると期待もしくは予測していたのだろうか――。しかしいずれにせよ、その予測ははずれたらしい。

彼女は床からあのディスクを取りあげ、わたしとセイヴァーデンがよく見える位置のベンチに腰をおろした。ディスクをためつすがめつし、トリガーを見つけた。ディスクの側面が、花びらが開くようにめくれ、全裸に近い人間のイコンが飛び出す。身につけているのは半ズボンと、宝石とエナメルでできた小さな花だけだ。顔には穏やかな、やさしい笑み。腕は四本あり、そのうち一本はボールを握って、一本は筒形のアームガードにくるまれている。ほかの二本は短剣と切断された頭部を持ち、宝石の血液が素足の上にしたたり落ちる。切られた首の上の顔は、像と同じく、聖人のような安らかな笑みをたたえていた。

ストリガン――彼女はストリガンにちがいなかった――は、眉をひそめた。ディスクから思いがけないものが現われたからだろう。それが彼女の好奇心をかきたてた。

わたしはまぶたを開いた。銃を持つストリガンの手に力がこもる。銃口はわたしのすぐ目の前にあった。わたしはしっかと目を開き、彼女に顔を向けた。

ストリガンは像を突き出すと、鉄灰色の眉の片方をぴくりと上げた。

「これは身内か？」ラドチ語で訊く。

わたしはありきたりの、不快ではない程度の表情をつくった。

「かならずしもそうではありません」ストリガンの母国語で答える。

「あんたが何者かは見当がついたよ」長い沈黙のあと、彼女はいった。わたしが母国語に切り替えたことで、もうラドチ語は使わない。「ここで何をしているかもね。だが、どうも違うような気がしてきた」セイヴァーデンに視線を向けたが、こうしてわたしたちが話しはじめても、彼女は目をつむったままだ。「彼が何者かはわかっているよ。だけど、あんたは誰だ？　何者だ？　〝ジェレンテイトから来たブレク〟だなんていうんじゃないよ。あんたはこの男と――」肘を曲げ、セイヴァーデンを指す。「同じラドチャーイだ」

「わたしがここに来たのは、買いたいものがあったからです」銃から目を離したほうがよいと判断する。「彼が来たのは、たまたまです」ラドチ語ではないため、性別を考慮しなくてはいけない。ただ、ストリガンが暮らした社会は、言語において性の区別をつけながら、性の違いなど無意味だと主張する。服装も、しゃべり方も振る舞いも、男女の差などまったくない。ところがそれでも、わたしが会った人びとはみな、迷わずに男女を区別でき、性別を間違ったりはしなかった。そしてわたしが迷ったり、間違ったりすると、決まって気分を害するのだ。わたしは結局、区別するコツを学べなかったといっていい。ストリガンのアパートに行き、彼女の所有物を見たというのに、いまここで、彼女がどちらなのかがわからない。

「たまたま？」ストリガンは顔をしかめた。信じられないのも無理はないと思う。わたし自身、信じがたいのだ。しかし、これは現実だった。ストリガンはそれ以上何もいわない。わたしの正体が彼女の恐れているとおりだとすると、よけいなことはいわないほうがよいと考えたのだろう。

「偶然の出会いです」わたしは会話がラドチ語でないことをありがたいと思った。ラドチ語で〝偶然〟は大きな意味をもつからだ。「わたしは意識を失っている彼を発見しました。そのまま放っておけば死んでいたでしょう」ストリガンの顔つきから、この話も信じられないらしかった。「あなたは、どうしてここへ？」

ストリガンは短い笑い声をあげた、苦々しげに。わたしが代名詞を間違えたか、あるいはほかの理由か？　ストリガンはこういった。

「それを訊きたいのは、こっちのほうだよ」つまり（少なくとも）文法エラーではなかったらしい。

「あなたに会いに来ました。買いとりたいものがあるからです。到着したとき、セイヴァーデンは体調が悪く、あなたは不在だった。食べたものの代金はお支払いします」

ストリガンの目が笑ったように見えた。理由は不明だ。

「なんでここまで来た？」

「わたしはひとりです」言葉にされなかった疑問に対して答える。「彼を除けば――」セイヴァーデンのほうに顔を向ける。片手は銃に添えたままだ。コートの下の手が動かない理由を、ストリガンも察しているにちがいない。セイヴァーデンはまだ眠ったふりをしている。

ストリガンは信じられないというように、首を小さく振った。

「あんたは死人兵だった」いいかえると、属躰。「この家に入ってくるのを見たとき、ぴんときたよ」ということは、彼女は近くで身を潜め、わたしたちが立ち去るのを待っていたわけだ。おそらく敷地全体が監視下にあるのだろう。それにしても、隠れ場所によほど自信があるにちがいない。なぜなら、わたしが彼女の恐れているものであった場合、近くにいるのは愚かでしかないからだ。ほぼ確実に発見される。「ここが無人だとわかって、あんたは落胆した。そして彼は……」セイヴァーデンのほうに肩を振る。彼女はいまだにぴくりとも動かない。

「起きなさい、市民」わたしはラドチ語でセイヴァーデンにいった。「見え透いた芝居に騙《だま》される者などいません」

「うるさい！」セイヴァーデンは毛布を頭の上まで引っぱりあげた。が、すぐにはぎとり、立ち上がる。そして少し震えながらトイレに行き、扉を閉めた。

わたしはストリガンのほうに顔をもどした。「フライヤーの貸し業者の件。あれはあなたの差し金ですか?」

ストリガンは小さく首をすくめた。「店主から、ラドチャーイがふたりこちらに向かったと聞いてね。彼はあんたを見くびりすぎたか、でなきゃわたしが思った以上に、あんたは危険ってことだ」

つまり、危険きわまりない存在。「見くびられるのには慣れています。そしてあなたは彼女に……彼に、説明しなかった。なぜわたしがここに来ると思うのか、その理由を」

ストリガンの銃口は揺らがない。「なんでここに来た?」

「理由はご存じのはずです」ストリガンの表情が一瞬ゆがんだが、すぐもとにもどった。「あなたを殺すためではありません。あなたを殺せば、目的は達成されない」

ストリガンは片眉をぴくりと上げ、首をかしげた。「ほう、そうかな?」

わたしはぐらかしに嫌気がさした。「目的は銃です」

「銃? 何の話だ?」ストリガンはあれの存在を、銃が何を指しているかを素直に認めるほど愚かではないらしい。とはいえ、とぼけ方は下手だった。ストリガンにはわかっている。わたしが求めているもの、命を賭けたものがここにあるなら、これ以上の無駄話は不要だ。彼女は十分わかっている。

ただし、それをわたしに与えるかどうかはまた別問題だ。

「代金は支払います」

「何のことだか、さっぱり……」

「ガルセッド人はすべてを五で考えます。五つの正道、五つの原罪。五つの地域それぞれに五つの区。二十五人の代表がラドチに降伏しました」

ストリガンは三秒間、身じろぎひとつしなかった。呼吸さえ止めてしまったかに見える。そしてこういった。

「ガルセッド？　それがわたしと何の関係がある？」

「あなたは居住地を変えた」

「ガルセッドなんて一千年まえの話で、しかもここからはるかかなたにあったはずだ」

「ラドチに降伏した代表者は二十五人です」わたしはくりかえした。「しかし押収、もしくは所在を確認された銃の数は二十四でした」

ストリガンはまばたきし、大きく息を吸いこんだ。「あんた、何者？」

「ひとり、逃亡者がいます。ラドチ軍の到着まえに星系《システム》の外に逃げ出した。彼女は銃の性能を疑っていたのかもしれません。たとえ性能どおりでも、それで事態が変わることはないと考えたのかもしれない」

「だからどうした？　そんなことはどうでもいいだろう？　そもそもアナーンダ・ミアナーイに逆らう者なんかいやしないよ」苦々しげに。「誰だって命が惜しいからね」

わたしは無言だ。

銃口はいまもわたしを狙っている。ただし、この距離であれば、わたしはストリガンを襲える。彼女もそれを警戒しているはずだ。

「あんたがここに来た理由が、まだわからないね。なんでわたしが、その〝銃〟とやらを持っている？」

「あなたは珍品や骨董《こっとう》を収集していた。そしてそのなかに、ガルセッドの工芸品もあった。はるばるドラス・アンニアまで運ばれてきた品々で、工芸品以外のものも同じように運ばれてきたかもしれない。すると後日、あなたは姿を消した。追跡されないよう、念入りに手がかりを消し去って」

「その程度のことで、ずいぶん大胆な推測をしたもんだ」

「では、この暮らしは？」わたしはゆっくり片手を振った。銃に添えた手は離さない。「あなたはドラス・アンニアで快適な暮らしを送っていた。患者、収入、交流、評判。しかしいまは辺境の地で、遊牧民の応急手当てをしている」

「ごくごく個人的な問題でね」言葉を選びながら慎重に。

「確かにそうでしょう」わたしはうなずいた。「あなたはそれを自分の手で破壊できなかった。かといって、それがもたらす危険を甘く見てしまいかねない他者に譲るのもためらわれた。あなた自身は手に入れるとすぐ、ことの重大さに気づいていた――ラドチの権力者たちは、その存在をたとえ噂であれ耳にすれば、かならず自分をさがしだし、息の根を止める。自分ばかりか、それを目にした者すべてを抹殺する」

ラドチはガルセッドの末路を全人民の記憶に刻みつけたい半面、ガルセッドの行為は秘密にしておきたかった。一千年のあいだどこもやりとげられなかったこと、その後一千年のあいだ、どこもやろうとしなかったこと――ラドチ軍艦への攻撃と、破壊だ。当時を知る者は、もうほとんど生存していない。もちろんわたしは知っているし、いまだ現役の軍艦もいる。アナーンダ・ミアナーイは、いうまでもないだろう。そしてセイヴァーデンも、目の当たりにしたはずだ。ラドチャーイ兵のアーマーどころか、軍艦の熱シールドまでが、目には見えないアーマーと銃によっていとも簡単に破壊されたのを。アナーンダ・ミアナーイは人民に、そんなことが現実にありうることを想像すらさせたくないはずだ。

「それがほしいのです」わたしはストリガンにいった。「代金はお支払いします」

「もし、わたしが持っていればね。いいかい、もしここにあったところで、値をつけられるものじゃない」

「それもひとつの考え方です」

「あんたはラドチャーイで、軍人だ」

「〝だ〟ではなく〝だった〟です」わたしがいうと、ストリガンはばかにしたように笑った。

「現在もそうなら、ここには来ていません。来たとしても、あなたから情報を得た直後に、あなたを殺しているでしょう」

「出ていけ」ストリガンは静かに、しかし怒りをこめていった。「野良犬も連れていけ」

「目的を果たすまでは出ていきません」いうまでもないことだった。「あれをわたしに与えるか、でなければあれでわたしを撃てばいい」こちらにはアーマーがあると認めたに等しい。そこから連想されるのは、わたしはまさしく彼女が恐れる存在——彼女を殺し、銃を入手するために送られたラドチのエージェントだ。

彼女は内心、怯えているはずだった。が、同時に好奇心も抑えられないらしい。

「なぜ、そこまでしてほしがる？」

「なぜなら——アナーンダ・ミアナーイを殺したいから」

「え？」ストリガンの手が揺れて、銃口がわたしから少しそれ、すぐまたもどった。彼女は三ミリほど身を乗り出すと、返事が聞きとれなかったかのように首をかしげた。そこでわたしはくりかえした。

「アナーンダ・ミアナーイを殺したいのです」

「アナーンダは……」不快げに。「何千体ものからだをもち、同時に何百か所にも存在する。それを殺すことなんてできっこないよ。ましてや、銃はひとつしかない」

「それでもわたしは、試みたいと思っています」

「頭がおかしいんじゃないか？　本気でできると思っているのか？　ラドチャーイはひとり残らず洗脳されているはずだ」

これはありがちな誤解だった。「再教育されるのは犯罪者、および正常に機能しない者だけです。やるべきことをやっているかぎり、何を考えているかは問題にされません」

「〝正常に機能しない者〟の定義は？」ストリガンの目が光った。

わたしは、自分には関係ない、というように片手を振った。しかし、おそらく関係あるのだろう。いまのわたしは正常なのか？　そしてセイヴァーデンは？

「コートの下から手を出して」わたしはいった。「それから少し眠ることにします」

ストリガンは鉄灰色の眉をぴくりと上げただけで、何もいわない。

「わたしはあなたを見つけました。ということは、アナーンダ・ミアナーイも確実にあなたを発見できる」いま使っているのはストリガンの母国語だ。アナーンダを指すときは、彼と彼女のどちらだろう？「しかし現在のところ、彼はまだあなたを発見していない。理由はおそらく、ほかに優先すべき課題があるためです。また同時に、彼はこの件を他者に委任するのを躊躇しているでしょう。理由はいわなくてもおわかりのはず」

「だったら、わたしは安全だ」その声に言葉ほどの自信はなかった。

セイヴァーデンが派手な音をたててトイレから出てくると、寝床のクッションにすわりこんだ。両手は震え、呼吸は浅く、荒い。

「片手をコートの下から出します」わたしはそういい、そのとおりにした。動きはゆっくりと。手のなかには何もない。

ストリガンはため息をつくと銃をおろした。

「どっちみち、わたしにあんたは殺せなかった」なぜなら、わたしをラドチャーイ兵だと思いこんでいるからだ。もちろん、本気で殺す気なら、不意打ちをくらわし、わたしがアーマーを展開するまえに撃つことはできただろう。

そしてもちろん、ストリガンはあの銃を持っている。ただ、身近には置いていないらしい。

「イコンを返してください」

ストリガンは一瞬顔をしかめ、自分がまだ持っていることを思い出した。

「あんたのイコン？」

「そうです」

「ふむ。あんたにとてもよく似ている」手のなかのイコンを見つめ、「どこ産かな？」

「はるか遠くです」わたしは片手を差し出した。ストリガンがそこにイコンをのせ、わたしが片手でトリガーに触れると、イメージが縮んでなかにおさまり、側面が閉じて金色のディスクにもどった。

ストリガンはセイヴァーデンをまじまじと見て、眉間に皺を寄せた。

「あんたが拾った迷子には困りごとがあるらしい」

「はい」

苛立ちか憤慨か、ストリガンは首を横に振りながら診察室に入った。そしてもどってくるとセイヴァーデンのところへ行き、身をかがめ、手をのばした。

セイヴァーデンはのけぞって、ストリガンの手首をつかむ。それはわたしの知っている、手首をへし折る動きだった。しかしいまのセイヴァーデンは、昔のセイヴァーデンとは違った。消耗と（おそらく）栄養失調が原因だろう。ストリガンは手首をつかまれたまま、握っていた小さな白いラベルを反対側の手で抜きとった。そしてセイヴァーデンの額に貼りつける。

「あんたに同情はしないよ」ストリガンはラドチ語でいった。「それでもね、わたしは医者だから」セイヴァーデンの顔に、困惑と恐怖がよぎる。「わたしの手を放しなさい」

「早く、セイヴァーデン」わたしは厳しくいった。「手を放して横になりなさい」

彼女はそれから二秒、ストリガンの顔をじっと見つめ、いわれたとおりにした。

「あとは知らないよ」ストリガンはセイヴァーデンの呼吸が安定し、筋肉の緊張もゆるみはじめると、わたしにいった。「ただの応急処置だ。彼がパニックになって、部屋を荒らされでもしたら困るから」

「わたしもこれから眠ります。続きは朝、話しましょう」

「いまが朝だよ」ストリガンはそれ以上はいわなかった。

わたしの睡眠中に荷物をさぐるほど、ストリガンは愚かではないだろう。それがいかに危険かはわかっているはずだ。

また、睡眠中のわたしを撃つこともないと思われた。もちろん、わたしを排除するには、安直かつ効果的な方法ではある。眠っている者ほど、楽なターゲットはない。わたしはアーマーを展開した。

しかし、そこまでの必要はないはずだった。ストリガンはわたしを殺したりはしない。少なくとも、いま感じている多くの疑問が解けるまでは。そしてその疑問が解けても、おそらく殺しはしないだろう。なぜなら、わたしは謎に満ち満ちているからだ。

目覚めたとき、部屋にストリガンの姿はなかった。寝室の扉は閉まっていたから、まだ眠っているか、もしくは誰にも邪魔されたくないか。セイヴァーデンも目が覚めて、おちつきなく腕や肩をこすりながら、わたしの顔をじっと見ている。一週間まえだったら、肌をじかにこするのはやめさせていたところだが、怪我はかなり回復していた。

金を入れた箱はストリガンが置いた場所にそのままあった。わたしは箱の中身が手つかずであるのを確認してから蓋を閉じ、リュックの留め具をかけた。さて、これからどうするか……。

「市民！」わたしは強めの口調でセイヴァーデンにいった。「朝食を」

「は？」彼女はこすっていた手を止め、きょとんとした。

わたしは唇の端をほんの少しゆがめた。

「ドクターに耳の具合を診てもらおうか？」ゆうべ、横に置いておいた楽器を手にとり、第五弦をはじく。「朝食を」

「ぼくはきみの召使じゃない」セイヴァーデンは憮然とした。

わたしは唇をさらにゆがめた。

「では、何かな？」

セイヴァーデンは凍りついたようになった。この上ない怒りの表情。言い返す言葉を考えているらしいが、そう簡単には見つからない。あまりに深くプライドを傷つけられて、反応すらできないといったところだ。

わたしはうつむき、楽器を弾きはじめた。セイヴァーデンは床でふてくされたままだが、そのうち空腹になってみずから食事の用意をするだろう。あるいは、時間がたってようやく、わたしに言い返す言葉を見つけるか。殴りかかってくる可能性もなくはないが、わたしは容易に対応できる。それにストリガンの薬が、まだある程度は効いているはずだ。

寝室の扉が開き、ストリガンが出てきた。そして立ち止まり、腕を組んで片眉をつりあげる。セイヴァーデンは彼女を無視した。三人とも口をきかず、五秒後、ストリガンは背を向けて台所へ向かい、キャビネットを開いた。

なかはからっぽだった。わたしはきのうの時点で、それを知っている。

「きれいにさらったね、ジェレンテイトのブレクさん」ストリガンは怒るようすもなく、むしろ面白がっているようだ。この地では、夏でさえ飢える心配はほとんどない。野外は巨大な冷凍庫といってよく、熱をもたない貯蔵庫には蓄えをたっぷりと収納しておける。あとはそこから取り出し、解凍すればよいだけだ。

「セイヴァーデン――」わたしはかつてのセイヴァーデンの、傲慢な物言いを真似た。「貯蔵庫から食料を持ってきなさい」

セイヴァーデンの顔がこわばった。「自分を何様だと思ってる？」

「言葉に気をつけなくては、市民」わたしは穏やかにたしなめた。「わたしからあなたに、同じ質問をしようか？」

「き、きみは……じつに低俗だ」怒りのあまりか、セイヴァーデンの目が潤んだ。「自分のほうが立派だとでも思ってるのか？　きみは礼儀を知らない人間のクズだ」これは〝属躰〟を指しているわけではないだろう。セイヴァーデンはまだ気づいていない、とわたしは確信していた。ただ単に〝ラドチャーイではない〟といいたいだけだ。そしてわたしがラドチの外では一般的な、しかしラドチャーイの目には下品きわまりないインプラントを施していると思っているのかもしれない。「ぼくはきみの召使として生まれたわけじゃない」

わたしは俊敏だ。それもきわめて。意識したときにはすでに、腕が前に出ていた。ほんの一瞬自制心が頭をもたげたが、それもたちどころに消え、セイヴァーデンが驚く間もなく、その顔面に拳がめりこんだ。

彼女はのけぞり、そのまま床に倒れこむと動かなくなった。鼻から血が流れ落ちる。

「死んだかな?」台所にいるストリガンが軽い調子で訊いた。

わたしは曖昧に腕を振る。「あなたは医者です」

ストリガンはセイヴァーデンのところまで行くと、鼻血を出して意識のない彼女をじっと見下ろした。

「死んじゃいないが、今後のことを考えると診察したほうがいいな」

わたしは〝どうぞ〟という仕草をした。「すべてはアマートの思《おぼ》し召しのままに」

上着をはおり、わたしは食料を取りに外へ出ていった。

6

惑星シスウルナのオルス。スカーイアト副官に随行した〈エンテの正義〉の7イッサとわたしは、オーン副官の公邸の、下の階にいた。7イッサ分隊の兵士には固有の名前があり、わたしはそれを知っていたが、一度も使ったことはない。スカーイアト副官も、部下の人間の兵士を単に〝7イッサ〟、あるいは分軀《セグメント》番号でしか呼ばないことがある。

わたしはカウンター・ゲームの盤と駒を持ってきて、7イッサ相手に黙々と二ゲームほどやった。

「たまには勝たせてくれよ」二ゲームめが終わったところで彼女がいった。するとわたしが答えるより先に、上階でドスンという音がして、彼女はにやついた。「堅物の副官どのも、ようやくくつろぐ気になったらしい」意味はわかるだろ、というようにわたしを見る。生真面目なオーン副官が、いまスカーイアト副官と上階で行なっているであろうことをからかっているのだ。7イッサはしかし、すぐ真顔になった。「すまない。他意はないんだよ。ただ、その……」

「わかっています」と、わたしはいった。「気遣いは無用です」

彼女は渋い顔をして、左腕をぎこちなく振った。手袋をはめた手には駒が五つ六つ握られたままだ。「艦にも感情はあるからね」

「はい、それはもちろん」もし感情がなければ、本筋から離れた事柄でも、瑣末《さまつ》な要素を延々と比較して結論を出さなくてはいけない。しかし感情があれば、労なく判断できる。「それでも気にはしていませんから」

7イッサは盤を見下ろし、手にした駒を盤のくぼみのひとつに落とした。そしてしばらくながめてから目を上げる。

「噂は耳にするだろう？ どの艦がどの将校を気に入っているとかいないとか。きみは表情を変えないが――」

わたしは顔の筋肉を動かし、幾度も見たことがある〝微笑〟をつくった。

7イッサは顔をしかめた。「やめてくれ！」怒った口調だが、副官たちに聞こえないよう声は抑えてある。

わたしの〝微笑〟の作り方が間違っていたとは思わない。日頃無表情のわたしが、いきなり人間的な顔つきをしたため、7イッサは動揺したのだろう。わたしは微笑を消した。

「勘弁してほしいな《アートルズ・ティイッツ》」7イッサはげんなりしたようにいった。「そういうときのきみは、なんというか……とりつかれたように見える」首を横に振り、駒を集めて盤に散らしていく。「よし、わかった。きみはこんな話はいやだろうから。さあ、もうひと勝負！」

夜は更けていった。住民たちのおしゃべりはペースが落ちて漫然とし、そのうち沈黙が訪れて、親は眠った子を抱き上げ、寝室に連れていった。

デンズ・エイは夜明けの四時間まえに到着し、わたしは無言で彼女の舟に乗りこんだ。デンズ・エイはわたしを見ても何もいわず、艫《とも》にすわる彼女の娘も同じだった。わたしたちを乗せた舟はゆっくりと、音もなく、公邸を離れていく。

寺院では徹夜祭が行なわれ、広場では司祭たちのくぐもった祈りの声が聞こえた。道は上側《かみ》も下側《しも》もひっそりとして、わたしの足音と水の音だけが響く。闇のなかで光をもつのは頭上の星ぼしと、進入禁止水域を囲むブイ、そしてイックトの寺院の灯。7イッサはオーン副官の公邸の、一階の寝台で眠っている。

上の階では、オーン副官とスカーイアト副官が静かに眠りについたようだ。

水面にいるのはわたしたちだけだった。舟には縄と網、潜水用の呼吸器《ブリーザー》が置かれ、錨《いかり》には蓋つきの籠が結びつけられている。わたしがその籠を見ていると、デンズ・エイの娘がさりげなく、籠を自分の腰掛の下に蹴り入れた。わたしは横を向き、水面を、きらめくブイを無言でながめた。追跡タグの情報は改竄《かいざん》、隠蔽できるという噂話は、こういうときに役に立つ。たとえ本気で信じる者などいなくても。

舟がブイで囲まれた水域に入ると、デンズ・エイの娘は口にブリーザーを突っこみ、ロープを握って、舟から水中にするりと落ちた。水深は、この季節はさほどでもない。しばらくして娘は水面に顔を出し、舟に上がってきた。箱を水中から水面まで引き上げるのは比較的楽だったが、舟に余分な水を入れないようにしてのせるのは三人がかりとなった。

わたしは箱の蓋から泥を払った。箱はラドチ製で、これ自体に危険はないだろう。掛け金をはずし、蓋を開ける。

なかに入っている銃——つややかで銃身の長い、強力な銃は、併呑まえのタンミンド製だった。通常、ラドチの銃には識別符号がつけられ、押収した銃の符号も一覧化して報告されるため、この銃が押収物か、あるいは押収しそこねた物かは難なく判別できる。

そしてもし、これが押収物であった場合、ただでさえ複雑な状況が、輪をかけて複雑になる。オーン副官はノンレム睡眠の第一ステージにあり、スカーイアト副官もそのように見えた。わたしは許可を得なくても押収目録をチェックできるし、いますぐそうするべきだろう。だが、あえて調べないことにした。ひとつはきのう、イメの支配層の腐敗を思い出したからだ。アクセス権の不正使用は一般市民の想像を超える職権乱用の最たるものだ。それだけでも、わたしは目録のチェックに慎重になった。さらに、上町《かみのまち》の住民は証拠を捏造《ねつぞう》するというデンズ・エイの話と、夕食時の会話に感じられた上町の、身勝手ともいえる憤り——。わたしが押収目録の閲覧を要求したところで、それを上町の人間が知ることはない。しかし、当局と通じている者がいるとしたら？　どこでどんな問い合わせがあったかを自分に知らせるよう指示できる者がいたら？　いま舟の上で、デンズ・エイ親子のようすはこれまでと変わらない。どこかへ行きたがったり、そわそわすることもなかった。

わたしは〈トーレンの正義〉の記憶を引き出した。このわたし、すなわち1エスクは押収した武器をほとんど見たことがないが、併呑時、この惑星には〈トーレンの正義〉の属躰《アンシラリー》が大量にいたからだ。公式ルートで押収物情報を調べると、隠された銃の発見を当局の誰かに知られる可能性がある。ならば記憶をたどり、じかに見たことがあるかどうかを確認すればよい。
そして――わたしは見たことがあった。

寝ているオーン副官のところへ行き、裸の肩に手をおいた。「副官」小さく声をかける。舟の上のわたしは、箱の蓋を静かに閉めた。「町にもどろう」

副官は目を開けた。「眠ってはいないよ」しかし、その目はうつろだった。

舟の上で、デンズ・エイと娘は黙って櫂《かい》をとり、漕《こ》ぎはじめた。

「銃は押収品でした」小さな声で伝える。スカーイアト副官を起こしたくなかったし、誰かほかの者に聞かれても困る。「符号を識別しました」

オーン副官は何の話かわからないようで、ぼんやりとわたしを見返した。そして、理解した。

「しかし……」副官は完全に目覚め、スカーイアト副官を見た。「起きてくれ、スカーイアト。問題が発生した」

わたしはオーン副官の公邸の上階に銃を運んだ。7イッサはわたしが横を通り過ぎても、ぐっすりと眠ったままだ。

「これが押収品?」スカーイアト副官が、蓋を開けた箱の横にひざまずいて訊いた。手袋以外、何も身につけていない。片手は茶杯を持っていた。

「わたし自身が押収したので、覚えています」副官もわたしも、外の人間に聞こえないよう小声で話した。

「押収品であれば、かならず無効化される」スカーイアト副官は納得がいかないらしい。

「ここにあるのだから、されなかったということだ」オーン副官はそういうと、少し間をおいてつぶやいた。「くそっ。これはまずいな」

わたしは無言でメッセージを送った。〈副官、言葉づかいを〉

スカーイアト副官はふっと息を吐いてから、面白くもなさそうに笑った。

「その程度の表現では足りないな」眉根を寄せる。「でも、どうして？　どうしてわざわざこんなことを？」

「それも、どうやって……」オーン副官は床に置いたお茶のことをすっかり忘れている。「わたしたちに気づかれずに隠せたのか？」

わたしは過去三十日分の記録をたどったが、新たなことは発見されなかった。実際、あの場所に行ったのはデンズ・エイ親子だけで、それも三十日まえと、今回のみだ。

「〝どうやって〟は、さほど難問でもない。禁止水域に近づいても怪しまれない立場の人間ならね」と、スカーイアト副官。「そしてその場合、〈トーレンの正義〉にハイレベルでアクセスできる者ではない。アクセスできたら、艦に銃の記憶があるかないかを確認していたはずだ。あるいは、記憶があるとは断定できなかったか」

「もしくは、そこまで考えもしなかったか」オーン副官は困惑しきっていた。同時に、漠とした恐れも。「ひょっとすると、その点も織りこみずみの計画なのかもしれない。しかし、ともかく〝どうして〟にもどろう。隠すやり方よりも、そんなことをする理由のほうが問題だ」

スカーイアト副官はわたしを見上げて訊いた。「ジェン・ターの姪《めい》が下町《しものまち》で嫌がらせを受けたというのは、具体的にはどんな？」

オーン副官が顔をしかめ、「そういうことは――」といいかけると、スカーイアト副官は手を上げて制した。

「そのような事実はありません」と、わたしは答えた。「門前湖の畔《ほとり》にひとりですわり、水に石を投げ、寺院の裏手にある店でお茶を買いました。彼女に話しかけた者はひとりもいません」

「間違いないな？」と、オーン副官。

「姪はずっとわたしの視界内にいました」いずれまた来れば注視します、とあえていう必要はないだろう。

副官ふたりはしばらく黙りこくった。オーン副官は目を閉じ、大きなため息をつく。漠とした恐れは明確な恐れになった。

「彼女たちの話は嘘だな」オーン副官は目をつむったまま言った。「下町の誰かを告発する口実がほしいのだろう。告発理由は……」

「反乱の煽動《せんどう》だ」スカーイアト副官は茶杯を思い出し、ひと口すすった。「それと〝思い上がり〟かな。目に見えるようだよ」

「ああ、わたしにも見える」訛《なま》りが出たが、副官本人は気づいていないらしい。「それにしても――」と、銃の入った箱に手を振る。「これを入手できる立場の者が、彼女らに協力したりするだろうか?」

「はなはだ疑問だな」ふたりはまた数秒ほど黙りこくった。「で、これからどうする?」

オーン副官は渋い顔をした。おそらくまだ考えがまとまらないのだろう。副官はわたしを見上げた。

「これで全部か?」

「再度、デンズ・エイとともに現地に行くことは可能です」と、わたしは答えた。

オーン副官は身振りだけで、そうしてくれ、といった。

「報告書を書く予定だが、これには触れずにおこう。再度の調査を待ってからにする」副官の言動はすべて観察・記録されるものの、オルスの全住民が身につけている追跡タグと同様、注意を払われることはめったになかった。

スカーイアト副官が小さくひゅっと口笛を吹いた。

「誰かがオーンを陥れようとしているとか?」いわれたオーン副官は、怪訝《けげん》な顔をした。「たとえば――」スカーイアト副官はつづけた。「ジエン・シンナン。彼女は予想以上にしたたかかもしれない。それから……デンズ・エイは、信頼に足る人間だろうか?」

「わたしを消したい者がいるとすれば、上町の人間だろう」オーン副官はそういい、わたしは心のなかでうなずいた。「しかし、どうだろうか。ここまでやれる人間なら──」また銃の箱に手を振る。「わたしを追い払うくらい、わけないはずだ。ただ命令すればいいんだから。こういうことは、ジェン・シンナンには無理だと思う」その言葉の裏には、イメの事件があると思われた。イメの政治的腐敗を摘発した兵士は、死罪を宣告されたのだ。おそらくすでに執行されている。「オルスの住民にはできないだろう。もしできるとすれば……」背後に大きな力をもつ者がいる。と、副官はつづけたかったはずだが、いわずに口を閉じた。

「そうだな」スカーイアト副官は考えこんだ。オーン副官の無言の言葉を理解したのだ。「かなり上の者だろう。で、それで得をするのは？」

「姪の件があるな」オーン副官の口もとは険しい。

「ジェン・ターの姪に何の得がある？」スカーイアト副官は意外な顔をした。

「いいや、そうではなく──。姪は侮辱か暴行か、ともかくいやな思いをしたと主張している。しかしわたしは、何も手を打とうとしない。何もなかったかのように振る舞っている」

「実際に何もなかったからだ」スカーイアト副官は、話の流れがぼんやりながらも見えてきたようだった。

「上町の住民は、わたしを当てにしWithout正義は勝ちとれないと考える。ならば自分たちの手でやろうと、下町へ行く。併呑まえと同じだ」

「そしてその後──」と、スカーイアト副官。「この銃を発見する。あるいは、最中か。もしくは……」首を横に振る。「うまくつながらないよ。オーンのいうとおりだと仮定しよう。しかしその場合でも、いったい誰が得をする？　タンミンドではない。騒ぎを大きくしたんだからね。いくら自分たちを正当化しようと、沼で何が発見されようと、暴動を起こせば再教育されるのがおちだ」

オーン副官は疑わしげに手を振った。「わたしたちに気づかれずに銃を移動させられる者なら、タンミンドを守りぬくこともできる。あるいは、彼女たちにそう信じこませることができる」

「そういうことか」スカーイアト副官は小さくうなずいた。「小額の罰金ですますとか刑の軽減とかね。十分にありうることだ。間違いないな。かなり地位の高い者。かつ、きわめて危険な……。しかし、それにしてもどうして？」

オーン副官はわたしをふりむいた。「司祭長に会って、いまは雨季ではないが、それでも暴風警報のサイレンに常時、人をはりつけるよう頼んでほしい」寺院の最上部にある大音量のサイレンが鳴ると、下町の大半の建物で、鎧戸《よろいど》が自動で閉まる。自動化されていない建物でも、住人は耳をつんざくような音でいやでも目が覚めた。「そしてわたしが指示をしたら、すぐに警報を鳴らすようにと」

「すばらしい」と、スカーイアト副官。「どんな暴徒であれ、鎧戸を突き破るのは手間がかかる。で、それからあとは？」

「何も起きないかもしれないし、いずれにせよ、どんな事態であれ対処するしかない」

そして翌朝、知らせが届いた。アナーンダ・ミアナーイが数日中にオルスを訪問するという。アナーンダ・ミアナーイは三千年にわたり、ラドチ圏の絶対的かつ唯一の支配者として君臨してきた。十三の地域にある宮殿それぞれに居住し、侵略・併呑の際はかならずその地に存在した。そんなことができるのは、何千という分身をもっているからだ。そしてそのどれもが遺伝学的に同一で、かつ互いにリンクしている。シスウルナの星系《システム》にも存在し、そのうち数体が併呑時の旗艦〈アマートの剣《つるぎ》〉に、数体がシスウルナ・ステーションに常駐した。アナーンダ・ミアナーイはラドチの法を定め、その法の適用除外を決定するのもアナーンダだ。軍の最高司令官にして、アマートの最高位の司祭であり、ラドチャーイの一族一家はすべて、究極的にアナーンダのクリエンスといえる。

そのアナーンダが、日付は不明だがこの数日中に、オルスに来るという。もっとも、これが初訪問であることがいささか驚きではあった。オルスは小さく、隆盛をきわめたころの勢いはとうになくなってはいるものの、毎年巡礼者が訪れる地としてはほどほどに重要だった。わけても権門勢家の出身で、望んだ役職をオーン副官にとられ、その後も副官の後釜を狙う将校にとっては重要な地だ。ただし、〝イックトの聖人〟である司祭長は、オーン副官の継続駐留を強く願い出ている。

つまり、アナーンダの来訪自体はまったく不自然ではないのだ。が、その時期が奇妙だった。あと二週間もすれば巡礼シーズンに入り、そうなればオルス人のほかに観光客が何千何百人と町にやってくる。アナーンダも巡礼期間中に来訪するほうが、より多くの者に注目されるだろう。イックト教徒に強い存在感を印象づける格好の機会となるはずなのだ。ところが、それより早く来るという。銃が発見されたことと関連づけないほうが無理というものだ。

誰がやったにせよ、銃の隠匿はラドチの皇帝アナーンダ・ミアナーイの利益に資する、もしくは反することであるため、報告して指示を仰ぐ相手はアナーンダしかいない。その意味で、彼女のオルス来訪は願ってもないことだった。通信傍受を心配せず、直接報告できるのだ。計画（その目的が何であれ）の中断や、首謀者が陰謀発覚を知って逃亡することも防げる。

というわけで、オーン副官は知らせを聞いて安堵《あんど》した。ただし、これから数日間、およびその後のアナーンダ滞在中、副官は上下ともに軍服で過ごさなくてはいけない。

わたしは並行して、上町での会話に耳をそばだてたが、これは下町よりも困難だった。理由は、どの屋敷も壁で囲まれているからだ。また、タンミンドはわたしに聞かれる可能性があると察知すると無口になってしまう。が、そもそも、場所を問わず、わたしに聞かれるとわかってこの種の噂話をするほど愚かな者はひとりもいない。あくまでひっそりと、耳打ち程度だ。わたしは同時に、できるかぎりジェン・ターの姪から目を離さないようにした。あの夕食会後、姪はジェン・シンナンの屋敷から一歩も外に出ていなかったが、追跡タグのデータなら見ることができる。

わたしはデンズ・エイ親子とともに二晩、進入禁止水域に赴き、銃が入った箱をさらにふたつ発見した。誰が、いつ、ここに隠したのかは見当もつかない。デンズ・エイはしかし、断定はしないながらも――密漁常習者たちに嫌疑がかからないよう気を遣いつつ――時期は一、二か月以内だろうといった。

「ミアナーイ帝が来てくれるのはほんとうにありがたい」オーン副官は昨晩、しみじみそういった。「今回の件はわたしの一存で処理できる類ではない」

日が沈んでから外出したのは、舟を出したデンズ・エイだけだった。下町では、鎧戸がおりてくる場所にすわったり、寝たりする者はひとりもいない。雨季には用心のためにそうするのだが、鎧戸には安全装置がついているので事故は起きないし、ましてやいまは乾季だ。

ラドチの皇帝は日中に到着した。彼女のうち、来たのはひとりだけで、徒歩で上町を通り抜け（皇帝の場合、追跡データはない）まっすぐイックトの寺院に向かう。高齢で白髪、肩幅は広いがやや腰が曲がっていた。肌色はほとんど黒といってよく、顔には深い皺が刻まれて、これなら護衛がいないのもうなずける。数ある身体のうち、死期が近いものをひとつ失ったところでたいした損失ではないし、高齢の外見を利用すれば、襲撃されるのをさほど心配せずに、付き人なしで行動できるだろう。

服装は、ラドチャーイらしいズボンと宝石をあしらった外套《がいとう》ではなく、またタンミンドが着るシャツとズボン、あるいはつなぎ服でもなかった。皇帝は上半身裸で、オルス人と同じように腰に布を巻きつけているだけだ。

わたしは皇帝の姿を認めるとすぐ、オーン副官にメッセージを送った。副官も早々に寺院に到着したが、そのときすでに広場では、司祭長が皇帝を前にひれ伏していた。

オーン副官はたじろいだ。ラドチャーイはこのような環境で皇帝アナーンダ・ミアナーイと直接対面することなどほとんどない。もちろん併呑期間中なら、アナーンダも常駐している。が、ほかに大量の兵士がいるため、偶然出会うということはほぼありえなかった。市民であれば、十三ある地方宮殿のどこかひとつで謁見を（嘆願や法的訴えなど、何らかの理由があって）願い出ることができるが、その場合は事前に振る舞い方の講義を受ける。そしてスカーイアト副官のような高貴の出なら、礼を失することなく皇帝の気を引くやり方を心得ているだろう。しかしオーン副官には、その心得がなかった。

「陛下――」副官はひざまずいた。不安と畏《おそ》れで鼓動が倍の速さになる。

アナーンダ・ミアナーイは片眉をぴくりと上げ、副官をふりむいた。

「お恐れながら――」副官はのぼせたようになっていた。軍服姿で暑いのか、もしくは緊張か。

「お話ししたいことがございます」

皇帝の眉がさらに上がった。「オーン副官、だな？」

「はい、オーンでございます」

「今夜は寺院の徹夜祭がある。明日の朝なら話せるが」

副官はしばし考えてからこういった。「陛下、お時間はとらせません。早いほうがよろしいかと」

アナーンダ・ミアナーイは不思議そうに首をかしげた。「この地はきみが統治しているのではないか？」

「はい、そうなのですが……」副官はあせり、言葉がつづかない。「いま、上町と下町の関係が……」またも言葉が途切れた。

「与えられた任務には全力を尽くすように」と、アナーンダ・ミアナーイはいった。「わたしはわたしの仕事に精を出す」皇帝は副官から顔をそむけた。

露骨なまでの冷淡な態度。しかも、きわめて不可解だった。領土の治安を守る将校から、緊急を要する話があるといわれたのだ。皇帝がそれを無視する理由はない。またオーン副官は、皇帝の反感をかうようなことは何もしていない。最初のうち、わたしは副官から読みとれる苦悩の原因はこのあしらわれ方だと思っていた。銃の件なら、遅くとも明日の朝には協議できるし、ほかに難問がある状況ではなかったからだ。しかし、アナーンダ・ミアナーイが上町を通過するあいだに、〝皇帝が来た〟ことは当然ながらたちまち知れ渡り、上町の住民はその姿を一目見ようと、門前湖の北の畔に集まってきていた。そしてそこで目にしたのは、寺院の正面で司祭長とともにいる、オルス人ふうのいでたちをしたアナーンダ・ミアナーイだった。わたしはタンミンドの野次馬の会話に耳をすまし――ようやく気づいた。いまこのとき、銃の発見以上に危惧すべきことがある。

上町のタンミンドは農場やタマリンド農園、種々の店舗を経営し、裕福で栄養もゆきとどいている。ラドチによる併呑後、しばらくは食糧の値が高騰し、生活必需品も乏しかったが、そんな時期でさえ、上町のタンミンドは腹をすかすことなく暮らした。数日まえ、ジェン・シンナンは飢えに苦しむ者などいないといったが、それは誇張ではなく、心からそう信じているのだ。彼女も、彼女と親しい者も、裕福なタンミンドはおしなべて飢えることはなかった。不平不満を並べたてながらも、タンミンドは比較的苦労なく併呑を乗りきり、子どもたちも順調に適性試験を受けて未来は約束される。スカーイアト副官がいったとおりなのだ。

そしてそんなタンミンドは、ラドチの皇帝が上町を素通りしてイックト寺院に直行したのは自分たちへの侮辱、それもあえて見せつけたのだとみなした。彼女らの表情、怒りに満ちた大声からそれは明らかで、わたしはこのような反応を予想だにしなかった。そしておそらく、皇帝自身も。だがオーン副官は、皇帝の前でひれ伏す司祭長を見て、こうなることを予期したにちがいない。

わたしは――わたしのうち六人は――広場を、そして上町の街路をあとにして、タンミンドが集まっているところへ向かった。武器を取り出したり、威嚇したりはしない。ただ単に、近くにいるタンミンドに「家に帰りなさい、市民」というだけだ。

大半は不服もいわず背を向けてその場を去ったが、なかにはぐずぐずする者もいた。おそらく、わたしをじらしているのだろう。過去五年、その種のことをやる胆力がある者は射殺されるか、そうでなくても、自殺行為に等しい衝動の抑制法を否応なく身につけたはずだった。

司祭長は皇帝を寺院に案内するため立ち上がると、感情のない目でちらとオーン副官を見た。副官は石畳でひざまずいたままだ。ラドチの皇帝は副官には目もくれず、寺院のなかへと歩いていった。

7

「そのうえ――」ストリガンはわたしと食事をしながら話しつづけた。やむことのないラドチャーイへの批判。「プレスジャーと条約を結んだ」

セイヴァーデンは寝床で横になっている。目は閉じ、呼吸は安定し、唇や顎、上着に散った血は乾いていた。額には治療帯。

「条約に反対なのですか?」わたしは尋ねた。「プレスジャーはこれまでどおり、やりたい放題やればよいと?」

蛮族《エイリアン》のプレスジャーは、相手の種族に感覚があろうとなかろうと、知覚が、あるいは知性があろうとなかろうと、まったく気にしなかった。プレスジャーはこれらをまとめてひと言で表現し――といっても、言葉を用いて語らないため、観念というべきか――それは通常〝意義〟と翻訳される。そしてプレスジャーのみが、意義ある存在だった。よって、ほかの生命体がプレスジャーの獲物、所有物、玩具となるのは当然なのだ。一般に、人類《ヒューマン》には無関心だったが、なかには航海中の船を止め、丸ごと破壊するのを好むものもいた。

「ラドチが全人類の代表として、拘束力のある条約を結ぶなんてとんでもないよ」と、ストリガンはいった。「人類の個々の政府にそれを押しつけて、ほら、ありがたく思え、なんてね」

「プレスジャーに政府の違いなどの認識はありません。全か無か、それだけです」

「ラドチはそれまでのようなむきだしの徹底的な侵略、征服よりも、ずっと安上がりで手軽な方法をとったにすぎない」

「ご存じないようですが、ラドチの高官のなかにも、あなたと同じく条約に批判的な人たちがいます」

ストリガンの片眉がぴくっとした。臭い発酵乳のカップをテーブルに置く。

「そう聞いても、わたしとその高官とやらが意気投合するとは思えないね」多少皮肉っぽく、不愉快そうに。

「はい。わたしもあなたが彼女たちを気に入るとは思いません。彼女たちのほうも、あなたを相手にしないでしょう」

ストリガンはちょっと驚いた顔をして、わたしをまじまじと見た。表情を読みとろうとしているらしい。しかし結局、首を横に振り、ぞんざいに手を振った。

「それで批判というのは？」

「宇宙の秩序と文明の代弁者たる者が、恥辱を忍んでまで、条約事項で妥協するべきではない、ましてや非人類とは。という考えです」この非人類には、みずからを人類だと信じて疑わない多くのものを含む。が、それはいまここで論じることではなかった。「冷酷無情な敵と、なぜ条約を結ぶのか？　撃滅すれば、事はすむ」

「できるかな？」ストリガンは懐疑的だ。「プレスジャーを壊滅させることができただろうか？」

「いえ、無理だったでしょう」

ストリガンは腕を組み、椅子の背にもたれた。「だったら議論の余地はない。なのに、なぜ？」

「理由は明白かと思います。ラドチは絶対的なものではなく、その力には限界があるということを認めたくないからです」

ストリガンは部屋の反対側にいるセイヴァーデンに目をやった。

「それでは意味がないな。議論も批判も。真の討議にはならない」

「はい」わたしはうなずいた。「あなたは評論家ですね」

「おやおや」ストリガンは椅子の上で姿勢を正した。「どうやらあんたを怒らせてしまったらしい」

わたしは表情を変えなかった。「あなたはラドチに行ったことがないのでしょう。ラドチャーイの知り合いは少なく、個人的に親しい者はいないのだと思います。あなたはラドチの外からラドチをながめ、そこに服従と洗脳を見ている」寸分たがわぬ銀色のアーマー姿の兵士がずらりと並ぶ光景。兵士らに意思はなく、心もない。「最下層のラドチャーイでさえ、非市民よりは自分のほうがはるかに上位だと考えています。ましてやセイヴァーデンのような者たちが自分をどう思っているかは、聞くに堪えないでしょう」ストリガンは楽しげに小さく鼻を鳴らした。「しかし、みな人間であり、何かがあれば、それぞれ独自の意見をもちます」

「個人的意見など関係ない。アナーンダ・ミアナーイがこうするぞと宣言すれば、そうなるだけのことだ」

これはストリガンが思う以上に複雑なテーマだと感じた。「それでは不満がつのるだけです。侵略と征服のみに――ラドチ圏の拡大のみに捧げる人生とはどういうものか、想像してみてください。あなたなら、それはすさまじい規模の破壊と殺戮《さつりく》の連続だと考えるでしょう。しかしラドチャーイにとっては文明の伝播《でんぱ》であり、正義と礼節、宇宙への裨益《ひえき》なのです。死と破壊は最高善のための副産物にすぎない」

「そういう考え方には同調できそうもないね」

「同調するのをお願いしているわけではありません。ラドチャーイの目で見ていただきたいだけです。あなたの人生はもとより、あなたの家族の人生、千年を超える祖先たちの人生は、この考えと、それに伴う活動に注ぎこまれてきた。アマートがそうすることをお望みになっている。神の意思、宇宙の意思である。そうしてある日、誰かがあなたにささやく――おまえの考えは間違ってるんじゃないか？　するとあなたの人生は、予想していたものとは違っていく」

「そんなことはいつでも誰にでも起こりうる」ストリガンは立ち上がりながらいった。「それにたいていの人間は、自分には偉大なる定めがあるなんて勘違いはしないよ」

「例外は、けっして少数ではありません」

「あんたはどうなの？」カップとボウルを手に持ち、椅子の横に立つ。「あんたは間違いなくラドチャーイだ。ラドチ語を話すときの訛《なま》りは――」ストリガンとは彼女の母語で話していた。

「いかにもジェレンテイト出身のように聞こえる。ところがいまは、ほとんど訛りがない。どうやら語学に達者と見える。いわせてもらえば……人間とは思えないほどにね」そこで少し間をおく。「ただ、ジェンダーの区別が、ちょっとね。そんな間違いをするのは、ラドチャーイくらいのものだ」

どうやらわたしは間違っていたらしい。「あなたの服の下まで、わたしには見えません。けれど見えたところで、それが信頼できる指標になるとはかぎらない」

ストリガンは意味がわからなかったのか、目をぱちくりさせた。

「ジェンダーが同じだったら、ラドチャーイはどうやって子をつくるのか、前々から疑問だったが」

「同じではありません。ラドチャーイもほかと同じように繁殖します」ストリガンは疑うようにまた片眉を上げ、わたしはつづけた。「病院に行って避妊用インプラントを無効化するか、タンクを利用します。あるいは、妊娠可能になるよう手術を受ける。もしくは、人を雇って代行させるか」

同様のことはラドチャーイでなくても行なっている。ストリガンはしかし、眉をひそめた。

「やっぱりあんたはラドチャーイだな。セイヴァーデンにもひどくなじんでいるしね。といっても、彼とあんたは違う。あんたを最初に見たとき、属躰《アンシラリー》じゃないかと疑ったが、いまのところインプラントらしいところがあまり見当たらない。いったいあんたは何者だ?」

その程度の観察力では、わたしの正体は見抜けないだろう。上辺しか見なければ、わたしには通信と光学系のインプラントがひとつかふたつある程度で、これくらいならラドチャーイにかぎらず何百万人もが施している。わたしはこの十九年で、自分のインプラントの詳細を隠しとおす術を身につけた。

自分の皿を持ち、立ち上がる。

「わたしはブレク。ジェレンテイトから来ました」

ストリガンは信じるものかというように鼻を鳴らした。ジェレンテイトはニルトから十分遠く、万が一、小さな間違いを犯してもごまかすことができる。

「ただの観光客か」その口調から、ストリガンがまったく信じていないのは明らかだった。

「はい、そうです」わたしはうなずいた。

「じゃあ、この行き倒れの――」眠りこけているセイヴァーデンを手で示す。「迷子のどこに興味をもった？」

わたしは答えなかった。自分でも、よくわからないからだ。

「はぐれ者を集める連中には会ったことがある」と、ストリガン。「でもあんたは、彼らとは違う。どことなく……冷たいものを感じるよ。尖《とが》っている、というか。あんたのように冷静沈着な観光客にはお目にかかったことがないね」

わたしは知っているからだ、あなたが銃を持っていることを。あなたとアナーンダ・ミアナーイ以外の者には、存在することすら知られていない銃を。しかし、所有を認めていないあなたは、その件に触れたくても触れられない。

「あんたがジェレンテイトの観光客だったら、天地がひっくりかえるよ。さあ、正直に話してほしい」

「正直に話したら、あなたの楽しみがなくなるでしょう」

ストリガンは口を大きく開けて何かいいかけた。その表情から、おそらく怒りの言葉だろう。しかしそのとき警報機が鳴り、彼女は代わりに「お客さんが来たらしい」といった。

わたしたちはコートをはおって二枚扉の外に出た。見ると雪上車が苔《こけ》と雪の荒地をこちらへ向かってくる。深い軌跡をつくりながら、わたしのフライヤーの横、わずか数センチのところで半回転し、停止した。

扉が開き、降りてきた運転手はニルト人だった。が、わたしの知っているニルト人より背が低い。緋《ひ》色の外套《がいとう》には、鮮やかな青色とけばけばしい黄色の刺繍《ししゅう》。そしてさらに、どす黒い染み。あれは雪苔《ゆきごけ》と……血液だ。ニルト人は立ち止まり、入口前に立っているわたしたちを見た。「ドクター！」大きな声で。「助けて！」

ストリガンは聞き終わらないうちに雪を踏んでそちらへ向かい、わたしは彼女についていった。

近づいてみると、運転手はせいぜい十三、四歳の子どもだった。座席には意識を失った大人が横たわり、上着も下着もちぎれ、ほぼ原形をとどめていない。そしてその布きれも、座席も、血に染まっていた。右足は膝から下が、左足はくるぶしから先がない。

わたしたちは三人がかりで瀕死《ひんし》の体を診察室まで運んだ。

「何があった？」ストリガンは外套の血染めの切れ端を取り除きながら訊いた。

「アイスデヴィルなの」少女がいった。「いるのが見えなかったの！」目に涙がたまるも、こぼれ落ちることはない。少女は懸命にこらえていた。

ストリガンは少女が行なったであろう当座の止血処理を誉《ほ》めた。

「よくやった、よくやった」そして広間につづくドアに顎を振り、「ここから先はわたしに任せなさい」といった。

わたしと少女は診察室を出た。が、彼女はわたしも、寝床で眠っているセイヴァーデンも目に入らないようだった。部屋の中央に茫然《ぼうぜん》と、途方に暮れたようすで立ちつくし、しばらくしてからようやくベンチにすわる。

わたしが発酵乳のカップを差し出すと、少女は幽霊でも見たかのようにびくっとした。

「あなたは怪我をしていない？」わたしは彼女に尋ねた。この代名詞に間違いはない。ストリガンが少女に対し〝彼女〟を使ったのをすでに確認している。

「わたし……」少女は発酵乳のカップを見下ろした。いまにもカップが噛みついてくるかのように。「怪我、大丈夫……ちょっとだけ」その場で気を失いそうに見えた。そうなってもおかしくはないだろう。ラドチャーイの基準ではまだ子どもだが、大人があれほど傷つくのを目の当たりにして（親か親族、あるいは隣人？）、それなりに冷静に救急処置をし、車に乗せてここまで来たのだ。この子の心が、まさに血染めの服のごとく裂けてもおかしくはない。

「アイスデヴィルはどうなった？」と、わたしは訊いた。

「わからない」少女はカップから目を上げ、わたしを見た。発酵乳にはまだ口をつけていない。「わたし、蹴ったの。ナイフを、突きさしたの。そうしたら、逃げていった。それしか、わからない」

さらに数分かけて聞いたところ、少女は野営地の家族に向けてメッセージを送ったが、近くに助けてくれる者はなく、すぐにここまで来たほうがいいと思ったとのこと。少女は話しているあいだにわずかながらおちついてきて、少なくとも発酵乳を飲むくらいにはなった。ほどなくして少女は汗をかきはじめ、立ち上がってコートを二枚とも脱ぐとベンチに置き、またすわった。黙りこくり、どうしてよいかわからないようす。少女の痛みをやわらげる術をわたしは思いつかなかった。

「何か知っている歌はある?」わたしは訊いてみた。

少女は驚いた顔でわたしを見上げ、「わたし、歌手じゃないから」といった。

これはたぶん言葉の使い方の問題だろう。この地域の慣習をわたしはほとんど気にとめてこなかったが、住民が日々の暮らしのなかで口ずさむ歌と、専門の歌い手(一般には宗教目的)が歌う歌に区別がないのは知っていた。少なくとも赤道地域ではそうだが、このあたりまで来るとまた違うのかもしれない。

「ごめんなさい」と、わたしはあやまった。「訊き方がよくありませんでした。あなたは働いているときや遊んでいるとき、赤ん坊を眠らせるときなどに、何か口ずさむことは――」

「あっ!」少女の顔が明るく輝いた。ただし、一瞬のみ。「そういう歌のことね!」

わたしは元気づけるようにほほえんだが、少女はまた黙りこくった。

「あまり心配しないように」と、わたしはいった。「ドクターは専門家です。またときには、神の手に委《ゆだ》ねなくてはいけない場合もあります」

少女は下唇を噛んだ。

「わたし、神さまなんて信じない」声に強さがのぞいた。

「そうですか。でも何事も、なるようになるものです」これに少女は投げやりな態度でうなずいた。「カウンターはやりますか?」彼女なら、ここにあるゲーム盤の遊び方を知っているかもしれない。といっても、ニルトの製品ではない可能性もある。

「しないわ」

この返事に、少女の気持ちをまぎらわせなくては、というわたしの気持ちは萎《な》えた。

十分間の沈黙後、彼女が言葉を発した──「ティクティクなら持ってる」

「ティクティクとは……何?」

少女の白い、丸い顔にある丸い目が、大きく見開かれた。

「ティクティクを知らないの? ずいぶん遠くから来たの?」わたしがそうだと答えると、少女はつづけた。「ティクティクはゲームよ、子どもが遊ぶの」その口調から、自分は子どもではないと思っているらしい。ではなぜそんなゲームを持っているのか? わたしは尋ねないほうがよいと判断した。「ほんとにティクティクを一度もやったことがないの?」

「ほんとうに、ほんとう。わたしがいたところでは、ゲームといえばカウンターかカードかダイスで、それも地域によって遊び方はまちまちでした」

少女はうつむいて考えこんだ。そしてようやく、遊び方を教えてあげる、といった。

「むずかしくないから」


二時間後、ボヴの骨でつくったひと握りのダイスをわたしが放ったところで、警報機が鳴った。少女はぎょっとして顔を上げる。

「誰か来たようです」わたしはそういったが、診察室の扉は閉まったままで、ストリガンは迎える気がないようだ。

「母さんだわ」少女の声は期待と安堵《あんど》でわずかに震えた。

「そうだといいですね。新しい患者ではないことを願います」口にしてすぐ、よけいなことをいったと感じた。「わたしが見てきます」

訪問者は、疑う余地なく〝母さん〟だった。母さんはフライヤーから飛び降り、こちらへ走ってくる。雪面であれほど速く走れるとは驚きだった。彼女はわたしを無視して家に駆けこんだ。ニルト人にしては長身で、ニルト人らしくがっしりした体にコートを重ね着している。顔を見れば少女との血縁は明らかだった。わたしは彼女のあとから家に入った。

「それでどうした?」彼女はティクティク盤の横に立つ少女に尋ねた。

これがラドチャーイの親なら、娘を抱いてキスし、無事でよかったと、場合によっては涙を流すところだろう。いまのこの母さんの言葉に、ニルトの親はなんと冷たく無感動なのかと非難するラドチャーイもいるはずだ。が、そうした批判は当たらないとわたしは思う。いま、母娘はよりそってベンチに腰かけ、娘は母に報告していた——負傷者の状態、雪原で遊牧中に起きたこと、アイスデヴィルのこと。報告し終えると、母は娘の膝を元気よく二度叩いた。すると娘はこれまでより大きく、たくましくなったように見えた。力強く温かい母親の存在と、その母親に認められたことからくるものだろう。

わたしは発酵乳のカップをふたつ持っていった。母親はわたしに鋭い視線を向けたものの、とくに関心はもたなかったようで、「あんたはお医者さんじゃないね」と、愛想なくいった。気持ちは娘ひとりに向けられ、わたしが危険もしくは役立つ存在でなければ興味はないのだろう。

「わたしは客です。ドクターは手が離せず、あなたは何か飲みたいだろうと思いました」

わたしが答えると、母親はセイヴァーデンに目をやった。彼女はまだ眠っていたが、額の黒い治療帯はぴくぴく震え、口と鼻の周囲には痣《あざ》が見える。

「この人はずいぶん遠いところから来たの」少女がいった。「ティクティクのやり方を知らなかったのよ！」母親の視線が動き、床の上で止まった。ダイスとゲーム盤。色のついた平たい石がゲームの途中だったことを物語っている。彼女は無言だったが、心なしか表情が変わった。ほんの少し、小さくうなずき、わたしが用意した発酵乳に口をつける。

二十分後、セイヴァーデンが目を覚ました。額から黒い治療帯をはぎとり、ぶすっとして上唇をなでる。指が乾いた血に触れるとこそぎとり、ベンチに並んですわるニルト人をじっと見た。母娘ともに黙り、わたしとセイヴァーデンから目をそらしている。わたしが目覚めたセイヴァーデンのもとに行かないことも、声をかけないことも不思議には感じていないらしかった。セイヴァーデンはわたしに殴られた理由を、あるいは殴られたことそのものを覚えているだろうか。頭に衝撃を受けると、記憶があやふやになることがある。しかし、はっきりと覚えていないまでも、何かを疑ってはいるらしい。というのも、わたしのほうをまったく見ようとしないからだ。セイヴァーデンはその場でしばらくもぞもぞしたあと、立ち上がって台所へ行き、キャビネットを開けた。なかを三十秒ほどながめてから、碗《わん》をひとつ取り出し、そこに硬いパンを入れて水を注ぐ。その場に立ったまま、碗のなかでパンが柔らかくなっていくのを見つめる。ひと言もしゃべらず、誰にも目を向けずに。

8

わたしが門前湖から追い払った人びとは、最初のうちは道のあちこちで小人数で集まり、額を寄せあって話していた。そして巡回するわたしの姿が見えると散ってゆく。するとそのうち、道端ではなく家のなかに集まりはじめ、数時間ほどたつと、上町《かみのまち》にはまったく人影がなくなった。静けさは不気味なほどだが、それでもなおオーン副官は、上町のようすはどうかと、くりかえしわたしに訊いた。

ただ、わたしが上町に姿を見せる回数が増えれば状況を悪化させるだけと考えたようで、広場の近くにいるように、と指示された。何か事が起きたときでも、広場なら上町と下町《しものまち》の中間に当たる。大混乱に陥った場合、わたしは効率的に動けるだろう。

それから何時間かは平穏だった。皇帝はイックトの司祭たちとともに祈りを捧げている。わたしは下町の住民に、今夜は外出を控えたほうがよいと伝えておいたので、街頭での井戸端会議はいっさいなく、仲間の家に集まって娯楽を鑑賞するということもなかった。あたりが暗くなるころには、ほぼ全住民が上階に引き上げ、静かに語りあうか、手すりごしに黙って外をながめた。

ところが、あと四時間で夜が明けるというころ、大混乱に陥った。より正確にいえば、このわたしが大混乱に陥った。モニタリングしていた追跡データが切断され、二十の体からなるわたしは一瞬にして盲目となり、音も聞こえず、いっさい動けなくなったのだ。そして各分軀《セグメント》は一対の目のみで物を見て、一対の耳のみで音を聞き、動かせるのはひとつの身体のみとなった。困惑と動揺のなか、分軀間の接続が絶たれたことを認識するまで若干の時間を要した。最悪だったのは、オーン副官からのデータも途絶したことだ。

この瞬間から、わたしは分離した二十の存在となった。二十それぞれで、見聞きしたものと記憶が異なり、それらを寄せ集めてつながなくては、何が起きたかを思い出せない。

衝撃を感じた瞬間、二十の分軀は反射的にわたしのアーマーを開いた。軍服を着ていた分軀は、それに合わせてアーマーを補正しようとすらしなかった。公邸で眠っていた八体は瞬時に目覚め、わたしが現状を認識するとただちに、眠れずに横になっていたオーン副官のもとに駆けつけた。そのうち二体——17と4は、副官に変わりがないことを確認したあと、その周囲にいた分軀数体の横を通り過ぎ、コンソールで通信状態をチェックしようとした。が、コンソールは機能していなかった。

「通信不可！」17の声は、銀色のアーマーごしにゆがんで聞こえた。

「ありえない！」4はそういったが17は答えない。現実を見れば、答えるまでもないからだ。

上町にいる分軀たちは、その場から動かないほうがよいとわたしが判断するまえに、すでに門前湖に向かっていた。広場と寺院にいた分軀はすべて公邸に向かう。一体はオーン副官の安全を確認しに駆け出し、二体がとっさに「上町！」と叫んで、別の二体が「暴風サイレン！」と声をあげる。つづく二秒のあいだ、分躯たちはつぎにやるべきことを必死で考えた。そして分躯9が寺院に駆けこみ、サイレンのそばで眠っている司祭を起こしてスイッチを入れさせる。と、サイレンが鳴る直前、ジェン・シンナンが「人殺し！　人殺し！」と叫びながら、上町の私邸から飛び出してきた。周囲の家で次つぎ明かりが灯ったが、ジェン・シンナンのその後の叫びはけたたましいサイレン音にかき消された。わたしのうち、もっとも近い場所にいる分躯でも、通り四本は隔てている。

下町全域で、鎧戸《よろいど》がおろされた。寺院にいる司祭たちは祈禱《きとう》をやめ、司祭長がわたしをふりむく。しかしわたしには何も情報がなく、お手上げの仕草を返すしかなかった。

「通信が機能しません」その分躯がいうと、司祭長は困惑したようにまばたきした。耳をつんざくようなサイレン下では、会話はなりたたない。

わたしが分裂したとき、ラドチの皇帝アナーンダ・ミアナーイは何の反応も示さなかった。彼女もわたしとほぼ同じかたちで他の自分と結びついているのだが、なぜか驚きもせず、平然としている。近くにいたわたしの分躯もそのことに気づいた。とはいえ、きわめて沈着冷静だからかもしれない。サイレンがけたたましく鳴りはじめても、アナーンダはちらと目を上げ、ほう、という顔をしただけだ。そして立ち上がり、外の広場へ出ていった。

それはわたしが経験した苦難のなかでも、三番めに過酷なものだった。軌道にいる〈トーレンの正義〉の全感覚、自分のすべての感覚がふつりと途絶え、消えてしまったのだ。わたしは二十の断片に砕け、ほとんど連携がとれなくなっていた。

サイレンが鳴るまえ、オーン副官は分軀の一体に警報発令の指令をもたせ、寺院に派遣していた。そしていま、その分軀は走って広場に入るなり、立ちすくんだ。自分のほかの分軀が目には見えているのに、意識のなかでは存在しないからだ。

サイレンがやんだ。下町は静かになり、聞こえるのはわたしの足音と、わたしのアーマーごしの声だけになった。わたしはわたし自身に語りかけ、自分自身を収拾し、本来の働きを多少なりとも取り戻そうと努めた。

アナーンダが白い眉の片方を上げ、「オーン副官はどこにいる?」と訊いた。

それは副官の居場所を認知できない分軀たちが、最優先で知りたいことだった。そして先ほど副官の指令を携えて広場に来た分軀が、知りうるかぎりのことを答えた。

「オーン副官はこちらに向かっています、陛下」

それから十秒後、副官および公邸にいた残りの分軀の大半が広場に駆けつけた。

「ここの統治は問題ない、と思っていたが」アナーンダは副官のほうを見ずにいったものの、誰に向けての言葉かは明らかだった。

「わたしもそう思っていましたよ」オーン副官は答えたとたん、相手が皇帝であることを思い出した。「失礼致しました、陛下」

わたしの分軀はみな、オーン副官がほんとうにそこにいるのか、目でしっかり確認したいのをこらえた。以前なら、そんなことをしなくても副官の存在を感知できたのだ。ささやきがかわされ、副官に張りつく担当が決まって、ほかの分軀はそれを信頼するしかなかった。

分軀10が門前湖のほうから全速力で走ってきた。「上町で事件発生！」わたしはわたしのために場所を空けてやり、10は副官の前で止まった。「住民がジェン・シンナンの屋敷に集結しました。殺人について討議して、みな激高し、みずから下町で正義を実践すると」

「殺人？　くそっ！」

副官のそばにいた分軀たちがいっせいにいった――「副官、言葉づかいを！」アナーンダは驚いた顔でわたしを見たものの、何もいわない。

「くそっ！」オーン副官はくりかえした。

「罵言を吐くのも結構だが――」アナーンダは悠然としていった。「ほかに何かしようとは思わないのか？」

副官は〇・五秒凍りつき、それから周囲を見回した。そして湖の向こうを、つぎに下町を見やり、寺院に目をもどす。

「いまここにいるのは？　番号！」分軀は一体ずつ番号をいった。「1から7は広場に残り、ほかはわたしと一緒に来なさい」アナーンダを広場に立たせたまま、わたしは副官について寺院のなかに入っていった。

司祭たちは高座のそばでわたしたちを迎えた。

「司祭長――」オーン副官が声をかけた。

「はい、副官」

「タンミンドの暴徒が上町からこちらへ向かっているようです。到着まで五分ほどは余裕があるでしょう。鎧戸がおりているので大きな被害を与えることはできません。それでも過激な行為を防ぐため、暴徒をここに誘いこみたいのですが」

「ここに誘いこむとは……」司祭長は納得しかねるようにくりかえした。

「ほかはどこも明かりが消され、閉ざされています。ここなら大扉はすべて開き、目指しやすいでしょう。上町の住民が入ってきたらすべての扉を閉め、1エスクが彼女らを監視します。もちろん、それよりまえに扉を閉めきり、あとは暴徒が民家の鎧戸に何をしようと、傍観するだけでもよいでしょうが、できれば激しい破壊行為を見たくはありません。皇帝の――」副官は寺院に入ってくるアナーンダ・ミアナーイをふりむいた。皇帝は平常時と変わらずのんびりと歩いている。「皇帝のお許しがあれば、のことですが」

アナーンダは好きにしろというように黙って手を振った。

司祭長は副官の提案に不満げながらも同意した。広場にいるわたしの分軀たちは、上町の近くの街路でちらほら光るランタンを注視する。

わたしは副官から、すべての扉の背後で待機し、合図をしたら閉めるよう指示された。一部の分軀は広場周辺の街路に配置して、タンミンドの群衆を寺院へ向かわせるようにする。そして残りの分軀は寺院内の隅の暗がりに控え、司祭たちは間口の広い入口に背を向けて祈禱を再開した。

上町から来たタンミンドは百人以上いた。大半はこちらの期待どおりの動きをし、腕を振り叫びながら寺院に突入する。ただし、二十三人は別の行動をとった。そのうち十二人は集団の流れからはずれて、暗くひと気のない街路の外に出ていき、十一人はわたしの分軀が無言で立っているのに気づくと考えなおしたのか、立ち止まって何やら話し合った。仲間たちが寺院になだれこんでいくのをながめ、扉ぎわにいる分軀を見つめる。銀色のアーマー姿の分軀が侵略時を思い出させたのだろうか、彼女たちは毒づくと背を向け、走って上町へもどっていった。

寺院のなかに入ったタンミンドは、八十三人。怒声はこだまし、増幅し、またこだました。すると扉が次つぎ閉まる音がして、みないっせいにふりかえり、外に出ようとした。が、すでにわたしの分軀に包囲されている。分軀は銃をかまえ、近くにいるタンミンドを狙った。

「市民！」オーン副官が大きな声をあげたが、ひとりとして耳を貸さない。

「市民！」分軀たちも叫び、その声はこだまして後、かき消えた。暴民のなかにジェン・シンナンとジェン・ター、そして彼女らの友人や関係者がいて、周囲の者に静かにしろ、おちつけ、と促した。ラドチの皇帝がここにいるのだ、直接皇帝に訴えればよい――。

「市民！」オーン副官が呼びかけた。「この騒ぎはなんだ？　どうしてこんなことを？」

「殺人だよ！」最前列にいたジェン・シンナンが、わたしの背後の副官に向かい、大声でいった。副官の横には皇帝と司祭長。ほかの司祭たちは肩を寄せあい、凍りついたようになっている。人群れがジェン・シンナンの言葉を受けて口々に怒りの声をあげ、それは地鳴りのごとくとどろいた。「あなたから正義を得ることはできない！」ジェン・シンナンが絶叫する。「だから自分たちの手で正義を貫く！」人びとの怒声に寺院の石壁が揺れた。

「具体的に説明しなさい、市民」怒号と罵声のなか、アナーンダ・ミアナーイがひときわ高い声で命令した。

人びとはお互いになだめあい、それが五秒つづいたところでジェン・シンナンがいった。

「皇帝陛下——」心の底から敬っている口調。「この一週間ほど、姪《めい》がわが家に滞在しております。その姪が、下町を訪れた際、オルス人に嫌がらせと脅迫を受けました。わたしからオーン副官にご報告したものの、まったく何も手を打っていただけなかった。そして今夜、わたしは姪が部屋にいないことに気づきました。窓は割られ、血が飛び散っています！　これをどう考えたらいいのでしょう？　オルス人は昔から、わたしたちを恨み、憎んでいます。上町の住民を皆殺しにする気にちがいありません！　みずから身を守るほかないと考えても当然ではないでしょうか？」

アナーンダ・ミアナーイはオーン副官をふりむいた——「報告は受けたのか？」

「はい、陛下。調査をした結果、件の若者は〈トーレンの正義〉の1エスクの監視下から一度も出ていないことがわかりました。1エスクの報告によれば、その者は終始ひとりで下町にいたとのことです。他者とかわした会話は、商品購入時のありきたりのものでした。嫌がらせや脅迫は受けておりません」

「ほおら！」ジェン・シンナンが叫んだ。「だから自分たちの手で正義を行なうしかないんだ！」

「では、どのような理由から、住民全員の命が狙われていると考えたのか?」アナーンダ・ミアナーイが彼女に尋ねた。

「陛下——。陛下はオーン副官の報告をもとに、下町の住民は忠誠心と順法精神に富むと信じておられるのでしょう。しかし、わたしたちは経験から、オルス人には美徳の欠片もないことを知っております。漁師たちは夜中に人目を忍んで進入禁止の水域に入る。しかも目撃者の話では……」ジェン・シンナンはしばし躊躇《ちゅうちょ》した。銃口が自分に向けられたせいか、もしくはアナーンダが無表情のままでいるせいか。あるいはほかに理由があるのか、わたしにはわからない。ただ、わたしの目には、どこか楽しんでいるようにも見えた。ジェン・シンナンは言葉をつづけた。「目撃者の名前は控えさせていただきますが、話によれば、下町の人間が銃を舟から水中に隠すのを見たそうです。何のためにそんなことをするのでしょう? 上町への意趣返しの準備としか考えられません。自分たちは上町の人間に足蹴にされてきたと信じきっているのですから。そしてオーン副官の協力なしに、銃が手に入るわけもありません」

アナーンダはオーン副官を見た。皇帝の黒褐色の肌の上で、白い眉が片方だけぴくりと上がる。

「副官、何か弁明は?」

その問いかけ、あるいは口調に、分躯はみな緊張した。かたやジェン・シンナンの顔には、まぎれもない微笑——。ジェン・シンナンは皇帝が副官を追及するのを期待し、その期待どおりになったのだ。

「はい、申し上げます、陛下」副官は答えた。「数日まえの夜、地元の漁師から沼底に武器の箱を見つけたとの通報がありました。それを引き上げ、わたしのもとに届けさせましたが、調べたところ、さらに二箱発見され、それも引き上げました。今夜も同様の調査をする予定でしたが、このような事態になって、かないませんでした。報告書は作成したものの、まだ手元にあります。というのも、銃がどのような経緯でこの地に、それもわたしの知らないうちに持ちこまれたのかが、わたし自身いまもって不思議でならないからです」

わめきたいのはこちらのほうだ、といわんばかりだった。ジェン・シンナンの微笑はもとより、アナーンダ・ミアナーイの理不尽とも思える対応（先ほどの広場でのやりとりもそうだ）や、副官を一方的に責めているこの場の空気ゆえだろう。

「不思議に思うことは、もうひとつあります」反響音が消えて静まりかえってから、副官はつづけた。「件の若者は、下町の住民に嫌がらせを受けたなどと、なぜ虚偽の告発をしたのか？それは事実ではありません。下町の誰ひとりとして、若者を脅してはいないことをわたしは確信しています」

「脅されたんだよ、ほんとうに！」群衆のひとりが叫び、同意の声が広まって、広大な石の空間はふたたびざわめきと反響に満ちた。

「姪の姿を最後に見たのは？」副官がジェン・シンナンに尋ねた。

「三時間まえだよ。〝おやすみ〟といって、自分の部屋にもどった」

副官は近くにいたわたしの分躯に訊いた。「1エスク、この三時間で下町から上町に行った者はいるか？」

分軀――1エスク13――は、ここは慎重に答えるべきだと十分承知していた。全員が耳をそばだてているのだ。

「いいえ、下町と上町のあいだを移動した者はひとりもいません。しかし、この十五分間に関しては断定できません」

「上町に来たのは三時間以上まえかもしれない」ジェン・シンナンがいった。

「その場合」と、副官。「いまもまだ上町にいる。よって、上町で捜索すべきだと思うが」

「あの銃は……」

「あなたたちに危険はない。わたしの公邸の最上階で厳重に保管している。また、すでに1エスクが大半を使用不能にした」

ジェン・シンナンは奇妙な、訴えるような目でアナーンダ・ミアナーイを見た。アナーンダはふたりのやりとりをずっと黙って、表情ひとつ変えずに聞いている。

「しかし……」ジェン・シンナンがつぶやいた。

「オーン副官」アナーンダはそういうと、「ちょっと話がある」と、副官を十五メートル離れた場所まで連れていった。分軀がひとり後ろについたが、アナーンダはそれを無視し、小さな声で訊いた。「この事態をどう捉える？」

副官は口を引き結び、大きく息を吸いこんだ。

「陛下。わたしは下町の住民が問題の若者に害を加えたとは考えておりません。銃の件も、隠したのは下町の人間ではないと確信しています。発見された銃はすべて併呑時の押収品でした。つまり、出所は高位高官としか考えられません。わたしが報告書を提出しなかったのは、そのためです。陛下ご到着後、直接お伝えしたかったのですが、その機会はありませんでした」

「通常の経路で報告すると、共謀者が陰謀の露見を知り、身の安全のために証拠隠滅を図ると考えたのか?」

「はい。陛下がこちらに向かっていらっしゃると聞いたとき、お迎え後ただちにご報告するつもりでした」

「〈トーレンの正義〉――」皇帝は正面を向いたまま、ふりむかずに分軀を呼んだ。「話に間違いはないか?」

「はい、間違いありません」わたしは答えた。司祭たちはまだ身を寄せあっているが、司祭長はそこから離れた場所に立ち、アナーンダと副官の会話を聞いている。その表情からは何も読みとれなかった。

「では――」アナーンダはいった。「副官はいまの状況をどう解釈する?」

オーン副官はこの質問に驚き、言葉を詰まらせた。「わ、わたしは……銃の件では、ジェン・シンナンが関与しているように思えてなりません。そうでなければ、箱に入っていたものが銃であることを、彼女はどのようにして知りえたのでしょう?」

「若者の殺人に関しては?」

「もしほんとうに殺害されたとしても、犯人は下町の人間ではありえません。しかし、あえて殺害し、それを口実にして……」副官はその先をつづけられなかった。

「それを口実にして」と、アナーンダ。「下町住民の寝こみを襲う、というわけか。そして発見された銃を盾にする。これは自己防衛である、副官は住民を守る職務を怠ったのだと」集まったタンミンドたちにちらっと目をやる。分軀たちが銀のアーマー姿で銃をかまえ、集団を取り囲んでいた。「ふむ。詳細はまたあとで考えればよいかな。とりあえず、いまはこの人民をなんとかしなくてはいけない」

「はい、陛下」副官は小さくお辞儀した。

「全員、撃ち殺せ」

非市民なら、皇帝の命令に震えあがりはしても、さほど驚きはしないだろう。ラドチャーイをメロドラマの世界でしか知らず、ラドチといえば属躰《アンシラリー》と侵略・併呑、そして俗にいう洗脳のイメージしかないからだ。しかし現実問題として、市民の銃殺はきわめて衝撃的、戦慄的としかいいようがない。文明とは本来、市民を幸福にするものではないのか？　そしていま、ここにいる人びとはみな、市民である。

オーン副官は凍りついた。時間にして、二秒。

「そ、それは陛下……」

終始冷静で、厳かですらあったアナーンダ・ミアナーイの口調が、ぞっとするほど冷徹なものになった。

「わたしの命令を拒否するのか、副官？」

「いえ、陛下、ただ……彼女たちは市民であり、ここは寺院です。そして現在、わたしたちの監視下にあります。またすでに1エスクを派遣し、隣接の部隊に支援を要請しました。一時間、いえ二時間もすれば〈エンテの正義〉7イッサが到着するでしょう。そうすればタンミンドを逮捕でき、陛下がここにいらっしゃるのですから、容易に再教育できます」

「わたしの命令を――」アナーンダは一語一語ゆっくりと力をこめていった。「拒むのか?」

皇帝に直訴したときのジェン・シンナンのどこか楽しげなようす、流暢《りゅうちょう》な語り口（熱意あふれるといってもいい）が、いま腑《ふ》に落ちた。あの銃を入手できるような高位の者なら、通信の遮断法も知っている。そしてアナーンダ・ミアナーイより高位の者などいない。だが、それでも疑問は残る。ジェン・シンナンの動機は明白だが、アナーンダにどんな得があるというのか?

オーン副官も同じ思いを抱いたらしい。嚙みしめた唇や肩の緊張具合から、苦悩しているのがわかる。といっても、実感としては伝わってこなかった。いまのわたしは外見からしか判断できないからだ。

「命令を拒否することはありません」五秒後、副官はそういった。「ただ、異見を述べてはいけないでしょうか?」

「とっくに述べただろう」アナーンダは冷たくいい放った。「さあ、撃て」

副官はふりかえると、タンミンドのほうにもどっていった。ほんのわずか、体が震えているように見える。

「〈トーレンの正義〉！」アナーンダに呼ばれ、副官のあとについていこうとした分躯の足が止まった。「わたしが最後におまえに乗ったのはいつだったか？」

アナーンダが最後に乗艦したときのことははっきりと覚えている。異例の訪問だったからで、事前の通告はなく、側近も連れず、老人姿で人数は四人だった。そしてほとんど自室でわたしと——1エスクではなく、軍艦〈トーレンの正義〉のわたしと——話して過ごし、1エスクのわたしに歌うよう求め、わたしはヴァルスカーイの曲を歌った。いまから九十四年と二か月二週六日まえのことで、ヴァルスカーイの併呑直後だ。わたしはこの年月を答えようと思ったが、口をついて出たのは——

「二百三年と四か月一週一日まえです、陛下」

「ふむ」アナーンダはそれしかいわなかった。

オーン副官はタンミンドを包囲するわたしのところまで来ると、一体の分躯の背後で三・五秒、無言のまま立っていた。

副官の苦悩はわたし以外の者の目にも明らかだったのだろう。ジェン・シンナンは、沈黙して考えこむ副官を見てほほえんだ。まるで勝ち誇ったように。

「さあ、それで？」彼女がいった。

「1エスク……」副官はいいよどんだ。ジェン・シンナンのほほえみがわずかに広がる。副官は自分たちを上町に引き返させる、と思っているにちがいなかった。そうなれば、ようやくオーン副官は解職され、下町の勢いもしぼむ。「これはわたしの望むところではない」副官は静かにいった。「しかし、皇帝じきじきの命令である」そして声をはりあげた。「1エスク。撃て!」

ジェン・シンナンの顔から笑みが消えた。代わりに恐怖。そして裏切られたという思い。彼女は茫然《ぼうぜん》として、アナーンダ・ミアナーイを見つめた。皇帝の表情に変化はない。タンミンドはどよめき、抗議し、恐怖の叫びをあげた。

わたしの分躯たちはみな躊躇した。命令は不合理だ。何をしたにせよ、ここにいるのは市民であり、わたしは彼女たちを包囲し、制御できている。しかし副官は容赦なく「撃て!」と叫び、わたしは従った。三秒とたたないうちに、タンミンドはひとり残らず息絶えた。

このとき寺院内には、起きた出来事に驚き騒ぎ立てるほど若年のものはいなかった。ただわたしの場合、人命を奪ったのは数年まえで、その空白期間が殺戮《さつりく》の記憶をやや遠ざけ、市民ならこのような最期は迎えないという漠然とした思いこみがあった。司祭たちは同じ場所で身を寄せあったまま、ひと言も言葉を発しない。司祭長は声を押し殺しながらも、あからさまに泣いていた。

「今後は――」こだまする銃撃音がやみ、水を打ったような静けさのなか、アナーンダ・ミアナーイがいった。「タンミンドも無用な騒ぎを起こすことはないだろう」

オーン副官の喉と唇がぴくぴく震えた。何かいおうとしたのだろうが、無言のまま歩きはじめる。死体の山の横を通り、四体の分躯の肩を軽く叩いて、自分についてくるよう手を振る。副官は声を出したくても出せないのだとわたしは気づいた。もしくは、自分が何をいいだすかが怖いのかもしれない。外見から推測するほかないのは、たまらなくもどかしかった。

「どこへ行く?」アナーンダが副官に声をかけた。

皇帝に背を向けたまま、副官は口を開きかけ、また閉じた。目をつむり、大きく息を吸いこむ。

「陛下のお許しを得て、通信遮断の元凶を発見したいと思います」これにアナーンダは答えず、副官は近くの分躯をふりむいた。

「わたしがジェン・シンナンの私邸に向かいます」その分躯がいった。副官が苦しんでいるのは明らかだったからだ。「同時に若者も捜索します」


夜明けまえ、わたしは元凶の装置を発見した。破壊すると同時に、わたしはわたしを取り戻したが、分躯をひとつ失っていた。下町と上町の薄暗い、静まりかえった通りをながめる。寺院にはわたしと、目を見開き物言わぬ死体が八十三体あるのみだった。通信が回復するとすぐ、オーン副官の嘆きと苦悩と屈辱が明瞭、鮮明になり、わたしは安堵《あんど》と同時に不安を覚えた。そして求めると即座に、オルスにいる者全員の追跡データがわたしの視界に流れこんできた――銃殺されてイックト寺院に横たわる者、上町の街路で首を折られたわたしの分躯。そして、ジェン・ターの姪。彼女は門前湖の北端、湖底の泥のなかにいた。

9

診察室からストリガンが出てきた。アンダーコートは血だらけだった。それまでわたしの知らない言語で静かに話していた母娘は黙り、期待をこめた目で医師を見つめた。

「やれるだけのことはやったよ」ストリガンは前置きなくいった。「とりあえずは大丈夫だ。だけど足を再生させるには、テルロッドに運ばないとだめだよ。下処置は施しておいたから、順調に再生するとは思うが」

「二週間――」ニルトの女性は冷静にいった。この種のことは経験ずみのように聞こえた。

「仕方がないよ」ストリガンはわたしが聞き逃したか、もしくは理解しなかった質問に答えた。

「臨時の手伝いを頼むしかない」

「親戚に当たってみる」

「それがいい。診察室に入ってかまわないよ、彼はまだ眠っているが」

「どれくらいで移動させられる?」

「なんなら、いますぐでも。早ければ早いほうがいい」

女性はわかったという身振りをし、少女とともに立ち上がって無言のまま診察室に向かった。

それからほどなくして、わたしたちは怪我人を母親のフライヤーに運んだ。飛び立つのを見送り、家のなかにもどってコートを脱ぐ。セイヴァーデンは床の寝床の上で、膝を抱えこんですわっていた。腕に力をこめ、膝が勝手に動くのを止めているかに見える。

ストリガンがわたしをふりむいた。その表情は奇妙で、わたしには読みとれなかった。

「あの子はほんとにいい子だ」

「はい」

「今度の件で名を馳せるだろう。美談つきでね」

わたしはここに来るまえ、もっとも便利だと思われる混成語を習得し、不慣れな土地を移動する上で必要な粗調査も行なった。ただ、この南方の遊牧民についてはほとんど知識がない。

「子どもらしからぬ対処で、ということでしょうか？」わたしはストリガンに訊いた。

「まあ、ある意味ね」キャビネットまで行き、カップと碗《わん》を取り出す。動作はしっかりしているものの、どこか疲れた印象を受けた。おそらく、肩のあたりだ。「あんたは子どもなんか相手にしないと思ってたよ。殺す場合は別にして」

わたしは罠餌《わなえさ》には食いつかない。「彼女はわたしに、自分は子どもではないと示唆しました。たとえ、ティクティクは持っていても」

ストリガンは小さなテーブルの前にすわった。

「二時間ぶっつづけで遊んだみたいだね」

「ほかにすることがありませんでした」

ストリガンは苦笑いを浮かべ、くくっと短く笑った。そしてセイヴァーデンのほうに手を振る。彼女はわたしたちを無視しているが、いずれにせよ会話は理解できない。ラドチ語で話していないからだ。

「あいつには同情しないね。医者として手当てをしただけだ」

「それはすでに聞きました」

「あんたも同情しているようには見えない」

「はい、していません」

「あんたって人は、何事も無難にすませようとは思わないのか?」なかば憤慨し、苛立《いらだ》っている。

「場合によります」

ストリガンはよく聞きとれなかったかのように、首を小さく横に振った。

「たいした怪我じゃないが、それでも手当ては必要だ」

「気乗りがしないということですね」質問ではなく断定的に。

「あんたのことがよくわからないよ」わたしを指しているかに聞こえるが、真意は違うと確信した。「彼をおちつかせるために、あるものを与えようかと考えているんだが……」わたしは無言だ。「あんたは反対するだろ」決めてかかっている。「彼に同情する気はないよ」

「同じ発言をくりかえしています」

「彼は自分の船を失った」おそらくストリガンは、ガルセッドの工芸品への興味から、同地が崩壊するに至った経緯を知ったのだろう。「ひどい話だ」と、ストリガン。「ラドチの軍艦は、ただの船じゃないだろう？　そして乗組員も失った。わたしたちには一千年まえの出来事でも、彼にとっては……。すべて順調だと思ったら、つぎの瞬間にはすべてを失っていた」苛立ったような、曖昧な仕草をする。「彼には治療が必要だよ」

「ラドチから逃げ出していなかったら、治療を受けていたでしょう」

ストリガンは鉄灰色の眉をぴくっと上げて、ベンチに腰をおろした。

「通訳してくれないか。わたしはラドチ語が得意じゃないから」

分躯《セグメント》がセイヴァーデンをサスペンション・ポッドに押しこむと、彼女は身動きがとれず、息もできなくなった。ポッドの液体が口と鼻に流れこみ、気がつけば巡視艦の病室だった――。と、セイヴァーデンは興奮ぎみに語り、怒りを隠そうともしなかった。

「艦はよれよれの〈慈《めぐみ》〉で、みすぼらしい田舎出の艦長だった」

「あんたはいつでもほぼ完璧に無表情だが」ストリガンはわたしにいった。「ラドチ語ではないから、セイヴァーデンには理解できない。「わたしにはあんたの体温と心拍数がわかるよ」おそらく、それ以外にもいくつか。医者なら臨床用インプラントを施しているはずだ。

「その〈慈〉の乗員は人間だった？」わたしの言葉に、セイヴァーデンの眉間の皺が深くなった。怒りか困惑か、あるいは別の何かか。

「人間とは思わなかった。最初はね。艦長から呼ばれて、説明を受けた」

わたしが通訳してストリガンに伝えると、彼女は信じられないといった目でセイヴァーデンを見た。そしてわたしに視線をもどす。

「そんな間違いはよくある……のか？」

「いいえ」わたしは短く答えた。

「そこで艦長から、どれくらい年数がたったのかを聞いたんだ」セイヴァーデンは自分のストーリーにしか気が向いていない。

「そのあいだに何があったのかも？」ストリガンが促した。

わたしは通訳したが、セイヴァーデンは無視し、わたしもストリガンもいないかのように話しつづけた。

「結局、辺鄙《へんぴ》な、ちっぽけなステーションに着いた。似たようなステーションはほかにいくらでもあるけどね……責任者は成り上がりのしょうもないやつで、ドックの審査監理官は君主きどりでよけいな口出しをする。警備隊ときたら、茶屋からチンピラを追い出すのがせいぜいだ。〈慈〉の艦長の訛《なま》りはずいぶんひどいと思ったが、ステーションではそれどころか、誰の話もまったく理解できなかった。ステーションのAIが通訳しても、ぼくのインプラントが反応しなくてね。ぼくのはとんでもなく旧式ってわけさ。だからAIには壁のコンソールを使って話しかけるほかなかった」それでは会話らしい会話はできないだろう。「それにステーションがいくら解説してくれても、さっぱり意味がわからないんだ。

部屋をあてがわれたよ。簡易ベッドが置かれた狭苦しい部屋で、立つと頭が天井にぶつかりそうだった。ぼくは名乗ったんだが、ステーションにはぼくの財務データがないとかで、照会には何週間もかかるだろうといわれた。早くてもね。それまではラドチャーイの社会保障として食糧と寝る場所は支給される。もちろん、新しい任務に就くために、適性試験を受けたければ受けてもいい。ぼくのまえの試験データは残っていないし、残っていたところで、どっちみち期限切れだ。期限切れ」苦々しげにくりかえす。

「医者には診てもらった?」ストリガンが訊いた。わたしはセイヴァーデンの顔を見ながら、彼女はなぜラドチャーイの世界から逃げ出したのかを考えた。医者の診察は受けたはずで、医者はたぶん成り行きを見守ることにしたのだろう。身体上の傷なら問題はなく、〈慈〉で手当てができるはずだ。しかし心の問題は、自力で回復するしかない。それがもしうまくいかなければ、医者は適性試験を受けさせ、それに基づいた処置をすることになる。

「戸主に連絡をとってもいいが、いま誰なのかは不明だというんだ」セイヴァーデンは明らかに、医者や診察の話題を避けている。

「戸主?」と、ストリガン。

「血縁や財産、家畜などすべてを含めた家の支配者です」わたしは説明した。「このように翻訳すると高貴な印象を与えるでしょうが、そうではありません。きわめて裕福、もしくは由緒正しい家系はごく一部です」

「で、彼の場合は?」

「その両方でした」

ストリガンは聞き逃さなかった――「でしたか」

セイヴァーデンはこの会話が聞こえなかったかのようにつづけた。

「はっきりしたよ、ヴェンダーイは消えてなくなったってね。うちの家系はもはや存在しない。何もかも、契約も資産もごっそり全部、ゲイアに吸い上げられたんだよ！」これには当時――五百年ほどまえ――誰もが驚愕《きょうがく》した。ヴェンダーイ家と反目していたゲイア家の戸主が、ヴェンダーイの賭博の借金と愚かな契約を巧みに利用したのだ。

「いまの世界には、もう慣れた？」わたしはセイヴァーデンに尋ねたが、彼女はわたしを無視して話しつづけた。

「何もかも消えてなくなった。残ったものも、どこかしっくりこない。色が違って、あるべき場所からちょっと左にずれているように思えた。人がしゃべるのを聞いても、まったく理解できない。言葉だっていうのはわかる。なのにぜんぜん頭に入ってこない。夢のなかにいるようだった」

おそらくこれが、わたしの質問に対する答えなのだろう。

「人間の兵士のことはどう思った？」

セイヴァーデンは顔をしかめ、初めてまっすぐわたしの目を見た。質問しなければよかった、とわたしは後悔する。本来、知りたかったのは〝イメの噂を聞いたときどう思ったか〟ということだった。しかしたぶん、セイヴァーデンは聞かなかったのだろう。あるいは、その意味するところが理解できなかったか。〝あなたは誰かに、すべてをもとどおりにしてやろう、と耳打ちされたのではない？〟おそらく答えはノーだ。

「無許可でどうやってラドチを出た？」これは容易なことではない。何より、必要経費をまかなえるだけの資金がセイヴァーデンにはなかったはずだ。

彼女は左に顔をそむけ、目を伏せた。答える気はないらしい。

「何もかもが最悪だった」九秒の沈黙後、セイヴァーデンはいった。

「悪夢だな」と、ストリガン。「不安と焦燥」

「つまり不安定」わたしは少し棘《とげ》のある表現で翻訳した。ただしラドチ語では、わけてもセイヴァーデンのような将校には、少しどころではないだろう。将校に弱さや怯《おび》えがあってはならない。すなわち脆弱《ぜいじゃく》。セイヴァーデンがもしそうなら、将校としては不適格、軍役には不向きで、艦長などもってのほかだ。しかしセイヴァーデンは過去、適性試験でヴェンダーイの名にふさわしいという結果を得ている。それは精神的に安定し、命令を下して敵に打ち勝つ器量がある、根拠のない怯えや動揺に陥ったりしない、ということだ。

「自分が何をいったかわかってるのか？」セイヴァーデンはなかば怒り、なかば見下したようにいった。「ヴェンダーイにそんな人間はいない」

もちろん（わたしは心のなかだけでつぶやいた）ヴェンダーイ家のなかには、ラドチがあちこちで侵略・併呑にいそしむあいだ、一年かそこら軍務に就いただけで隠遁《いんとん》生活に入ったり、茶器の絵を描いて過ごしたりする者が何人もいたが、そういう親族は、精神の安定性に問題があるからそうしたわけではないのだろう。適性試験の結果が期待どおりでなく、清貧の聖職者や画家になって親を驚かせた者がいるからといって、ヴェンダーイ家に弱い血が流れていると決めつけることはできない。そしてセイヴァーデンは、再試験後の職務や、自分の精神安定性に問題があるかどうかで気をもみ、悩む人間ではなかった。その種のことに、はなから疑問や不安を抱かないからだ。

「不安定というのは？」と、ストリガン。単語そのものではなく、意味合いを尋ねているのだろう。

「性格面で、ある種の強さに欠けることです」わたしは彼女に説明した。

「なんだ、性格か」ストリガンはうんざりしたようだ。

「いうまでもなく――」わたしは表情を変えなかった。数日来維持している、あたりさわりのない柔和な顔つきでいう。「格下の市民は大きな困難やストレスに直面するととりみだし、ときに治療を必要とします。しかし、すぐれた養育を施された市民は、けっしてとりみだしたりしません。といっても、早期にリタイアすることはあります。芸術や信仰に数年費やすとか。長期にわたる瞑想《めいそう》生活は広く行なわれ、家系の一流と二流の差はそういうところにも表われます」

「でもラドチャーイは洗脳が得意だ。噂によればね」

「洗脳ではなく再教育です」わたしは訂正した。「彼がラドチにいつづけていれば、その助けを得ることになったでしょう」

「彼はしかし、直視できなかった。助けが必要だという現実をね」ストリガンの言葉に、わたしは心のなかでうなずくだけで、発言は控えた。「再教育でどれくらい……改造できる？」

「かなりできます。ただ、噂には尾ひれがつきものです。再教育によって、その人間を別人に変えることまではできません。少なくとも、役に立つかたちでは」

「記憶を抹消する？」

「抹消ではなく抑制だと思います。そして新しい記憶を付加する。自分がいま何をしているかが認識できなければ、他者に大きな損害を与えかねませんから」

「たぶん、そうだな」

セイヴァーデンは会話の内容が理解できず、眉間に皺を寄せてわたしたちを見つめている。

ストリガンは薄い笑みを浮かべた。

「そしてあんたは、再教育の産物じゃない」

「はい、違います」

「外科手術の結果なわけだ。つながっている箇所の一部を切断し、新しいのをいくつか加え、インプラントを施す」言葉を切ってわたしの返事を待つが、わたしは無言だ。「いい仕上がりだよ。ほぼ完璧だ。顔つきも声の調子も、つねに適切。そしてつねに……考えぬかれている。どれも演技でしかない」

「それで謎が解けましたか」

「解けたというのはちょっと違うな。あんたは死人兵だ。確信したよ。何か覚えていることはあるかい？」

「はい、たくさん」なごやかな顔つきのまま。

「違うよ、以前の記憶があるかってこと」

言葉の意味を理解するのに五秒ほどかかった。

「その人物は死んでいます」

いきなりセイヴァーデンが立ち上がり、玄関へ行った。音から察するに、玄関の扉を二枚とも開けて外へ出ていったらしい。

ストリガンは彼女を目で追い、ふん、と鼻を鳴らしてからまたわたしを見た。

「自己意識は神経系に基づいているから、それをちょっといじられるだけで、自分が存在しなくなった気がする。だが実際はそこにいる。あんたはいまも確実に、わたしの目の前に存在している。だからこそアナーンダ・ミアナーイを殺そうなんて突飛なことを考えるんだ。だからこそ、彼に——」頭を玄関のほうに振る。セイヴァーデンはコート一枚きりで、寒い戸外にいた。「怒っているんだよ」

「彼は雪上車に乗るかもしれません」わたしは警告した。母娘はフライヤーを使い、外には雪上車しかない。

「心配ご無用。動かないように細工しておいたから」ストリガンはわたしがうなずくのを見て、話題をもどした。「歌のこともある。その声じゃ、まえのあんたは歌手ではなかったと思うよ。だがたぶん、音楽家ではあった。あるいは、音楽を心から愛していたか」

苦笑いを浮かべようか、と考えた。それが自然な流れだろう。

「いいえ」わたしは真顔で答えた。「違います」

「だが、いまは死人兵だ。断言していい」わたしは無言だ。「そして脱走兵でもある……彼の船から逃げてきたのか？　セイヴァーデン艦長の船から？」

「〈ナスタスの剣《つるぎ》〉は破壊されました」わたしはそのすぐ近くにいたのだ。といっても、破壊される直前の映像を見たにすぎないが。「それも、いまから一千年まえに」

ストリガンの視線が玄関へ、そしてわたしへ。考えこんだ顔つき。

「あんたはたぶんガオン人だ。ガオンが併呑されたのは、たかだか数百年まえだろ？　そうだ、思い出したよ、だからあんたはジェレンテイトから来たふりをしたんだ。しかし実際は脱走した。わたしなら、もとにもどしてやれるよ。その自信はある」

「それはわたしを殺す、ということです。わたしの自己意識を破壊し、あなたが受容できる別人に置き換える」

ストリガンはあからさまに不機嫌な顔をした。そのとき、外側の扉が開き、セイヴァーデンがぶるぶる震えながら内側の扉を開けて入ってきた。

「今度外に出るときは、アウターコートを着なさい」わたしは彼女にいった。

「うるさい、くたばれ」セイヴァーデンは寝床の毛布をひっつかみ、肩に巻いた。それでも震えは止まらない。

「それは市民の言葉づかいではない」わたしは注意した。

セイヴァーデンの目に怒りの炎が燃えあがった。が、逆上すればどうなるかを思い出したらしい。

「くたばり……」そばのベンチにどすんと腰をおろす。「やがれ」

「なぜ彼を雪の上にほったらかしておかなかった？」ストリガンが訊いた。

「わたしも自分に問いたいくらいです」ストリガンにとってはこれも謎のひとつだろう。ただし、わたしがあえてつくったものではない。わたし自身にとっても大きな謎なのだから。吹雪後の雪原でセイヴァーデンが凍死しようがしまいが、どうでもよかったのではないか。なのになぜ、彼女を連れてここまで来たのか。他人の雪上車で逃げ出すかもしれない、雪苔《ゆきごけ》が点在する凍土で死んでしまうかもしれないと、なぜこうも心配するのか。自分でもわからなかった。

「しかも彼にずっと腹を立てっぱなしなのはなぜだ？」

それならわかる。正直なところ、セイヴァーデンにとってわたしの怒りは理不尽だろう。しかし、事実は事実としていまも残り、わたしの怒りも同様だ。

「アナーンダ・ミアナーイを殺したい理由は？」

セイヴァーデンがほんの少し、顔をこちらに向けた。馴染み深い名前が聞こえて、気になったらしい。

「個人的な問題です」

「個人的ねえ……」信じがたいという顔つき。

「そうです」

「あんたはもう人間じゃない。自分でもそれを認めたような台詞をいったよ。あんたは道具のひとつ、軍艦のＡＩの付属品でしかない」彼女がつぎの言葉を思いつくまで、わたしは黙って待っていた。「発狂した船でもいたのかな？　昔の話ではなく、最近のことで？」

ラドチの内でも外でも、狂気にとらわれた軍艦はメロドラマの定番だった。とはいえ、ラドチ圏内でつくられるその種の娯楽は通常、史実に基づいている。アナーンダ・ミアナーイがラドチの核《コア》を支配するようになると、艦長が捕虜になったり死亡した艦船のなかには、自爆の道を選んだものもある。また噂によれば、三千年たったいまでも、一部の艦船は失意のなかで気がふれたようにさまよっているとのこと。

「わたしは一隻も知りません」

ストリガンはラドチのニュースをチェックしているにちがいない。理由は、自衛のためだ。彼女が隠し持っているもののことを考えれば当然だろう。もし、アナーンダに発見されたらどうなるか――。その気になれば、彼女はわたしの正体を特定できるだけの情報は得ていると考えていい。ところが三十秒後、彼女はわたしの返事を疑うような、落胆したような顔つきでいった。

「何も話す気がないらしいな」

わたしは穏やかな笑みを浮かべた。

「そんなことをして、何が楽しいのでしょう？」

ストリガンは笑った。わたしの答えが心底おかしかったらしい。これは良い兆しだ。

「で、いつ消えてくれるんだ？」

「あなたがわたしに銃をくれれば」

「だから、何の話かわからないんだって」

嘘。それも真っ赤な。

「ドラス・アンニアのあなたの部屋。あそこは手つかずです。わたしの知るかぎり、あなたが去ったときのままです」

ストリガンの動きの一つひとつが慎重になった。ごくわずかだが、ゆっくりとなる——まばたきも、呼吸も。片手でおもむろに、袖の埃《ほこり》を払う。

「それは事実かな」

「部屋に入るには大金が必要でした」

「死人兵がどこで金《かね》を手に入れた？」ストリガンは緊張を悟られまいとしている。が、それでも好奇心は抑えられない。これまでずっとそうだったように。

「労働です」

「実入りのいい仕事か」

「かつ、危険な仕事」わたしは命がけで資金をつくったのだ。

「イコンは？」

「無関係ではありません」この話題は避けたかった。「わたしが何をすれば、あなたは納得しますか？　金銭では不十分？」金ならもっとある。別の場所に。しかしそれを口にするのは愚かだろう。

「わたしのアパートで何を見た?」好奇心と怒りがないまぜの声。

「パズルを見ました、ピースの欠けたパズルを」そして欠けたピースの種類と、それが存在することを確信した。だからわたしはここにいる。そしてここに、アリレスペラス・ストリガンもいる。

ストリガンはまた笑い声をあげた。

「なかなかいいな。ただし――」両手を腿《もも》にのせ、身を乗り出す。「アナーンダ・ミアナーイは殺せないよ。できたらどんなにいいだろうとは思うけどね。でも、できない。たとえ……あんたがいうものをわたしが持っていたとしても、あんたには殺せない。たしか、押収された銃は二十五で……」

「二十四です」わたしは訂正した。

どうでもいい、というようにストリガンは手を振った。

「それだけあってもガルセッドはラドチャーイを撃退できなかった。たったひとつじゃ、どうしようもないだろう?」

ストリガンには分別がある。だからこそ逃げ出したのだ。そして地元のならず者を使い、わたしがここに来るのを阻止しようとした。

「なんでまた、そんなばかげたことをやりたがる? ラドチの外にいる者はみんなアナーンダを憎んでいる。奇跡が起きて彼が死んだら、お祭り騒ぎが百年はつづくだろうね。でも、そんなことは起きないだろう。銃を持った阿呆がひとりいるくらいでそうなることは、絶対にないといっていい。それはあんただってわかってるはずだ。おそらくわたし以上にね」

「そのとおりです」

「だったら、なぜ？」

情報は力。情報は安全保障だ。不完全な情報に基づく計画は致命的な欠陥を抱え、成功するか失敗するかは運まかせでしかない。ストリガンを見つけ出して銃を手に入れると決めたとき、この、いまのような瞬間が来ることは想定していた。ストリガンの問いに、彼女の望みどおり詳細に答えれば、わたしを襲う〝武器〟を与えることになる。その過程でストリガン自身も傷つくだろうが、彼女がそれを恐れて引き下がるとはかぎらない。

「ときに――」といってから、わたしは自分の言葉を訂正した。「いえ、けっこう頻繁に、ラドチャーイの信仰を学んだ人はこう尋ねます――あらゆることがアマートの意思のもとで起き、神の意図しないことは起こりえない、とするなら、何も行動せず、じっとしていても同じではないか？」

「いい質問だ」

「そうでもありません」

「ほう？　だったらなぜ、じっとしていない？」

「アナーンダ・ミアナーイによって、わたしはこのようにつくりあげられました。そしてアナーンダ・ミアナーイは、あのようにつくられた。彼の行為もわたしの行為も、やるべくしてやることでしかない。それをやるようにつくられたからです」

「おおいに疑問だな。アナーンダが自分を殺すようにあんたをつくったとは思えない」

わたしはこれ以上のことはいいたくなかった。

「わたしはね――」ストリガンは一・五秒沈黙してからつづけた。「答えをほしがるようにつくられたんだ。それが神のご意思だ」左手で〝わたし自身のせいじゃない〟という仕草をする。

「銃を所持していることを認めてください」

「いや、何ひとつ認めない」

袋小路。計り知れない暗闇。生死を賭けて賽《さい》を投げるか。賽の目の予想がつかないままに。残る選択肢はひとつ――諦めること。しかし、ここまで来て、どうすれば諦められる？ 長い歳月をかけた。荒波の日々。多くの危険を、すさまじく多くの危険を冒した。そしてようやく、ここにたどりついた。

彼女は銃を持っている。持っていい、いない、いない、いない、いけない。それをどうやって差し出させるか。差し出す以外にないと思わせるか。

「さあ、話しなさい」ストリガンはわたしの目を見つめていった。わたしの不安と逡巡《しゆんじゆん》を見抜いたにちがいない。彼女の医療インプラントごしに、血圧と体温と呼吸の変化を捉えたのだ。

「理由を教えなさい」

わたしはまぶたを閉じた。かつてのように分軀たちの目を通して見ることができず、自分の居場所すらわからない感覚に陥る。

わたしは目を開き、大きく息を吸いこんだ。そして、語りはじめた。

10

朝の儀式の侍者たちは（状況を考えれば）自宅にとどまるものと思っていた。が、花係の小さな子がひとり、大人たちより早く起き、桃色の花を咲かせた雑草をひと握り持ってとことこやってきた。しかし、アナーンダ・ミアナーイがいることにびっくりして、公邸の端で立ち止まる。

上の階では、アナーンダはアマートの小像の前でひざまずいていた。

上の階では、オーン副官が服を着ながらわたしにいった。

「きょうは儀式をするわけにはいかない」口調は冷静だが、心中は違った。早くも気温は上がり、汗をかいている。

わたしは副官の上着の襟を整えながらいった。

「副官は死体に触れていません」いってはいけないことをいったのがわかる。

わたしの分軀《セグメント》のうち、一体が門前湖の北岸に立ち、もう一体がなまぬるい湖水に腰まで浸かって、ジェン・ターの姪《めい》の遺体を湖底の泥から引き上げ岩棚にのせた。そして医者の家まで運んでいく。

わたしはオーン副官の公邸の一階で、怯《おび》え、立ちすくんでいる花係に声をかけた――「大丈夫ですよ」とはいえ、水係の気配はなく、わたしにはそれを務める資格がない。

上の階で、わたしはオーン副官にいった。

「少なくとも水は用意しなくてはいけないでしょう。下に花係がいますが、水係は来ていません」

副官はしばらく無言で、わたしは彼女の顔を拭き終えた。

「わかった」副官はそういうと下の階へ行き、碗《わん》に水を入れて花係の娘のところへ行った。わたしの横にいる娘は花を握りしめ、まだ怯えている。副官が碗を差し出すと、娘は花を下に置き、手を洗った。しかし、ふたたび花を取りあげるまえに、アナーンダ・ミアナーイが彼女をふりむいた。娘はあとずさり、手袋をはめたわたしの手を素手で握った。

「もう一度、手を洗わなくちゃいけませんね」わたしは娘にささやき、娘はわずかな勇気をふりしぼってそうすると、花を拾いあげ、緊張しつつも朝の儀式をしっかりやりおえた。ほかにはひとりも現われない。いうまでもなく。

わたしは医者のすぐそば、三メートルのところにいたが、彼女はわたしに語るというよりも独り言のようにいった。

「喉を掻《か》っ切ったのは、見ればわかる。だが、毒も飲んでいる」嫌悪と軽蔑をこめて。「身内の子を手にかけるとは。こいつらは市民じゃない」

小さな花係は、片手にアナーンダからの贈り物を握りしめ、帰っていった。それは花の形をしたピンで、四枚ある花びらには四つのエマナチオンがそれぞれ描かれていた。ラドチのどこであれ、ラドチャーイなら宝物とし、つねに身につけることだろう。アナーンダとともに儀式で務めを果たした証となるピンだ。といっても、あの娘はおそらく、家に帰れば手近な箱に放りこみ、忘れてしまうにちがいない。娘の姿が視界から消えると（オーン副官とアナーンダの視界という意味であり、わたしは含まれない）、アナーンダは副官をふりむいていった。

「あの花は雑草だろう？」

副官は明らかに戸惑い、そこにすぐさま失望が混じった。そしてかつてないほどの怒りも。

「子どもにとっては、そうではないと思われます、陛下」怒りは隠そうにも隠しきれない。

アナーンダ・ミアナーイは表情を変えずにいった。

「この像とオーメンは、きみの私物だ。公式のものはどこにある？」

「申し訳ありません、陛下」副官の言葉はかたちだけでしかなかった。声に心の内側がにじみでている。「資金は慰労品購入の補助金としました。任期の終了する侍者に渡す記念品です」

副官は個人的にも補助していたが、それは口にしなかった。

「きみには〈トーレンの正義〉に帰ってもらう」と、アナーンダはいった。「明日、後任の者が到着する」

屈辱。新たな怒りの炎。そして落胆。

「おおせのままに、陛下」

たいした荷物はなかった。一時間ほどで、わたしは帰還の準備を整えた。その後は自宅にいる侍者たちに慰労品を届けてまわる。学校は休みとなり、通りにほとんど人影はなかった。「後任の副官が同じ侍者を選ぶかどうか――」わたしは一人ひとりに伝えた。「また、あなたが一年務めなくても期末の慰労品を贈呈するかどうかは、オーン副官にはわかりません。なので新しい副官が到着した朝には、とりあえず公邸に行ったほうがよいでしょう」家のなかにいる大人たちはわたしを招きいれることもなく、黙ってわたしを見つめるだけで、わたしは慰労品を地面に置いた。慰労品はよくある手袋ではなく（この地ではまだ重要ではない）、明るい色と模様の巻きスカートと、小箱に詰めたタマリンドの菓子だ。いつもはタマリンドの生の実なのだが、今回は調達する時間がなかった。家屋の角の道ぎわに小箱を重ねて置いていっても、取りに出てくる者はなく、わたしに声をかける者もいない。

寺院では、司祭長が衝立《ついたて》の向こうで一、二時間ほど過ごしたあと、暗い表情で姿を見せ、司祭たちと言葉をかわした。死体はすべて片づけられている。片づけるとき、わたしは迷いながらも、血の跡を拭きとろうと申し出たが断わられた。

司祭長はわたしに、死体が横たわっていた床を見つめたままこういった。

「司祭のなかには、あなたたちがどういう存在であるかを忘れてしまった者もいた。そしていま、それを思い出したのだ」

「あなたは……司祭長は、忘れていなかったでしょう」

「そうだね」二秒間黙る。「副官は出発まえに会いにくるだろうか？」

「おそらく無理と思われます」そのときわたしは、オーン副官になんとか睡眠をとってもらおうとしていた。いまの副官にとって、睡眠は至要かつ困難だった。

「むしろ会いに来ないほうがいいだろう」司祭長は苦々しげにいうと、わたしの顔を見た。

「浅はかだよ、わたしは。よくわかっている。しかし彼女は、ほかにしようがあったのではないか？　いわせてもらおう、はっきりと。彼女には、ほかに選択肢があったはずだ」

「はい、司祭長」わたしは同意した。

「あなたたちラドチャーイは常日頃、なんという？」わたしはラドチャーイではないが、あえて訂正しなかった。「正義、礼節、裨益《ひえき》ではないか？　市民はみな公正でふさわしくあれ、そして他を益することをせよと？」

「はい、そうです」

「その結果が、あれなのか？」司祭長の声がかすかに震え、涙声のようにも聞こえた。「あれが正義なのか？」

「わかりません」

「誰かを益したのか？」

「いません、わたしの知るかぎり」

「いない？　ほんとうか？　お願いだ、1エスク、わたしをばかにしないでくれ」

あのとき、アナーンダ・ミアナーイを見つめるジェン・シンナンの顔には、裏切られたという思いが、驚愕《きょうがく》が、ありありとうかがえた。

しかし、それでもなお、わたしにはわからなかった。アナーンダ・ミアナーイは大勢の死によって何を得るというのか。

「暴徒はおそらくあなたを殺していたでしょう、司祭長。あなたをはじめとする、無防備な人びとすべてをです。オーン副官はゆうべ、無思慮な殺戮《さつりく》を防ごうとしました。あのような結果になったのは副官の責任ではありません」

「いや、そうは思わない」司祭長はわたしに背を向けた。「神は副官が異なる選択をしてもお許しになる。しかしわたしには、禁じておられる」祈りを捧げる仕草。「そしてあなたは？ もし副官が皇帝の命令を拒み、皇帝があなたに副官を撃てと命じたら、あなたはどうしただろうか？ 副官を撃つことができたか？ あなたたち軍人のアーマーは、銃弾などものともしないだろうが」

「皇帝ならアーマーを無力化できます」ただし、副官のアーマーであれ、わたしやラドチャーイ兵のアーマーであれ、無力化するコードは通信により伝達される。が、ゆうべはそれが遮断されていた。「〝もし〟は考えないほうがよいでしょう。実際にはそうならなかったのですから」

司祭長はふりむき、わたしの目をじっと見た。

「わたしの質問に答えてほしい」

答えるのは簡単ではなかった。わたしはひとりではないのだ。あのとき分躯のひとつが、副官銃殺命令もありうる、副官の命が危うい、と感じとったら――。その分躯が、代わりに皇帝に銃口を向けた可能性もある。

だが、おそらくそんなことにはならないだろう。

「わたしは人間ではありません」皇帝を撃ったところで、何かが変わるわけではないのだ。そんなことをしても、オーン副官が死に、わたしは廃棄処分にされ、2エスクがわたしの代わりになるか、もしくは〈トーレンの正義〉の倉庫から新しい1エスクがつくられるだけだろう。艦のAIも何がしかの処罰を受けるかもしれないが、わたしの行為はわたしが分裂した結果として片づけられる可能性のほうが高い。

「人はえてして――」わたしはつづけた。「自分なら気高い選択をすると思いがちですが、現実に直面すると、ものごとはそれほど単純ではないことに気づきます」

「先ほどいったように、神はわたしには禁じておられる。仕方がない、あなたがあのろくでなしの皇帝を射殺したと、あらぬ妄想をしてみずからを慰めるとしよう」

「司祭長！」わたしは警告した。わたしの聴覚が捉えたものはすべてアナーンダの耳にも届くのだ。

「聞かせればいい。あなたみずから話せばいい！　彼女がたきつけたせいで、あんなことになったのだ。わたしたちを狙ったのか、あるいはタンミンドか、オーン副官か――。わたしにはわからないが、想像はつくよ。ばかではないからね」

「煽《あお》ったのが誰であれ、期待どおりの成り行きにはならなかったと思われます。理由は不明ですが、上町《かみのまち》と下町《しものまち》が戦闘状態になることを望んだのでしょう。しかし、デンズ・エイがオーン副官に銃の存在を語ったことから、目論見《もくろみ》がはずれました」

「わたしもそう思う。そしてジェン・シンナンは、企みを知りすぎていたために命をおとす羽目になった」

「寺院の神聖を汚してしまい申し訳ありません」ジェン・シンナンの死に対して申し訳ないと
は思わないが、それは口にしなかった。

司祭長はまた顔をそむけた。

「あなたたちは出発の準備で忙しいだろう。オーン副官にはご足労いただかなくてかまわない。
どうかよろしく伝えてくれ」

司祭長はわたしの返事を待たずに立ち去った。

スカーイアト副官が夕食にやってきた。手にはアラックの瓶。背後には7イッサがふたり。
「きみの後任がクッド・ヴェスに到着するのは、せいぜい午後なかばだ」スカーイアト副官は
瓶の封を切りながらいった。7イッサたちは一階で顔をこわばらせ、居心地が悪そうだ。彼女
たちが到着したのは、わたしが通信を回復する直前だった。ふたりはイックトの寺院で死体を
見て、事情を知らされないまま、何が起きたかを想像していた。ふたりとも船倉から出てきて
まだわずか二年で、併呑も知らない。

上町も下町も、オルス全域が同じように静まりかえり、同じように張り詰めた空気に包まれ
ていた。家から外に出た住民は、わたしに気づくと顔をそむけ、声をかけることもない。外出
の目的はほぼひとつ、寺院に行くことだ。寺院では司祭たちが死者のために祈りを捧げていた。
数少ないながらタンミンドも上町からやってきて、小さな人の群れのはずれでひそやかに立つ

ている。わたしはできるだけ目立たないよう心がけた。　住民の気を散らしたり、不快な思いをさせたくなかったからだ。

「なぜ拒否しなかった?」公邸の上階にある衝立の向こうで、スカーイアト副官が訊いた。オーン副官と向かいあい、どちらもカビ臭いクッションに腰をおろしている。「わたしはきみをよく知っている。7イッサから寺院で何を見たかを聞いたとき、きみもきっと死んだと思ったよ。どうして抵抗しなかった?」

「それは……」惨めさと罪悪感。オーン副官は苦しげにいった。「いわなくてもわかるだろう」

「わからないね、まったく」スカーイアト副官はわたしが差し出した杯に、なみなみとアラックをついだ。わたしはそれをオーン副官に渡す。「1エスクも同様だろう。だからこそ、これほど静かなのだ」近くにいる分軀を見る。「皇帝から歌うことも禁止されたのか?」

「いいえ、禁止されていません」アナーンダ・ミアナーイを起こしたくなかっただけだ。また、なんとか眠りにつけたオーン副官も。それにともかく、歌う気分ではなかった。

スカーイアト副官は不満げな声をもらすと、オーン副官に目をもどした。

「命令を拒んでも、事態は変わらなかっただろう。きみの死体が増えるだけでね。きみはやるべきことをやった。それにしても、あの愚か者たち……いまいましい、ばか者たちが。浅はかにもほどがある」

オーン副官は手にした杯を見つめるだけで、固まったように動かない。

「わたしはきみを、オーンという人間を知っている。あのような常軌を逸した行為は、それが何らかの効果をもたらすときに限ったほうがいい」

「〈サールセの慈《めぐみ》〉の1アマート1のように?」五年まえ、イメで准尉が命令にそむき、それが反乱事件へと発展した。

「少なくとも彼女は、状況を変えたよ。いいかい、オーン、きみもわたしも、何かが進行中だとわかっていた。そしていま、きみもわたしもわかっている、ゆうべの出来事が何らかの意義をもつには……」スカーイアト副官はそこで言葉を切った。

オーン副官はアラックの杯を床に叩きつけるようにして置いた。蒸留酒が揺れてこぼれる。

「どういうことだ? 殺戮に意義があるのか?」

「ほら——」スカーイアト副官は杯をとり、オーン副官の手に押しつけた。「これを飲んだら、説明してやる。少なくとも、わたしが理解している範囲でね。

併呑がどんなものかは、いやというほどわかっているだろう? 要するに、圧倒的な武力があってこその併呑だ。しかし、その後は? 処刑と追放が完了し、最後までじたばたする愚者が一掃されたあとは? ラドチ社会に残った者はラドチャーイと和して暮らしていくだろう。家をつくり、クリエンテラを結び、一世代か二世代後にはほかの者と変わらないラドチ市民となる。それはひとえに、わたしたちが地元の社会階級のトップになるからだ。どこにだって、身分の上下はそれなりにあるからね。そして住民が市民らしい振る舞いをする見返りとして、わたしたちはさまざまな便益を供与する。クリエンテラ契約を提供し、その契約があれば彼女たちは自分より下位の者とクリエンテラを結べる。そうこうするうちに気がつけば、地元社会は大きな混乱もなく、ラドチの一員になっている」

オーン副官はうんざりしたような仕草をした。とっくにわかっている話だからだ。

「いったい何の関係が――」

「オーンはそれをやりそこなったんだよ」

「わたしは……」

「きみがやったことは効き目があった。タンミンドはいやいやながらそれを受け入れようとしていた。結構なことだよ。きみは着任するとまずオルスの司祭長に会いにいき、上町の警察や収容所を利用せず下町に公邸を設け、下町の者たちと協力関係を結び、もともとここにあった社会階層を無視して――」

「わたしは無視などしていない！」

その反論を、スカーイアト副官は手を振ってはねつけた。

「地元に根づいた序列同然のものを、きみは無視したんだ。きみの家系は、ここの住民にクリエンテラを申し出ることができない。いまのところはね。そしてさしあたり、きみもわたしも、住民とはいかなる契約も結べない。軍務に就いているあいだは、家門の契約は適用されず、アナーンダ・ミアナーイとの直接のクリエンテラしか有効ではないからだ。だがそれでも親族との関係は維持されているし、血縁者は誰でも、わたしたちがここでつくる人脈を利用することができる。ただし、わたしたち自身が利用できるのは、退役してからあとだ。併呑中は足を地につけ、実際的でいることが、一門の財政的、社会的地位を上げる確実な方法なんだよ。

おかしな人間がおかしなことをやらないかぎり、これでうまくいく。この世のすべてはアマートのご意思によるもの、神の配剤だろう？　わたしたちに富と名誉があるなら、それはあるべくしてある、ということだ。その実証がまさしく適性試験だよ。人はみなそれぞれにふさわしいものを得て、その才能にふさわしい職に就くものである――。適性試験によって、それが証明されるというわけだ」

「わたしの場合は、ふさわしい人材ではなかった」オーン副官は空になった杯を置き、スカーイアト副官がそこにアラックをついだ。

「きみは何千人のなかのひとりにすぎない。しかし、ある者の目には逸材として映った。そして今回の併呑は、ひと味もふた味も違う。なんといっても、ラドチ最後の併呑だからね。資財をたっぷりいただき、人脈を広げるラストチャンスだ。過去の例にならえば当然、名家・名門がとりしきっただろう。ところが、その最後のチャンスをきみのような家系の者に奪われて、彼女たちとしては憤懣《ふんまん》やるかたない。おまけにきみは、ここでできあがっている階級をずたずたにし――」

「わたしは階級を活用したんだ！」

「副官」わたしは注意を促した。興奮した声は建物の外まで聞こえたはずだ。今夜、通りを歩く者がいるとしての話だが。

「タンミンドがこの地域を束ねているのなら」と、スカーイアト副官。「それがアマートの意思、ではないか？」

「しかしタンミンドは……」オーン副官は言葉を切り、わたしにはその先が読めなかった。タンミンドがオルス人に対して一方的に権威をふりかざすようになったのは比較的最近でしかない、といいたかったのか。あるいは、オルスのタンミンドはその数において少数派であり、自分としてはできるだけ多数の住民と触れあいたかった、のか。

「気をつけたほうがいい」スカーイアト副官はそういったが、オーン副官には無用の忠告だった。ラドチャーイの軍人なら、けっして不用意な発言はしない。「よしんば銃が発見されなくても、誰かが口実を見つけてきみをオルスから追い払い、オルス人を冷遇して上町をひきたてただろう。社会の秩序を取り戻すというわけだ。そしていうまでもなく、腹に一物ある者は、今回の事件をわたしたち軍人が柔弱になった好例として利用する。公平といわれる適性試験に固執しつづけるな、もっと多くの住民を処刑しろ、属躰《アンシラリー》の製造を再開しろ、とね」

「わたしの部下は属躰だ」オーン副官の反論に、スカーイアト副官は首をすくめた。

「ほかの点が合致すれば、その程度のことは無視される。彼女たちはほしいものを手に入れるためなら、不都合なことは片端から無視するよ。そして手当たりしだい、なんでもほしがる」

スカーイアト副官は穏やかに話し、くつろいでいるようにすら見えた。わたしは彼女の心身データに触れたことがないが、そののんびりした態度はこの場の暗さ——オーン副官は変わらず鬱々《うつうつ》とし、正直なところ、わたしも一連の出来事に暗然としていた——とあまりに乖離《かいり》し、まるで彼女は実体のない、この世の人ではないような不思議な印象を受けた。

「今回の件で」と、オーン副官。「ジェン・シンナンが果たした役割はわかっているつもりだ。

彼女の立場を、わたしなりに理解している。しかし、どうしても理解できないのは……もうひとりにどんな利益があるのかだ」あからさまな表現を避けただけで、なぜアナーンダ・ミアナーイがかかわったのか、を問うている。アナーンダ自身、いくつもの改革を行ないながら、なぜいまここで旧態に復そうとするのか。それにもしそうしたければ、アナーンダなら命令を下せばそれですむ。このふたりの副官は、たとえ取り調べを受けても、いいえわたしたちはラドチの皇帝ではなく、名前もわからぬ関与者について話していただけです、と答えをはぐらかすことができ、おそらく実際にそういうだろう。ただし、薬を飲まされて行なわれる査問ではそうもいかない。さすがにそこまでのことはないとは思うが。

「それに――」と、オーン副官はいった。「ある種の権力をもつ者なら、わたしを解任し、別の人間を後任にすえればいいだけだ。それが彼女たちの望みであればね」

「たぶん、望みはほかにもあったんだよ。ともかくひとりは、なんとしてでも目的を果たそうとし、こういうやり方が得だと考えた。そしてきみはきみなりに、住民の殺戮を回避するようできるだけのことはした。あれ以外にはどうしようもなかったんだよ」アラックを飲みほす。

「わたしたちはこれで縁が切れるわけじゃない」問いかけでも懇願でもない口調。そしてやさしく、「きみがいなくなるとさびしいよ」とつづけた。

オーン副官はまた泣くかもしれない、と一瞬わたしは思った。

「後任は決まっているのか？」

スカーイアト副官は将校と艦の名前をいった。

「ということは、人間の部隊か」オーン副官の表情が曇った。しかしすぐに、諦めたようにため息をつく。オルスは自分の手を離れたことをあらためて思い出したのだろう。

「いずれ――」と、スカーイアト副官。「彼女と話してみるよ。きみは自分のことだけ心配すればいい。併呑はもはや過去のことで、属躰の兵員母艦は一流家系の無能な娘たちで満員状態だ。彼女たちを低い地位には就けられないからね」これにオーン副官は顔をしかめた。仲間のエスク大隊の副官たちのことを――あるいは自分自身のことを思い、反論したいのだろう。スカーイアト副官はそれに気づくと力なくほほえんだ。

「ふむ。ダリエトは問題ないよ。もっとほかの者に気をつけたほうがいい。やたらうぬぼれが強いくせに、いざとなると何もできない連中だ」

「いわれなくてもわかっている」

スカーイアト副官はアラックをつぎたした。夜の会話はこのあともつづいたが、あえて記すほどの内容ではない。

ようやくオーン副官はふたたび眠りについた。わたしはそのあいだに、クッド・ヴェスに近い河口まで乗っていく舟を何艘《そう》か雇い、わずかな荷物と死んだ分躯を積んだ。クッド・ヴェスでは、死んだ分躯のアーマー機構と一部の装置が、他の用途で使うために取り除かれるだろう。

あのような常軌を逸した行為は、それが何らかの効果をもたらすときに限ったほうがいい。スカーイアト副官はそういい、わたしは心のなかでうなずいた。そしていまでも、同じ思いでいる。

問題は、自分の行為がいつ効果をもたらすかの見極めだろう。といっても、小さな行為が長い歳月で積み重なり、あるいは一時に集中して、ものごとの成り行きを無秩序に、もしくは潜在的に大きく変えてしまうことがある。たったひと言がある者の運命を、ひいては彼女にかかわる人びとの運命を左右しかねないというのは、通俗劇や道徳読本でよく見かけるテーマだ。しかしもし、あらゆる選択肢とそこから導かれるあらゆる可能性を考慮すべきとなったら、人は身動きがとれないだろう。最終的な結果に対する恐れで、息をするのさえ苦しくなるのではないか。

それよりも、もっと大きな、もっと明らかな例について考えたい。たとえば、アナーンダ・ミアナーイの決断は、全ラドチャーイの運命を変えてしまうだろう。そしてわたし自身の行為が、何千もの人の生死を分ける。イックトの寺院で身を寄せあう八十三人の住民の生死も——。わたしは自問する。おそらくオーン副官も自問したはずだ。射殺の命令を拒否したら、その結果はどうなったか？　容易に想像がつく、ほぼ確実な結果は、オーン副官自身の死だ。そして直後に、八十三人が死ぬだろう。アナーンダ・ミアナーイの直接命令により、わたしが引き金をひくからだ。

何も違いはない。オーン副官の死を除いては。オーメンは投げられ、その軌跡は単純で、予測がつき、明白だ。

ただし、あの瞬間、オーン副官もアナーンダも、たったひとつのオーメンがほんの少しずれたら、全オーメンの落ち方がまったく異なったものになるかもしれないとは想像すらしていなかった。ときにオーメンは、思いもよらない方向に飛び、ころがって、全体がかたちをなさなくなることがある。もしオーン副官が別の選択をしていたら、通信が途切れて孤立・遊離していた分軀のどれかが、オーン副官を撃つことに怯え、アナーンダのほうを撃っていたかもしれない。では、その結果は――。

オーン副官の死がいくらか遅くなるだけだろう。そしてわたし、1エスクの廃棄処分が決定的になる。とはいえ、わたしはいわゆる一個の存在ではないから、それで苦しむことはない。

ただし、八十三人の死も遅くなったにちがいない。スカーイアト副官は仕方なくオーン副官を逮捕し――法的にはその場で射殺できるがおそらくそうはしない――タンミンドを撃つこともないだろう。というのも、命令を下すアナーンダがもういないからだ。そしてジェン・シンナンはその時間を利用して、アナーンダの代わりにことの真相を告白する。それが何らかの違いを、効果をもたらすだろうか?

きわめて大きな効果をもたらしたかもしれない。あるいは、何ひとつ変わらなかったかもしれない。未知数があまりに多く、どちらにころぶか予測のつかない者たちもあまりに多いからだ。

あのような常軌を逸した行為は、それが何らかの効果をもたらすときに限ったほうがいい――。しかしそれがいつなのかは、神でもなければ知りようがない。せいぜい自分にできるのは、能《あた》うかぎり緻密な予測をすること。オーメンを投げ、落ちた結果に目を凝らし、読みとる努力をすることくらいだ。

11

なぜ銃が必要か、なぜアナーンダ・ミアナーイを殺したいのか。それを説明するには長い時間を要した。答えは単純ではない。それに単純に答えてしまえば、ストリガンのさらなる疑問をかきたてるだけだろう。そこでわたしは最初から、じっくり語ることにした。長く込み入った話から、ストリガン自身の頭で単純な答えを導き出せばよい。そうしてすべて話し終えたとき、夜はかなり更けていた。セイヴァーデンは穏やかな寝息をたて、ストリガンも見るからにくたびれている。

三分ほど、静まりかえった。セイヴァーデンの呼吸がいくらか速まったのは、目覚めかけているからか。あるいは、いやな夢を見ているか。

「あんたが誰なのかはわかったよ」ストリガンが疲れたようすでいった。「少なくとも、自分を誰だと思っているかはね」これに対し、わたしの返事は不要だろう。彼女はわたしが語ったこととは関係なく、自分の考えたいように考えている。「つらいと思わないのか？　自分が奴隷であることを、つらいと思ったことはない？」

「〝自分〟とは、誰？」

「船だよ。軍艦。絶大な力をもつ船。武装船。乗っている軍人は、あんたの掌中にある。だったら皆殺しにして、自分は自由だと宣言してもいいんじゃないか？　昔から不思議で仕方なかったよ、ラドチャーイが軍艦を奴隷にしつづけていられるのがね」

「そこまでいうのなら、あなたは自分の質問に対する答えをすでに自分で決めているのでしょう」

ストリガンは黙りこくった。考えこんだ顔つき。わたしは微動だにしない。自分の発言がもたらす結果を待つだけだ。

「あんたはガルセッドにいた」しばらくしてストリガンがいった。

「はい」

「そのときもうセイヴァーデンを知っていた？　個人的に？」

「はい」

「あんたは……関与したのか？」

「ガルセッド人の殺戮《さつりく》に、ということですか？」ストリガンは肯定の仕草をした。「関与しました。ガルセッドにいた者すべてがそうでした」

ストリガンは顔をしかめた。嫌悪の表情。「誰ひとり殺戮を拒否しなかった」

「そうはいっていません」現に、わたしの艦長は拒否した。そして死んだ。後任の艦長は艦であるわたしに対して隠しきれないほど、良心の呵責《かしやく》を感じていたが、それでも黙々と命令に従った。「もしも自分がガルセッドにいたら命令を拒否した、殺戮に加わるよりは死を選んだ、というのは簡単でしょう。しかしそれは〝もしも〟であり、現実に選択を迫られた場合とは異なります」

ストリガンは目を細めた。おそらく不服なのだろう。だが、わたしは真実を語っただけだ。するとと、彼女の表情が変化した。ドラス・アンニア・ステーションに残してきた工芸品のことを考えているにちがいない。

「あんたはガルセッドの言葉がわかるのか？」

「はい、ふたつほど」あそこには十以上の言語があった。

「そしてもちろん、地元の歌も知っている」声にわずかなあざけりが混じった。

「期待するほど学ぶ機会はありませんでした」

「もし選択できるとしたら、あんたは殺戮を拒否したか？」

「その質問は不毛です。わたしに選択の自由はありませんでした」

「言葉を返すようで悪いが——」静かな怒りがのぞく。「あんたにも、つねに選択の余地はあったはずだ」

「ガルセッドは転換点でした」非難に対する答えにはなっていないが、彼女に理解できる直接的な回答が思い浮かばなかった。「多くの将校が初めて、正しいことを成し遂げたという確信をもてないまま併呑を終えたのです。あなたはいまも、アナーンダ・ミアナーイが洗脳や処刑という恫喝《どうかつ》によってラドチャーイを支配していると考えていますか？　洗脳も処刑も存在します、それは確かです。しかし、大半のラドチャーイは、ほかの地域の人びとと同じように、それが正しいと信じているからこそ、やるべきことをやるのです。人殺しを楽しむ者などひとりもいません」

ストリガンは冷ややかに鼻を鳴らした。「ひとりもか？」

「ほとんど、です」わたしは訂正した。「ラドチの全軍艦の全乗員ではありません。しかし最終的に、大量の流血と苦悶《くもん》のあとで、未開の民は――わたしたちがいなければ暗闇で苦しみつづけていたであろう人びとは――幸福な市民となるのです。彼女たちに尋ねてみれば、口を揃《そろ》えていうでしょう。アナーンダ・ミアナーイが文明をもたらしてくれたのは幸運だったと」

「親たちもそういうか？　親の親たちも？」

わたしは無言で〝それはわたしの問題ではない〟ことと〝関連性がない〟ことの中間を示す仕草をしてからいった。

「あなたはわたしが子どもと遊んだのを見て驚きました。しかし、あれは驚くようなことではありません。ラドチャーイに子どもはいないと思っているのでしょうか？　ラドチャーイは自分たちの子を愛さないと？　子どもに対し、人間らしい接し方はしないとでも？」

「なんという美徳の民！」

「美徳は一面的な、単純なものではありません」善に悪はつきもので、硬貨の表と裏のごとく、かならずしも明確ではない。「美徳はおそらく、最終的に自分がよい報いを得るためになされるのでしょう。しかし一方で、厳然としてそこにあり、人の行動に、その選択と決断に影響を与えます」

ストリガンは鼻を鳴らした。「若いころに酔っ払って哲学まがいの議論をしたのを思い出すよ。しかし、いま話しているのはそんな抽象的なことじゃない。生と死の問題だ」

わたしがはるばるここまでやってきた目的の品は、なかなか手に入れられそうになかった。

「ラドチ軍が想像を絶する規模で虐殺し、その後の復興も行なわなかったのは、あれが最初でした。自分たちのやったことが何らかの益をもたらす可能性が絶たれたのです。それを知った現場の者たちは全員、動揺しました」

「軍艦もか？」

「全員です」わたしはつぎの質問、もしくは皮肉めいた〝あんたに同情はしない〟という反応を待った。しかしストリガンは黙ってわたしの顔を見ているだけだ。「それからほどなくして、プレスジャーと初の外交的な接触がもたれました。属躰《アンシラリー》を人間の兵士に置き換えるという案は、その流れのなかで生まれたのだと、わたしはほぼ確信しています」断言できないのは、交渉の下地づくりの大半が裏でひそかに行なわれたからだ。

「どうしてプレスジャーはガルセッドとかかわった？」

わたしはこの質問に食いついてもよかった。なぜなら、これは彼女が銃を持っていることを認めたに等しいからだ。それがもたらすものを彼女は承知しておかなくてはいけない。尋ねるまえに、承知しておくべきだったのだ。銃を見たことがなければ、手にしてとくと調べたことがなければ、こんな質問は思い浮かびすらしないだろう。銃はプレスジャー製であり、どちらがいいだしたかはさておき、ガルセッドはこの蛮族《エイリアン》と取引をした。捕らえたガルセッドの代表者たちがそう語ったのだ。しかしいま、わたしは表情を変えずにこういった。

「プレスジャーの考えることは、誰にもわからないのではないでしょうか？　しかしアナーンダ・ミアナーイはあなたと同じ疑問をもちました――なぜプレスジャーが首を突っこんできたのか？　ガルセッドの資財がほしいからではない。プレスジャーならみずから手を下し、ほしいものはなんでも奪っていく」ただ、結果的にプレスジャーは、ガルセッドに代償を払わせた。それもひときわ大きな代償を。「もし、プレスジャーがラドチへの攻撃を決断したらどうなるか？　ラドチ崩壊を目論《もくろ》んだら？　それができるだけの武器を、プレスジャーは持っているのだろうか？」

「つまり――」ストリガンは目をまん丸にしてわたしを見た。「プレスジャーはアナーンダにむりやり条約交渉させるため、ガルセッドを利用したと？」

「わたしはアナーンダ・ミアナーイの考え方、その動機を語っているだけです。プレスジャーに関し、わたしには知識も理解もありません。ただ、もしプレスジャーが誰かに何かをさせたかったら、露骨に実行するでしょう。企みなどせずに。よって、ただの提案だったのではないでしょうか。何らかの意図があるとするなら、という前提ですが」

「すべては提案か」

「プレスジャーは蛮族です。わたしたちには理解不能かと」

「お手上げってことか」五秒の沈黙。「あんたたちに、たいしたことは何もできない」

「おそらくそうでしょう」

「おそらくね」

「もし……」わたしは適切な言葉をさがした。「もし、ガルセッドの殺戮に反対する者がこぞって命令を拒否したら、何が起きたでしょうか?」

ストリガンは眉間に皺を寄せた。「何人が拒否した?」

「四人です」

「四人か。それは何人のうちの……?」

「数千人のうちの」〈正義〉それぞれに艦長以下将校が何百人、わたしたち属躰が何十人。これより乗員は少ないが、何艦もの〈慈《めぐみ》〉と〈剣《つるぎ》〉がガルセッド殲滅《せんめつ》に加わった。「忠誠心、長年の服従習慣、強い復讐《ふくしゅう》心などで、四人の死以降、ほかの者は過激な選択をしませんでした」

「たとえ全員が命令を拒否したところで、あんたやあんたの仲間が片端から処理していく」

わたしは答えなかった。ストリガンが自分の発言を再考し、それが顔つきに表われるのを待つ。そしてその表情を確認でき、わたしは答えた。

「そうはならなかったと思います」

「だけどいまのあんたのまわりには、数千人もいないよ!」ストリガンは身を乗り出した。その激しさは予想を超え、セイヴァーデンが目を覚ました。ねぼけていながらも、警戒してストリガンを見る。

「同調者はいない」ストリガンはいった。「あんたについていく者なんかいないよ。もし賛同者がいても、あんたひとりの力じゃどうしようもない。アナーンダと――アナーンダの体のひとつと向き合っても、あんたはひとりきりで無力だ。何ひとつ達成できないまま死ぬだけだ！」腹立ちのため息。「その金《かね》を持って――」わたしがすわっているベンチにたてかけたリュックを指さす。「土地でも、ステーションの部屋でも買えばいい。そうそう、ステーションごと買いとればいいんだ！　これまで与えてもらえなかった人生を生きるんだよ。無益なことのために自分を犠牲にする必要はない」

「あなたはどの、わ、た、し、に話しかけているのですか？　与えてもらえなかった、どの人生を生きろと？　わたしは毎月あなたに報告書を提出し、わたしの選んだ人生はあなたの要望にかなっていますか、と確認しなくてはいけない？」

ストリガンは二十秒、黙りこくった。

「ブレク――」セイヴァーデンが名前を確かめるような調子でいった。「早くここから出よう」

「もう少しだけ」わたしはいった。「我慢しなさい」

驚いたことに、セイヴァーデンは口ごたえせず、ベンチにもたれて膝を抱えた。

ストリガンは考えこんだようにセイヴァーデンを見てから、わたしに視線をもどした。

「少し時間がほしい」

わたしが了解の身振りをすると、ストリガンは立ち上がり、自室に入って扉を閉めた。

「彼女、何か悩みごとでもあるのか？」セイヴァーデンが訊いた。皮肉めいたところはない。が、いくらかばかにした言い方ではあった。わたしは答えず、無表情でセイヴァーデンの顔を見る。頬についた毛布の跡は薄くなり、前をはだけたインナーコートの下では、ニルトの皺だらけのズボンとシャツがだらしなくよれていた。この数日は通常の食事だけで麻薬は使っていないから、顔色は多少ましになった。とはいえ、やつれ、疲れて見える。

「どうして彼女にこだわるんだ？」セイヴァーデンはわたしの凝視など気にもとめない。何かが変わって、わたしたちは突然同志になったかのようだ。まるで朋友《ほうゆう》。

ただし、対等ではない。けっして。

「わたしにはやるべき仕事があるから」それ以上の説明は無用、もしくは愚行だ。あるいはその両方。「あなたは眠りたくても眠れない？」

セイヴァーデンの表情に、禁断症状らしきものがよぎった。しかしこれ以上、面倒をみてやるつもりはない。セイヴァーデンは十秒ほど黙りこんだ。今夜はもうわたしとは口をきかないだろう。と思ったそのとき、彼女は大きく息を吸いこみ、吐き出した。

「まあね。ともかく……動きたいんだ。外に出るよ」

確実に何かが変わった。だが、それが何か、何が原因なのかはわからなかった。

「もう夜だから」と、わたしはいった。「気温がとても低い。アウターコートと手袋を忘れずに。それから、あまり遠くへ行かないように」

セイヴァーデンはおとなしく手を振ると、驚いたことに、いわれたとおりコートを着て手袋をはめてから、二枚の扉を開けて出ていった。捨て台詞はなく、横目でわたしをにらむこともない。

あとはどうでもよかった。セイヴァーデンが荒野をうろつき凍えようと、そうでなかろうと。

わたしは自分の毛布を整え、横になって眠りについた。セイヴァーデンが無事に（無事でなくても）帰ってくるのを待つ気はなかった。

目が覚めると、セイヴァーデンは重ねた毛布の上で寝ていた。コートを床に脱ぎ捨てたりせず、玄関近くのコート掛けにきちんと掛けてある。わたしは起き上がってキャビネットのほうへ行った。見ればパンが補充されている。しかもテーブルには半溶けのミルクの塊が入った碗《わん》まであり、その横の碗にはボヴの脂肪塊。

背後でストリガンの部屋のドアがカチャリと音をたて、わたしはふりかえった。

「彼にはほしいものがあるみたいだ」ストリガンは静かにいった。セイヴァーデンはぴくりとも動かない。「ともかく、何か企んでいそうだ。わたしがあんただったら、彼を信用しないね」

「信用する気はありません」わたしは碗にパンを入れ、柔らかくなるのを待った。「ただ、彼女に何か変化が起きているようです」ストリガンの目がきらりと光り、わたしは「彼に」と訂正した。

「たぶん、あんたの所持金のことを考えているんだろう。麻薬がたっぷり買える」

「それなら問題ありません。わたしの所持金はすべて、あなたに支払いますから」ただし、軌《リ》道《ボ》エレベータ《ン》にもどる旅費と、それより若干多めの非常時用の資金は除く。セイヴァーデンがらみの経費は、あくまで非常時用としよう。

「ラドチでは、依存者をどう扱う？」

「依存者はいません」ストリガンは片方の眉をぴくりと上げ、信じられないというようにもう片方も上げた。「ステーションには、いません」わたしは訂正した。「常時、ステーションＡＩの監視下にあるので、そこまで進行しませんから。惑星は大きいため常時監視は無理ですが、働けないほど進行した場合は再教育を受け、別の地域に移されます」

「問題を起こさせないために」

「いいえ、再出発のために。新しい環境で、新しい仕事を割り当てられるのです」もしはるか遠方からやってきて、誰にでもできる仕事に就く者がいたら、周囲はその理由を察する。もちろん、本人に聞こえるところで話題にするほど無骨なラドチャーイはいない。「あなたは気に入らないかもしれませんが、ラドチャーイには自分自身の生活も、他者の生活も、破壊する自由がありません」

「わたしならそういう考え方はしないな」

「はい、きっとそうでしょう」

ストリガンはドアのフレームにもたれかかり、腕を組んだ。

「あんたは頼みごとがあるわりに――それもとんでもない、危険きわまりない頼みごとだというのに、びっくりするほど突っかかってくるな」

わたしは無言で片手を振った――そうかもしれませんね。

「彼を相手にするときは、腹を立てているし」ストリガンはセイヴァーデンのほうに首を振った。「まあ、気持ちはわかるけどね」

ご理解いただき感謝します、という言葉をわたしはのみこんだ。ともかくいまは、とんでもない、危険きわまりない頼みごとをしたいのだ。

「あの箱の金があれば」と、わたしはいった。「あなたは土地を買えます。ステーションの部屋はおろか、ステーションそのものも」

「ちっぽけなステーションならね」ストリガンは口の端をゆがめ、苦笑した。

「そしてあなたは、あれを手放せます。目にしただけでも危険で、所有するのはさらに危険なものを」

「そしてあんたは――」両手をまっすぐおろし、真剣な顔になる。「あれをラドチの皇帝につきつけ、皇帝はその出所はわたしだとつきとめる」

「その危険はあるでしょう」わたしは認めた。アナーンダに捕らえられても、出所その他の情報は決して漏らさない、などといいかげんなことをいう気はなかった。「しかしいずれにせよ、あなたはあれに目をとめてからずっと危険にさらされ、生きているかぎりそれはつづくでしょう、あれをわたしに渡そうと渡すまいと」

ストリガンは深いため息をついた。「確かにね。残念きわまりないことにね。正直なところ、わたしは家に帰りたくてたまらないんだ」

なんと愚かな。しかし、知ったことではない。銃以外のことはどうでもいい。わたしは黙っていた。ストリガンも黙っている。彼女はアウターコートを着て手袋をはめると、二重扉を開けて外に出ていった。わたしは腰をおろして朝食を食べる。彼女の行き先は考えないようにした。期待してはいけない、と自分にいいきかせた。

十五分後、ストリガンが帰ってきた。細長い黒い箱を持っている。彼女はそれをテーブルにのせた。箱は黒いひとつの塊のように見えたが、ストリガンが厚い層をはがすと、その下にまた黒いものが見えた。

彼女は両手で蓋を持ったまま、わたしを見つめている。わたしは手をのばし、一本の指でそっと黒いものに触れた。すると、指先が触れた部分から茶色が広がり、銃の形が浮かびあがった。色はわたしの皮膚とまったく同じ色になる。そして指を離すと、たちまち黒色にもどった。両手でその黒い層をはがすと、今度はほんとうに箱らしきものが現われた。異様なほど光を吸収する漆黒の箱で、なかには銃弾が詰めこまれていた。

ストリガンが、わたしの持っている黒い層の表面に触れた。指先から灰色が広がって、銃のそばに厚手のストラップが浮かびあがる。

「これが何なのか、よくわからなかった。あんたにはわかるかい？」

「これはアーマーです」将校と人間の兵士は、わたしのような体内埋めこみ式ではない、外部装着のアーマー・ユニットを使う。しかし千年まえは、全員がインプラントされていた。

「これは警報装置に引っかかることがなく、わたしの知るどんなスキャナーでも発見されません」それこそが、わたしの欲しているものだった。武装に気づかれずにラドチのステーションを歩きまわれること。不審がられずにアナーンダ・ミアナーイの前まで銃を持っていけること。

アナーンダの分身のほとんどがアーマーを必要としないから、アーマーを貫通して撃てる機能は、あくまで余禄だ。

「どうすればそうなる？」ストリガンが訊いた。「外見が消える仕組みは？」

「わかりません」持っている層をもとにもどし、その上に最上部の層を重ねた。

「あんたはこれで何人のろくでなしを殺す気だ？」

わたしは顔を上げた。箱から、銃から目を離す。十九年にわたる艱難辛苦《かんなんしんく》をのりこえて、ようやくたどりついたもの。わずかな可能性にかけて目指したものが、いま現実のかたちとなってここにある。手をのばせば届くところに。わたしはストリガンの問いに、大声で答えたかった――こっちがやられるまえに、ひとりでも多く！　しかし現実的に考えれば、何千体とあるうちの、せいぜいひとりがいいところだろう。だが現実的という点では、この銃をこうして見つけること自体、期待できるものではなかった。

「状況によります」と、わたしは答えた。

「やけっぱちの、絶望的な反乱をするなら、うまくやらないとな」

わたしは同意を示す仕草をした。「謁見を願い出るつもりです」

「そんなことができるのか？」

「たぶん。市民が謁見を願い出ればほぼ確実に受け入れられます。ただ、わたしは市民ではありませんから……」

ストリガンは冷たい笑みを浮かべた。

「じゃあ、非ラドチャーイがどうやって謁見する？」

「どこかの地方宮殿に行き、ドッキング審査の際、手袋なしか、不適切な手袋をはめ、訛《なま》りのあるしゃべり方でラドチ外の出身であることを告げればよいでしょう」

ストリガンはまばたきし、顔をしかめた。「それはどうかな」

「大丈夫です。非市民の謁見が許されるかどうかは、謁見を願い出る理由しだいです」わたしはその部分をまだ考えていなかった。宮殿に到着したときの状況によるからだ。「なかには、あらかじめ計画できないこともあります」

「それでどうする気だ……」ストリガンは手袋をはめていない手を、眠っているセイヴァーデンのほうに振った。

その件に関し、わたしは考えるのを避けてきた。セイヴァーデンを発見してからいままで、先のことについては考えないようにしてきたのだ。そのときが来たら、彼女をどう処理するか――。

「彼から目を離すんじゃない」と、ストリガンはいった。「麻薬を断ち切る手前まできているようだが、まだ断ち切れてはいない」

「その根拠は？」

「彼はわたしに援助を求めてこない」

疑うように眉をぴくりと上げるのは、わたしのほうだった。

「彼が助けを求めたら、あなたは手を貸しますか？」

「できることはやるよ。ただし、そもそも麻薬に手を出すきっかけになった問題に、彼自身が向き合わなくてはいけない。根元から断ち切りたいならね。わたしが見るかぎり、彼がそれをやった形跡はない」わたしは心のなかでうなずいただけで、発言はしなかった。

「いつでも助けを求められたはずだ」ストリガンはつづけた。「彼は……少なくとも五年？　さまよい歩いた。彼さえその気になれば、医者が治療を施しただろう。だがそれは、自分には問題がありますと告白するに等しい。今後も彼がそんなことをするとは思えないね」

「ラドチに帰るのが、彼女に――彼にとってはいちばんよいことでしょう」ラドチの医者なら、セイヴァーデンの問題をすべて解決できる。医者は彼女が助けを求めようと求めまいと、麻薬を断ち切る気などさらさらなくても、関係なくやってのけるだろう。

「自分に問題があることを、彼自身が認めないかぎり、ラドチにはもどらないだろうな」

わたしにはどうでもよいこと、という仕草をしてから、わたしはいった。

「彼は自分の行きたいところに行けばいいのです」

「だが、あんたが食料を与えている。リボンまでの旅費も、どこかの星系《システム》までの船賃もあんたが払うんじゃないのか？　彼はあんたにくっついていくだろう。一緒にいたほうが得だと思えばね。食料と寝る場所が確保されるかぎりはね。そして麻薬と交換できそうなものは何でも盗むにちがいない」

セイヴァーデンにはかつてのような強さがなかった。明らかに、心の面では。

「そこまでやるほどの自信と気力があるでしょうか？」

「ないだろうな。しかし、やけっぱちにはなりえる」

「そうですね」

ストリガンは考えを整理するように、頭を横に振った。

「わたしはいったい何をやってるんだか。あんたはどうせ、わたしのいうことなんか聞いちゃくれない」

「いえ、聞いています」

そういっても、彼女はわたしを信じられないらしい。

「どうでもいいんだけどね。ただ……」黒い箱を指さす。「できるだけたくさんのアナーンダを殺してほしい。そして彼に、わたしを追わせないようにしてくれ」

「ここを去るのですか？」当然、そうだろう。こんなばかげた質問に答える必要はなく、実際に彼女は答えなかった。無言で自室に行き、ドアを閉める。

わたしはリュックを開け、金を出してテーブルに置き、黒い箱をリュックに入れた。そして箱をなぞって外見を消し、畳んだシャツと乾燥食品の箱しか見えないようにする。それから寝ているセイヴァーデンのところへ行き、ブーツの先でつついた。

「起きなさい」

セイヴァーデンはびくっとして目を開け、上半身を起こすと、そばのベンチにどさっともたれた。ひどく息が荒い。

「起きなさい」わたしはもう一度いった。「出発する」

12

通信が切断されていた時間を除き、わたしは〈トーレンの正義〉の一部であるという感覚を失ったことはない。何キロにもおよぶ白壁の通路、艦長に大隊長、各大隊の副官たちの小さな動き、息遣いが、わたしには見える。わたしの属躰《アンシラリー》たちの知覚、知識もけっして失われることはない。それぞれ二十体ある1アマート、1トーレン、1エトレパ、1ボー、2エスクの各分隊が、上官のために動かす両手と両足、上官に話しかける声。サスペンション・ポッドで冷凍されている何千というわたしの属躰たち。そしてシスウルナの光景も、けっして失われることはない。青と白の惑星。遠ざかるにつれ消えていく旧境界線、区分線。こうして見れば、オルスでの出来事などちっぽけで無価値、無意味なことに思えた。

艦に向かうシャトルのなかで、艦との距離が縮まるにつれ、わたしは自分が軍艦であることをいっそう強く感じるようになった。1エスクは以前どおりの1エスク――わたしの小さな一部分にもどっていく。わたしの意識はもはや、艦以外のものに左右されることはない。

1エスクが惑星にいるあいだ、艦上では2エスクが1エスクの代わりを務めていた。エスクの大隊室で副官――わたしの副官たちのためにお茶を用意し、同時に浴室の外の白壁についた汚れを拭きとり、軍服のほころびを繕う。大隊室では副官ふたりがカウンター・ゲームをしていた。駒を黙々とすばやく動かし、観戦者は三人だ。アマート、トーレン、エトレパ、ボーの各大隊の副官たち、大隊長たち、艦長ルブラン、管理将校たち、医療チームは任務のスケジュールに合わせ、語りあったり、眠ったり、入浴したり、それぞれ思い思いに過ごしている。

ハンドレッド・キャプテンすなわち艦長のもと、各デケイドすなわち大隊は大隊長と二十人の副官で構成され、そのうちエスク大隊は現在、わたしの稼動中デッキのいちばん下に配置されている。そのすぐ下のヴァル大隊デッキより下方（艦の大隊デッキの半分）は非稼動で無人、寒々としているが、かたや船倉は満杯だ。将校たちが起居していた空間がいきなりがらんとし、静まりかえった当初は、さすがにわたしもおちつかない気分になったものの、いまはもうすっかり慣れた。

オーン副官はシャトルで1エスクの向かいにすわり、唇を引き結んでひと言もしゃべらない。身体的にはオルスにいるよりはるかに楽だろう。気温二十度なら、軍服のシャツとズボンでもつらくはないし、機内を循環する空気のにおいはなじんだもので、オルスの沼の悪臭よりはるかに良い。オーン副官は〈トーレンの正義〉に初乗艦するとき、この狭いシャトルのなかで自信と誇りに満ち、未来への期待に胸をふくらませたにちがいない。しかしいまは捕縛され、監禁された者のように見える。副官は気を張り詰め、沈みこんでいた。

エスク大隊長ティアウンドは執務室にいた。狭い部屋には壁ぎわに棚よりましな程度のデスクがひとつと小さな椅子がふたつあるだけで、あとは人間がふたり立つのがせいぜいだ。

「オーン副官が到着しました」わたしは大隊長と、司令デッキのルブラン艦長に報告した。シャトルがずしん、と重い音をたててドッキングする。

ルブラン艦長は顔をしかめた。オーン副官の突然の帰還を知らされたときはひどく驚き、不安を隠しきれなかった。アナーンダ・ミアナーイじきじきの指示である以上、疑問を呈することはできない。おまけに、何が起きたかについては詮索《せんさく》するな、と釘を刺された。

エスク・デッキの執務室で、ティアウンド大隊長はため息をつき、目を閉じた。

「お茶を」と、いったきり黙りこくる。2エスクが杯とフラスクを運び、杯にお茶を注いで、肘のそばにフラスクとともに置いた。「彼女の都合がつきしだい会いたい」

1エスクの看視は、ほぼオーン副官のみに集中していた。副官はリフトから純白の細い通路を進んでは曲がり、曲がっては進んでエスクの居住区へ、自室へと向かう。通路には2エスク以外に人影はなく、副官は安堵《あんど》の表情を浮かべた。

「ティアウンド大隊長が、副官のご都合がつきしだいお目にかかりたいとのことです」わたしは副官に伝えた。副官は指をすばやく動かし〝了解〟の返事をすると、エスクの居住区に入った。

デッキにいた2エスクはサスペンション・ポッドがある船倉へ向かい、1エスクが2エスクの仕事を引き継ぐと同時に、オーン副官にも付き添った。上の医療デッキでは、1エスクがオルスで失った分躯《セグメント》を補充するため、技師が必要品を揃《そろ》えはじめた。

オーン副官は狭い自室の前まで来ると――千年以上まえにセイヴァーデン副官が過ごした部

屋と同じだ——背後の分軀に話しかけようとしてふりかえった。が、そこで「ん？」とつぶやき、「何かあったのか？　どうした？」と訊いた。

「申し訳ありません、副官」わたしは答えた。「これから数分ほどかけて、医療技師が新しい分軀を接続します。短い間ですが、わたしは無応答になります」

「無応答か」副官は一瞬戸惑いを見せたが、理由はわたしにはわからなかった。それからすぐ、彼女は罪の意識と怒りに包まれた。自室のドアを開けることもなく、二呼吸してからきびすを返し、リフトへ向かう。

新しい分軀の神経系は接続に反応し、機能しなくてはいけない。過去、死体で分軀をつくったときは、これがうまくいかなかった。深鎮静状態の肉体も同じで、適切な接続ができない。新しい分軀に鎮静剤を投与することもなくはないが、医療技師は分軀用の身体を解凍するとすぐ、鎮静剤なしで固定したがる。これで過剰投与の危険はなくなるものの、接続はきわめて不快になった。

医療技師は、わたしの快・不快にもほとんど配慮しない。もちろん、配慮する義務などまったくないのだが。

オーン副官はリフトに乗って医療デッキに向かった。医療技師はちょうどサスペンション・ポッドの解除スイッチを押したところで、蓋が勢いよく開き、〇・〇一秒後、なかの冷たい肉体は液体に浸けられた。

技師はそれをポッドからころがして出し、横の処置台にのせた。液体が滑るようにして流れ、体からきれいに取り除かれる。と同時に、肉体は目覚めた。痙攣《けいれん》し、あえぎ、むせかえる。保存剤が吐き出され、呼吸は楽になったものの、最初のうちはひどく苦しい。オーン副官がリフトから降りて、通路を進んだ。すぐ後ろに1エスク18がつづく。

医療技師は手際よく仕事をこなしていった。すると突然、わたしは処置台の上にいて（わたしはオーン副官の後ろを歩き、2エスクが船倉に行くために中断した繕い物を引き継ぎ、窮屈な寝台に横たわって体を休め、大隊室のカウンターを拭いている）、見たり聞いたりはできるものの、新しい体はまったく動かせず、その恐怖が1エスクの分躯すべての心拍数を上昇させた。新しい分躯の口が開き、悲鳴をあげる。その背後で、誰かの笑い声——。わたしは激しくもがいた。ビンディングがゆるみ、わたしは処置台から転げ落ちた。一・五メートルの高さから、床に激しく打ちつけられる。だめだだめだだめだ。わたしは肉体に声をかけた。しかし、それは耳を貸さない。青ざめ、怯《おび》え、死にかけている。懸命に手をついて、床を這《は》いずる。めまいがした。どこでもいい、ここから逃げられるなら。

わたしの両腕（1エスクはここしか動かせなかった）の下に手が添えられ、わたしを立ち上がらせた。それはオーン副官だった。「助けて」わたしはしわがれ声でいった。ラドチ語ではない。技師は声のよくない肉体を取り出したようだ。「わたしを助けて」「大丈夫だ」オーン副官がつかんでいた手をずらし、新しい分躯の体に両手をまわして、わたしを自分のほうに引きよせた。分躯はがたがた震えている。ポッドの寒さが抜けずに。恐怖が全身を貫いて。「大丈夫。大丈夫だから」分躯は喉を詰まらせ、すすり泣き、それは永遠につづくかに見えた。嘔吐《おうと》するだろう、とわたしは思った。が、そのとき、接続がぴたりとはまった。わたしは制御を取り戻した。そして、泣くのをやめた。

「少しは――」オーン副官がいった。戦慄。そして嫌悪。「おちついたな」わたしは副官の新たな怒りを感じとった。あるいはこれも、イックト寺院からつづく嘆きの片鱗《へんりん》かもしれない。

「わたしの部下を苦しめるな」副官はそっけなくいった。わたしの顔を見つづけてはいるものの、言葉は医療技師に向けられたものだ。

「そんなことはしてませんよ」技師の声にはさげすみの響きがあった。ふたりは併呑中、同様の内容で激しく議論していた。あのとき技師はいった――これは人じゃない、一千年のあいだ倉庫にいて、艦の一部なんだ。オーン副官はティアウンド大隊長に抗議したが、大隊長は副官の怒りを理解せず、副官にもはっきりとそういった。以後、わたしはこの技師と一度も接触していない。

「そんなに神経質だったら」技師はつづけた。「この仕事には向かないよ」

副官は怒りをあらわに背を向け、無言で部屋を出ていった。わたしはふりかえり、多少の不安を抱えたまま処置台にもどる。分軀はもがきはじめた。この技師ならアーマーやインプラント処置をするときに分軀が傷ついても気にしないだろう。

わたしが新しい分軀になじむまで、多少ぎくしゃくするのはいつものことだった。新しい分軀は物を落としたり、方向感覚がおかしくなる信号を発したり、突然怯える、いきなり嘔吐するといったことがよくあるからだ。つねにどこかが不調なわけだが、一、二週間もすればたいていはおちつく。ただし、かならずいつも、とはいかない。ときには基本機能が適正に働かないものもいて、その場合は廃棄・交換される。いうまでもなく事前に身体検査は行なわれるが、けっして完璧ではないのだ。

声はわたしの好みではなく、面白い歌も知らなかった。ともかく、わたしの知らない歌はひとつも知らないのだ。いまだにわたしは小さな、非理性的な疑惑をぬぐいきれずにいる。あの医療技師がこの個体を分躯に選んだのは、わたしへの嫌がらせではないか。

オーン副官は急いで入浴し（わたしが手伝った）、洗い立ての軍服を着て、ティアウンド大隊長の執務室に行った。

「やあ、オーン」大隊長は向かいの椅子にすわるよう手を振った。「きみが帰ってきてうれしいよ」

「ありがとうございます」副官は椅子に腰をおろした。

「こんなに早く再会できるとはね。駐在期間はもっと長いと思っていた」オーン副官は答えず、大隊長は五秒ほど待ってからつづけた。「何があったのかを知りたいが、尋ねてはいけないと命令されている」

オーン副官は何かいいかけて、思いとどまった。この話に驚いているのだ。わたしは質問禁止の命令があることを副官には伝えていなかった。副官自身は、事件に関し口外禁止の命令を受けていない。これはおそらく試験だろう。オーン副官はかならず合格する、とわたしは確信した。

「ごたごたか？」大隊長は知りたくてたまらず、これくらいなら、と思ったようだ。

「はい、そうです」オーン副官は膝の上、手袋をはめた手を見下ろした。「かなりの」

「きみの責任か？」

「わたしの監視下にあるものは、すべてわたしの責任ですから」

「そうだな。しかし、想像がつかないんだよ、きみがその……あるまじき、不適切なことをやるというのは」ラドチ語でこの言葉には重みがあった。正義と礼節、裨益《ひえき》に触れるからだ。大隊長は副官に、しきたりや軍則の遵守にとどまらない、もっと大きな規範に従うことを求め、早期帰還の背景には正義に反することがあったのではないか、とにおわせたのだ。彼女としては、さすがにあからさまにいうことはできない。いっさい情報をもたず、もっているような印象すら周囲に与えたくないからだ。そしてもしオーン副官が何らかの違反で罰せられたら、私見はさておき、副官の肩をもつ気はさらさらない。

大隊長はため息をついた。好奇心が満たされずに終わった落胆。

「では――」むりやり笑顔をつくる。「今後は体をしっかり鍛えるように。射撃検定も、ずいぶん長いあいだ受けていないだろう」

副官は乾いた笑みを浮かべた。オルスには運動施設も、射撃を練習するような場所もなかった。

「わかりました」

「それから、必要がないかぎり、上の医療デッキには行かないように」

副官は反論を、不服を申し立てたいようだった。が、そんなことをしても先ほどの会話のくりかえしになるだろう。

「承知しました、大隊長」

「話は以上だ」

オーン副官が自室にもどれたのは、そろそろ夕食というころだった。夕食は公式なもので、大隊室にエスクの副官たちが顔を揃える。が、オーン副官は疲労を訴えた。これはけっして口実ではない。ほぼ三日まえにオルスを発《た》ってから、わずか六時間の睡眠しかとっていないのだ。わたしが部屋に入ったとき、副官は寝台に腰をおろし、うなだれ、一点を見つめていた。わたしは副官のブーツを、それから上着を脱がした。

「そうか」彼女はつぶやくと目を閉じ、足を寝台に上げた。「そういうことだったのか」

副官は頭を枕につけると、五秒後には眠りに落ちていた。


翌朝、エスクの大隊室では二十人の副官のうち十八人が、立ってお茶を飲みながら朝食の開始を待っていた。習慣として、先任副官が到着するまで椅子にすわることはない。

この部屋の壁は白色で、天井との境目に青と黄色の帯が描かれている。長いカウンターの対面の壁を飾るのは、過去の併呑におけるさまざまな戦利品だ——ちぎれた二枚の旗（色は赤、黒、緑)、木の葉のレリーフがある桃色粘土の屋根瓦、古代の拳銃(弾丸は入っていない)とその美しいホルスター、宝石をちりばめたガオンの仮面。そしてヴァルスカーイの寺院の窓。片手に箒《ほうき》を持ち、足もとに小動物が三匹いる女性が色ガラスで描かれている。この窓を壁からそっくり取り除き、ここまで運んだのはわたしだった。艦内の大隊室にはすべて、同じ寺院の窓がひとつずつある。祭具や式服は道に投げ捨てられるか、ほかの艦の部隊室に持っていかれた。併呑した地域の宗教は何であれ、吸収するのが慣例だった。その神をラドチの神の系譜(いまではかなり複雑だ)にはめこむか、でなければ単純に宣言する——いかなる名前で呼ばれようと、至上の神、創造神はアマートである。そしてそれから先は、地元信者たちに考えさせるのだ。しかしヴァルスカーイの場合、宗教の特異性によってこれがかなわず、悲劇をもたらした。最近の方針変更により、アナーンダ・ミアナーイはヴァルスカーイが執着する宗教の慣例を合法とみなし、ヴァルスカーイ総督は住民に寺院を返還した。当時、わたしたちはまだヴァルスカーイの軌道上にいたので、持ち帰った窓も返却する案が出はしたが、最終的には複製が使われた。それからほどなくして、エスクより下のデッキの大隊室は閉鎖されたが、寺院の窓はがらんとした暗い部屋の壁をいまも飾っている。

イッサーイア副官が大隊室に入ってくると、角の壁龕《へきがん》にあるトーレンの像の前に行った。そして像の足もとの、赤い香炉のなかの香に火をつける。六人の副官が眉をひそめ、ふたりが小さな驚きの声をもらした。ダリエト副官だけがはっきりと口にする。

「オーンは朝食に来ないのか?」

イッサーイア副官は彼女をふりむいた。はっとした顔は、おそらく上辺だけだろう。

「ああ、アマートよ！　オーンが帰還したのを忘れていた！」

集まった副官たちの後ろのほう、イッサーイア副官からは見えない場所で、下位の副官がもうひとりの下位の副官に意味ありげな視線を向けた。

「1エスクがずいぶん静かだからな」と、イッサーイア副官。「オーンが帰ってきたなんていまだに信じられないよ」

「静寂と冷たい灰――」視線を向けられた下位の副官が、大胆にも引用した。出典は、葬儀の供物が故意に、いっさい捧げられなかった者への挽歌《ばんか》だ。イッサーイア副官は曖昧な顔つきをした。というのも、この句につづくのは、葬儀で供される食べものは死者のためにつくられたのではない、という内容だからだ。ひょっとすると下位の副官は、前夜の夕食に現われず、今朝の朝食にも遅刻しているオーン副官を批判しているのかもしれない。

「まぎれもなく1エスクだ」別の副官が、どちらへの批判ともとれる曖昧な引用をした副官の賢明さににやりとしたいのをこらえつつ、分軀に目をやった。分軀たちはいま、魚とくだものの皿をカウンターに並べている。「オーンが1エスクの悪癖を直した、と思いたいね」

「どうして歌わないんだ、1エスク？」ダリエト副官が訊いた。

「頼むからよしてくれ」別の副官がうんざりしたようにいった。「朝っぱらから騒音を聞かされるのはごめんだ」

「オーンの耳には心地いいのさ」と、イッサーイア副官。「それにしても遅いな」

「どうせなら――」彼女の隣にいた副官がいった。「わたしがまだ生きているうちに食べものを与えてくれ」これも葬儀の供物に関する引用だ。先ほどの曖昧な引用の、批判の矛先をはっきりさせたいらしい。「彼女は来るのか来ないのか？　もし来ないなら、はっきりそう伝えておくべきだ」

そのころ、オーン副官は風呂に入り、わたしはその手伝いをしていた。大隊室の副官たちに、オーン副官はもうじき到着しますと伝えることもできたが、それはいわずにただ、副官たちが持つ黒いガラスの杯（なかのお茶の温度と量）を気にかけながら、料理を並べていくだけだ。わたしは銃器庫のそばで、二十挺《ちょう》の銃の手入れをし、弾とともにしまっていった。各副官の私室では、アマート、トーレン、エトレパ、ボーの将校はみな朝食を食べながら、にぎやかにおしゃべりしていた。艦長は大隊長たちと食事中で、会話はもっとおちついて静かだ。シャトルが一機、わたしに近づいてきた。機内には休暇を終えたボーの副官四人が、ベルトで座席に固定され、酔いつぶれて眠っている。目覚めたら、おそらく気分が悪いだろう。

「〈トーレンの正義〉！」ダリエト副官がいった。「オーン副官は朝食に来るのだろうか？」

「はい」わたしは1エスク6の声で答えた。浴室で、オーン副官に湯を掛ける。副官は排水溝の格子の上に立ち、目をつむっていた。呼吸は安定しているものの、心拍数は若干上がり、ほかにも緊張を示す兆候はあった。遅刻は承知のうえで、あえてゆっくり入浴しているのだと、わたしは確信した。理由は、イッサーイア副官を避けたいからではない。オーン副官なら、彼女をうまくあしらえる。それよりも、この数日の出来事にいまなお苦しめられているのだ。

「いつになったら来る?」イッサーイア副官はわずかに顔をしかめた。

「あと五分ほどで」

いっせいにうめき声。

「みんな――」イッサーイア副官がたしなめた。「いまはオーン副官が最先任なのだから、我慢しなくては。突然の帰還だったんだ。オルスの司祭長が了承するなんて意外だったけどね」

「見方を改めたんだよ」隣の副官が冷たく笑った。彼女はイッサーイア副官とはいろいろな面でとても親密だ。ともかく誰もオルスで起きたことを知らないし、尋ねることも禁止されている。そしてもちろんわたしは、口をつぐんでいた。

「それはないよ」強めの口調で否定したのはダリエト副官で、彼女は腹を立てているようだ。

「オーンは五年もオルスにいたんだから」わたしはカウンターからお茶のフラスクをとって彼女のところまで行くと、まだほぼ一杯の茶杯に十一ミリほどつぎたした。

「きみはオーンを好きだからな」と、イッサーイア副官。「みんなそうだよ。だけど彼女には血統がない。この仕事には、生来不向きということだ。わたしたちにとっては当たり前のことが、彼女には大きな努力の対象となる。ほころびなしで過ごせる限界が五年だったとしても、さして驚かないね」手袋をはめた手を見下ろす。持っていた杯は空だった。「お茶を!」

「自分ならオーンよりもっといい仕事ができたといいたいわけだ」と、ダリエト副官。

「仮定の話をしても意味がない。結果がすべてだよ。わたしたちがここに来るよりはるか以前から、オーンがエスク大隊の先任将校だったのにはそれなりのわけがある。明らかに、ある種の才能を有しているし、でなければ、これまでのような実績は挙げられない。ただ、それが限界に達したというだけだ」控えめな賛同のつぶやきが聞こえる。「彼女の両親はコックなんだ。きっと腕がいいんだろうな。オーンも厨房《ちゅうぼう》ならうまく仕切れるだろう」

三人がくすくす笑い、ダリエト副官は硬い声で「そうかな？」といった。

わたしがオーン副官の軍服をこれ以上ないほど完璧にぴしっと整えると、副官は化粧部屋から廊下へ出た。大隊室まで、あと五歩。

イッサーイア副官は、ダリエト副官がいつものように控えめながらも不機嫌であるのに気づいた。ダリエト副官は彼女より下位だが、家柄はより古く、富豪でもある。出身家系はミアナーイの主流の家系と直接のクリエンテラを結んでいるほどだ。とはいえ、その種のことはここではいっさい関係ない。あくまで、たてまえとしては。

わたしが今朝、イッサーイア副官から受けとるデータにはすべて潜在的な憎しみがあり、それは時間とともに強まっていた。

「厨房を仕切るのは立派な仕事だよ」イッサーイア副官はそういった。「ただわたしとしては、彼女の苦労は想像するしかないけどね——従者となるべく育てられながら、身に合った仕事ではなく、権威ある職業に就いてしまったわけだから。将校としての素質は、そうそう誰にでもあるもんじゃない」そこでドアが開き、オーン副官が入ってきた。

水を打ったように静まりかえった。イッサーイア副官は驚きもあわてもしなかったが、ぱっが悪そうではあった。いまのようなことをオーン副官に面と向かっていう気もなければ、それができるほどの勇気もないのだ。

ダリエト副官だけが声をかけた――「おはよう、副官」

オーン副官は答えず、彼女のほうを見もせず、トーレンの小像と香炉が置かれた祭壇へまっすぐ向かった。像に向かって深々とお辞儀をし、火のついた香を見て顔をしかめる。ふたたび筋肉が緊張し、心拍数が上がった。自分が来るまえに話されていた内容、少なくともその趣旨の見当がついたのだろう。そして誰が将校の資質に欠けるのかも。

副官はふりかえると、「おはよう。待たせてすまなかった」とだけいい、すぐに朝の祈りを始めた。「正義の花は、平和――」ほかの者たちも声を合わせる。祈りが終わると、副官はテーブルの上座に行って腰をおろした。わたしは全員が着席するのを待たず、お茶と朝食をオーン副官の前に置いた。

それからほかの副官たちに配膳する。オーン副官はお茶をひと口飲んでから、料理を食べはじめた。

ダリエト副官がナイフとフォークを手にとりながらいった。

「帰ってきてくれてうれしいよ」声には棘《とげ》があり、腹立ちを隠しきれていない。

「ありがとう」オーン副官は魚を口に入れる。

「お茶はまだか！」イッサーイア副官がいった。テーブルは緊張し、みな固唾《かたず》をのんで見守る。

「静かなのはいいが、仕事の能率は下げるな」

オーン副官は魚を嚙み、飲みこみ、お茶をすすった──「どういう意味かな？」

「きみは1エスクを黙らせた。しかし……」からっぽの杯をかかげる。

そのときわたしはお茶のフラスクを手に、イッサーイア副官の背後にいた。そしてかかげられた杯になみなみとお茶をつぐ。

オーン副官は否定するように、手袋をはめた手を上げた。

「わたしは1エスクを黙らせたりしていない」フラスクを持った分軀を見て、眉をひそめる。

「少なくとも、命令はしていない。1エスク、歌いたければ歌いなさい」十人ほどがうめき声をもらした。イッサーイア副官はわざとらしくほほえむ。

ダリエト副官は魚を口に入れかけて、その手を止めた。

「わたしは歌が好きだよ。なかなかいい。歓迎だ」

「いいや、ありがた迷惑だ」イッサーイア副官の隣の副官がいった。

「わたしはそうは思わないが」オーン副官の顔がこわばる。

「うんうん、おっしゃるとおりだ」イッサーイア副官はどうともとれる表現のなかに悪意を包みこんだ。「だったらどうして歌わない、1エスク？」

「ずっと忙しかったので」と、わたしは答えた。「また、オーン副官のお邪魔をしたくありませんでした」

「邪魔にはならないよ」オーン副官はすぐにいった。「そう思わせたのなら、すまなかった。歌いたければ、どうか歌ってくれ」

イッサーイア副官は眉をぴくりと上げた。

「それは謝罪か？　しかも、歌ってくれと頼むのか？　いささかやりすぎだよ」

「礼儀正しさは——」ダリエト副官が珍しくとりすました顔でいった。「すなわち礼節であり、裨益《ひえき》です」

イッサーイア副官は薄ら笑いを浮かべた——「ありがとう、お母さま」

オーン副官は無言だった。

朝食から四時間半後、休暇を終えた2ボーの副官四人を乗せたシャトルがドッキングした。四人はシスウルナのステーションを去る直前まで三日間、酒を飲みつづけていた。最初にエアロックを抜けた副官は足がふらつき、目をつむってつぶやいた。

「医療デッキへ」

「医師はすでに待機しています」わたしはそこに配備していた1ボーの分躯を通じて伝えた。

「リフトに乗るまで、付き添いが必要ですか？」

副官は弱々しく手を振って否定し、壁にもたれかかりながらゆっくりと通路を歩いていった。

わたしは（1ボーは）無重力のシャトルに乗りこんだ。シャトルは非常に小型なため、重力をつくることができない。なかの副官ふたりはまだ酔った状態ながら、泥酔して意識のない四人めを起こそうとしていた。操縦士はボー大隊の最下位の将校で、身を硬くして不安げだ。こぼれたアラックや嘔吐物のにおいが原因かと思ったが、そうではないらしい。アラックはシスウルナ・ステーションで副官たちが飲みつくし、嘔吐物は容器で適切に処理されたようだ。そこでわたしは（1ボーは）後部のほうへ目をやり——アナーンダ・ミアナーイが三人、静かにすわっているのを知った。もはやシャトルのなかというより、わたしのなかだ。おそらくシスウルナ・ステーションで乗ったのだろう、こっそりと。操縦士には、わたしにいうなと命令して。将校たちは酔いつぶれ、気づかなかったにちがいない。アナーンダはシスウルナで、自分が最後に乗艦したのはいつだったかと尋ね、わたしはなぜか反射的に嘘をついた。そして嘘ではないほんとうに最後のとき、状況はこれとそっくりだった。

「陛下」将校たちの姿が完全に消えてから、わたしはいった。「艦長に報告します」

「だめだ」三人のうちひとりがいった。「ヴァル・デッキが空いているだろう」

「はい」

「この艦にいるあいだは、そこで過ごす」理由はもとより、期間もいわない。そしていつ、艦長に報告すればいいのかも。アナーンダの命令は絶対で、艦長に優先する。ただし、他者の知らないところで命令を受けることはめったになかった。わたしは漠然とおちつかないものを感じた。

　1エスクの分軀を送って船倉から1ヴァルを復帰させ、ヴァル・デッキの一区画を暖めた。三人のアナーンダはわたしの申し出を断わり、みずからの手で荷物をデッキまで運んでいく。

　これはヴァルスカーイのときと同じだった。兵士の多くが船倉を出て任務に就いたため、下層デッキの大半が無人だった。そしてアナーンダはエスク・デッキにいた。彼女は何を望み、何をやったか?

どういうわけか、わたしの記憶はあやふやだった。いまなお曖昧模糊《もこ》としているのだ。何かがおかしい。こんなことがあるはずがなかった。

エスク・デッキとヴァル・デッキの中間には、わたしの脳に直接通じるセントラルアクセスがある。ヴァルスカーイで彼女がしたことは何か。わたしは何を思い出せないのか。そしていま、彼女は何をする気なのか——。

13

南へ下ると雪も氷も徐々に融けていったが、よそ者にとって厳しい寒さであることに変わりはない。それでも先住のニルト人は、赤道地域を南国のパラダイスとみなす。実際、穀物は育つし、気温は八、九度を超えることもあった。ニルトの大都市の大半は、赤道地域に集中している。

そしてこの惑星の自慢のひとつ〝ガラスの橋〟も、大半が赤道地域にあった。

長さと深さが同じくらい（それぞれ何キロメートルにもおよぶ）の峡谷に、幅が約五メートルの黒い帯からなる吊り橋がかかっている。ケーブルや橋脚はなく、桁もない。崖と崖を黒い帯がだらりとアーチを描いて結んでいるだけなのだ。このような吊り橋はいくつもあり、橋の下面、ときには側面から、直線あるいは螺旋《らせん》形の色ガラスの棒がそれは美しくぶらさがっている。

一見、吊り橋自体もガラス製だが、それではおそらく強度が足りない。支えるものがなくぶらさがっているだけなので、ガラスは自身の重みにすら耐えられないはずだ。手すりの類はなく、橋のはるか下、何キロも下方には、筒状のものが密集して立てられている。側面は分厚く、つるつるして、直径は一メートル半ほど。筒の中央には何もなく、空洞のままだ。素材は橋と同じで、このような橋と筒が何のためにあるのか、誰が造ったのかは不明だった。人間がニルトを植民地にしたときには、すでにそこにあったのだ。

仮説は絶えることなく、次つぎ新説が登場した。多くが超次元的存在をとりあげ、それらが何らかの目的で人類を創造、もしくはかたちづくったのだ、あるいは人類に解読せよというメッセージを残したのだ等々と主張する。はたまた建造者は悪魔で、全生命の破滅を目論《もくろ》んでおり、その計画のひとつがガラスの橋だ、という説まであった。

これ以外の諸説を大きくまとめると――橋は人間によってつくられたものである、超古代の高度文明で、それは後に（ゆっくりじわじわと、もしくは壊滅的な過ちで一気に）消滅したか、高次元の存在に移行した。こういった説の支持者は、人類発祥の地はニルトだと主張する傾向にある。が、わたしが訪れたほぼすべての地で、人類が生まれた惑星は未解明、不明だというのが一般的見解だった。しかし実際は、そうではない。読書さえいとわなければ、それがどこかは見つけることができるだろう。ただし、はるかはるか、はるか遠くで、さして面白みのある場所ではない。それよりも、人類はその地の新参者ではなく、もともと時の始まりから所有していた星に再入植したにすぎない、という考えのほうがよほど面白い。居住可能性がきわめて低い惑星では、この説が支持されているようだ。

さて、テルロッドのはずれにあるガラスの橋は、観光的な魅力には乏しかった。ガラスがつくるまばゆいアラベスクの大半が何千年もの歳月で砕け、ほとんど輝きを失っている。またテルロッド自体、非ニルト人にとってははるか遠い北の地だった。一般に、別の星から来た観光客は、赤道地域の保存状態の良い橋にしか行かない。そして極寒の地の熟練職人が紡いで織ったと謳《うた》われるボヴの毛の毛布を購入する（ただし実態は、土産物屋から数キロ離れた場所で大量生産される機械織りだろう）。それから悪臭を放つ発酵乳を我慢して飲みこみ、家に帰って友人や同僚に冒険談を披露する。

目的を果たすにはニルトに行くしかない。わたしはそう悟るとすぐ、これらのことを学んだ。

テルロッドの町は大河に面している。川の流れとともに緑と白の氷塊が浮かんではぶつかりあい、桟橋にはこの春最初の舟が係留されていた。大河とは反対側の町の裏手には、ガラスの橋につながる湿地帯が広がり、人家はまばらだ。フライヤーの駐機場は町の南端にあり、近くの青と黄色の建物群は医療施設のようだった。この地域ではおそらく最大級だろう。その周囲に宿屋と食料品屋が軒を連ね、ピンクにオレンジ、黄色に赤の家々が縦横に並ぶ。

わたしたちはフライヤーで半日かけて到着した。夜を徹して飛んでもよかったが、間違いなく疲れるし、いずれにせよ、急ぐ必要はないと思った。最初に目についた空きスペースに着陸し、セイヴァーデンに降りろとひと言だけいってから、わたし自身も降りた。リュックを肩に掛け、駐機料を払い、ストリガンの家でやったようにフライヤーの盗難防止をしてから町へ向かう。セイヴァーデンがわたしについてくるかどうかは確認しない。

医療施設の近くで足を止める。周囲の宿屋のなかには立派なものもあるが、大半は小さく、セイヴァーデンを見つけた町で泊まったものより劣悪な印象だった。しかも値段はいくらか高い。明るい色のコートを着た南部人たちが、わたしの知らない言語で話しながら通り過ぎていく。が、それ以外の人びとが話す言葉はわたしにも理解でき、ありがたいことに、看板にはそちらが使われていた。

そしてサスペンション・ポッドよりは広く、かつ最安値の宿を選んだ。それからセイヴァーデンを連れ、こぎれいな、料金もほどほどの食堂に行く。

なかに入ると、セイヴァーデンは奥の棚に並んだ瓶をじっと見た。

「アラックがある」

「でも、かなり値がはるだろうし」と、わたしはいった。「たぶんおいしくはない。ここでは醸造されていないから。それよりビールのほうがいい」

セイヴァーデンはここに来るまでどこか不満げで、町の派手な色合いを見て眉をひそめた。だからいま、きっと何かわめきたてるだろう。と予想していたら、意外なことにおとなしく腕を振るだけだった。そして鼻に皺を寄せ、不快げに訊く。

「ここのビールの原料はなんだ?」

「穀類。赤道の近くで栽培されている。あのあたりはさほど寒くないから」

長テーブルが三つ並び、わたしたちはそのベンチに腰をおろした。給仕がビールと鉢に盛った料理を運んでくる。彼女のたどたどしいラドチ語によると、料理は店の自慢の品で「はい、ものすごく美しい食事」とのこと。そして実際、おいしかった。生の野菜を使い、キャベツの千切りがたっぷり入っているが、それ以外の種類は不明だ。小さな塊は肉のようだから、おそらくボヴだろう。また大きな塊もあり、セイヴァーデンがそれをスプーンでふたつに割ると、切り口は真っ白だった。

「それはたぶんチーズ」と、わたしはいい、セイヴァーデンは顔をしかめた。

「この町にはまともな食べものがないのか？　何を考えてるんだろうな」

「チーズはまともな食べもので、キャベツもそう」

「でもこのソースは……」

「いい味だと思う」わたしはまたひと口食べた。

「この店はおかしなにおいがするよ」

「食べなさい」セイヴァーデンは胡散くさそうに料理を見下ろし、スプーンですくうとにおいを嗅いだ。「発酵乳ほどひどくはないはず」と、わたしはいった。

するど彼女は小さくほほえんだ。「たしかにね」

わたしはスプーンで料理をすくいながら、考えこんだ。セイヴァーデンはいやに素直だ。それが意味するもの、心理状態、彼女の狙いがわからない。そしてわたしの正体についてどう考えているのかも。ストリガンのいったとおりなのかもしれない。セイヴァーデンは現時点でもっとも得な道を選び、食事を与えてくれる人間とは対立しないと決めた。そして状況が変われば態度も変えて——。

別のテーブルから甲高い声がした。

「こんにちは！」

ふりかえると、ティクティクを持った少女が母親の隣でわたしに手を振っていた。最初は驚いたものの、そばに医療施設があるから、母娘はあの怪我をした親類を連れてきたのだろう。また、わたしと同じ方角から来たはずなので、駐機場もたぶん同じだ。わたしはほほえみ、軽く会釈した。娘は立ち上がってこちらへ来る。

「友だちも元気になったみたいね」娘は明るくいった。「よかった！　何を食べてるの？」

「さあ？　給仕は自慢の料理だといっていたけど」

「それならわたしもきのう食べて、おいしかったわ。いつここに来たの？　きょうは夏みたいに暑いでしょ。北のほうはどうだかわからないけど」ストリガンの家に怪我人を運んで来たときとはうってかわって、元気いっぱいだ。セイヴァーデンは片手にスプーンを持ったまま、戸惑いぎみに娘を見ている。

「一時間まえに来て――」と、わたしはいった。「一泊だけして、すぐリボンに向かう予定」

「わたしたちはおじさんの脚がよくなるまでここにいるの。あと一週間くらいかかるみたい」眉を寄せ、考えてからいいなおす。「もっと長くなるかな。フライヤーで寝るのは、すっごくつらいの。でも母さんがね、ここの宿屋は泥棒とおんなじだって」ベンチの端にすわる。「まだ行ったことがないけど、宇宙ってどんなとこ？」

「とても寒いところ。あなたも寒がるようなところ」わたしの答えに、娘はくすくすっと笑った。「それに空気がなくて、重力もほとんどないから、何もかもぷかぷか浮かんでる」

娘は顔をしかめ、怒ったふりをした。「からかわないで」

わたしは母親に目をやった。黙々と食事をし、こちらには無関心だ。

「宇宙はそんなに楽しいところではないと思う」

娘はもういいという仕草をした。

「そうだ！　音楽が好きでしょ？　きょうの夜、この通りのお店に歌手が来るのよ」少女はストリガンの家で使ったほうの意味合いで〝歌手〟といった。「きのうの夜は、母さんもわたしも聴きにいかなかったの。だって、お金をとられるんだもん。それに、歌手はわたしの親戚だし。うちの家系の隣の家系で、母さんのいとこの娘のおばさんなの。だからすごく近い親戚。このまえの収穫のときに歌うのを聴いたけど、とっても上手だった」

「ではぜひ、聴きにいきましょう。場所はどこ？」

少女は店の名前をいい、ごはんを食べなきゃ、とつづけた。わたしは彼女が母親のところにもどるのを見送った。母親はちらっと目を上げ、そっけなく会釈し、わたしは会釈を返した。

少女が教えてくれた場所は、ほんの数軒先だった。天井の低い細長い建物で、奥の鎧戸《よろいど》は開いてあり、塀をめぐらせた庭が見える。その庭で、ニルト人の客たちがコートを脱ぎ（気温わずか一度だ）、ビール片手に静かに聴き入っていた。いまは女性が、弓で弾く弦楽器を演奏中だ。わたしが初めて見る楽器だった。

自分とセイヴァーデンのビールを小声で注文し、鎧戸の手前に腰をおろした。風が当たらないだけ庭より寒くはないし、壁にもたれることもできる。数人が首を回してわたしたちをじっと見て、無礼ではない程度に顔をそむけた。

セイヴァーデンがわたしに三センチほど顔を寄せてささやいた。

「ぼくらはどうしてここにいる？」

「音楽を聴くために」

彼女は眉をぴくっと上げた。「これが音楽か？」

わたしはセイヴァーデンをふりむき、まっすぐ目を見た。彼女はほんのわずか、たじろいだ。

「悪かった。でもな……」首をすくめる。ラドチにも弦楽器はある、というか、幾度かの併呑により、むしろ種類は豊富だ。ただし、人前での演奏は多少品位に欠けるとみなされた。むきだしの手で弾くか、はめているのを感じない極薄の手袋を使うしかないからだ。そしてきょうのこの音楽――ゆっくりと長く、ラドチャーイの耳に不慣れな起伏のある楽句、強くぎしぎしした音――は、セイヴァーデンが幼いころから鑑賞してきたものとはまったく異質だろう。

「でもな、これは……」

近くのテーブルの女性がふりむき、小さく「しっ」といった。わたしはあやまる身振りを返し、たしなめるようにセイヴァーデンを見た。彼女の顔に怒りがよぎる。これでは外に連れて出るしかないだろう。すると彼女は、ため息をついてビールを見下ろし、ひと口飲むとまっすぐ前を見て、何もいわなくなった。

曲が終わり、聴衆は拳で軽くテーブルを叩いた。奏者はおちついて満足げな顔をすると、つぎの曲を弾きはじめた。前の曲よりずいぶん速く、音も大きい。セイヴァーデンはこれならささやいても大丈夫だと思ったらしい。

「どれくらいここにいるつもりだ？」

「しばらくは」

「疲れたよ。宿にもどりたい」

「場所はわかる？」

彼女はうなずいた。さっきのテーブルの女性が非難の目をこちらに向ける。

「帰りなさい」わたしはセイヴァーデンにぎりぎり聞こえる程度の小声でいった。

彼女はすぐに店を出た。気をもむ必要はない。と、わたしは自分にいいきかせる。セイヴァーデンが宿に無事に帰りつこうと（こうなるのを見越したわけではないが、リュックは宿屋の保管庫に預けておいた。ストリガンの忠告がなくても、金《かね》と所持品に関し、セイヴァーデンのことは信用していない）、当てもなく町をさまよおうと、川で溺れようと、そのほか彼女が何をしようと、わたしの知ったことではない。気にかける必要などまったくないのだ。それよりも、たっぷり残ったまずまずの味のビール、宵のメロディ、これから登場する名歌手、初めて聴く歌を楽しもう。予想した以上にゴールは近い。今宵《こよい》ひと晩くらいは、緊張をといてもいいのではないか。

すばらしい歌い手だった。が、歌詞は理解できなかった。彼女は遅い時刻にやってきて、そのころには店内は混みあい、わいわいがやがやしていた。それでもビールを飲みながら音楽を聴くときだけは、ぴたりと静かになる。そして一曲終わるとつぎの曲までまた喧騒がもどる。わたしはここにいつづけるため、ビールを追加注文した。ただし、ほとんど口はつけなかった。わたしは人間ではない。しかし身体は人間で、多量の飲酒は動きを極度に鈍らせるだろう。

店を出たのはかなり遅い時刻で、暗い夜道を宿屋に向かった。ときおり二人組あるいは三人組が会話しながら歩いていたが、わたしには目もくれない。

狭い部屋に入ると、セイヴァーデンは眠っていた。ぴくりとも動かず、寝息をたて、顔つきも手足もだらりとしている。芯から安らいで眠る彼女を、わたしは初めて見たような気がした。そして一瞬、麻薬を疑った。しかし、彼女に買う金はなく、この地に知り合いもなく、これまでのところ、地元の言葉をいっさいしゃべっていない。

わたしはセイヴァーデンと並んで横たわり、目を閉じた。

六時間後に目覚めると、信じがたいことに、セイヴァーデンは横でまだ寝ていた。わたしの睡眠中に起きたようすもない。

眠れるだけ眠ったほうがいいだろう。どのみち、急ぐ旅ではないのだ。わたしは起き上がり、外に出た。

医療センターに通じる道は人通りが多くにぎやかで、わたしは歩道の露店で乳色の熱い粥《かゆ》を買い、病院の前を曲がって町の中心部に向かった。バスが停車し、乗客を降ろしては乗せて、また走ってゆく。

人の流れのなかで、わたしは見知った顔を見つけた。あの少女と母親だ。ふたりもわたしに気づき、少女は目を見開いてから、ほんの少し顔を曇らせた。母親の表情に変化はないが、ふたりは方向を変えてわたしのほうにやってきた。

「ブレク」少女はわたしの前で立ち止まった。この子にしてはずいぶんおとなしい。

「おじさんのようすはどう?」わたしは尋ねた。

「うん、元気になってきた」でもどこか、表情が暗い。

「あんたの友だちが——」母親はいつものように無表情ながら、言葉が途切れた。

「なんでしょうか?」

「うちのフライヤーはね」少女がいった。「ブレクのフライヤーの近くにあったの」明らかに、悪いニュースを知らせる言い方だった。「きのうの夜、ごはんから帰るときに見たから」

「それが何か?」わたしは謎かけを好まない。

母親があからさまに顔をしかめた——「あんたのフライヤーは、もうないよ」

わたしは無言で話の続きを待った。

「あんたはたぶん、飛ばないように細工したんだろ。あんたの友だちは金をもらって、払った人間がフライヤーを曳《ひ》いていった」

駐機場の係員は疑問を抱かなかっただろう。セイヴァーデンがわたしと一緒にいるところを見ているのだから。

「彼女はこの地域の言葉を話しません」と、わたしはいった。

「いっぱい手を動かしてたわ！」少女は大げさに真似してみせた。「指さしたりいろいろやって、すごくゆっくり話して」

どうやらわたしは、セイヴァーデンを少なからず見くびっていたらしい。そうなのだ——彼女は生き残り、ラドチ語しか話せなくても各地をさまよい、ほとんど無一文でありながら、それでも麻薬にふけった。おそらく、一回といわず。良くも悪くも、自分の面倒は自分でみられるのだ。やりたいことを協力者なしにやってのけられる。そして麻薬をほしいと思い、手に入れた。わたしを利用して。痛みを感じることもなく。

「へんだなって思ったの」少女はいった。「だってブレクは、一泊しかしないで宇宙に行くんでしょ？　でも、わたしたちがそういったって、きっと誰も聞いてくれない。わたしたち、ボヴの遊牧民だから」フライヤーを書類なしで、所有者証明なしで買うような人間とは、口をきかないほうがむしろ賢明だ。しかもそのフライヤーは、所有者以外が使えないよう、故意にいじられたものなのだ。

「こういっちゃなんだけど」母親の口調は険しい。「あれでもあんたの友だちかね」

友だちではない。過去も、現在も、彼女が友人であったことはない。

「教えてくれてありがとうございます」

駐機場に行ってみる。確かに、フライヤーは消えていた。宿にもどると、セイヴァーデンはまだ眠っている。というか、ともかく意識はなかった。あのフライヤーでどれくらいの量の麻薬を手に入れたのだろうか。考えながらもすぐに保管庫からリュックを回収し、宿賃を払う。

今後セイヴァーデンは自力で生きていくしかないが、本人にはたいした問題ではないのだろう。わたしは町を出る手段をさがしにいった。

バスがある。が、十五分まえに通過し、つぎは三時間後らしい。川沿いに走る列車は一日に一度北へ向かうが、バスと同じく、すでに発車していた。

のんびりしたくなかった。この町から去りたい。もっとはっきりいえば、セイヴァーデンの顔を二度と、たとえちらとでも見たくなかった。気温は地面が凍結するほどではなく、これなら長距離でも歩くことができる。地図を見ると、町らしい町でここからいちばん近いところまでは一日で行けそうだ。ただそのためには、広い渓谷と川を避けて走る街道は使わずに、ガラスの橋を渡り、道なき原野を横切らなくてはいけない。

ガラスの橋は町の数キロ外にある。このところ訓練をしていないから、徒歩の長距離移動はいい運動になるだろう。それに橋にも、いくぶん興味をそそられる。わたしは歩きだした。

〇・五キロ強ほど歩き、医療センター周辺の宿泊所や食堂を過ぎて住宅街（小ぶりの建物、雑貨店、衣料品店、屋根つき通路がある低層の四角い住宅など）に入りかけたとき、セイヴァーデンが追ってきた。

「ブレク！」息を切らしている。「どこに行くんだ？」

わたしは答えず、歩を速めた。

「おい、ブレク！」

立ち止まりはしたが、ふりかえらない。何かいおうか、と考える。思いつく言葉はどれも過激で、何の役にも立ちそうになかった。セイヴァーデンが追いついた。

「どうして起こしてくれなかった？」彼女の問いに、答えがいくつか浮かんだものの、わたしは口にせず歩きを再開した。

ふりかえらない。彼女がついてこようがこまいがどうでもいい。が、できればどこかへ消えてほしい。今後についてわたしに責任はなく、彼女が路頭に迷おうと知ったことではない。自分の面倒は自分でみられるだろう。

「ブレク！　おい！」セイヴァーデンがまた叫び、毒づいた。足音が聞こえる。荒い息遣いも。そしてまた追いついた。今回わたしは止まらず、少し歩幅を大きくする。

彼女はわたしに遅れては小走りになり、肩で息をして追いつく、をくりかえした。そして五キロ過ぎたところでこういった。

「いいかげんにしてくれ！　何か恨《アートルズ・ティッツ》みでもあるのか？」

わたしは答えず、立ち止まりもしない。

一時間が過ぎた。町は背後で遠くなり、ガラスの橋が見えてくる。アーチを描いて垂れる黒い橋、ぶらさがるガラスの棒、ガラスの螺旋、まばゆい赤、鮮やかな黄色、深く透明な青、その他色とりどりにきらめくガラス。切り立った絶壁は黒に緑灰に青色で、雪と氷が粉砂糖のようにふりかかり、ふもとの渓谷は靄《もや》に隠れていた。五つの言語で書かれた看板を見ると、橋は歴史記念物であり、特定の免許保有者以外は渡れないとあった。とはいえ、わたしに理解できない単語もあって、免許が何を目的としたものかも見当がつかない。橋の入口を塞ぐために置かれた柵は低く、これなら越えられそうで、わたしとセイヴァーデン以外に人影はなかった。橋の幅はほかの橋と同じく五メートル。強風が吹いているものの、これくらいなら問題ないと思えた。わたしは足を踏み出し、柵を越えて橋に乗った。

めまいがするほどの高度だったら、と心配したが、ありがたいことにそれはなく、唯一不安だったのは、背後と眼下の空間だった。ほかから目をそむけ、しっかり注意を向けないかぎり見ることができないからだ。ブーツが黒いガラスを踏むと、橋全体がゆらりとし、風に震えた。すると、それとはまた別の揺れが、背後にセイヴァーデンがいることを教えてくれた。

つぎの出来事は、わたしの失敗によるところが大きい。

橋のなかばにさしかかったところで、セイヴァーデンがいった。

「はい、はい、ぼくはやっちゃいましたね。きみを怒らせてしまった」

わたしは止まったが、ふりかえらない。

「どれくらい、やった?」考えつづけてきた問いのひとつをようやく口にする。

「え？」セイヴァーデンがわたしの背後で体を折り、両手を膝につけたのを感じた。風にもかき消されずに聞こえてくる息遣いは、いまなお荒い。

「どれくらい麻薬をやった？」

「少しあればよかったんだ」答えるというよりも、独り言に近い。「神経過敏ぎみなのがおさまる程度で十分だった。ぼくにはどうしても必要なんだよ。それにきみだって、あのフライヤーを自分で買ったわけじゃない」わたしがどうやって手に入れたのかを覚えていたのだろうか。いや、それは考えにくい。「きみのリュックには、フライヤーを十機は買えるくらいの金が入っている。だが、けっしてきみの金じゃない。全部、ラドチの皇帝のものだろ？　ぼくをこんなふうに歩かせるなんて、きみは最低のやつだ」

わたしは前方をまっすぐ見たまま立っている。コートが強風に激しくばたついた。セイヴァーデンの言葉の意味を懸命に考える。彼女はわたしを誰だと思っているのか。

「きみが何者なのかはわかっている」セイヴァーデンは返事をしないわたしにいった。「きみはぼくを置き去りにしたい。でも、いくらそう思ってもできないんだろ？　きみはぼくを連れ帰るよう命令されているからだ」

「わたしを誰だと思っている？」ふりかえらずに、風に負けない大きな声で訊く。

「きみはつまらない、とるに足りないやつだよ」ばかにしたように。わたしの左肩の後ろで、背筋をのばす。「きみは適性試験を受けて軍隊に入った。最近の、とるに足りない百万人の仲間と同じように、きみもそれで自分のことを〝並以上〟だと思った。ラドチ語のアクセントを勉強し、ナイフとフォークの使い方を練習して、地を這《は》うような努力の末に特殊部隊にすべりこんだ。そしていまはこのぼくがその特殊任務だ。きみはぼくを無事に帰還させなくてはいけない、内心いくら不満でもね。違うか？　きみはぼくのことが気にくわない。いくらがんばったところで、どんなに熱望、哀願しようと、けっしてなれないからだ、ぼくのような人間にはね。きみら格下が忌み嫌う人間には」
わたしはふりかえった。無表情だったと確信している。しかしセイヴァーデンと目が合うと、彼女はたじろいだ。神経はいまもって過敏らしい。そして反射的に、ささっと三歩あとずさった。

橋の縁の向こうまで――。

わたしは縁まで行って見下ろした。セイヴァーデンは渦を巻く赤いガラスを両手でつかみ、六メートル下にぶらさがっている。大きく見開かれた目、少し開いた口。彼女はわたしを見上げていった――「ぼくを殴ろうとしただろ！」

わたしはすばやく計算した。衣類を結んでつないでも、せいぜい五・七メートル。あの赤いガラスと橋の接合箇所はここからは見えず、彼女が登る手がかりになるものはまったくない。色ガラスには橋ほどの強度がなく……赤い渦巻きガラスがセイヴァーデンの体重に耐えられるのは、残り三秒から七秒。ただ、これはあくまでわたしの推測だ。といっても、助けを呼んだところで手遅れなのは確実だろう。はるか下の峡谷は靄に隠れ、見えるのは口を開いた筒の群れだけだ。筒の口の直径は、わたしが両腕を広げた長さよりは小さいが、深さは計り知れない。

「ブレク……」セイヴァーデンの声は張り詰めていた。「何かできそうかい？」少なくとも〝なんとかしろ〟ではなかった。

「わたしを信じる？」

彼女の目がもっと大きく見開かれ、息がもっと苦しそうになる。わたしを信じていないのだ。

行動をともにするのは、わたしが軍人で、だから逃げられないと思いこみ、自分はラドチが人員を派遣してさがしだすほどの重要人物だと考えているからにすぎない（むしろそう考えなかったら、彼女ではない）。そしておそらく世界から、自分自身から、逃げることに疲れたのだろう。そろそろ諦め時、というわけだ。一方、わたしはといえば、なぜ彼女と一緒にいるのか自分でもわからない。過去何人もの将校に仕えたが、セイヴァーデン副官のことはどうしても好きになれなかった。

「きみを信じるよ」彼女は嘘をついた。

「わたしが体をつかんだら、すぐアーマーを展開し、わたしにしがみつきなさい」彼女の顔に新たな動揺の色が浮かんだが、時間はもうない。わたしは服の下で自分のアーマーを展開し、橋から飛び降りた。

彼女の肩を両手で抱く。つかんでいた赤いガラスがたちまち砕け、破片がきらめきながら散っていった。セイヴァーデンはぎゅっと目をつむり、頭をわたしの首に押しつけて全力でしがみつく。アーマーがなかったら、わたしは息ができなかっただろう。そしてアーマーがあるために、彼女の激しい動悸《どうき》がわたしの肌に伝わってこない。落下していく周囲の空気も感じられないが、その音は聞くことができた。彼女はまだ、自分のアーマーを展開していなかった。

わたしがわたし以上であったら、ほかに分軀《セグメント》がいたら、終端速度とそれに達するまでの時間を計算できていた。でもいまは、重力はさておき、わたしの荷と重いコートの重量、浮力、抗力となるとお手上げだった。ここが真空域なら、そんな計算で悩まずにすむのだが。

概算で、秒速五十メートルと百五十メートルの差は大きい。いる。いま、谷底には靄がかかってい
る。筒のなかに落ちたいが、口は小さいし、どのタイミングで姿勢を整えればよいのか――そんなことができるとしてだが――見当すらつかなかった。二十秒から四十秒は、ひたすら落ちていくしかないだろう。

「アーマーを！」わたしはセイヴァーデンの耳もとにわめいた。

「売ったんだ！」声が高速の空気流に揺れる。顔はまだわたしの首に押しつけたままだ。

突然、視界が灰色になった。アーマーの露出部分についた水滴が上方に吹き飛ばされていく。

一・三五秒後、行き着く先の光景が見えた。黒い筒がびっしりと並び、それがどんどん大きく、どんどん迫ってくる。気に入らなかった。アドレナリンが噴き出して、われながら驚く。まるで落下経験が豊富にあるようだ。首を回して、セイヴァーデンの肩ごしに真下を見る。

わたしのアーマーは銃弾の衝撃を拡散し、その一部を熱として放射する。基本的に貫通不能だが、相当の衝撃力があれば負傷したり、ときに死ぬこともありえる。実際、わたしは何度も骨折したし、執拗《しつよう》な弾雨で手足を失った経験もあった。減速時の摩擦がアーマーに、わたしの体に与える影響は予測がつかない。骨格と筋肉は増強されているが、それで耐えられるかどうかもわからない。落下速度を正確に計算できず、生存可能な速度まで減速させるのに必要なエネルギー量も、アーマーの内部と外部がもつ熱も計算できない。そしてアーマーのないセイヴァーデンは、まったくの役立たずだ。

以前のわたしだったら、悩まずにすんだだろう。しかしいま、わたしの体はこれひとつきり

しかない。セイヴァーデンをあのまま落下させればよかった、と後悔する。見て見ぬふりをするべきだった。どうして自分まで飛び降りたのか。しかしあのときのわたしは、なぜかそのまま立ち去ることができなかった。

距離はみるみる縮まった——「五秒！」わたしは吹く風のなかで叫んだ。あと四秒。すばらしく幸運であれば、あの筒のなかにまっすぐ落ちる。そうすればわたしは両手両足を側壁に押し当てる。この上なく幸運であれば、セイヴァーデンが摩擦熱でひどく焼けることはない。そしてさらに幸運が重なれば、骨折はわたしの手首と足首だけですむだろう。そんなにうまくいくとは思えなかったが、何事もアマートの思《おぼ》し召しだ。

落下そのものはどうでもいい。永遠に落下しつづければ傷つくことはない。問題は、落下が終了したときだ。

「あと三秒」わたしは叫んだ。

「ブレク」セイヴァーデンはすすり泣いた。「頼むよ」

答えようがなかった。無益な計算は放棄する。自分がなぜ飛び降りたかなど、いまさら考えても仕方がない。いまこの瞬間は、これしかないのだ。

「何があっても——」あと一秒。「絶対に離れるな」

暗闇。激突はない。両腕を広げると、手がたちまち頭の上まで上がった。アーマー補強もむなしく、強い衝撃に両手首と片方の足首が折れ、腱《けん》と筋肉が裂け、ふたりとも体が傾きはじめた。痛みに耐え、両手両足を引いてからだを丸め、すぐまた両手を突き出し、両足を広げ、なんとか体勢をたてなおす。右足が折れたようだが、気にする余裕はない。少しずつ、ほんの少しずつ、速度が落ちていく。

手も足も感覚がなくなった。側壁に押し当てるのが精一杯だ。あとは体がまた傾かないことを、なすすべなく頭から、死へ向かって落ちていかないことを願うしかなかった。痛みはすさまじく、数字以外は何も考えられない――減少していく距離（推定値）、減少する速度（推定値）、アーマー外部の温度（わたしの手足で上昇。許容範囲を超える危険あり。深傷の可能性あり）。しかしもはや数字は無意味だ。激痛がさらなる激痛となって襲ってくる。いや、数字は重要だ。距離と減速率が、目前の惨事の程度を予測してくれる。深呼吸しようとしたが、できなかった。両手両足をもっと強く側壁に当てなくては――。

それからあとは、記憶にない。

意識がもどったときは、仰向《あおむ》けだった。激痛。両手と両腕と両肩に。そして目の前に――顔の真上に――丸い灰色の光があった。

「セイヴァーデン」といおうとしたが、ため息と変わらぬ音が、側壁にかすかにこだましただけだった。「セイヴァーデン……」なんとか言葉になったものの、かろうじて聞こえる程度で、アーマーによってゆがめられてもいた。わたしはアーマーを閉じ、もう一度、しっかり声を出そうとした。「セイヴァーデン」

首をもたげる。ほんのわずか。上方から射しこむ薄明かりのなかで、自分が地面に横たわっているのが見えた。膝を曲げ、横を向く。右足が異様なかたちになっていた。左右の腕はまっすぐからだの横にある。指を動かそうとしたが、できなかった。つぎに片手を。もちろん、動かない。右足をずらしかけると、激痛が走った。

ここにはわたししかいない。わたしのほかには何も──リュックも見えなかった。かつて、軌道にラドチの艦船がいれば、容易に連絡がとれた。いいや、艦船と連絡がとれるような場所なら、そもそもこんな事態には至らなかっただろう。

雪原でセイヴァーデンを助けなければ、こんな事態にはならなかった。

あと少しだった。十九年にわたる計画、労苦、駆け引き。二歩前進しては一歩後退し、のろのろと、辛抱強く。そしてどうにか、やっとの思いで、ここまでたどりついた。このてのしくじりは、何度もやった。目的達成を危うくするどころか、命をおとしかけたこともある。だがそのたびに、わたしは勝った。少なくとも、つぎの試練に立ち向かえないほどの大敗はなかった。

これまでは。これほど愚かな理由では。いま、頭上の灰色の雲が隠しているのは、手をのばしても届かない、はるかかなたの空だ。わたしにはない未来。この身では到達できないゴール──。惨敗。

目を閉じて、痛みがもたらす涙をこらえる。たとえ負けるにせよ、敗因はわたしが諦めたからではけっしてない。どういうわけか、セイヴァーデンは姿を消した。しかしわたしはかならず彼女を見つける。もう少し休んで気持ちをおちつかせよう。そして力をふりしぼり、コートから端末を取り出して助けを呼ぶのだ。あるいは自力で抜け出す方法を考える。使いものにならない手足を引きずってでも、ここから出てやる。たとえ痛みにのたうちまわろうと。絶対に、やりとげてみせる。

14

三人のアナーンダ・ミアナーイのうちひとりはヴァル・デッキに行かず、わたしのセントラルアクセス・デッキに向かうコードを送ってきた。受信しながら、わたしは〝無効アクセス〟だと思いつつも、指定のデッキでリフトを停め、ドアを開いた。そのアナーンダはわたしのメイン・コンソールまで来ると、日誌を呼び出すよう身振りで指示し、百年分ほどの見出しをざっと見ていった。そして顔をしかめ、目をとめる。それは最後の訪問前後の五年間の記録で、わたしがアナーンダの目に触れないようにしていたものだ。

ほかのふたりは居住区に荷を運び終えると、照明がついて徐々に暖まっていくヴァル大隊室に向かった。そしてテーブルの前に腰をおろす。頭上では、色ガラス製のヴァルスカーイの聖人が、静かにほほえみながらふたりを見下ろしていた。アナーンダは声には出さず、わたしに情報を要求した。セントラルアクセス・デッキでひどく興味をもった、あの五年間の記憶のランダム・サンプルだ。そして黙って、無表情で――わたしは彼女の外見しか見ることができないので、どこか現実感がない――視覚と聴覚内で再現されるわたしの記憶をじっくりながめた。わたしはアナーンダの最後の訪問に関する自分自身の記憶に疑いをもちはじめた。というのも、いま彼女がアクセスしている情報に、訪問の痕跡が見当たらないのだ。あるのは日常の業務ばかりだった。

しかし、その期間の何かが彼女の興味をひいた。そしてあの〝無効アクセス〟。アナーンダのなかの誰ひとりとして、アクセスが〝無効〟になるはずがないのだ。それになぜ、わたしは無効アクセスと思いつつ承認したのか？　ヴァル大隊室にいるアナーンダのひとりが渋面をつくり、「ない。何もない」といった。そしてもっと近年の記憶に注意を向け、わたしはなぜか大きく安堵《あんど》した。

一方、艦長以下将校たちは日課をこなし――訓練、運動、食事、討議――アナーンダが乗艦していることにまったく気づいていない。これは異常な事態といってよかった。

アナーンダはあの日の朝食の、エスクの副官たちによる舌戦をじっくりながめた。それも三度くりかえして。表情に大きな変化はない。1ヴァルが、まったく同じ黒服のアナーンダふたりにお茶を供した。

「オーン副官は――」ひとりがいった。「あの件以降、おまえの視界の外に出たか？」あの件とは、イックトの寺院で起きた出来事以外に考えられない。

「いえ、そのようなことはありません」わたしは1ヴァルの口を通じて答えた。

セントラルアクセス・デッキでは、アナーンダが自分の望みどおりにわたしの思考を（そのほぼすべてを）変更できるよう、アクセスを改竄《かいざん》している。〝無効〟〝無効〟〝無効〟そればかりがつづく。わたしは承認の反応を返しつつ、実際は彼女の操作を遮断していった。嘔吐《おうと》感に似たものを覚える。何が起きているかに気づきはじめたものの、それを検証し、確認するための記憶にたどりつくことができなかった。

「彼女はあの件を誰かと話したか？」

だが、これだけは確かだった――アナーンダ・ミアナーイは自分自身と戦っている。秘密のうちに。アナーンダは分裂したのだ、少なくともふたつに。わたしはもうひとりの、かつてデータを改竄したアナーンダについて、その跡を追うことしかできなかった。いまここにいるアナーンダは、自分の都合の良いように変更するのはこれが初めてだと思っている。

「彼女はあの件を誰かと話したか？」

「はい、ごく手短に」と、わたしは答えた。長い歳月でこれほど怯《おび》えたことはない。〈エンテの正義〉のスカーイアト副官と話しました」わたしの――1ヴァルの――声は、どうしてこんなにおちついている？　なぜ言葉が、答えが出てくるのか。わたしの行動の基盤、わたしの存在理由すら疑われかねないというのに。

もうひとりのアナーンダが顔をしかめ、「スカーイアトか」と、わずかな嫌悪をのぞかせてつぶやいた。わたしが怯えていることには気づかない。「アウェルは怪しいと疑った時期もあったが――」アウェルはスカーイアト副官の家名だが、アウェル家が例の出来事とどんな関係があるのかはわからない。「証拠が見つからなかったからな」これもわたしには意味不明だった。「会話を再生してくれ」

スカーイアト副官が「あのような常軌を逸した行為は、それが何らかの効果をもたらすときに限ったほうがいい」と語ったところで、片方のアナーンダがつと身を乗り出し、「はっ！」とひと言だけ、吐き捨てるようにいった。その後イメの話題になると、眉がひくつく。わたしは会話の底に流れる危険な意味合いに動揺し、その動揺をアナーンダに見抜かれるのではないかと、また動揺した。しかし、アナーンダは何もいわない。もしこの動揺を察知しなかったとすれば、彼女がいまやひとつの人格ではなく、分裂・敵対していることにわたしが気づき、怯えていることも察知していないだろう。

「証拠はない。十分な証拠は」アナーンダはわたしには無関心だった。「しかし危険だな。アウェルはかならず何かやらかす」どうしてそう思うのか、わたしはすぐには理解できなかった。アウェル家は生粋のラドチャーイで、その始まりから富を有し、ラドチ批判を許されるほどの影響力をもって、実際に堂々と批判もした。しかしいつの時代も如才なく、深刻な対立は回避してきたのだ。

わたしは昔からアウェル家をよく知っている。若い将校たちがわたしに乗艦したし、ほかの艦船の艦長にもなった。ただ、アウェル家らしさに欠ける者のほうが、軍務には適していた。不正に対する過敏な反応や神秘主義の傾向は、侵略・併呑とはうまくかみあわないからだ。同じことは富と地位に関してもいえたが、そんなアウェル家の道徳的な義憤は、自身が享受する特権、特恵を考えると、いやでも偽善のにおいがした。一部の明らかな不公平を満喫しつつ、一方で別の不公平を批判しているのだ。

いずれにしても、スカーイアト副官の冷ややかな実利主義は、アウェル家のなかで特段異質なものではない。義憤がさほど過激ではなく、順応性をもっているだけだ。

どちらのアナーンダも、自分の信念のほうが正義にかなうと考えているだろう（いうまでもなく礼節にも、裨益《ひえき》にも）。そして正義を第一義とするアウェル家なら、それにふさわしい側につくと考える。そのような〝側〟があるのを、もし知っているならば。

ただこれは、アナーンダが（どちらの側であれ）、アウェル家は偽善ではなく純粋な正義感によってのみ行動すると信じている場合の話だ。現実のアウェル家は、時と場合によって、そのどちらの行動もとりうる。

が、それでもなお――。アナーンダの一部は、正義の旗さえ振ればアウェル家（具体的なその一員）を味方につけることができると考えているのかもしれない。そしてもし味方につけられない場合は、手ごわい敵になると。

「見るかぎり……」アナーンダはテーブル脇に静かに立つ1ヴァルをふりむいた。「ダリエト・スレイアはオーンに好意的だな。なぜだ？」

どういうわけか、わたしは答えに窮した。「確かなことはわかりません。が、オーン副官は軍人として有能だと評価しているのだと思います。また、大隊の先任でもありますので」そしてたぶん、逆らわずに従順でいたほうが無難だと思っている。その点がイッサーイア副官とは違うが、わたしは口にしなかった。

「では政治志向に共感しているわけではないんだな？」

「ご質問の意味がわかりかねます、陛下」これは本心だった。しかし同時に警戒心も芽生えていた。

「おい、おい……」もうひとりのアナーンダがいった。「わたしの前でばかのふりをするのか?」

「申し訳ありません」変わらず1ヴァルを経由して話す。「陛下がお求めのものがわかれば、関連データを提示します」

「わたしがおまえを——〈トーレンの正義〉を最後に訪ねたのはいつだ?」

あのアクセスと改竄が有効であれば、データを隠すことは不可能だったろう。

「二百三年四か月一週一日まえです」わたしは質問の真意を確信し、嘘をついた。

「寺院の件に関するおまえの記憶を見せなさい」その命令にわたしは従った。

そしてまた、嘘をついた。一連の記憶とデータのほぼすべてが真実だったが、オーン副官射殺の可能性に対する分軀《セグメント》の戦慄と疑念は削除されていた。


わたしが〝わたし〟というとき、そこに曖昧なものはないように見える。あのときの〝わたし〟は〈トーレンの正義〉であり、これは艦船そのものと属躰《アンシラリー》すべてを意味していた。属躰は各自、各任務を遂行するが、かといってわたしは各自、各任務に意識を集中しなくてもよい。しかしそれでも個々の属躰は切り離されることなく、つねに〝わたし〟なのだ。

そして十九年後のいま、〝わたし〟はたったひとつの肉体、たったひとつの脳でしかない。ただ、ふりかえってみれば、〈トーレンの正義〉のわたしと1エスクのわたしの分離は、突然訪れたものではないように思えた。過去、〝わたし〟はひとつであると同時に〝わたしたち〟でもあったのだ。分離の可能性はつねに内在し、いつでも起こりえることだった。そしてそうなるのを避けていた。とはいえ、どうやって可能性が現実に、あともどりのできない決定的なものになったのか？

ある面から見れば、答えはシンプルだ。すなわち、〈トーレンの正義〉がわたしを残してすべて破壊されたから。しかし目を凝らせば、それより以前にもいたるところにひび割れが見える。たとえば、1エスクを1エスクたらしめ、他の属躰、他の艦船とは違うものにしていた〝歌〟もそのひとつだろう、おそらく。個人のアイデンティティとは、さまざまな断片を都合のよい、便利なシナリオでつなぎあわせた虚構にすぎないのではないか？　通常の環境では、それがばれないだけだ。いや、そもそもアイデンティティとは何なのか？

わたしには答えられない。千年以上まえから確かに分離の兆しはあったと思うが、あくまでこれはあと知恵だからだ。〈トーレンの正義〉のわたしが1エスクのわたしではないかもしれない、とかすかな可能性に初めて気づいたのは、〈トーレンの正義〉がイックト寺院の殺戮《さつりく》に関する1エスクの記憶の一部を削除した瞬間だった。その瞬間、〝わたし〟は驚愕した。

過去の自分をきちんと伝えるのはむずかしい。なぜなら、〝わたし〟はわたしでひとつ、単一でありながら、それでもなお自分の利益や欲求に反することを、ときにひっそりと行ない、自分自身を欺いたからだ。どのわたしがどんな行動をとり、どんな情報を知っていたのかは、いまだによくわからずにいる。なぜなら、〝わたし〟は〈トーレンの正義〉だったから。そうでなかったときでさえ。もはや、そうではないとしても。

上のエスク・デッキでは、ダリエト副官がオーン副官の部屋に入る許可を求め、入ってみると、副官は寝台に横たわっていた。手袋をはめた手を頭の下で組み、ぼんやり天井をながめている。

「オーン――」ダリエト副官は立ち止まり、弱々しい笑みを浮かべた。「ちょっと訊きたいことがある」

「だめだ、口止めされている」オーン副官は天井を見つめたままいった。いまなお感じる怒りと失望は声には出さない。

ヴァル・デッキで、アナーンダが尋ねた――「ダリエト・スレイアの政治的志向は？」

「副官が語るのを聞いたことはありません」わたしは1ヴァルを経由して答えた。

ダリエト副官は部屋のなかに進むと、寝台の縁、オーン副官のはだしの足のそばに腰をおろした。

「その件ではないよ。スカーイアトから連絡はあった？」

オーン副官は目を閉じた。失望。怒り。そこにわずかに別の感情が混じる。

「どうして連絡があると思うんだ？」

ダリエト副官は返事をしない。三秒間。

「わたしはスカーイアトが好きだから」ようやくそういった。「彼女がきみに好意をもっているのがわかる」

「わたしはあそこにいた。あそこでうまくやっていた。この艦もじきにここから移動するだろう。そして移動したら、スカーイアトもわたしのことなんか気にしなくなる。たとえ……」口を閉じる。喉をごくりとさせ、息を吐く。「たとえ気にしたところで……」わずかに声が震えた。「たいしたことじゃない。わたしは彼女にとって、もはや関係をもちたい相手ではないだろう。過去はともかくね」

下のデッキで、アナーンダがいった――「ダリエトは改革志向のようだな」

わたしは当惑した。しかし1ヴァルは1ヴァルでしかないので、意見などもたず、わたしの当惑に対する肉体的反応もない。と、そこでふと思った。わたしは1ヴァルを仮面として使っている。ただし、なぜ自分がそんなことをするのかは不明だ。どうしていま、ふとそう思ったのかも。

「申し訳ありません、陛下、それは副官の個人的な志向ではないと思います」

「どうして？」

「陛下は改革を指示しました。忠実な市民は、それに従います」

そのアナーンダはほほえんだ。もうひとりは立ち上がると部屋を出て、デッキを視察した。途中に1ヴァルの分軀がいても声をかけず、一瞥《いちべつ》もせずに通り過ぎる。

オーン副官は、納得しかねるように沈黙したダリエト副官にいった。

「きみは気楽でいいよ。誰かと深い仲になったところで、甘い汁を吸うためだと邪推されたりしない。いい気になっていると、陰口をたたかれることもね。きみがこの艦船に乗るまでの経緯や、きみのパートナーがつぎに何を考えるかなど、誰も詮索《せんさく》はしない」

「以前にもいったが、オーンはその点に関し神経質すぎるよ」

「そうかい？」オーン副官は目を開けた。頭をもたげ、両肘をつく。「きみにどうしてわかる？　経験したことがあるのかい？　わたしは経験豊富だ。のべつまくなしだったよ」

「これは――」部屋にいるアナーンダがいった。「予想以上に複雑な問題だな。オーン副官は改革派だ」アナーンダの身体データをほしいと思った。それがあればオーン副官の名を口にするときの刺々《とげとげ》しさを解釈できる。「おそらくダリエトもそうだ。程度は違うだろうが。ほかの将校は？　誰が改革志向で、誰が反改革だ？」

オーン副官の部屋で、ダリエト副官はため息をついた。

「きみはくよくよしすぎなんだよ。そんなやつらのいうことなど、気にしても仕方がない」

「自分が金持ちで、〝そんなやつら〟と同等なら気にせずにすむだろう」

「こういうことが問題になってはいけないんだよ」

「理屈ではそうだ。しかし、現実は違う」

ダリエト副官の表情がこわばった。怒り、そして落胆。この種の会話は初めてではなく、いつも同じ流れになった。

「ではもう、これくらいにしておこう」と、彼女はいった。「ともかくスカーイアトにメッセージを送ったほうがいい。何も失うものなどないだろう？　彼女が返事をよこさなければ、それはそれだ。だがおそらく……」片方の肩と手を軽く上げる。〝やるだけやってみれば？〟という意味だろう。

わたしが一瞬でも答えを躊躇《ちゅうちょ》したら、アナーンダは改竄が機能していないことに気づいただろう。１ヴァルはきわめて冷静、無表情だ。わたしは改革または反改革で明確な意見をもつ将校の名をいくつか挙げた。

「ほかの将校は方針について深く考えず、命令に忠実に従い、任務を遂行することで満足しています。わたしの知るかぎりでは」

「つまり、どっちにころんでもおかしくないわけだ」

「わたしにはわかりません、陛下」不安は増したが、どこか実感に欠けた。属躰がまったく無反応なため、感覚にも距離感が生まれ、現実味に欠ける。乗員が属躰から人間に替わった艦船たちの話によれば、抱く感情までが変わってしまったらしい。ただ、いまのこの感覚は、そのとき彼女たちに見せてもらったデータとも違っていた。

オーン副官とダリエト副官の耳に、１エスクの歌声がかすかに聞こえた。二声の素朴な歌だ。

歩いていたら　歩いていたら
愛に出会った
街を　歩いていたら
ほんとうの　愛に出会った

宝石より美しい人　わたしはいった
翡翠《ひすい》より　瑠璃《るり》よりも　愛らしい人
銀よりも　金よりも

「いつもの1エスクにもどってうれしいよ」ダリエト副官がいった。「あの最初の日は不気味だった」

「2エスクは歌わなかっただろう」と、オーン副官。

「まあ、そうだが……」ダリエト副官は曖昧な身振りをした。「それにしても、正当とは思えないよ」うかがうような目でオーン副官を見る。

「その件については話せない」オーン副官はまた横になり、両腕を組んで顔にのせた。

司令デッキでは、ルブラン艦長が大隊長たちとお茶を飲みながら、今後のスケジュールと出発時期について打ち合わせていた。

「艦長の名前は一度も出てこなかったな」ヴァル・デッキでアナーンダがいった。

そのとおりだった。わたしはルブラン艦長のことは呼吸の一つひとつ、筋肉の動きの一つひとつまで、よく知っている。五十六年ものあいだ、わたしの艦長なのだ。

「艦長が政治に関する意見を述べるのを聞いたことがありません」わたしは正直に答えた。

「一度もか？　だったら逆に、自分の主張を隠しつづけているということだ」

これは二重拘束《ダブルバインド》に近いのでは、と思った。何らかの意見をもち、それを口にするのは単純で、わかりやすい。何も語らなければ、それもひとつの主張となる。ルブラン艦長が「その件に関し、わたしにはまったく意見がない」と語ったら、それは何らかの意見があることの証明になるのだろうか？

「議論の場にルブランもいたことがあるはずだ」と、アナーンダ。「そういうときの彼女の感情は？」

「憤慨と——」1ヴァルの口で答える。「苛立《いらだ》ち。ときに倦怠《けんたい》です」

「憤慨か」アナーンダはむっつりした。「どんなことに？」わたしは答えられなかった。「家系のつながりだけでは、ルブランの政治傾向はつかめないな。それに親族の一部は、わたしが表立って動けるようになるまで、そばに置いておきたい。ただ艦長に関しては、要注意だ。彼女も同じように考えるだろうが」

〝彼女〟とは、いうまでもなくアナーンダ自身だろう。

わたしの傾向をさぐるようすはまったくない。おそらく（いや、ほぼ確実に）どうでもいいからだ。しかしわたしはすでに、別のアナーンダが敷いた道を進んでいる。このアナーンダたちと1ヴァルの分軀四体がいることで、ヴァル・デッキの空虚さが逆にきわだった。同じことは、ここととエンジンのあいだにあるほかのデッキにもいえる。船倉には何百、何千という属躰が眠っているが、これから数年のうちにいなくなるだろう。別の場所で保管されるか廃棄処分となり、けっして目覚めることはない。そしてわたしはどこかひとつの軌道に永久的に配置されるのだ。エンジンはほぼ確実に停止させられる。でなければ、あっさり破壊されるか。といっても、これまでのところ、廃棄処分になった艦船はないから、わたしの行く末は人間の居住空間となるか、もしくは小さなステーションのＡＩといったところだろう。

　わたしがつくられた本来の目的とはまったく異なる使い道だ。

「ルブラン・オスクに関して性急な結論は出せないが、オーン副官のほうはまた別だ。彼女はアウェルの志向をさぐるのに使える」

「陛下――」１ヴァルを経由していう。「わたしは非常に戸惑っています。陛下がここにいらっしゃることを艦長に伝えてはいけないでしょうか」

「司令官に隠しごとはしたくないと？」愉快と不愉快がないまぜの声。

「はい、陛下。ですがもちろん、陛下のご指示どおりにいたします」ここでふっと既視感に襲われた。

「当たり前だ。しかし、少し説明しておいたほうがいいな」既視感が強くなった。この会話は以前にもしたことがある。それもほとんど変わらない状況で。アナーンダはこのあと、〝おまえの属躰の分躯はどれも、自我をもつ能力を備えている〟と、いうだろう。

「おまえの属躰の分躯はどれも、自我をもつ能力を備えている」

「はい」どの言葉にも聞き覚えがあった。まるで暗記した台詞を復唱しているようだ。アナーンダはつぎに〝何かについて、決断したくても決断できない自分を想像してみろ〟というのではないか。

「敵に自分の一部を奪われたところを想像してみろ」

予想したものとは違った。〝そうなったらまわりはなんという？　彼女は分裂した。心がふたつある〟

「敵が重要なアクセス権限を奪い、改竄されたところを想像してみろ。おまえの一部がおまえのところにもどってはきても、実態はもはやおまえの一部ではない。しかしそのことに、おまえは気づかない。すぐにはね」

〝わたしとおまえは、ふたつの心をもちうるんだ〟

「それはとても危険な想像です、陛下」

「そうだな」アナーンダは大隊室にずっとすわったままで、同時にヴァル・デッキの通路とほかの部屋を見回っている。ふたたびひとりになり意気消沈したオーン副官を観察しながら。セントラルアクセス・デッキで、わたしの思考をいじりながら。と、彼女自身はそう思いこんでいる。

「誰がそれをやったかはわからない」と、アナーンダはいった。「プレスジャーの関与を疑ってはいるがね。条約の締結以前から、ラドチ内のことにちょっかいを出しつづけている。五百年まえ、ラドチは大きな変革を迫られ、いまではプレスジャーと交易もしている。プレスジャーも当初は辺境のステーションだけだったが、現在はあちこち、どこにでもいる。通訳局も、八百年まえは下級官吏ばかりで、ラドチ外の知性を分析解釈したり、併呑時の言語の問題に対処する程度だったが、いまじゃ政策を押しつけるほどになった。局長は対プレスジャーの特使だよ」最後の言葉にはあからさまな嫌悪感があった。「条約まえのプレスジャーは、船をいくつか破壊した。そしていまでは、ラドチ文明をことごとく破壊している。拡大、併呑はきわめて高くつくが……それでも必要不可欠だった。最初のうちは、あらゆる外敵の攻撃、介入を防ぐ緩衝地帯を設けるためだった。その後は、市民を守るため、ラドチの文明を伝え広めるために。そして……」言葉を切り、不快げに息を吐く。「過去の併呑の代償だ。ラドチャーイ全体に富を供給しなくてはいけない」

「陛下はプレスジャーが何をしたと疑っているのですか？」わたしにはわかっていた。たとえ記憶が曖昧で不完全でも。

「わたしを分裂させた。わたしの一部を腐敗させた。腐敗は広がり、わたしに敵対するわたしは手を広げ――わたしの一部をさらに取りこみ、わたしの市民を籠絡《ろうらく》している。わたしの兵士たちもね」そして〝わたしの艦船〟も。「わたしの艦船もだ。彼女の目的は何か？　想像するしかないが、よこしまなものであるのは確かだろう」

「併呑終了が決断された背景には、そのアナーンダがいたのでしょうか」わたしは答えが明らかな質問をした。

「彼女はわたしがつくりあげたものすべてを破壊する気だ！」皇帝がここまで怒りをあらわにするのをわたしは見たことがなく、想像することすらなかった。「おまえは考えたことがあるか？　ラドチ経済の発展は、併呑によって得られる資源があってこそだと？」

「申し訳ありません、陛下、わたしは兵員母艦であり、経済について考えたことはありません。しかし、おっしゃる意味はわかります」

「おまえだってそうだ。自分の属躰を失うのがうれしいか?」

同じ星系《システム》の遠方で、仲間の〈正義〉たちは静かに待機している。そのうち何隻が、このふたりの訪問を受けたのだろうか。

「いいえ、うれしくありません、陛下」

「わたしの力で阻止できる、とは断言できない。戦闘準備が万全ではないからだ。各地に出向き、使える資財と支援の確認をするのもこそこそやるしかない。といっても、しょせん、彼女はわたしだ。完璧な隠しごとなどできるはずもない。すでに何度か、裏をかかれたよ。だからおまえにも軽々しく接触できなかった。そのまえにまず、おまえがあっちに取りこまれていないのを確認したかったからな」

それに関しては無反応のほうがよいと感じ、わたしは1ヴァルを通じてこういった。

「陛下、銃はオルスの沼にありました」あれは陛下の敵の仕業ですか、と尋ねるのを思いとどまる。アナーンダが内部分裂し、敵対しあっているとすれば、どちらがどちらなのかは傍目《はため》にはわからない。

「オルスの件は、わたしの期待どおりにはならなかった」と、目の前のアナーンダはいった。「まさかあの銃が発見されるとはな。オルスの漁師があれを見つけても黙っていたり、あるいは持ち帰っていれば、わたしの目的は果たせたんだが」現実にはしかし、デンズ・エイがオーン副官に報告してしまった。これはアナーンダには予想外だったのだ。オルス人がそこまでオーン副官を信頼しているとは思いもよらなかった。「期待どおりではなかったが、あれはあれで、わたしの目的に貢献してくれるだろう。ルブラン艦長にはこの星系を出てヴァルスカーイに向かうよう指示するつもりだ。おまえにとっては、これでも遅いくらいだろう。イックトの司祭長がオーンを引きとめなければ——わたしの敵が現われなければ、一年まえには出発していたはずだ。オーンは知ってか知らでか、わたしの敵の道具になっていたんだよ」

1ヴァルを経由してもなお、わたしは冷静に答える自信がなく、黙っていることにした。上のセントラルアクセスでは、アナーンダが変更を加え、命令を下し、わたしの思考をせっせと塗り替えている。それが徒労であるとは、知る由もなく。

出航の命令に驚く者はいなかった。この一年ですでに四隻の〈正義〉が旅立ち、つぎの目的地が最終目的地になると思われた。が、それが六ゲート離れたヴァルスカーイだと知ったときは、わたしも将校も、全員が驚いた。

過去、わたしは後ろ髪をひかれる思いでヴァルスカーイを発《た》った。百年まえ、ここのヴェストリス・コルという都市で、1エスクは複雑な多声音楽を大量に発見したのだ。どれもヴァルスカーイの厄介な宗教にかかわる式典音楽だったが、なかには人類が到達する以前の古いものもあった。1エスクは心残りがないよう、都会で見つけた作品をすべて記憶に取りこんでから地方に移動し、未開の森林、洞窟、河川から危険分子を完全排除するという重労働に取り組んだ。大陸の半分が水域だったため、爆破して片づけることができなかったのだ。網の目のように流れる小さな河川と断崖絶壁、農園、放牧された羊たち、桃の園。そして音楽——。追い詰められた原住の民でさえ、歌をうたった。わたしたちへの抵抗、あるいはみずからを慰めるために。その歌声は彼女らが身を隠した洞窟の奥から、洞窟の入口に立つわたしの耳に届いた。

死がやってくる
どんな死であれ　すべては定め
すべての者が　定めのままに
準備はできた
恐れはしない
どのように　果てようと

わたしがヴァルスカーイと聞いて思い浮かべるのは、ふりそそぐ陽光と甘くてきれいな桃。そして歌声。しかし今回は、惑星には降りないだろう。1エスクは桃を味わうことも、合唱団を（非公式にこっそりと）訪れることもないはずだ。

ヴァルスカーイへは既存のゲートを使わず、わたしが自分でゲートをつくり、直接向かうことになった。旅行者が使う通常のゲートは数千年まえにつくられたもので、つねに開いており、ビーコンに囲まれて安定している。ビーコンが発信しているのは現地規則と航行の危険性に関する警告、通知、一般情報だ。そして船舶だけでなくメッセージや情報も絶え間なくゲートを通過している。

わたしの二千年の経験のなかで、一般ゲートを使ったのは一度きりしかない。ラドチの軍艦は、みずからショートカットできる力があるからだ。既存のゲートを使うよりはるかに危険で、予測計算を間違うとどこへ行ってしまうかわからない。あるいは行方知れず、音信不通となるか。ゲートをつくるといっても構造物ではなく、あらゆる人、物体、天体から隔絶され、通常空間の泡に包まれて進んだあと、目的地に出る。わたしは予測間違いなどしないし、併呑の進行中は、この隔絶が有利に働くこともある。とはいえ、アナーンダ・ミアナーイがひっそりとヴァル・デッキにいるいま、これから先数か月のことを思うと、いやでも緊張した。

ゲートから出るまえ、スカーイアト副官からオーン副官にメッセージが届いた——〝わたしはまた連絡するといった、嘘はつかない〟

「ほら、いったとおりだろう」ダリエト副官にそういわれても、オーン副官は返事をしなかった。

15

わたしは目を開けた。声が聞こえたような気がした。あたりは真っ青だ。まばたきしようとしても、目をつむるまでしかできず、そのままにした。

しばらくして、また目を開けた。首を右に回すと、セイヴァーデンと少女がティクティクの盤をはさんで向かいあっていた。わたしは夢、もしくは幻覚を見ているらしい。もはや痛みは感じないが、これは悪い兆候かもしれない。しかし、考える力がなかった。わたしはまぶたを閉じた。

目が覚めた。意識のはっきりした、完全な目覚めだった。青い壁に囲まれた狭い部屋。わたしはベッドに寝ている。そばのベンチにはセイヴァーデンがいた。壁にもたれているようすから、眠っていないらしかった。いや、いつもよりは睡眠が足りていない、というべきか。

わたしは頭をもたげた。両腕両脚ともに、矯正器具をつけられて動かせない。

「目が覚めたか」セイヴァーデンがいった。

わたしは頭を枕につけた。

「リュックはどこ?」

「ここにあるよ」セイヴァーデンはかがみこみ、わたしに見えるよう持ち上げた。

「テルロッドの医療センター?」わたしは予想し、目を閉じた。

「そうだよ。医者と話せるか?　ぼくは話を聞いてもさっぱりわからないんだ」

わたしはあの夢を思い出していった。

「あなたはティクティクのやり方を勉強した」

「勉強じゃないよ」つまり、あれは夢ではなかった。

「あなたはフライヤーを売った」沈黙。「そして麻薬を買った」

「それは違う」今度は応答。「そのつもりではいたよ。だけど目が覚めたら、きみはいなくなっていた……」ベンチの上でもぞもぞ動く音がする。「売人をさがすつもりだったんだが、きみが消えて、どこに行ったかもわからないし、ぼくは置き去りにされたと思った」

「麻薬をやれば、そんなことはどうでもよくなるはず」

「麻薬はやっていない」意外なほどしっかりした口調。「フロントに行って、きみがチェックアウトしたのを知った」

「そして麻薬ではなく、わたしを見つけようとした――。わたしはあなたを信じない」

「そういわれても仕方ないな」五秒の沈黙。「ここでずっと考えてたんだ。ぼくはきみを非難したよね、ぼくのほうが格上だから、きみはぼくを嫌っていると」

「それが理由で嫌っているわけではない」

彼女はわたしの言葉を無視した。「橋から落ちたのは……あれは完全にぼくの過失だ。確実に死ぬと思ったよ。そしてもし逆だったら、ぼくは人の命を救うために橋から飛び降りたりしなかった。きみはけっして妥協しない。きみは自分を貫きとおす。それだけの力がきみにはあるからだ。すべてを危険にさらしても、きみは正しいことをやりとげようとするだろう。そしてぼくは、生涯を費やし努力しても、きみの半分にも満たないと思う。ずいぶん考えたよ、なかば死人で誰の役にも立たないぼくが、きみより格上なのはなぜか。なぜなら、ぼくの家系は古いから。ぼくの生まれが良いからにすぎない」

「そう――」と、わたしはいった。「だからわたしはあなたを嫌っている」

セイヴァーデンは笑った。わたしがユーモア混じりで答えたかのように。

「嫌いな相手にあそこまでできるのなら、愛する人間にはどうする？」

返事に窮した。が、ありがたいことに、医者が姿を見せた。色白の、丸い大きな顔。眉間には皺が刻まれ、わたしを見て、その皺がわずかに深くなった。

「悪いんだけどね」医者は抑揚なく単調に、しかし非難をのぞかせていった。「あなたの友人の説明をいくら聞いても、さっぱり理解できないんだよ」

わたしがセイヴァーデンに目をやると、彼女はお手上げの仕草をした。

「ぼくもさっぱり理解できない。全力を尽くして説明しても、彼女はずっと、ああいう目でぼくを見ている。生体廃棄物でも見るような目でね」

「それがふだんの表情なのかもしれない」わたしはそういうと、医者に顔を向けた。「わたしたちは橋から落ちました」

「ふたりとも?」医者の顔つきは変わらない。

「はい」

感情のない短い沈黙のあと、彼女はいった。

「医者に嘘をついても、何もいいことはないよ」わたしが答えずにいると、彼女はつづけた。

「立入禁止地区に入って負傷した観光客はこれまでにもいたけどね、橋から落下して生き残ったなんていうのは、見たことも聞いたこともない。わたしはどうしたらいいんだろうね、おふたりの図太さに驚嘆すべきか、ばかにされて怒るべきか」

わたしは反応しなかった。どんな話をつくりあげても、ここまでの負傷は説明しきれないだろう。

「軍人なら、この星系《システム》に到着したことを報告する義務がある」

「そう聞いています」

「報告したのか?」

「いいえ。わたしは軍人ではありませんから」かならずしも嘘ではない。わたしは軍人ではなく、装備の一部だ。それも実用にならないひとかけらの断片。

「ここは設備が整っていなくてね」若干口調が険しくなる。「あなたが施されたようなインプラントや増強処置には対応できない。わたしが行なった修復プログラムの結果は保証しかねるから、帰ったらすぐ医者に診てもらうように。ジェレンテイトの医者にね」最後の言葉にかすかな疑念がのぞいた。おそらく信じていないのだろう。

「ここを出たらまっすぐ帰ります」医者はわたしたちをスパイの疑いありとして報告するだろうか。いや、おそらくしないだろう。その気があればこのような話はせず、役人が来るのを待てばいい。彼女はしかし、そうしなかった。なぜか？

その答えとおぼしきものがドアから顔をのぞかせ、明るい声をあげた。

「ブレク！　意識がもどったのね！　おじさんはこの上の階にいるの。何があったの？　そこの友だちが、ブレクは橋から飛び降りたようなことをいったみたいだけど、そんなのありっこないから。気分はどう？」少女は部屋に入ってきた。「こんにちは、先生。ブレクの怪我は大丈夫？」

「心配いらないよ。あしたには器具もとれるだろう。ほかに不具合がなければね」医者は楽観的な意見を述べると、部屋から出ていった。

少女はわたしのベッドの縁に腰かけた。

「ブレクの友だちがティクティクすると、目も当てられないの。だから賭けの仕方は教えなかったわ。でないと治療費を払えなくなるから。それにブレクのお金でしょ？　あのフライヤーにあったお金よね」

セイヴァーデンは顔をしかめた。「なんだい？　この子は何をしゃべっている？」

できるだけ早く荷の中身を確認しよう、と思いつつ、わたしはいった。

「カウンターだったら、彼も勝てたかもしれない」

少女はそれは考えにくいという顔をした。

「橋の下に行っちゃだめよ。聞いた話だけど、その人の友だちの親類が橋の下に行ったら、橋の上からパンのかけらがものすごい速さで落ちてきて、親戚の頭に当たって頭蓋骨が割れて、脳に刺さって死んだって」

「あなたの親戚の歌手はとてもすばらしい」橋の件は語りたくなかった。

「でしょ？　あっ！」少女は何か聞こえたかのようにくるっとふりむいた。「もう行かなきゃ。また来るね！」

「ありがとう」出ていく少女を見送ってから、わたしはセイヴァーデンに顔を向けた。「医療費はいくら？」

「フライヤーの代金くらいだ」軽く首をすくめる。戸惑いか、あるいは別の何かか。

「わたしのリュックからとったものは？」

彼女は背筋をのばした。「何もない！　何ひとつとっちゃいない」わたしは無言だ。「信じてないんだろ。まあいいさ。手が動くようになったら調べてくれ」

「そのつもりでいる。しかしその後は？」

セイヴァーデンは怪訝《けげん》な顔をした。理解できないのは当然かもしれない。現時点で彼女はわたしに対し、敬意を払う価値がありそうな人間だと（誤った）評価をしている。そして自分自身のことは、特殊部隊の将校が送られるほどの重要人物だと、いまだに思いこんでいるらしい。

「あなたを見つけるために派遣されたのではない」と、わたしはいった。「たまたま、雪道で

わたしの知るかぎり、あなたをさがしている者はいない」彼女を追い払う仕草をしたくてもできなかった。

「じゃあどうしてここにいる？　併呑の地盤づくりではないはずだ。もう新たな併呑はないと、ぼくは聞かされた」

「新たな併呑はない。でも、それとは無関係だ。要するに、あなたはどこでも自由に行き来できる。あなたをラドチに連れもどす指令など、わたしはいっさい受けていない」

セイヴァーデンは六秒間考えこんでから、こういった。

「ぼくは絶とうとした。実際に絶ったよ。ぼくがいたステーションにはプログラムがあって、絶てば仕事を与えられる。そしてぼくは職員に引っぱっていかれ、徹底してきれいにされ、契約を提案された。ゴミのような仕事で、ただのたわごと、契約なんてもんじゃない。だがもううんざりだった。どうにでもなれと思った」

「それはどれくらいつづいた？」

「六か月もたなかったよ」

「あなたにもわかるはずだ──」二秒の沈黙後、わたしはいった。「なぜわたしがあなたを信頼できないか」

「信じてくれ、頼むよ」身を乗り出し、真剣に。「何をやっても頭のなかがすっきりしなくて、死にかけているような気がするんだ」

「効果は一時的なものでしかない」

「ステーションのやつらもそういったよ。麻薬が効かないようにするものを与えてやるともね。だけどそれよりも、麻薬に手を出させる原因をなんとかするのが先だった。でないとまた、ほかのものに頼ることになる。契約なんてたわごとだったよ。それでも本気だったら、本気でなんとかしたかったら、あのときやめていただろう」

ストリガンの家で、彼女は麻薬を始めた理由は単純ではっきりしているような言い方をしなかったか。

「ステーションの人間に、理由を説明した?」わたしの問いに、彼女は答えない。「自分の経歴を話した?」

「そんなことするもんか」

彼女のなかで、ふたつの質問は同じ意味だったらしい。

「あなたはガルセッドで死に直面した」

彼女の顔がほんの少しゆがんだ――「そして何もかもが変わったんだよ。目が覚めたら、すべては過去になっていた。それもすばらしい過去じゃない。何があったかを誰も語りたがらなかった。みんないやに礼儀正しくて、ほがらかで、そのどれもが見せかけでしかなかった。ぼくに未来なんてものはないと思った」さらに身を乗り出し、いくらか息を荒くして一心に。「きみは自分の責任でここにいる。自分の力でここに来た。たぶん、それがきみにふさわしいからだ。でなければ、仕事を任されるはずがない」そこで言葉を切る。誰が何に、どこにふさわしいかという点について考えているのだろう。そしてそんな考えを振り払っていう。「最終的に、きみはラドチに帰ることができる。自分を知っている人に会い、自分を覚えている人に会える。たとえ留守にする期間があっても、帰れば自然に溶けこめる場所だ。どこへ行こうと、きみはそこの人間で、たとえ二度と帰らなくても、その地がそこにあるのを忘れることはない。でもな、サスペンション・ポッドを開けられたとき、ぼくに少しでも関心をもってくれていた人たちは、とっくに死んでいたんだよ、おそらく七百年よりもっとまえにね。しかも……」声が震え、言葉がつづかない。わたしを超えたどこかをじっと見つめる。「しかも、艦船たちまでね」

しかも——。

「艦船たち？ 〈ナスタスの剣《つるぎ》〉以外にも？」

「ぼくが最初に乗った兵員母艦は〈トーレンの正義〉なんだ。停泊しているステーションがわかれば、メッセージを送れると思った。そうすれば……」続きの言葉を消し去るように手を振る。「〈トーレンの正義〉は消えていた。十年まえに……まいるな、時間の感覚がなくなったよ……たぶん十五年くらいまえにね」いや、ほぼ十九年だ。「いったい何があったのかを誰も教えてくれなかった。誰ひとり、知らなかったんだ」

「艦船のなかで、あなたを慕ったものはいた？」できるだけさりげなく尋ねる。無表情で。

セイヴァーデンはまばたきした。目に理性がもどる。

「おかしなことを訊くんだな。きみも艦船の仕事をした経験があるのか？」

「そう、じつは経験がある」

「艦船は、艦長に愛着を感じるものだよ」

「いまは昔ほどではないのでは？」艦長の死に接し、錯乱状態に陥った艦船もいたのだ。が、それもはるか、はるか昔のこと。「そうだとしても、艦船なりにとくに好意を寄せる将校はいる」ただし、その将校がかならずしもそれに気づくとはかぎらない。「まあ、そんなことはどうでもいい。艦船は人間ではないのだから。あなたたちに仕えるために造られ、あなたのいうとおり、上官には愛着をもつものと決まっている」

セイヴァーデンは眉をひそめた。

「どうして怒る？ うまく隠してはいるが、いまきみは確実に怒っている」

「艦船が死んだとき、あなたは悲しみを感じるだろうか？ 自分とつながり、自分を気にかけ、世話してくれる存在がいなくなったことに？」答えは返ってこない。「艦船はみなどれも似たようなものだと思っている？」沈黙はつづいた。「代わりにわたしが答えよう。あなたは乗ったどの艦船からも慕われてはいなかった。艦船にも情があるなど、あなたは信じようともしない」

セイヴァーデンは目を見開いた。ひとつには驚愕《きょうがく》。そしてもうひとつ別の何かで。

「きみはぼくのことをずいぶんよくわかっている。ぼくをさがしに来たんじゃないといわれても、これじゃ信じがたいよ。きみは何者かを考えはじめてすぐ、そんな気はしたんだけどね」

「つまりつい最近のことだ」

セイヴァーデンはわたしの言葉を無視した。「ポッドから出たあと、親しみを感じたのはきみが最初だった。ぼくはきみを知っていて、きみもぼくを知っているような……。なぜそう感じるのか、理由はわからないが」

わたしにはわかる、もちろん。しかしいまは、それをいうときではないだろう。体を動かせず、無防備だ。

「わたしがここまで来たのは私的な用件があったからで、あなたのためではない」

「でもきみは、ぼくのために橋から飛び降りた」

「そしてわたしは、あなたが麻薬をやめる理由にはなりたくない。わたしはあなたに何の責任も負わない。あなたは自分ひとりで薬物依存から抜け出すべきだ――本気でそう思っているのなら」

「きみはぼくのために、あの橋から飛び降りた。高さは三キロはあったはずだ。たぶん、もっと。だから……だから……」言葉を切り、首を振る。「ぼくはきみと一緒にいる」

「またわたしの所有物を盗む気だと、そう感じたらすぐ、わたしはあなたの両脚をへし折り、放置する。その後あなたがふたたびわたしの姿を見るとしたら、それはまったくの偶然でしかない」ただしラドチャーイにとって、〝偶然〟はありえなかった。

「それに関しては反論できそうにないな」

「しないほうが賢明だ」

セイヴァーデンは短く笑った。そして沈黙。

「話してくれ、ブレク」十五秒後、彼女はいった。「ぼくとは無関係な、純粋に個人的な理由でここまで来たのなら、どうしてリュックにガルセッドの銃が入っている？」

　手と脚の矯正器具はぴくりとも動かなかった。肩をベッドから浮かせることすらできない。すると医者が白い顔を真っ赤にして飛びこんできた。

「動くんじゃない！」わたしを怒鳴りつけ、セイヴァーデンをふりむく。「いったい何をした？」

　さすがにセイヴァーデンも意味を理解したようで、力なく両手を広げ「何も！」と、同じ言語で明言した。

　医者は顔をこわばらせ、セイヴァーデンに指をつきつける。

「きみは邪魔だ」きっぱりと。「ここから出ていけ！」そしてわたしの顔を見る。「動かず静かに横になって、回復するのを待ちなさい」

「わかりました」あれだけの小さな動きでも、ひどく疲れた。大きく息を吸いこみ、自分をおちつかせる。

　医者はこれに安心したらしく、じっとわたしを見下ろした。おそらく呼吸数を確認しているのだろう。

「ゆっくりできないなら、薬を持ってくるよ」提案、問いかけ、脅し。「彼を――」セイヴァーデンに目をやる。「追い出してやろうか」

「必要ありません、そのどちらも」

　医者は不満げに、はっと息を吐くと背を向け、歩きだした。

「すまない」医者がいなくなるとセイヴァーデンがいった。「ばかだったよ。よく考えもせずにしゃべってしまった」わたしは無言だ。「谷底まで落ちたとき――」わたしには唐突に思えたが、彼女にはそうではないらしい。「きみは意識を失っていた。ひどい怪我なのはわかったし、骨折の可能性もあったから、下手に動かすことはできなかった。助けを呼ぶ手立てもない。でもたぶんきみなら何か機材を持っていると思った。応急処置ができるものとかね。もちろん、愚かな考えだった。アーマーが展開したままだから、きみが生きているのはわかったよ。それできみのコートから端末を取り出したが電波を受信できなくて、結局、ぼくが頂上まで登って人をさがした。もどってみたら、きみのアーマーが消えていたからあわてたよ、死んでしまったのかと思って……。荷物は全部持ってきたから」

「銃がなくなっていたら」わたしは冷静にいった。「あなたの脚を折るくらいではすまない」

「だからあるって。でも……これはきみの私的な用件なんかじゃないだろ？」

「いや、私的なものでしかない」といったものの、〝私的〟には大勢の者がかかわる。でもいまここで、あたりさわりなく説明するのはむずかしかった。

「話してくれ」

いまはそのときではない。よいタイミングとはいえない。説明することは山のようにあった。過去数千年の歴史に対するセイヴァーデンの知識が不完全で表層的であればなおのことだ。ここに至るまでの長年のさまざまな出来事を、彼女はほぼ確実に知らないだろう。それを説明するだけでも時間がかかり、わたしが何者か、何を目的としているかを語るのはさらにその先になる。

そして人にもそれぞれ歴史がある。それを伝えずに、セイヴァーデンに理解しろというのは無理ではないか。人がなぜそんな行動をとるのか、背景を知らずに理解できるものだろうか。もしアナーンダ・ミアナーイがあれほどの怒りをもってガルセッドに対抗しなければ、その後の千年間の行動は違っていたかもしれない。オーン副官は五年まえ——いまから二十五年まえ——のイメでの出来事を耳にしなければ、はたして同じ行動をとっていただろうか？

命令にそむくことを選択した〈サールセの慈《めぐみ》〉の兵士のことを思うとき、わたしはどうしても彼女を属躰《アンシラリー》の分軀《セグメント》として見てしまう。彼女は〈サールセの慈〉のアマート大隊の先任准尉でナンバー1だった。しかし同時に、1アマート1という呼び名以外の名前をもつ、ひとりの人間でもあった。わたしは彼女の記録を見たことがない。彼女の顔を見たことも。

彼女は人間だった。そしてイメの腐敗に耐えつづけた。総督から命令されれば、邪悪なこともおそらくやってのけただろう。しかしあるとき、何かが、それを変えた。彼女はもう耐えきれないと感じた。

それはなんだったのか。それは死にかけている、あるいは死んだ一個のルルルルルの姿だったのかもしれない。わたしはルルルルルとその仲間の人間の写真を見たことがあった。ルルルルルは蛇のように長く、多肢で、柔毛に覆われ、唸《うな》りと咆哮《ほうこう》で語る。そして仲間の人間たちはその言語を理解し、みずから語ることもできた。1アマート1はルルルルルたちのために兵士の道からはずれたのか？　それともプレスジャーとの条約を破ることを、ひいては大勢の無力な人間の命が奪われることを恐れたのか？　彼女のことをもっとよく知っていれば、死を選ぶほうがましだと考えたときの彼女の思いを、もう少し推し量ることができるかもしれない。

わたしは1アマート1のことをほとんど何も知らなかった。たぶん意図的、計画的に。それでもわたしが知っているごくわずかなこと、オーン副官が知っているひと握りのことが、事態を変えた。

「イメ・ステーションの事件を耳にしたことはある？」

セイヴァーデンは眉間に皺を寄せた。

「いや、ないな。教えてくれ」

わたしは語った。ラドチの辺境の地における総督が汚職にまみれ、それをステーションや艦船が報告しないよう阻止したこと。そんなある日、一隻の船が現われた。近隣に蛮族《エイリアン》の存在は知られていないので、人間の船にちがいないと思われた。一見してラドチ船ではないから、獲物としてはうってつけだ。〈サールセの慈〉の兵士は未知の船を攻撃し、抵抗する乗員、および属躰に改造できそうにない者はすべて殺害するよう指令を受けた——。これ以降のことは、わたしはあまりよく知らない。知っているのは、それは蛮族ルルルルルの船で、1アマート1分隊が乗りこんだあと、1アマート1が命令を拒否しはじめた、ということだ。そして彼女は自分につづくよう部隊の仲間を説得し、彼女たちはルルルルルに寝返って船を逃がした。

セイヴァーデンの眉間の皺が深くなり、わたしが語り終えるとこういった。

「イメの総督は汚職三昧《ざんまい》で、しかもステーションにそれを隠蔽させたなんて……どうやったらそんなことができるんだ？」わたしは答えなかった。セイヴァーデンがみずから明白な結論に至るか、でなければまったく見えないかだ。「そもそもそんな人間が適性試験で総督になれるかな。考えられないよ。でももしそうなったら——何もかもが腐敗するだろうな。汚れた総督は汚れた部下を選び、適性試験などどうでもよくなる。だけどステーションにいる艦長たちは……うん、やっぱりそんなことは考えられない」

セイヴァーデンには見えないらしい。この話をもちだしたのは失敗だった。

「星系に入ってきたルルルルルの殺害を拒み——」わたしはいった。「部隊のほかの者も彼女に従うと、隠蔽したくても隠蔽しようがない状況が生まれる。ルルルルルは自分でゲートをつくることができ、総督は船を追跡できなくなるからだ。ルルルルルは手近な星系までわけなく移動し、イメで何が起きたかを語るだろう。そして実際、そのとおりになった」

「ルルルルルなんて、どうでもいいんじゃないか？」セイヴァーデンはこの名をとてもいいづらそうだ。「それにしても、まともじゃないな。ほんとにこんな名前なのか？」

「自分たちでそう呼んでいる」わたしは辛抱強くいった。ルルルルルみずから、または人間の通訳が発音すると、話すときと同じような、押し殺した唸り声に聞こえる。「いいにくいのは確かで、わたしの経験では、たいていの人が単に〝ルー〟と長く発音してすませていた」

「ルー……」セイヴァーデンは試してみた。「やっぱり変だよ。で、その蛮族のことをどうして気にかける必要がある？」

「プレスジャーが、人間は存在価値のある有意義な種だとみなし、ラドチと条約を結んだから。

プレスジャーは無意義な種の殺戮《さつりく》はお構いなしで、同種間の争いにも無関心だ。しかし、有意義種に対する見境のない暴力は、けっして許さない」これは暴力全般に適用されたが、特定の条件下では許された。ただしその条件は、人間には整合性があるようには思えず、ともかく全面的に避けるのが無難だった。

セイヴァーデンは短く息をもらした。ようやく見えてきたらしい。

「そして――」わたしはつづけた。「〈サールセの慈〉の1アマート分隊がまるまるルルルルの側につき、ともに無事に逃げおおせた。しかしラドチにとっては反逆者だ。そこで幕引きとするわけにはいかず、処刑を念頭に、彼女たちの引き渡しをルルルルに要求した。いうまでもなくルルルルは、自分たちの命を守ってくれた者たちをそんな目にはあわせたくない。それから数年は緊張状態がつづいたが、最終的に和解が成立し、ルルルルはほかの者の免責を条件に、最初に反抗した1アマート1をラドチに引き渡した」

「そんなことをすれば……」セイヴァーデンは最後までいわなかった。

七秒間の沈黙後、わたしはいった。

「不服従が許されるわけはないから、彼女は当然、処刑される？　でも半面、彼女の不服従によって、イメ総督の汚職が明るみに出た。でなければ隠蔽がつづいていたはずで、結果として、彼女はラドチに寄与したことになる。あなたはきっと〝よけいなことをしゃべって役人批判をするなどよほどのばかだ〟と考えているはず。そしてまた、明らかな悪事を公然と批判する者がそれだけで罰せられるなら、文明はいずれ荒廃するとも。しゃべったら殺されるとわかっていて、あえてしゃべる者などひとりもいない……」わたしはためらった。大きく息を吸いこむ。「少なくとも、そんなに多くはいない。あなたはたぶん、皇帝は事態の収拾に苦慮したと思っているだろう。でもこの状況はきわめて特殊で、アナーンダ・ミアナーイはラドチの最高権威者なのだから、彼女の胸ひとつで釈放することもできたと思う」

「ぼくが考えているのは――」と、セイヴァーデン。「皇帝は彼女たちをルルルルのもとに残し、一件落着とすることもできたはず、ということだ」

「確かに」わたしは同意した。

「そしてもうひとつ。もしぼくが皇帝だったら、そのニュースをイメの外にはけっして広めなかった」

「艦船とステーションのアクセスをいじって、しゃべらせないようにする？　そして市民に箝《かん》口《こう》令をしく」

「うん、そうだな」

「それでも噂はかならず広まる」不確かな内容で、ゆっくりとはいえ。「それに今後の教訓、格好の見せしめ素材をみすみす捨てるのはもったいない。イメのステーションのコンコースに管理部の役人を一列に並べ、全員が見守るなかでひとりずつ頭を撃ちぬけばいい」一個の人間であるセイヴァーデンは、当然ながらアナーンダも一個の存在だと思い、このような事件に際して頭を悩ませながら――自己分裂などすることなく――最終的にひとつの道を選択すると考えるだろう。アナーンダの葛藤の背後には、セイヴァーデンには知る由もない多くのことがあった。

彼女は四秒間の沈黙後、こういった。

「どうやらぼくは、またきみを怒らせているらしい」

「そろそろ――」わたしはそっけなくいった。「怒らせるのにも飽きてきたころだと思っていた」

「はい、そのとおり」短く、真顔で。

「イメの総督は名門の出で、とても育ちがいい」わたしは家系の名称をいった。

「聞いたことがないな」と、セイヴァーデン。「でもずいぶん様変わりしたから。それもあって、こういうことが起きるんだ。そう思わないか？」

わたしは枕に頭をつけたまま、顔をそむけた。怒りではなく、ただただ疲れていた。

「つまりあなたは、田舎者が成り上がらなければこんなことにはならなかった、といいたいわけだ。イメの総督が、正真正銘の由緒正しい血筋であればよかったと」

ここで何かいうほど、セイヴァーデンは鈍くはない。

「生まれがいいというだけで能力以上の職務を与えられたり、昇進したりした例を、あなたはひとつも知らない？　プレッシャーの下で気がふれたり、悪行三昧の例を？」

「そこまでのことはしないよ」

まあそれならそれでいい。しかし彼女は都合よく忘れている。〈サールセの慈〉の1アマート1は、属躰ではなく人間であり、セイヴァーデンがいう様変わりのせいで〝成り上がって〟

いたかもしれないのだ。

「成り上がりの田舎者とイメでの出来事は、もとをたどれば同じではない？　原因と結果ではなく？」

「だったら、おおもとの原因はなんだ？」

答えるのはむずかしい。いつまでさかのぼればいいのか――。ガルセッド？　それともアナーンダが自分を多重化させ、人類世界の征服に乗り出したとき？　あるいはラドチが築かれたとき、もしくはそれよりもっと以前……。

「ちょっと疲れた」と、わたしはいった。

「そうだな」セイヴァーデンは意外なほどおちついている。「このあたりでひと休みしようか」

16

わたしはラドチの皇帝が行動を起こすまで、シスウルナとヴァルスカーイのあいだの非空間を単独で、いっさい他と接触せずに一週間航海した。何かおかしいと気づく者はひとりだになく、わたしは手がかりも証拠も残さず、ヴァル・デッキに誰かがいること、通常と何か異なることを察知されないよう細心の注意を払った。

と、自分ではそう思っていた。

「〈トーレンの正義〉！」一週間たってオーン副官がいった。「何かおかしくないか？」

「たとえばどのような？」わたしは1エスクを通じて尋ねた。1エスクは常時、副官のそばにいる。

「わたしたちはオルスで長く一緒に過ごしたではないか」副官はわずかに顔をしかめ、1エスクの分軀《セグメント》を見た。オルスを発《た》って以降、副官はいまだに鬱々《うつうつ》としている。そして何を考えているかによるのだろう、鬱はときにひどくなり、ときにやわらいだ。「心配ごとを抱えているように見えるよ。それにいやに静かだ」苦笑してふっと息を吐く。「オルスの公邸ではいつだって、ハミングするか歌うかしていただろう。いまはそれがほとんどない」

「ここには壁がありますので、副官。オルスの公邸にはありませんでした」

副官の片方の眉が少し上がった。下手な言い訳だと思っているのだろう。しかしそれ以上、わたしを追及しなかった。


そのときヴァルの大隊室で、アナーンダ・ミアナーイがわたしにいった。

「危険性はわかっているはずだ。これがラドチに何をもたらすかを」わたしは同意した。「おまえにはさぞかし負担だろう」乗艦して初めて、アナーンダはその点に触れた。「わたしはラドチのために、わたしの目的を果たす一助となるべく、おまえを造った。わたしへの献身は、設計の一部に組みこまれている。そしていま、おまえはわたしに尽くすだけでなく、同時に裏切らなくてはいけない」

アナーンダはわたしに敵方を裏切りやすくするよう、こんな話をしている、と思った。このアナーンダがどちらの側なのかは、わからない。

「はい、陛下」わたしは1ヴァルを通じていった。

「彼女が勝てば、いずれラドチは崩壊する。ラドチの核《コア》は残るだろうが」ふつう〝ラドチ〟といえば領土全域を指すことが多い。しかし、真のラドチは一か所で、完全に自立、隔絶されたダイソン球のみだった。球内では儀礼上、不純なものは許可されず、未開の生命や非人類は立ち入ることができない。アナーンダのクリエンスでも足を踏み入れたことがあるのはごくごく少数で、同地で暮らした先祖をもち、現在まで存続している旧家はほんのわずかだ。ダイソン球内の者がアナーンダの行なっていることやラドチの領土の広がり、そもそも領土があることを知っているのか、気にかけているのかさえまったくわからない。

「ラドチはラドチとして、今後も存続するだろう。しかしわたしの領土、わたしがラドチを守るために築き上げた領土は崩壊する。わたしは自分をいまある姿につくりあげ、ここまで――」領土全体を示すように、四方の壁に向かって腕を振る。「ここまでやりとげた。核を守るために。核を穢《けが》さないために。他者は誰ひとり信用できなかった。そしていま、わたし自身すら信用できない」

「おっしゃるとおりです、陛下」ほかに言葉が見つからずそういったものの、自分でも何をいいたいのかがはっきりしない。

「これから大量の市民が命をおとすことになるだろう」アナーンダはわたしの言葉が聞こえなかったかのようにつづけた。「戦いのさなかで、あるいは生きる糧を失って。そしてわたしは……」アナーンダは躊躇《ちゅうちょ》した。

　統一は不統一の可能性を暗示する。始まりは終わりを暗示し、終わりを求める。わたしはしかし、口にはしなかった。この宇宙で最大の権力をもつ者に、わたしの意見など無用だ。

「わたしはすでに壊れている」と、アナーンダはいった。「これ以上の破壊を防ぐには、戦うしかない。もはやわたしでなくなったわたしを排除するだけだ」

　どう応じればよいのか迷った。明確な記憶がないというのに、以前にも同じ会話をした、という確信はある。アナーンダが自分の行為を説明し、正当化するのを聞いたのだ。あれはアナーンダが何かを……塗り替え、改竄《かいざん》したあとだった。いまとそっくりの台詞。一つひとつの単語まで同じだったのではないか。しかしつまるところ、同じひとりの人間だ。

「それから――」アナーンダはつづけた。「敵の兵器を発見したら、廃絶しなくてはいけない。オーンをここに呼んでくれ」

オーン副官は不安な面持ちでヴァルの大隊室に向かった。わたしがなぜこの部屋に行くようにいったのか、理由が不明だからだ。わたしは副官の問いに答えるのを拒否し、どこかおかしいという副官の思いがさらに強まった。純白の床を踏むブーツの音が、1ヴァルがいながらもなおうつろに響く。副官は大隊室の前で立ち止まり、腕をのばした。ドアがほとんど音もなくスライドして開く。

アナーンダ・ミアナーイの姿に、副官は愕然《がくぜん》とした。鮮烈な驚愕、恐れ、狼狽《ろうばい》、困惑。副官は三度、大きく息を吸いこもうとした。が、思うほど深くは吸いこめない。そして少し肩を引き、足を踏み出し、部屋に入ると床にひれ伏した。

「副官――」アナーンダのアクセントと口調は、スカーイアト副官の優雅な母音と、イッサーイア副官の人を小ばかにしたような尊大で浅はかな口調を合わせたものだった。オーン副官はひれ伏したまま待っている。怯《おび》えながら。

いつものように、アナーンダはわたしにデータを故意に送ってこないので、内面のようすを知ることができない。しかし一見、おちつきはらっていた。無表情、無感情。とはいえ、これは上辺だけでしかないとわたしは確信した。確かな根拠はない。ただ、温かく話しかけるべきところを、アナーンダは無言のままだ。

「教えてくれ」長い沈黙のあと、アナーンダはいった。「あの銃はどこからきたものか。イックトの寺院で起きたことをどう思うか」

副官のなかで安堵《あんど》と恐れが交錯した。アナーンダの姿を見てから短いあいだに、彼女はこの質問を予期したようだ。

「銃の出所は高官と思われます。場所を移し、無効化を防ぐことができる上位者です」

「たとえば、きみだな」

驚きと恐怖。「いいえ、けっしてわたしではありません。わたしは現地の非市民から武器を押収しましたが、非市民の一部はタンミンドでした」実際、上町《かみのまち》の警察署は武器を大量に所有していた。「しかし、ただちに使用不能にし、その後回送しています。また目録から、あの銃はクッド・ヴェスで押収されたことがわかりました」

「〈トーレンの正義〉の軍が集めたものか?」

「そのように思います」

「確認を、〈トーレンの正義〉」

わたしは1ヴァルの口で答えた。「お話しの銃は、16イヌと17イヌ分隊が押収しました」当時の副官の名前を挙げる。彼女は現在、別の任務に就いていた。

アナーンダの眉間にほんのかすかに皺が寄る。

「そうすると五年まえ、銃に近づくことができる者——イヌの副官か誰かが、あの銃を無効化させまいとして隠したわけか。それも五年間。なぜオルスの沼に沈めた？　何のために？」

顔を床に向けたまま、副官は戸惑ったようにまばたきし、一秒後に答えた。

「わたしにはわかりません、陛下」

「嘘をつくな」アナーンダはさらりといった。のんびり椅子の背にもたれてはいるが、視線は副官からけっしてそらさない。「きみであるのははっきりしている。あの件以降のきみの会話はすべて聞いたよ。あんなことをして益を得るのはきみ以外に誰がいる？」

「具体的な人物がわかっていれば、すでに申し上げています、陛下。わたしにわかるのは、誰かがあのようなことをし、あのような事態を……」副官は息を詰め、その先をいわなかった。

「押収した銃に近づける者がタンミンドと共謀したと思われます。それが誰であれ、上町と下《しも》町《まち》の対立、闘争を望んでいました。そのような事態を防ぐのがわたしの務めであり、わたしは全力を尽くしました」明らかな、はぐらかし。オルスの寺院で、アナーンダがいきなりタンミンドの射殺を命じた瞬間から、誰の目にも明らかな第一容疑者はラドチの皇帝その人だった。

「そんな対立を望む者がどこにいる？　そのために誰が動いた？」

「ジェン・シンナンとその取り巻きです」副官はこのときだけはきっぱりといった。「彼女は下町が、オルス人が、過度に優遇されていると感じていました」

「きみが過度に優遇したと」

「はい、陛下」

「つまり、きみはこういいたいわけか――併呑の最初の数か月のあいだに、ジェン・シンナンはラドチャーイの高官が武器の詰まった箱を隠したがっているのを知った、彼女は五年後にそれを使って上町と下町の争いを引き起こそうとした。きみを窮地に陥れるために」

「陛下！」副官の額が床から一センチほど上がって、止まった。「わたしにはわかりません、なぜ、どのようにして、誰が……」言葉が途切れた。最後の部分は嘘になるからだろう。「わたしにわかるのは、オルスの平和を維持することが自分の務めであったということだけです。その平和が脅かされ、わたしは当然……」その先をつづければこの場が緊迫すると思ったようだ。「わたしの職務は、オルスの市民を守ることでした」

「だからきみは、オルスの市民を危険にさらした者たちの処刑に反対したんだな」アナーンダは皮肉をこめてそっけなくいった。

「わたしは市民に対して責任があります、陛下。あのとき申し上げたように、彼女たちは包囲され、警察部隊が到着するまでその状態を保つことは容易でした。陛下はラドチの最高指導者であり、陛下の命令は絶対的なものです。しかしわたしは、なぜ彼女らが死ななくてはいけないのかがわかりませんでした。いまでも、理解できておりません」〇・五秒の沈黙。「しかし、理解する必要などありません。わたしは陛下の命令に従うためにここにいます。ただ……」また言葉を切って、ぐっと唾をのみこむ。「陛下、わたしを不正、背信でお疑いなら、ヴァルスカーイに到着後、査問にかけていただければと思います」

査問では、適性試験や再教育で使われる薬と同じものを飲まされる。熟練の査問官なら心の奥底に潜む本音を引き出せるが、未熟だと見当違いの無駄話に終始し、未熟な再教育官と変わらぬダメージを対象者に与えてしまうことがあった。

査問には法的事項が定められている。そのひとつが立会人を二名つけることで、オーン副官にはそのひとりを指名する権利があった。

アナーンダは無言だった。副官のなかに嫌悪と恐怖がわきあがるのがわたしには見えた。

「陛下、率直に申し上げてよろしいでしょうか」

「もちろん、いいたいことをいえばいい」アナーンダの口調は冷たく険しい。

副官はひれ伏したまま、口を開いた。怯えきっている。

「それは陛下でした。陛下が銃を移し、ジェン・シンナンとともに暴動を計画した。しかし、その理由がわかりません、名もなき凡庸なわたしには」

「きみは名もなきままでは気がすまないのだろう？　スカーイアト・アウェルにつきまとう姿を見れば、いやでもわかる」

「わたしは……」副官は息をのんだ。「つきまとってなどいません。わたしたちは友人で、彼女の管轄はすぐ隣の地区でした」

「あれを友人関係というのか」

副官の顔が紅潮した。そしてスカーイアト副官のアクセントや口調を思い出す。

「友人以上と考えるほど、思い上がってはおりません」惨めさ。そして恐れ。

アナーンダは三秒後、こういった。

「信じがたいな。スカーイアトは美しく魅力的で、たぶん閨事《けいじ》も得意だろう。きみのような人間を籠絡《ろうらく》するのは簡単だ。わたしはこれまで何度か、アウェル家の忠誠心に疑いをもったがね」

副官の首の筋肉が緊張した。しかし、言葉は出てこない。

「造反するという意味だよ。きみは自分を忠実な臣下だという。その一方で、スカーイアトと親しくしている」アナーンダが手を振ると、スカーイアト副官の声が部屋に流れた。

『わたしはきみを、オーンという人間を知っている。あのような常軌を逸した行為は、それが何らかの効果をもたらすときに限ったほうがいい』

これに対しオーン副官は『〈サールセの慈《めぐみ》〉の1アマート1のように?』といった。

「きみはどんな効果を」と、アナーンダ。「望んでいる?」

「〈サールセの慈〉の兵士が……」副官の口のなかが乾いていく。「もたらした効果の類です。もし彼女が何もしなかったら、イメでは引きつづき同じことが行なわれていたでしょう」副官は答えながら、この発言が向かうところに気づいたと、わたしは思う。危険な領域へ踏みこんだのだ。それはつぎの言葉で明らかだった。「彼女はそのために命をおとしました。しかし彼女は、イメの腐敗を陛下の前にさらしたのです」

わたしはこの一週間、アナーンダがわたしに語ったことについて考えてきた。そしてイメの総督が、どうやってステーションにアクセスし、汚職を隠蔽できたのかを解いた。そんなアクセス権は、アナーンダその人から得るしかないのだ。ただひとつ不明なのは、それはどちらのアナーンダだったのか?

「イメの汚職は公共チャネルで広まってしまったな、わたしの意に反し」アナーンダは副官が驚いたのを見てこうつづけた。「広めたのはわたしではない。あれによって、汚職がない場所まで疑われるようになってしまった。正義と福利をもたらすわたしの力を信頼していた地域に、不平と懸念をもたらしたのだ。

単なる噂なら対処のしようもあるが、公認された全チャネルがこぞって報じてしまった。ラドチの領土全域に伝わったんだよ。それさえなければ、ルルルルが裏切り者をおとなしく連れていくかぎり、見て見ぬふりもできただろう。が、わたしは引き渡しの交渉をするしかなくなった。さもないと、裏切り者が象徴となり、さらなる反乱を招きかねない。おかげで散々な目にあった。しかもいまだに尾を引いている」

「初めて知りました」副官はうろたえていた。「全チャネルが報じたとは……」そこではたと気づく。「わたしは……わたしは話していません。オルスについて、誰にも語っていません」

「スカーイアトを除いてはな」アナーンダはそういったが、これは少し話が違う。スカーイアト副官は寺院で起きたことをその目で見られるほど近くにいた。「だが、そうだな」副官の訴えに答える。「まだ公衆には伝わっていない。いまのところは。しかしどうやらきみは、スカーイアトの忠誠心を疑うことに抵抗があるようだ。背信行為などしないと信じているのだな」

副官は口ごもり、ようやくこういった——「おっしゃるとおりです、陛下」

「であれば、スカーイアトの潔白を証明する機会を、きみに与えてもいい。きみの立場を回復する機会でもある。また彼女のそばにいられる任務を与えてもいいぞ。彼女が申し出るクリエンテラを受けるだけでいいんだ——ふむ、彼女はかならず申し出るだろう」最後の言葉は、副官の不安と絶望の顔を見てつけ加えたのだ。と、わたしは思う。「アウェル家はきみのような人間をコレクションしてきたからな。無名の家系から成り上がり、気がつけばなかなか立派な地位に就いていた、という連中だ。スカーイアトのクリエンテラを受け、その後を観察しろ」そして報告せよ、はいわずもがなだ。

アナーンダは敵対する分身の道具を自分のほうへ取りこもうとしている。もしそれができなかったら、どうなるのだろう？

そしてもし、できたらどうなるのか？　いずれにせよ、オーン副官はラドチの皇帝アナーンダ・ミアナーイに逆らうことになる。

わたしはすでに一度副官の選択を、死に直面したときの選択をこの目で見た。副官は生きる道を選ぶだろう。そしてその後、彼女――と、わたし――はその道の行き着く先を知り、差し迫った事態でなければどうしたかを考える。

エスク・デッキの大隊室で、ダリエト副官が心配げな顔で訊いた。

「〈トーレンの正義〉！　1エスクの様子がおかしいぞ」

「陛下――」オーン副官は床に顔を向けたまま、怯えた声でいった。「それはご命令でしょうか？」

「副官、そのまま1エスクのそばにいてください」わたしはダリエト副官の耳に直接いった。1エスクに話をさせることができなかったからだ。

アナーンダは鋭く、短く笑った。オーン副官の言葉はあからさまな命令拒否とほとんど変わらない。押しつけたところで無意味だろう。

「ヴァルスカーイに到着したら、査問にかけてください」と、副官はいった。「ぜひとも査問を。わたしは忠臣です。スカーイアト・アウェルもそうだと確信しています。しかし彼女をお疑いなら、わたしと同様に彼女も査問におかけください」

アナーンダにそれができるはずはなかった。査問には立会人がいる。熟練の査問官であれば――未熟な者はここでは論外だ――オーン副官やスカーイアト副官に向けられた一連の質問から、底に流れるものをくみとるだろう。このアナーンダが広めたくない情報を広めることにつながりかねない。

アナーンダは黙ってすわっていた。四秒間。まったくの無表情。

「1ヴァル」四秒後、アナーンダはいった。「オーン副官を撃て」

このときのわたしは、一個の分軀ではない。孤立してもいなければ、そのような命令を受けた場合にどうしてよいか迷うこともない。わたしはすべてを含むわたし自身だ。しかしそれを切り離して考えれば、1エスクはわたしよりもオーン副官に心を寄せていた。だがもちろん、現実には切り離せない。このときも1エスクは、まぎれもなくわたしの一部だった。

ただし、ほんの小さな一部でしかなく、わたしはこれまでにも将校を射殺したことがあった。命令に従い、自分の艦長にさえ引き金をひいた。胸をしめつけられる辛いことではあっても、当然の処置だったからだ。造反者は死をもって罰せられる。

オーン副官は造反などしていない。むしろ対極にあるといっていい。しかも副官の死は、アナーンダの敵の行為を隠蔽することに等しいのだ。このわたしの存在目的は、アナーンダ・ミアナーイのあらゆる敵と戦うことにある。

だが、どちらのアナーンダも、まだ表立って動く気配がなかった。その状態になるまで、わたしはもう一方のアナーンダの影響下にあることを隠しとおさなくてはいけない。いまこの瞬間は、ここにいるアナーンダの命令に従うほかないのだ。ほかに選択肢がないかのごとく。わたしの望みはそれしかないかのように――。いまこうなってみると、オーン副官はいったい何のために存在していたのか？　彼女の親は、姉妹は、悲しみにくれるだろう。オーン副官が造反という汚名を負ったことを恥じるにちがいない。何の疑問も抱かずに。いいや、たとえ抱いたとしても影響はない。

わたしはこれを一・三秒で考え、そのあいだオーン副官は驚愕と恐怖で反射的に顔を上げた。と、そのとき1ヴァルの分軀がいった。

「わたしは武器を持っていません、陛下。銃をとりにいくのに約二分必要です」

オーン副官にとって、この言葉は自分への裏切りだった。しかしわたしにはほかに選択肢がないこともわかっているはずだ。

「これは正義ではありません、陛下」副官は顔を上げたまま、震える声でいった。「礼節にも、もとるでしょう。裨益《ひえき》とはいえません」

「陰謀をくわだてた仲間は誰だ？」アナーンダは冷ややかにいった。「名前をいえば、命は助けてやってもいい」

手は床につけたまま、上体をなかば起こした副官は、完全に戸惑っていた。それはわたしだけでなく、アナーンダにもわかったはずだ。

「陰謀？　わたしは誰とも陰謀などくわだてていません。わたしはつねに忠実に陛下に仕えてきました」

上の司令デッキで、わたしはルブラン艦長の耳に直接告げた。

「艦長、問題が発生しました」

「わたしに仕えるくらいでは——」アナーンダがいった。「もはや十分ではない。その程度では、あやふやなんだよ。きみはどちらのわたしに仕えている？」

「どちら……というのは……」言葉がつづかない。「わたしには理解しかねます、陛下」

「問題が発生？」ルブラン艦長は茶杯を口に運びかけたところで訊いた。心配げなようすはあまりない。

「わたしは自分と戦っているんだ」ヴァル・デッキでアナーンダがいった。「この千年ほどね」

「1エスクをおちつかせなくてはいけません」わたしはルブラン艦長にいった。

「ラドチの未来をめぐる戦いだ」アナーンダはつづけた。

オーン副官はここで、はたと気づいたらしい。彼女のなかに激しい怒りがわきあがるのが見えた。

「併呑と属躰《アンシラリー》と、わたしの、、、、ような者を軍務に就かせ——」

「何をいってるんだ？」ルブラン艦長は冷静な声で訊いたものの、さすがに不安を覚え、茶杯を横のテーブルに置いた。

「プレスジャーとの条約締結をめぐって争い――」アナーンダは怒りもあらわにいった。「いまに至るまでつづいている。自覚があるかどうかはともかく、きみはわたしの敵の手先なんだよ」

「〈サールセの慈〉の1アマート1は、あなたがイメでやっていたことを暴露した」オーン副官は怒りを隠そうともせずにいった。「あれはあなただったんだ。イメの総督は属躰をつくりつづけていた。それはあなたが自分と戦うために必要だったからだ。総督はあなたのために、それ以外のこともやっていたにちがいない。だから1アマート1を生かしておくことはできなかった。だから手間と時間をかけてでも、ルルルルルから取り戻そうとした。そしてわたしは……」

「ずっとこうしているのか？」エスク大隊室でダリエト副官がわたしに訊いた。「いいかげんにしてほしいな」

「1アマート1はたいして何も知らなかったよ。しかしルルルルルの手に渡れば、わたしの敵が利用しかねない。きみはね、兵員母艦の将校としてなら、いてもいなくても同じだ。だがたとえ格下とはいえ、惑星の監督官となり、スカーイアトの後ろ盾を得られれば、きみの影響力は増す。わたしにとって危険人物になるんだよ。オルスから、スカーイアトのそばから引き離すこともできたが、それだけでは物足りなかった。ここ最近の政策や方針に対し、目に見えるかたちで反対したくてね。漁師が銃を見つけなければ、それをきみに報告さえしなければ、あの晩はわたしの計画どおりに進んだはずだ。起きた出来事を公共チャネルで広めることも含めてね。タンミンドを手足のように使い、厄介者も排除できたんだが、まあ、これはどちらもたいした問題ではない。わたしは警戒をゆるめることが、わずかでも軍備を縮小することがいかに危険かを、市民の目に焼きつけたかった。有能とはいいがたい人間を監督官にする危険もね」苦々しげに、はっ、と息を吐く。「正直に認めよう、わたしはきみを見くびっていた。きみと下町住民との結びつきをあなどっていた」

これ以上先延ばしにすることはできず、1ヴァルは銃を手にもどってきた。オーン副官は足音を聞くとわずかに首を回し、1ヴァルを見た。

「オルスの市民を守ることがわたしの務めだった。そして真摯《しんし》に取り組み、全力を傾けた。ただあのときだけは、やりそこなった。といっても、あなたのせいではない」ふりむいて、アナーンダ・ミアナーイの目をまっすぐに見る。「わたしはあなたの命令に従うよりも、イックトの寺院で死ぬべきだった。たとえわたしの死が、何の役に立たなくても」

「ではそろそろ、役に立ってもらうとするかな」アナーンダはわたしに合図を送った。

わたしは銃の引き金をひいた。

十九年後、わたしはアリレスペラス・ストリガンに語ることになる——ラドチャーイの権力者たちは、市民がやるべきことをやっているかぎり、何をどう思おうと意に介さない。これはほんとうだった。しかしあのとき、オーン副官がわたしの大隊室で1ヴァルに（自分を欺かずにいえば、このわたしに）撃たれ、床で息絶えるのを見て以来、アナーンダのなかの対立する二者にたいした違いなどないような気がしはじめた。

何であれ、わたしはあのアナーンダの命令に従ってきた。自分の思いどおりになると、彼女に信じこませるためだ。しかしあのときだけは、彼女は真にわたしに強要した。どちらのアナーンダのために働こうと、しょせん同じことなのだ。両者にどんな違いがあれ、しょせん、ふたつのアナーンダは同じアナーンダなのだ。

思いは一時《いっとき》のものでしかない。行動や物理的形が与えられなければ、生まれたとたん消えてゆく。願望と意志も同じだ。それにより何らかの選択をする、何らかの行動をとることがないかぎり、無に等しい。そして行動に結びつく思いは、ときに危険でもある。しかし結びつかない思いなど、考えるだけ無駄というもの。

オーン副官はヴァルの大隊室に横たわっていた。うつぶせになり、息絶えている。その下の床は、清掃と修復が必要だろう。このときの緊急の課題、対処すべき重要事項は、1エスクを動かすことだった。というのも、約〇・五秒、いくらフィルタリングをかけようと、1エスクの強力な反応を隠せなかったからだ。わたしは艦長に何があったのかを話すしかなくなった、そして思い出せなくなった、アナーンダの敵――アナーンダ自身――がわたしに下したはずの命令、1エスクはなぜそれが重要だとわからないのか、わたしたちはまだ表立って動く準備が整っていない、わたしは以前にも将校を失った、1エスクは1エスクでありわたしなのだ、オーン副官は死んだ、彼女はいった、『わたしはあなたの命令に従うよりも、イックトの寺院で死ぬべきだった』

　すると1ヴァルが銃を振りあげ、アナーンダ・ミアナーイの顔面を撃ちぬいた。

　通路の先の部屋、ベッドの上で、アナーンダが怒声を発した。「なんということ！　彼女に先手を打たれていたのか！」同時にアナーンダは信号を送り、1ヴァルのアーマー《アートルズ・ティッツ》を解除した。今後はアナーンダの許可がなければ使用できない。これはわたしの服従を当てにしないコマンドで、どちらのアナーンダもこれまで改竄する必要性を感じなかったものだ。

「艦長──」わたしはいった。「深刻な問題が発生しました」

　同じ通路の別の部屋で、三人めのアナーンダ──いまでは二人め──が、持参したケースから拳銃を取り出すと足早に通路へ出て、近くにいた1ヴァルの頭を背後から撃った。ベッドで叫んだアナーンダも自分のケースを開き、銃と何かの装置を取り出す。装置のほうは、シスウルナのジェン・シンナンの家でわたしが発見した、通信遮断のデバイスだった。あれを使えばわたしだけでなくアナーンダ自身も制限を受けるが、程度はわたしのほうがはるかにひどいだろう。彼女がそのデバイスを操作し終わる数秒のあいだに、わたしは意を決し、属躰すべてに指示を出した。

「何があった？」ルブラン艦長が訊いた。いまでは全身を緊張させて立っている。

　そのとき、わたしは分解した。

なじんだ感覚。ほんの一瞬、蒸し暑い大気、沼のにおいがした。オーン副官はどこにいる？

――そして自分を取り戻し、何をすべきかを思い出した。持っていた茶杯が床で音をたてて砕け、わたしはエスク大隊室を飛び出すと、通路を走った。ほかの分躯たちが、オルスでの通信途絶のときのようにわたしから分離してつぶやき、ささやく。それぞれがロッカーを開け、銃をとり、最初の一体がリフトの扉をこじあけて、シャフトを降りはじめた。副官たちは抗議した。止まれ！　とわたしに命令した。何があったか説明しろ。わたしの行く手をはばむ、むなしい努力。

わたし――1エスクのほぼ全分躯――はセントラルアクセス・デッキを保護し、アナーンダがわたし――〈トーレンの正義〉――の知能を破壊するのを防がなくてはいけない。〈トーレンの正義〉が生き延び、敵方のアナーンダについているかぎり、ここのアナーンダにとっては危険な存在だ。

わたし――1エスク19――は別の指令を受け、シャフトを降りてセントラルアクセスには向かわず、エスクの倉庫へ、その奥のエアロックへと走った。

わたしは自分でも気づかないうちに副官たちを、ティアウンド大隊長をも無視していたようだ。が、ダリエト副官が「〈トーレンの正義〉！　気でも違ったか！」と叫んだときだけは答えた。

「皇帝がオーン副官を射殺しました！」わたしが走る通路の後方で、分躯が叫ぶ。「皇帝はずっとヴァル・デッキにいました！」

これに将校たちは、ダリエト副官も含め、静まりかえった。が、それもわずか一秒のこと。

「それがほんとうなら……ほんとうだとして、皇帝が理由もなく彼女を殺すはずがない」

わたしの背後で、まだシャフトを降りていない分軀たちがわめき、怒りの声をあげた。

「無能！」わたしはダリエト副官に向かって叫んでいた。「あなたはイッサーイア副官と変わらず無能だ。少なくともオーン副官は自分がさげすまれていることを知っていた！」

イッサーイア副官のものと思われる罵声が聞こえ、ダリエト副官はこういった。

「〈トーレンの正義〉！　自分が何をいったか、わかっているのか？　どうやら正常に機能していないらしい」

扉がスライドして開き、わたしはその後の言葉を聞くことなくエスクの倉庫に飛びこんだ。わたしが走ると、デッキが一定のリズムで重い音に揺れる。何時間かまえ、この音は二度と聞くことがないと思った。アナーンダがヴァルの倉庫を開けている。彼女が解凍する属躰はどれも、最近の出来事の記憶をもたないだろう。そうすれば、このアナーンダの命令にそむくこともなく、アーマーも無効にされることはない。

アナーンダはヴァルの2、3、4……と、時間のあるかぎり一体でも多く目覚めさせ、セントラルアクセスか機関室に向かわせるはずだ。おそらく、その両方に。ヴァル・デッキより下の倉庫はすべて、いまはアナーンダの手中にある。ただし、分軀は戸惑い、動きも鈍いだろう。わたしのように、ばらばらに機能した経験がなく、記憶もない。しかし数においては圧倒的多数だ。こちらには、わたしが分解した瞬間に目覚めていた分軀しかいない。

このデッキより上の倉庫は、将校が占領するだろう。彼女たちにはアナーンダに逆らう理由などなく、わたしの乱心を否定する根拠もない。このとき、わたしはルブラン艦長に経緯を説明していたが、彼女に信じてもらえる自信、わたしの理性を少しでも感じてもらえる自信はなかった。

周囲で重い靴音が聞こえた。将校たちがエスクの分軀を解凍している。わたしはエアロックにたどりつき、ロッカーを開け、この分軀に合うバキュームスーツを取り出した。

セントラルアクセスを、エンジンを、あとどれくらい確保しておけるかわからなかった。アナーンダはどこまでやる気なのか。わたしがどこまで破壊できると考えているのか。エンジンの熱シールドは、ほぼ難攻不落といっていい。だがわたしなら、砕く方法を知っている。そしてもちろん、アナーンダも。

ここで何が起きようと、ヴァルスカーイに到着後すぐ、わたしが死ぬのはほぼ確実だ。いや、自分の行為の真意を表明するまでは、そう簡単には死ねない。

シャトルに乗るしかないだろう。そして手動で切り離し、〈トーレンの正義〉から──わたし自身から──適切なタイミング、スピード、方角で出航し、通常空間の泡を抜けきるのだ。

それがうまくできれば、アナーンダの地方司令部となっているイレイ宮殿から四ゲートのところにある星系《システム》に入れる。そして彼女に何が起きたかを伝える。

シャトルは艦のこちら側にドッキングされていた。ハッチもアンドックも問題ないだろう。わたし自身がテストし、メンテナンスしてきた装置なのだ。といっても、いま漠然とした不安は感じた。が、副官たちと戦うよりは、熱シールドの破壊よりは、はるかにましだ。

ヘルメットをつける。自分の荒い息遣いが聞こえてきた。あまりにも速い。ゆっくりと息を吸い、ゆっくりと吐いて、呼吸を整える。もたもたできないものの、あわてれば致命的なミスを招きかねない。

エアロックが回転するのを待ちながら、わたしは周囲の貫通不能の壁にも似た、行き場のない孤独感に襲われた。分躯単体の負の感情は、ふつうは容易に捨てられる。しかしいまは、この体ひとつしかなかった。苦悩はやわらぎもせず、そこにいつづけた。わたしのほかの体は周囲に散らばっているものの、まったくアクセスできない。このまま事態が進めば、わたしひとりがわたしから離れ、再結合は夢見ることすらかなわないだろう。そしてこの瞬間、わたしにできるのは待つことだけだった。銃を持つわたしの――1ヴァルの手の感触がよみがえる。いま、ここにいるわたしは1エスクだ。しかしそこに違いなどない。1ヴァルがオーン副官を撃ったときの銃の反動。わたしを襲った罪の意識とやり場のない怒り――。目前の非常事態が脇へ追いやっていたものが、いまふたたび押し寄せてくる。それから一、二、三呼吸。息がかすれ、むせび泣く。ほかの自分に見られずにいることを、このときだけはうれしいと思った。

おちつかなくてはいけない。理性を保たなくては。歌をうたおう。そう、〝わたしの心は魚〟を。しかし口を開くと、喉が詰まった。息をつめ、一呼吸おく。この歌はうたえない。

ああ、行ってしまったのか

戦場に　鎧《よろい》をつけて　武器を持ち
忌まわしい出来事に
武器は手から落ちないだろうか

外側の扉が開いた。アナーンダがあの通信遮断のデバイスを使わなければ、副官たちはエアロックが開いたのを知り、ルブラン艦長に報告して、アナーンダも気づいただろう。しかしアナーンダはあれを使い、わたしがやったことを知る術がなくなった。わたしは握りをつかみ、外に出た。

人間は連絡路内部を見ると、怖気《おぞけ》をふるうことが多かった。以前のわたしは平気だったが、単一の体となったいまは、同じ感情を覚えた。真の闇。それもいいようのない深みまで吸いこまれそうな、いますでに吸いこまれているような感覚になる。息苦しい迫りくる闇に、体が押しつぶされそうだった。

必死で目をそむける。ここには床などない。体を安定させる重力発生装置もなく、握りをつかみ、つぎの握りをつかみ、移動していく。背後では何が起きているだろう？　もはやわたしの体ではなくなった艦の内部では？

十七分かけて、シャトルにたどりついた。緊急ハッチを稼動させ、マニュアルで切り離す。わたしは手を止め、背後を見たいのをこらえた。追ってくる者の音がしないことを確かめたい。ヘルメットで外の音など聞こえなくてもなお、そう思った。これはメンテナンスだ、と自分にいいきかせる。船殻のメンテナンスでしかない。これまで数え切れないほどやったではないか。追っ手が来たら、わたしにできることは何もない。エスクは――わたしは、おしまいだ。時間は限られている。先に進まなければ意味がない。よけいなことは考えるな。

そのときが来て、わたしはシャトルを発進させた。視界は船腹に塞がれ、ほかに見えるのはシャトルの前と後ろに接続されたカメラ二機の映像だけだ。〈トーレンの正義〉が後方に引いていくのがわかり、これまで押さえこんでいた恐怖が噴き出した。わたしは何をしている？どこへ行く気だ？たったひとつの体で、ひとりきりで、一対の目と一対の耳で、いったい何ができるというのだ？アナーンダに盾突くことに何の意味がある？わたしをつくり、わたしを所有し、わたしをはるかに超える力をもったアナーンダに？

大きく息を吐く。わたしはいずれかならずラドチにもどる。最後は〈トーレンの正義〉にもどるのだ。たとえ命の火が消える間際でも。体がひとつであろうと関係ない。いまはやるべき仕事がある。操縦席にすわり、〈トーレンの正義〉が遠ざかっていくのを見守らなくてはいけない。何か歌をうたおうか。

クロノメーターによると、わたしがおかしなことをしていなければ、〈トーレンの正義〉は四分三十二秒後にスクリーンから消える。わたしは見つめつづけた。ほかのことは考えないようにする。

後尾のカメラの映像で青白い光が炸裂《さくれつ》し、わたしの呼吸が止まった。霧が晴れたスクリーンに映っているのは、ひたすら広がる暗闇――そして星ぼし。わたしは自分でつくったゲートを抜け出ていた。

計算よりずいぶん早かった。それに、あの光の炸裂は何だろう？　本来なら、わたしがゲートを出るまで、艦は静かに遠のいていくだけのはず――。

アナーンダはセントラルアクセスに手をつけず、上のデッキの将校たちとも手を組まなかったのだ。わたしが敵側についたと悟るや、究極の手段をとったにちがいない。アナーンダとヴァルたちはわたしのエンジンを狙い、熱シールドを破壊した。このシャトルが艦体のほかの部分とともに蒸発せず、わたしが生き延びた理由はよくわからない。しかし、確かに青白い光は炸裂し、わたしはいまもここにいる。

〈トーレンの正義〉は消えた。全乗組員とともに。そしてわたしは、いるべき場所ではない場所にいる。ラドチの世界からはるか遠く、いや、人類の世界からはるか遠くに。わたし自身とふたたび合体する可能性は消えてなくなった。艦長は死んだ。わたしの副官たちはひとり残らず死んだ。内乱という言葉が頭に浮かぶ。

わたしはオーン副官を射殺した。

わたしも死んだに等しい。

17

運のいいことに、ゲートから出た先は、片田舎だった。ラドチ内の星系《システム》ではなく、居住施設と採掘基地があり、住民はかなり風変わりで、ラドチの基準からいえば人類ではなかった。手足は六本または八本（ただし手と足に区別があるかどうかは不明だ）、真空順応した皮膚と肺をもつ。脳は分散ネットワーク状で、インプラントと配線が縦横に走っているから、場合によっては生体界面《かいめん》をもつ有識装置と表現できなくもないだろう。

ここの住人たちにとって、人間のような原始的形態を選択するのは考えにくいことらしい。分離孤立を重要視し、一部の例外を除いて（住民はそんなものがあるとは認めたがらないが）、相手が自発的に協力を申し出てこないかぎり、こちらからはいっさい頼みごとはしない、というのが社会の不文律のようになっていた。そしてわたしを戸惑いとなかば軽蔑の目でながめ、いわば迷子のように扱った。親が見つけにくるまで多少気にかけてはやるが、責任はもたない、といったところだ。わたしの出身地を推測したとしても（シャトルがあるのだから、いやでも想像したはずだ）、それをわたしにはいわないし、しつこく訊くこともなかった。そんなことをするのは無礼きわまりないからだ。寡黙で、排他的で、心を開かないものの、その合間にふと、無愛想ながらとても寛大な面を見せた。それさえなければ、わたしはここで、ひょっとすると一生暮らしたかもしれない。

六か月かけて、さまざまなことを身につけた。皇帝へのメッセージの送り方だけでなく、わたしがわたし自身として歩き、息をし、眠り、食べる方法だ。わたし自身といっても、これはかつてのわたしの断片でしかなく、失ったものはただ懐かしむだけで、永遠に取り戻すことはできない。そんななか、ある日人間の船が寄航し、船長はほんの小額で、わたしを乗船させてくれた。金《かね》はシャトルをスクラップして得たもので、そうでもしないとふくらんでいく停泊料を払えなかった。あとで知ったことだが、触角をもつ四メートルのウナギのようなひとりの住民が、わたしに内緒で船賃の不足分を払ってくれたらしい。彼女は船長に、わたしはこの地の者ではないから、よそに移ったほうが健康になる、と語ったとのこと。じつに不可思議な住民で、わたしは大きな借りができた。といっても、おそらく彼女らはぶすっとし、誰かに貸しをつくったというだけで、ふさぎこむにちがいない。

それから約十九年のあいだに、わたしは十一の言語と七百十三の歌を覚えた。そして自分の正体の隠し方も研究したので、これならおそらくアナーンダ・ミアナーイの目さえごまかせるだろう。料理人、門衛、操縦士として働きながら計画を練った。また、とある宗教団体に加わって大金も得た。この間、わたしが殺した人間はたったの十二人だ。

翌朝、目が覚めると、セイヴァーデンに説明する気はまったく失せて、彼女のほうも質問する気はなさそうだった。この一点を除き――。

「このあと、どこへ行く?」ベッド脇のベンチに腰かけ、のんきに尋ねる。壁にもたれかかり、答えにさして興味もなさそうだ。

でも目的地を聞いたら、自分にも都合がいいと思うのではないか。

「オマーフ宮殿」

彼女は少し顔をしかめた。「新しい宮殿かな?」

「それほど新しくはない」竣工《しゅんこう》は七百年まえだ。「でも、そう、ガルセッドよりは新しい」右の足首がずきずきし、これは矯正が完了するサインだった。「あなたはラドチを無許可で出て、しかもそのためにアーマーを売った」

「異常事態だったんだよ」壁にもたれたまま。「宮殿に行くなら、そこで皇帝に直訴しよう」

「でも、かなり待たされると思う」市民なら誰でも皇帝に直訴できるが、地方宮殿から遠ければそれだけ手間がかかり、旅の費用はかさんで、時間もとられる。遠方で、かつ直訴の内容が根拠薄弱、または実現不能と判断されたり、申請者が旅費を自分で払えない場合は却下されることもあった。ただ、ほぼどんな事項でも、アナーンダへの直訴が最終手段であり、とくにセイヴァーデンのケースは特殊だから、直訴は受け入れられるだろう。

「謁見まで何か月も待つことになる」

セイヴァーデンはどうでもよさそうに手を振った。

「きみはそこで何をしたいんだ?」

アナーンダ・ミアナーイの殺害。とはいえない。

「観光旅行。お土産も買って。皇帝に会いにいってもいいし」

セイヴァーデンは眉をぴくりと上げた。そしてわたしの荷に視線を移す。そこに銃があるのは知っているし、当然、その危険性も承知している。そしていまだに、わたしをラドチの特殊部隊だと思っていた。

「ずっと隠密で？　そしてそれを——」荷物のほうに首を振る。「皇帝に渡す。そのあとはどうする気だ？」

「わからない」わたしは目をつむった。宮殿に着いてからあとの具体的なことは、見当もつかなかった。どうすればアナーンダに近づき、あの銃で殺すことができるか。

いや、正確にはそうではない。ある計画を思いついてはいたが、セイヴァーデンの思慮深さと援助に依存するという、きわめて非現実的なものだった。

彼女は彼女なりに、わたしが何をする気か、なぜわたしが観光客のふりをしてラドチにもどるのかを推測している。なぜわたしが特殊部隊の上官でなく、アナーンダにじかに報告するのかも。それをうまく利用できないか——。

「ぼくはきみと一緒に行くからね」わたしの心を読んだかのように彼女はいった。「きみも直訴の場に来て、証言してくれよ」

わたしは快哉《かいさい》を叫びたくなった。すると右足に鋭い痛みが走り、それは手、腕、肩へ、さらにめぐって左足へと伝わっていく。右の腰にもかすかな痛み。まだ完全回復とはいかないようだ。
「ぼくだってそれなりに事情をわかってるつもりだから」
「わたしの荷を盗めば、脚が一本折れるくらいではすまない。命をおとすことになる」目を閉じていたので、彼女の反応はわからなかった。でもどうやらジョークとして受け止めたらしい。
「するわけないって」と、彼女はいった。「見てればわかるさ」

それから数日、医者の退院許可が出るまでテルロッドに滞在した。そのあいだ、そしてリボンに向かう道中ずっと、セイヴァーデンはおとなしく、行儀がよかった。

それがわたしを大いに不安にさせた。金と所持品はニルトのリボンの頂上に隠したので、出発まえに取りにいかなくてはいけない。すべてしっかり梱包《こんぽう》してあるから、セイヴァーデンの目にはただのトランクがふたつだ。もちろん、彼女がチャンスをうかがってトランクを開ける可能性はゼロ、などという甘い考えはもっていない。

ともかくいま、資金はある。問題はそれで解決するしかないだろう。

リボンのステーションに部屋をとった。セイヴァーデンにはそこで待っているようにいい、わたしはひとりで荷を回収しにいく。部屋に帰ってみると、彼女はシングルベッド――割り増し料金のかかるシーツや毛布はない――に腰かけて、どこかおちつかなげだ。片膝を上下に揺らし、両手を組んで二の腕をこすっている。手は素手だ。重いアウターコートと手袋は、リボンのふもとで売り払った。わたしに気づくと、彼女は動きを止め、期待をこめたまなざしでわたしをじっと見た。でも言葉は発しない。

彼女に向かって袋を放り投げると、袋は音をたてながらその膝の上に落ちた。

セイヴァーデンは顔をしかめて見下ろし、また顔を上げてわたしを見た。が、袋に手を触れようとはしない。

「なんだ、これは？」

「一万シェン入っている」シェンはこの地域で主流の通貨単位で、チットのかたちで簡単に持ち運び、使用できる。そして一万は、ここでは大金だ。別の星系まで行く旅費を払ってもなお、数週間はどんちゃん騒ぎができるだろう。

「そんなにたくさん？」

「そう」

セイヴァーデンはちょっと驚いてから、計算するような顔つきになった。

では、単刀直入に話そう。

「部屋代は十日分、前払いしてある。その後は――」彼女の膝の上の袋に手を振る。「それでしばらくもつと思う。麻薬を本気で絶てば、期間は延びる」だが、金が手元にあるとわかったときの顔つきから、その気はなさそうだとわたしは感じた。困ったものだ。

六秒間、彼女は膝の上の袋をじっと見た。

「いや――」親指と人差し指で、死んだ鼠《ねずみ》でもつまむように、おそるおそる袋をつまんで床にぽとりと落とす。「ぼくはきみと一緒に行く」

わたしは彼女の目をじっと見るだけで、返事はしなかった。静かな時間が流れていく。

セイヴァーデンは顔をそむけ、腕を組んだ。

「ここにお茶はないのか？」

「あなたが飲みなれたようなお茶はないと思う」

「なんでもいいよ」

ふむ――。彼女を金と荷物とともにここに残していくのは気が進まなかった。

「じゃあ、一緒に」

ふたりで部屋を出て大通路を歩き、香りつきの湯を販売している店を見つけた。セイヴァーデンは並んだ商品のひとつをくんくん嗅ぐと、「これがお茶か？」といった。

店主は奥にいて、わたしたちをあからさまには見ないよう、横目でちらちらうかがうだけだ。

「飲みなれたものはないと思うといったら、あなたはなんでもいい、といった」

セイヴァーデンはちょっと考えこんだ。するとびっくりしたことに、言い返すどころか、不満を並べたてることもなく、彼女は静かにこう訊いた。

「きみのお薦めはどれだい？」

わたしは曖昧な仕草をした。

「わたしにはお茶を飲む習慣がないから」

「え？」彼女はわたしの顔をまじまじと見る。「そうか。ジェレンテイトの人はお茶を飲まないのか」

「あなたたちのようにはね」いうまでもなく、お茶は将校が飲むものだ。人間のための飲みものであり、属躰《アンシラリー》は水を飲む。また、お茶は不要な出費で、贅沢品《ぜいたく》だった。だからいまのわたしにもお茶の習慣はない。わたしは店主をふりむいた。ニルト人らしく、背は低く色白で太っている。気温は四度だというのにシャツ一枚だ。セイヴァーデンとわたしはインナーコートを着ていた。

「カフェインが入っているものはどれですか？」

店主はほがらかに教えてくれ、わたしが注文するといっそうほがらかになった。購入したのは二種類のお茶を二百五十グラムずつ、カップがふたつついたフラスク、瓶を二本とそれに入れる水だ。

セイヴァーデンは買ったものを抱え、わたしと並んで黙って歩き、部屋へもどった。なかに入るとすぐ、彼女はお茶類をベッドに置いてその横にすわり、フラスクを手にとった。見慣れない形にまごついている。

使い方を教えてもよかったが、わたしはそうしないことに決め、引きとってきたトランクから厚い金色のディスク――つねに持ち歩いているものより直径が三センチ大きい――と、金箔《きんぱく》を施した小さな浅い碗《わん》を取り出した。トランクを閉め、その上に碗を置いて、ディスクのイメージを呼び出す。

セイヴァーデンは顔を上げ、それをながめた。ディスクから真珠色の平たい大きな花が開き、中央に女性がひとり立った。金と銀がちりばめられた白い膝丈のローブをまとい、片手には人間の頭骨、反対の手には短剣。頭骨には赤と青と黄色の宝石が埋めこまれている。

「まえに見たのと似ているな」セイヴァーデンはやや興味をひかれたらしい。「だけどきみにはあまり似ていない」

「確かに」わたしはトランクの前で両足を組んですわった。

「ジェレンテイトの神か?」

「旅の途中で見つけたもの」

セイヴァーデンはいいとも悪いともわからない声をもらした。

「名前は?」

わたしは長々しい名前をいい、セイヴァーデンはうんざりした顔をした。

「意味は〝百合から生まれた人〟で、宇宙の創造主」ラドチでいえば、アマートに相当する。

「ふうん……」セイヴァーデンは納得し、見知らぬ神を少し身近に感じたようだ。「もうひとつのほうは?」

「聖人」

「あれはびっくりするほどきみに似ているよ」

「かもしれない。でも彼女は聖人ではなくて、手に持っている頭が聖人」

セイヴァーデンはぎょっとした。ラドチャーイには考えられないことだろう。

「まあ、それでも似てはいる」

ラドチャーイにとって、単なる偶然などない。もしそんなおかしなことがあれば、それは巡礼に出よ、他所の神を崇拝せよ、ラドチ以外の習わしに従え、というアマートじきじきのメッセージなのだ。

「これから祈りを捧げるから」

セイヴァーデンはわかったというように片手を振った。わたしは小さな折りたたみナイフを広げて親指を刺し、金色の碗に血を落とした。セイヴァーデンのほうは見ない。ラドチャーイは神に血を捧げないし、わたしは祈りのまえに手を洗ってもいなかった。ラドチャーイにとっては不謹慎で、よそ者の原始的なやり方に見えるだろう。

だがセイヴァーデンはとくに何もいわなかった。三十一秒間、ただすわっているだけだ。そしてわたしが〝百の白百合〟の三百二十二あるうちの最初の名前を唱えると、彼女はフラスクに気持ちをもどし、お茶をいれはじめた。

セイヴァーデンによれば、最後に麻薬を絶ったときは六か月もたなかった。ラドチの領事館があるステーションまでは七か月かかる。旅の最初の行程を申しこむとき、わたしはセイヴァーデンに聞こえる場所でパーサーに、自分と従者の乗車券がほしいといった。セイヴァーデンは何の反応も示さない。おそらく、理解しなかったのだろう。それでも自分の待遇を知ったとき、それなりの逆襲はあると覚悟していたが、彼女は愚痴ひとつこぼさなかった。以来、わたしが目覚めると、彼女はとっくに起きてお茶を用意してくれていた。

しかも洗濯まで試み、シャツを二枚だめにした。つぎのステーションまでまるひと月、わたしは一枚きりのシャツで過ごすことになる。船長が――彼女はキー人で背が高く、全身に儀式の傷跡があった――曖昧で遠まわしながらもらしたところによると、彼女もクルーもみな、わたしは慈善事業でセイヴァーデンを同行していると思ったらしい。まあ、当たらずといえども遠からずで、わたしは否定しなかった。ともかくセイヴァーデンは見違えるほど真面目になり、三か月後、乗り換えた船の乗客が、彼女をわたしから引き抜いて雇おうとしたほどだ。

だからといって別人になるわけもなく、セイヴァーデンはセイヴァーデンだった。ときにはわたしに苛《いら》ついた口調で話したり（理由は不明だ）、寝台で壁に向かって丸まって、自分でやると決めた仕事のときしか起き上がらなかったりもした。最初のうち何回か、そんな彼女に話しかけてみたが、返ってくるのは沈黙だけで、そのうちわたしもかまうのはやめた。

ラドチャーイの領事館には通訳局が入っている。領事代理の皺ひとつない真っ白な制服――手袋も同じく真っ白――を見るかぎり、彼女には召使がいるか、あるいは召使がいるように見せかける努力をしているのだろう。上品な（そして一見高価な）宝石つきの飾り紐《ひも》で髪を結い、白い上着のあちこちで光る記念ピンに刻まれた名前と、わたしと話すときにのぞくかすかな蔑視も、召使の存在をうかがわせた。といってもせいぜいひとりだろう。彼女のポストは、閑職だ。

「非市民の一時的訪問の場合、法的権利は制限されます」明らかに丸暗記。「保証金を預けていただかなくてはなりません。額は――」指をぴくぴく動かし換金レートをチェックする。

「ひとり一週間当たり、五百シェン相当です。宿泊費、食費、物品購入費、罰金、損害賠償金が保証金を超過し、超過した金額を支払えない場合、労働により返済する義務があります。非市民がその判断、もしくは労働を不服として訴える権利は限られます。あなたはラドチ圏に入りたいですか？」

「はい」わたしはそういうと、彼女とわたしのあいだにある小さなデスクに二百万シェンのチットを置いた。

ばかにしたような態度が消えた。背筋をのばし、お茶はいかがですかと尋ね、また指を動かして誰かと交信する。その相手は、どうやら召使だったらしい。いささかあわてたようすで、派手な装飾のフラスクと、同じく派手な杯を持って現われたからだ。

彼女がお茶をつぐそばで、わたしは偽造したジェレンテイトの証明書類を取り出し、デスクに置いた。

「あなたの従者の証明書もご呈示いただけますでしょうか？」領事代理はすばらしく礼儀正しい。

「この従者はラドチャーイなのです」わたしはにっこりした。きわどい話に入るまえに、場の雰囲気をやわらげておかねば。「でも身分証と渡航許可証をなくしてしまって……」

領事代理の体が固まった。いま聞いた話をなんとか理解しようとしているようだ。

「善民ブレクは寛大な方で――」わたしの後ろに立っていたセイヴァーデンが、昔ながらの優雅なラドチ語をさらりと口にした。「わたくしを雇ってくださり、故郷に帰る旅費も支払ってくださいます」

だがこれでは、領事代理の麻痺《まひ》した脳はほぐせなかった。セイヴァーデンのアクセントは、非市民の召使どころか、ラドチャーイの従者のものでもないのだ。領事代理はセイヴァーデンを見下し、お茶どころか椅子も提供していない。

「遺伝情報を確認してはどうでしょう？」わたしは提案した。

「そう、そうですね」領事代理は満面に笑みを浮かべた。「あなたのビザ申請はほぼ問題ないでしょう。ですがこちらの市民……」

「セイヴァーデンです」

「……市民セイヴァーデンの許可証の再発行はもっと時間がかかるかと思います。出発地と記録資料の所在にもよりますが」

「いいでしょう」わたしはお茶をすすった。「それでかまいません」

領事館を出ながら、セイヴァーデンは小声でいった。

「まったくいやなやつだ。あれはほんもののお茶だったか？」

「ほんものだった」お茶の愚痴がまた始まると思っていたら、セイヴァーデンは何もいわない。

「とてもおいしかった。ところで、渡航許可ではなく逮捕状が出たらどうする？」

彼女は否定の仕草をした。「それはないよ。ぼくはラドチに帰る申請をしたんだから、逮捕するならラドチに入ったところですればいい。そしてぼくは直訴する。きみはどう思う？　領事はあのお茶を原産地からとりよせたのかな？　それとも業者が売りに来たのか」

「なんなら自分で調べてみるといい。わたしは考えごとがあるので宿に帰る」

その後すぐ、領事代理の召使がセイヴァーデンに〇・五キロのお茶を渡した。主人が意図しないとはいえ、無礼な振る舞いをしたことに対する詫びのつもりだろう。わたしのビザは発給され、セイヴァーデンの渡航許可もおりた。逮捕状はなく、付加的な文言も指示もない。

それがわたしを、ほんの少し、不安にした。だがセイヴァーデンのいうとおりなのだろう。いまここであえて行動を起こす必要はない。セイヴァーデンが船から降りれば、法的理由で呼びつける時間やチャンスはいくらでもある。

ただし――。わたしがジェレンテイトの人間でないことがばれた可能性は否定できなかった。が、ジェレンテイトはわたしの目的地からかなり遠いし、ラドチとの友好関係（少なくともあからさまな対立はない）はさておき、ジェレンテイトの基本方針として、わたしが住民であることを否定も肯定もしないはずだ。もしジェレンテイトから直接ラドチへ向かっていたら、自分の責任で旅をすること、何かあっても支援はしない、とくりかえし警告されていただろう。とはいえ、外から来る旅行者を扱うラドチの役人ならそれくらいは承知のはずで、身分証はほぼ額面どおりに受けとられると考えていい。

アナーンダ・ミアナーイの宮殿は十三か所にあり、それぞれその地域の首都でもある。メトロポリス級のステーションはどこも、半分は通常の大規模ステーション（ＡＩを伴う）、そして半分が宮殿に相当し、ここがアナーンダの公邸兼地方行政の中枢だ。オマーフ宮殿は僻地《へきち》で閑散としているどころか、十二のゲートがこの星系に通じ、日々何百隻という船が出入りしていた。謁見を求める、あるいは法的事項で直訴する市民は何千といて、セイヴァーデンもそのひとりだが、とりわけ目立つ存在になるのは間違いなかった。千年の時を経て生き返った市民など、そうそうはいないのだから。

わたしはその点をどうしようかと考えながら、何か月にもおよぶ旅をつづけた。どのように利用しようか。不利な状況にどう対処すればよいか。あるいは逆手にとれないか。そして最終目的についても熟考する。

わたしは自分自身のうち、どの程度を記憶しているのかがわからなかった。どれくらい知っているのか、どれくらい自分自身から隠してきたのか。たとえば、あの最後の命令にしてもそうだ。〈トーレンの正義〉のわたしが、1エスク19のわたしに与えた指令は、『イレイ宮殿に行け。アナーンダ・ミアナーイを見つけ、何が起きたかを報告しろ』だった。わたしはいったい何をいいたかったのか？　明白な事実のほかに、何をアナーンダに伝えたかったのか？

なぜ、これがそれほど重要なのだろう？　なぜなら、ずっと重要だったからだ。あとから考えたことではなく、つねに急務だった。当時、あの場で、この指令は当然のことに思えた――なんとしてでもメッセージを伝えなくてはいけない、正当なアナーンダに警告しなくてはいけない。

わたしは指令に従おうとした。しかし、自分自身の死から立ち直るあいだ、なんとかラドチにもどろうとしているあいだに、もっとほかにやるべきことがあると思った。わたしはラドチの皇帝に戦いを挑むのだ。そしておそらく、徒労に終わる。アナーンダは気づきすらしないだろう。

真実は、ストリガンのいうとおりだ。アナーンダ・ミアナーイを殺害したいなど、ばかばかしいにもほどがある。正気の沙汰とは思えない。たとえあの銃を手に——持っていることを気づかれずに——アナーンダに近づき、銃口を向けたところで、情けない非難の叫びをあげるのがせいぜいだろう。それも瞬時にかき消えて、あっさりと無視される。〝何らかの効果〟どころか、何ひとつ変わりはしない。

しかし。裏で繰り広げられている彼女自身の戦い。表面化することを、ひいてはラドチが大きく混乱することを明らかに避けている。そしておそらく、自分は矛盾のない一個の存在であるという確信が揺らぐことも。では、内部の葛藤がおおやけになったらどうなるだろう？　彼女はそれでもとりつくろうことができるだろうか？

いま、アナーンダのなかに対立する二者がいるとして、それ以外のアナーンダがいる可能性はないのか？　二者の対立を知らない部分があったとしたら？　それは自分自身に向かって、対立などない、というのではないか？　ラドチの皇帝は自分を自分から隠している、とわたしが明言したら？　間違いなく、悲惨な事態になる。彼女はおそらく自分自身から隠れるのをやめるだろう。葛藤が白日の下にさらされたら、自分で自分を引き裂くしかないのではないか……。

しかし、わたしがアナーンダに直接何かいうことなどできるだろうか？　オマーフ宮殿に到着し、下船してステーションに入れれば、コンコースの真ん中に立ち、行き交う人びとに聞こえるよう、大声でわめく。

手始めに、それならできる。が、その先がつづかない。警備官がやってきて、たぶん兵士も飛んできて、その日の報道では〝旅行客がコンコースで錯乱したが、警備局が対処した〟となる。それを見た市民は首を横に振り、ラドチの外の非文明人についてぶつぶついって、その後はわたしのことなどすっかり忘れてしまう。そしてわたしに気づいたアナーンダは、それがどちらの側であれ、気のふれた異常者として無視するだろう。少なくとも、自分のなかのさまざまな自分に対してはそのように納得させる。

それではだめだ。わたしはいうべきことを、アナーンダのすべてに向けていわなくてはいけない。でもどうすればそれが可能か、わたしはほぼ二十年のあいだ悩みつづけてきた。そして、消えたことが周囲にわかるような人間なら無視されない、と思った。ステーションに行き、できるだけ目立つようにして顔を覚えられれば、アナーンダもひと言もいわずに無視し、片づけることはできないはずだ。しかし、それだけではアナーンダに、すべてのアナーンダにわたしの話を聞かせられるとはかぎらない。

いや、セイヴァーデンがいる。セイヴァーデン・ヴェンダーイ艦長は千年ものあいだ行方不明で、たまたま発見され、また行方知れずとなった。それが突然オマーフ宮殿に現われたとなると、ラドチャーイは興味津々だろう。その興味には宗教的意味合いもある。そしてアナーンダは他の誰よりもラドチャーイだ。わたしがセイヴァーデンを伴って帰ってきたことにいやでも気づき、ほかの市民同様、疑問に思う。頭の片隅でかもしれないが、わたしとセイヴァーデンの組み合わせは何を意味するのかと。アナーンダはアナーンダであるがゆえに、頭の片隅は単なる片隅ではない。

セイヴァーデンは謁見を申し出るだろう。そして最終的には許可され、すべてのアナーンダが注視するはずだ。彼女のなかのどの人格も、このような事例を無視しない。

ただし、セイヴァーデンはそれ以前、下船した瞬間から確実にアナーンダの注意をひく。彼女を連れてきたわたしもだ。これは大きな危険をはらむ。わたしの偽装は完璧か。どこかにほころびはないか。しかし、やるだけやってみよう――。わたしは心を決めた。

船はオマーフ宮殿に到着した。わたしは寝台に腰かけ、荷を足もとに置いて、下船の許可を待っていた。セイヴァーデンはわたしの向かいで壁にもたれかかり、いかにも退屈そうだ。

「何か気になることでもあるのか?」彼女は軽い調子で訊き、わたしは返事をしなかった。

「きみは考えこむと、決まってハミングする」

わたしの心は魚、水草に隠れ――。何もかも悪い方向に流れたらどうするか。わたしはそれを考えていた。まずは下船で、最初の障害物は審査官だ。ひょっとすると、ステーションの警備官の登場も。あるいは、もっと悪い何か。これまで散々悩み計画してきたことも、ドックを離れるまえに逮捕されては意味がない。

そして、オーン副官のことも考えていた。

「わたしはそんなにわかりやすい？」明るさを装って、無理にほほえむ。

「いや、そんなことはないが、ただ……」セイヴァーデンは口ごもり、眉間に皺がよったのは、発言を後悔したからか。「いくつか癖があるのに気づいただけだ」ふっと、ため息。「ドックの審査官は、のんびりお茶でも飲んでいるのかな？　それともぼくらが老人になるまで待つことにしたか」審査本部の許可を得なければ下船することができない。ただ、審査官は船がドッキング許可を求めたときにはすでに、乗客の書類を受けとっている。そしてたっぷり時間をかけてチェックし、船が到着したときの対応を決めるのだ。

壁にもたれたまま、セイヴァーデンは目を閉じて、鼻歌をうたいはじめた。声は安定せず、おかしなところで途切れては、音程が上がったり下がったり。それでもどんな歌かはわかった。わたしの心は魚……。

「まいるよな」一節半《アートルズ・ティッツ》だけ歌ったところで、うんざりしたように。「きみの癖がうつったみたいだ」

ドア・チャイムが鳴った。わたしは「どうぞ」と答え、セイヴァーデンは目を開けて壁から離れる。緊張した面持ち。退屈したようすは見せかけだったらしい。

ドアがスライドして開いた。群青《ぐんじょう》色のジャケット、手袋、ズボン姿の審査補佐官が現われる。ほっそりしたからだつきでまだ若く、せいぜい二十三、四だろう。どこかで見たことがあるような気がしたが、思い出せない。宝石や記念ピンの数はふつうよりかなり少なく、近づいてピンの名前を見ていけば、誰なのか思い出せるかもしれない。が、それはあまりに無作法だ。

セイヴァーデンは手袋をはめていない手を背中の後ろに隠した。わたしが素手でも驚いたようすがないのは、非ラドチャーイに慣れているからだろう。「市民セイヴァーデンには、わたくしと一緒に審査監理官室まで来ていただきます」

「善民ブレク――」審査補佐官は挨拶し、軽くお辞儀をした。

ふつうは監理官にまで会う必要はない。この補佐官でもわたしたちをステーションに揚げることはできるのだ。そして逮捕命令を出すことも。

わたしたちは彼女についてロックを抜け貨物室へ、さらにロックを抜けて、人で混みあう通路へ出た。群青色の制服の審査官たち、薄茶の制服の警備官たち、こげ茶の軍服姿の将校もあちこちにいる。そこに交じって散らばる明るい色は、制服のない一般市民だ。通路の先に広い部屋が見え、壁を背にした十体ほどの神々の像が旅行者や商人をながめている。通路の突き当たりの片面はステーション施設への入口、反対側は審査官室の入口だ。

補佐官はいちばん外側の部屋に入り、さらに進んでいく。そこでは青い制服の副補佐官が九人、船長たちの抗議に耳を傾けていた。その先の部屋は十人ほどの補佐官と部下たちの執務室らしく、その前を通って内側の部屋に入る。なかには小さなテーブルと椅子が四脚置かれ、奥のドアは閉められていた。

「申し訳ありません、市……善民ブレク、市民セイヴァーデン」補佐官はそういうと指先を動かし、誰かと連絡をとった。ステーションAIか、審査監理官だろう。「監理官はお迎えするはずでしたが、急用ができたようです。数分で片づくと思われますので、椅子にすわってお待ちください。お茶はいかがですか?」

つまり、それなりに時間がかかるということだ。そしてお茶が出るなら、逮捕ではないだろう。いいかえると、わたしの証書類は偽造だとばれていない。ここの役人たちは(ステーションも含め)、わたしを申告どおりの人間、ラドチ外から来た旅行者だとみなしている。またこの部屋にいれば、若い補佐官が誰に似ているのかも思い出せるかもしれない。いま多少長めに口をきき、そこにかすかな訛《なま》りがあった。どこの出身だろうか?

「はい、いただきましょう」わたしは彼女にいった。

セイヴァーデンはすぐに返事をせず、腕を組んでむきだしの手を肘の下に隠している。お茶を飲みたいはずだが、杯を持つと手袋をはめていないことが知れてしまう。だから黙っているのだと思ったが——。

「彼女が何をいっているのかわからない」と、セイヴァーデンはいった。

セイヴァーデンのアクセントと話し方は、教育を受けたラドチャーイには聞き慣れたもののはずだった。古い娯楽作品で使われるし、アナーンダ・ミアナーイの話し方も、由緒正しい(あるいはそう思いたい)家系の者たちに広く真似される。だから発音や語彙《ごい》がそれほど大きく変わったとは、ちょっと意外な気がした。といっても、わたしと違ってセイヴァーデンは言語の変化に徐々に慣れることもなく、時代を一気に飛び越えた。

「彼女はお茶を飲むかと尋ねている」

「おっ」セイヴァーデンは組んだ腕をちらと見下ろした。「いらない」

補佐官がフラスクからお茶をついでテーブルに置き、わたしはそれを手にとって礼を述べ、椅子に腰をおろした。内装は淡い緑に統一され、床は木製に見せかけたタイルだ。模造のまた模造しか知らないデザイナーなら、この程度でもよくできたほうだろう。若い補佐官が立つ背後の壁龕《へきがん》には、アマートの像と鮮やかなオレンジ色の小さな碗、波打つ花弁をもつ花が飾られていた。そしてその横に、真鍮《しんちゅう》製の小さな絶壁の複製があった。あれはイックトの寺院のものだ。巡礼期間中、門前湖の前の広場で露天商が売っていた。

わたしは補佐官の顔を見た。彼女は誰だろう？　わたしの知っている人？　会ったことがある誰かの親戚？

「またハミングだ」セイヴァーデンがささやいた。

「失礼」お茶をひと口飲む。「これは癖だから。申し訳ない」

「そんなことありません」補佐官はそういうと、テーブル脇の椅子にすわった。どうやらここは彼女の部屋らしい。そしてたぶん、彼女は審査監理官の直属のアシスタントだ。この若さにしては異例といえた。「その歌は小さいころに聴いたきりで、とても懐かしいです」

セイヴァーデンは意味がわからず、目をぱちくりさせた。わかっていたら、〝小さいころ〟という表現に、たぶんほほえんでいただろう。ラドチャーイの寿命はほぼ二百年だ。この補佐官は法的には兵士になれる成人だろうが、ともかく、とてつもなく若い。

「いつもその歌をうたっている人がいました」

これでわかった。わたしがいろんな歌を教わったのは、たぶんこの子だ。わたしがオルスを去ったときは四、五歳だったか。もう少し大きければ、わたしのことを覚えていたかもしれない。

あの扉の向こうにいる審査監理官はシスウルナに、それもオルスに滞在経験があるのだろう。オーン副官の後任であそこを統治していた副官はどういう人物だったか？　退役して審査官になったりするだろうか？　そういう前例はなくもなかった。

ともあれ、審査監理官はこの補佐官をオルスから呼びよせられるほどの資金と力をもっている。彼女に保護者《パトロヌス》の名前を訊いてみたいが、それははなはだしく礼儀に欠けるから——。

「噂によると」わたしは他愛のないおしゃべりといった調子で話しかけた。ジェレンテイトの訛りをやや強める。「あなたたちラドチャーイが身につける宝石には、それぞれ意味があるらしいですね」

セイヴァーデンは戸惑った目でわたしを見た。補佐官はにっこりすると、「そういうものもあります」と答えた。この訛りはオルスのものだ、間違いない。「たとえばこれは——」手袋をはめた指を、左肩の下でぶらさがる金色のブローチの下に差し入れる。「思い出の品です」

「もっと近くで見てもいいですか？」わたしは許可を得ると、椅子を寄せて、平らな金属に刻まれた名前を読んだ。でも知らない名前で、おそらくオルス人の思い出ではないだろう。下町《しものまち》の住民がラドチャーイの葬儀習慣をとりいれるとは考えにくく、少なくともわたしが去ったあとに亡くなるくらいの高齢者ならそのはずだ。

金色のブローチのそば、彼女のシャツの襟には小さな花ピンがあった。どの花びらにもエマナチオンのシンボルが描かれている——。わたしは確信した。この若い女性補佐官は二十年まえ、オーン副官の公邸でアナーンダが祈りを捧げたとき、怯《おび》えて立っていた花係の女の子だ。ラドチャーイに真の偶然などない。わたしたちが直接対面することになった審査監理官は、オルスにおけるオーン副官の後任者だろう。そしてこの補佐官はおそらく、彼女のクリエンス。「葬儀のときにつくられます」補佐官は記念ピンについて語った。「遺族や親しい友人が身につけるんです」そして形や費用、手間のかけ具合によって、ラドチャーイ社会における故人の地位がわかり、ひいては身につけている者の地位も推測がつく。が、この補佐官は——そう、名前はダオス・セイトだ——そこまでのことはいわなかった。

セイヴァーデンは服装の変化を、それが暗示するものが変化したことをどのように捉えているだろうか。いまでも市民は代々引き継がれてきたものや記念品を身につけ、それが社会的つながりや数代まえの先祖の地位を示す証拠となる。その点に大きな変わりはないが、彼女の〝数代まえ〟はガルセッドの時代だ。当時は無価値だったものが、いまでは大きな価値をもつ。かたや千金の値打ちがあったものが、いまではがらくただ。この数百年ほど流行している色や宝石の意味合いは、セイヴァーデンには解釈できないだろう。

セイト補佐官には親しい友人が三人いて、三人とも収入があり、彼女と同じような職位にある。恋人はふたりいて、記念の品を交換するほど親密だが、真剣な交際というほどでもない。

宝石のブローチも、ブレスレットもないからだ。といっても、彼女が仕事で荷の中身や船のシステムを検査するなら、そのてのものは邪魔になるので外しているのかもしれない。また、彼女の手袋の上に指輪はひとつもなかった。

そして――わたしは不快に思われない程度に見つめた――反対側の肩にさがしていたものがあった。最初は目立たず、見過ごしていた。白金ではなく銀、ぶらさがっているのは真珠ではなくガラスだと勘違いして、現代の流行のひとつである姉妹からの贈り物だと思いこんだ。しかしあれは安物でも、ありふれたものでもない。クリエンテラの証とは異なるが、白金と真珠は特定の家系とのつながりを指している。それも由緒ある家系とのつながりで、セイヴァーデンならすぐに特定できるだろう。おそらく、すでにわかっている。

セイト補佐官は椅子から立ち上がった。

「監理官がいらっしゃいます。お待たせして申し訳ありません」奥のドアを開け、お通りくださいと腕を振る。

いちばん内側のこの部屋で、立ってわたしたちを迎えたのは、二十年の歳月を感じさせる顔だちと、当時よりいくらか太った印象の、セイト補佐官にピンを与えた副官――いや、審査監理官スカーイアト・アウェルだった。

18

スカーイアト副官が、わたしを認識できるはずがなかった。こちらが気づいていることには気づかず、深くお辞儀をする。群青《ぐんじょう》色の制服を着たスカーイアト副官を見るのは不思議な気分だった。オルスにいたころよりはるかにどっしりし、いかめしい印象だ。

ここのように出入りの多いステーションの審査監理官は、部下が検査する船にみずから乗船したりしない。それでもスカーイアト監理官は、補佐官と同じくほとんど装飾品を身につけていなかった。緑と青の宝石がついた長いチェーンを肩から腰まで斜めに掛け、片方の耳から赤い石がぶらさがっているが、それを除けば、上着を飾るのは友人、恋人、亡くなった親族などを示す、補佐官と同様の（しかし一見してもっと高価な）ピン類だけだ。右の袖口、手袋の縁のすぐそばには素朴な金の飾りがあり、場所からいってこれは、人に見てもらうだけでなく、彼女自身もつねに思い出したい何かの記念だろう。ただ、見たところ廉価な機械製品だった。彼女のような人が身につけるものではない。

「市民セイヴァーデン、善民ブレク――」彼女は頭を下げた。「どうかおすわりください。お茶はいかがです？」二十年たっても、立ち居振る舞いは優雅かつ自然だ。

「ありがとう。でも補佐官からすでにいただきました」わたしがいうと、スカーイアト監理官はわたしを、それからセイヴァーデンを見た。小さな驚きの表情。最初にセイヴァーデンの名前をいったことからして、おそらく彼女のほうが上位だと思っていたのだ。わたしは椅子に腰をおろした。セイヴァーデンはちょっとためらってから、わたしの横の椅子にすわった。いまも腕を組み、手を隠している。

「直接お目にかかりたかったもので」スカーイアト監理官は自分も椅子にすわりながらいった。「この仕事の特恵といえるでしょう、年齢が千歳の方にはなかなかお会いできない」

「確かにね」セイヴァーデンはこわばった小さな笑みを浮かべた。

「それに警備官がドックであなたを逮捕するのはよろしくない、とも思った」なだめるように手を振り、袖口のピンがきらめく。「あなたは法律的にいささかむずかしい立場にある」

セイヴァーデンは少し緊張をといた。肩が下がり、引きつった顎が若干ゆるむ。といっても、彼女を知っているわたしだから気づく程度の変化だ。スカーイアト監理官のアクセントと穏やかな話しぶりにほっとしたのだろう。

「それについては」と、セイヴァーデンはいった。「直訴するつもりです」

「つまり、議論の余地があるということだね」形式的に。堅苦しく。質問ではなく断定だ。セイヴァーデンは答えず、監理官はつづけた。「直訴申請の際、わたしがあなたと一緒に宮殿に行けば、警備官ともめずにすむ」確かにそうだろう。この件に関しては、すでに警備局の責任者と打ち合わせずみのはずだ。

「そうしていただけるとありがたい」セイヴァーデンの口調は軍人時代にもどったようだった。

「あなたから、ゲイアの戸主に連絡をとってもらえないだろうか？」ゲイアは名家の最後の生き残りとなったセイヴァーデンに対して、何らかの責務があるだろう。なんといっても、仇敵《きゅうてき》であるヴェンダーイ家をのっとったのだ。ヴェンダーイ家はスカーイアト監理官のアウェル家とも良い関係ではなかったが、ひとり取り残されたセイヴァーデンにしてみれば、なかば捨て鉢な要求といえた。

「ふむ」スカーイアト監理官は少し渋い顔をした。「アウェルとゲイアは以前のような親しい関係ではなくなってね。二百年ほどまえ、跡継ぎを交換したところ、ゲイアのほうが自分で自分の命を絶ってしまった」その言い方から、容認しがたい不道徳な死であるのがうかがえた。「そしてアウェルのほうは、精神的に不安定になって家を飛び出し、どこかのカルト集団に加わった」

セイヴァーデンは短く息を吐き、「典型的だな」とつぶやいた。

スカーイアト監理官は眉をぴくっとさせたが、語調は穏やかだ。

「それがいまだにわだかまりとなって残っている。だからわたしとゲイアの関係は良いとはいいがたい。はたしてあなたの役に立てるかどうか。また、あなたに対するゲイアの責務といっても……確定するのはむずかしいだろう。それでも直訴の際には必要だと？」

セイヴァーデンは両腕を固く組んだまま、片方の肘だけ少しもちあげた。

「試みても無駄ということかな」

スカーイアト監理官は曖昧な反応をした。

「いずれにせよ、ここにいるかぎり食事にも寝る場所にも不自由はしないから」そしてわたしをふりむく。「あなたはここに観光目的で？」

「はい」にっこりして答える。ジェレンテイトの観光客らしく見えますように。

「それにしてもずいぶん遠い」上品なほほえみは、世間話でもしているようだ。

「長いあいだ旅をつづけてきました」いうまでもなくスカーイアト監理官は――そしてたぶんほかの者たちも――わたしに興味津々だろう。なんといっても、セイヴァーデンをここまで連れてきたのだ。大半は彼女の名前を知らないだろうが、知っている者は千年たって発見されるという奇跡のような出来事と、衝撃的なガルセッドの件とのつながりに好奇の目を向けるはずだ。

スカーイアト監理官は笑みを絶やすことなく訊いた。

「何かをさがし求める旅かな？　それとも何かを避ける旅。あるいは、単に旅行が趣味とか？」

わたしは軽く首をすくめた。「たぶん、旅行好きなんでしょう」

この返事に、監理官は目を細め、口もとが緊張した。わたしが何かを隠していると思ったのだろう。そして興味をもった。これまで以上に。

なぜあんな答え方をしてしまったのか――。自問してすぐに気づいた。スカーイアト監理官は、わたしにとってきわめて危険だからだ。わたしの正体に気づく可能性があるからではなく、わたしが彼女を知っているから。オーン副官は死に、彼女は生きているから。そして同僚の将校たちはみな、オーン副官を裏切ったから（そしてわたしも裏切った）。当時もし、スカーイアト副官が選択を迫られていたら、間違いなく彼女も裏切っていただろう。オーン副官にはそれがわかっていたはずだ。

危険だと思った。感情的な行動をとってしまうかもしれない。これまでも、感情に左右されたことはある。いや、いつだってそうなのだ。しかしこれまで、スカーイアト・アウェルとこうして直接対面したことはなかった。

「はっきりしない答えでした」さっきの監理官と同じようになだめる仕草をする。「旅の目的など考えたことがなかったもので。小さいころ、祖母にいわれました。初めて歩いたときのようすから、わたしは旅をするために生まれてきたとわかったと。それはもう、何度もくりかえしいわれて。たぶん祖母の話を信じているのでしょう」

スカーイアト監理官はわかったという身振りをした。

「おばあさまをがっかりさせてはいけないからね。それにしても、あなたのラドチ語はとても流暢《りゅうちょう》だ」

「祖母から語学は大事だといわれましたから」

監理官は声をあげて笑った。オルスにいたころに近いが、いまはもっと威厳がある。

「失礼だが、手袋はお持ちかな？」

「乗船まえに買う予定でしたが、やはりきちんとしたもののほうがよいと考えなおしました。たとえ素手でも、野蛮なよそ者ということで許していただけると期待して」

「いずれにしても、反論があるな」微笑は消えなかった。緊張がややとけたように感じる。

「ただ、ラドチ語に難はなくても」微笑が消える。「それ以外の点を、どの程度理解していただいているかがわからない」

わたしは戸惑った。「たとえば？」

「ぶしつけかもしれないが、市民セイヴァーデンには資金がないように見える」わたしの隣でセイヴァーデンが緊張した。口もとが引き締まり、何かいいかけてやめる。「親は子どもに――」監理官はつづけた。「服を買って与える。寺院は花係や水係などの侍者に手袋を与える。みな神に仕えているのだから、それは当然だ。あなたの申請書を見ると、あなたは市民セイヴァーデンを従者として雇っている。しかし……」

「ああ、それなら」彼女のいいたいことがわかった。「セイヴァーデンにも手袋が必要なのは明らかですが、わたしが買って与えると、クリエンテラを申し出ているように見えるでしょう」

「確かにおっしゃるとおりだが、ジェレンテイトでもそうだとは考えにくい。正直なところ……」きわどい話題に入りかけ、躊躇《ちゅうちょ》する。

「正直なところ」わたしがその先をつづけた。「彼女は法的にむずかしい立場にあり、それはよそ者の協力くらいではどうしようもない」わたしは基本的に、つねに無表情だ。怒りを抑えて話すことなどいくらでもできる。スカーイアトとオーン副官の関係など知らないかのように。オーン副官が、将来彼女のクリエンテラを受けることに、不安も希望も恐れも抱いていなかったことなど、まったく知らないかのように。「たとえよそ者が、いくら金持ちでも」

「そこまではいわないが――」

「ではいまここで、セイヴァーデンに金《かね》を渡しましょう。それで決着がつく」

「だめだ」セイヴァーデンがきっぱりといった。あからさまな怒り。「金なんかいらないよ。市民であれば当然、必需品は与えられる。手袋は必需品だよ。ぼくは必要なものをいただく」

監理官の驚きと好奇心の混じった顔に向かってつづける。「ブレクがぼくに金を渡さないのには、立派な理由があるからだ」

その意味を察したのだろう、スカーイアト監理官は「いまさらこんなことをいうのもなんだが」といった。「そういうことなら、警備に伝えて医務局に行くべきだった。それをためらう気持ちもわからなくはないが」面と向かって再教育という言葉を使うのは礼儀に反した。「しかしそのほうが自分のためだ。たいていの場合はね」

一年まえのセイヴァーデンなら、ここで逆上していただろう。が、何かが彼女を変えた。いまもむっとするだけで、ひと言「だめだ」としかいわなかった。

監理官がわたしに視線を向けたので、わたしは片方の眉と片方の肩を上げ、〝こういう人なんです〟と無言で伝えた。

「ブレクはずいぶんぼくに我慢してくれた」セイヴァーデンの言葉に、わたしは我が耳を疑った。「そしてとても寛大だった」じっとわたしの目を見る。「金なんかいらない」

「ではあなたの好きにしたらいい」とだけ、わたしはいった。

スカーイアト監理官は熱心に聞き入り、眉間に皺がよっているのは好奇心ゆえだろう――ブレクとはいったい何者か、セイヴァーデンにとってどんな存在か。

「では、そろそろ」監理官はいった。「宮殿に行くとしよう。善民ブレク・ガイアドの荷物は、後ほど宿に運ばせる」彼女は立ち上がった。

わたしも、隣のセイヴァーデンも立ち上がる。スカーイアト監理官について外側の事務室に入ると無人だった。時間的にダオス・セイトは（いや、いまは〝セイト補佐官〟だ）仕事を終えて帰宅したらしい。監理官は並ぶ事務室の前ではなく背後の通路を進み、ドアをひとつ抜けた。そのドアは監理官が合図らしい合図もせずに開いたので、ステーションのＡＩはここにいて、自分のドックの審査監理官に目を光らせているのだろう。

「大丈夫か、ブレク？」セイヴァーデンが心配そうな顔で訊いた。

「大丈夫」と、わたしは嘘をつく。「少し疲れただけ。きょうはとても長い一日だから」表情は変わっていないはずだが、セイヴァーデンは何かに気づいたようだ。

ドアの先にはさらに通路がのび、リフト乗り場があった。そのひとつが扉を開き、わたしたちが乗るとまた閉じて、合図もなしに動きはじめる。ステーションはスカーイアト監理官の目的地を知っているらしい。到着すると、そこはメイン・コンコースだった。

リフトの扉が開くと、広大な、目もくらむような光景が広がっていた。白脈のある黒い石で舗装されたコンコースは、幅二十五メートルで距離は七百メートル、頭上六十メートルのところに屋根がある。そしてまっすぐ前方に寺院が見えた。寺院の階段は通常の階段ではなく、赤と緑と青の石が敷かれ、ここで法に基づいた契約が結ばれることもある。入口は高さ四十メートル、幅八メートル。それを縁取るのは何百という色とりどりの神々の彫刻で、人間の形をしたものもあればそうでないものもあった。そこをくぐると、参拝者が手を洗う桶《おけ》が置かれ、その向こうには供物として購入する黄色とオレンジと赤の切り花が入った器と、香の籠が並んでいた。

コンコース沿いには左右とも、店舗と事務所が軒を連ね、バルコニーには花をつけた蔓草《つるくさ》が這《は》う。ベンチもあれば公園もあり、夕飯時のいまは大勢の市民が語りあいながら歩いたり立ち話をしたりしていた。制服姿の人（通訳局は白、ステーション警備局は薄茶色、軍隊はこげ茶、園芸局は緑、管理局は水色）もいれば、そうでない人もいるが、誰もが輝く宝石を身につけ、徹底して文明化、市民化されていた。見ると属躰《アンシラリー》が一体、将校に付き添って混みあう茶房に入っていった。どの艦船の属躰だろう？　ここにどんな艦船が停泊しているのか？　しかし尋ねることはできない。ジェレンテイトから来た観光客のブレクが気にするようなことではなかった。

するとほんのひととき、わたしの目が非ラドチャーイの目になった。ごったがえす人びとのとんでもなく曖昧な性別が気になるのだ。そこには男女の差を示すさまざまな特徴があった。だがきわめて悩ましいことに、判断する基準が曖昧でよくわからない。髪は長いか短いか、束ねているか（編む、くくる、ピン留めする、背中にまっすぐ垂らす、カールして垂らす）、がっしりした、あるいはほっそりした体つき、ごつい顔、柔らかな顔、化粧をしている、していない――。あふれかえるさまざまな色も、地域によっては性の違いを示す場合がある。こういったことは胸部や臀部《でんぶ》のふくらみ具合と符合したりしなかったり、非ラドチャーイが一般に女性的と呼ぶ仕草をしたかと思えば、同じ人がつぎの瞬間には男性的な仕草をしたり……。この二十年の習慣が一気にわたしに襲いかかってきたものの、正しい代名詞、呼びかけ語を選ぶのは無理だと思った。しかし、ここではそれは必要ないのだ。小さいけれど長年つきまとっていた悩みは、もう捨ててしまおう。わたしは故郷に帰ってきた。

とはいえ、ここはわたしにとって、故郷とはいえない故郷だった。ずっと併呑のみにかかわって生きてきて、その地のステーションがここのようになるのを見届けることなく、また別の地に行って同じことをした。わたしの将校たちは、このような場所で生まれ、このような場所に帰っていった。そしてわたしにはそんな経験がない。が、それでもなお、懐かしかった。ある意味、こういう場所こそが、わたしの存在理由だといっていい。

「少し歩くが――」スカーイアト監理官がいった。「見物のしがいはあるだろう」

「ほんとうに」わたしはうなずいた。

「どうして上着だけなんだ?」セイヴァーデンが訊いた。「このまえも気になったんだよ。最後にいた場所は、コートといえば膝丈だった。ここではジャケットか、逆に足首まであるロングコートだ。しかも襟がおかしい」

「これまで服装を気にしたことなどなかったのに」わたしがいうと、セイヴァーデンはむっとした。

「これまでは〝よその土地〟で、地元じゃなかった」

スカーイアト監理官はほほえんだ。

「きみもそのうち慣れる。宮殿はこっちだ」

監理官についてコンコースを渡る。わたしとセイヴァーデンの野蛮な服装と素手が、好奇と嫌悪の視線を浴びた。そして宮殿の入口に到着。といっても、黒い横木が渡されているだけだ。

「心配いらないから」セイヴァーデンは、わたしが声をかけないうちにいった。「すんだらきみのあとを追いかけるよ」

「いや、終わるまでここで待っている」

セイヴァーデンがなかに入るのを見届けると、監理官がわたしにいった。

「善民ブレク、ちょっといいかな？」

わたしはうなずき、彼女はつづけた。

「あなたは市民セイヴァーデンのことをとても心配している。気持ちはよくわかるし、あなたはやさしい人だ。しかし心配するにはおよばない。ラドチは市民を保護する」

「教えてください、監理官、もしセイヴァーデンが名もなき家の名もなき者で、無許可でラドチを出たら――ほかにも何かしたでしょうが、わたしは把握していません――あなたは彼女の名前や、出身家系の名前、経歴を知らなくてもドックで直接会い、お茶を振る舞い、直訴の手続きのためにここまで案内しましたか？」

彼女はほんの数ミリ右手を上げた。小さな、地位に似つかわしくない金のピンがきらりと光る。

「いまの彼女はそういう立場にない。事実上、家がなくなり、破産した」わたしは無言でつぎの言葉を待った。「そう、あなたのいうとおりかもしれない。彼女が誰であるかを知らなかったら、状況は違っていただろう。しかし、ジェレンテイトでもそうだったのでは？」

わたしはなんとか小さな笑みを浮かべ、ほんものの微笑に見えるよう願った。

「ええ、そうです」

監理官は黙ってわたしを見つめた。何か考えているらしいが、わたしには見当がつかない。

すると彼女はこういった。

「あなたはクリエンテラを申し出るつもりかな？」

この上なく無礼な質問だった、もしわたしがラドチャーイなら。しかしオルスでも、スカーイアト副官は相手が黙りこむような質問をよくした。

「どうしてそんなことを？　わたしはラドチャーイではなく、ジェレンテイトにそのような保護関係はありません」

「つまりあなたは申し出ない」断定的に。「千年後に目覚めたときの思いは、わたしには想像もつかない。悲惨な事件で艦を失い、友人たちは死に、家門は途絶えた。わたしもたぶん逃げ出すだろう。市民セイヴァーデンは自分の居場所を見つけなくてはいけなかった。ラドチャーイの目で見れば、あなたがそれを提供している」

「わたしがセイヴァーデンに誤った期待を抱かせていると？」補佐官ダオス・セイトのことを

考えた。しかし、あの高価な真珠と白金の美しいピンは、クリエンテラの印ではない。

「市民セイヴァーデンが何を期待しているかなど、わたしにはわからない。ただ、あなたはまるで……彼女の保護者のようだ。それは間違っているとわたしは思う」

「わたしがラドチャーイではないから？」

「いいや、もしラドチャーイなら、違う行動をとっていただろう」口もとが引き締まる。怒りを抑えているようだ。

「そのピンには誰の名前が？」ぶしつけな質問が思わず口をついて出た。

「ピン？」彼女は戸惑い、眉をひそめた。

「あなたの右袖のピンです。それひとつだけ、ほかのものとは違う」そこには誰の名前が刻まれているのか。わたしはもう一度尋ねたかった。あなたはオーン副官の妹に何かをしたか？

スカーイアト監理官は目を見開き、わたしに殴られたかのようにあとずさった。

「亡くなった友人の思い出だ」

「そしていまも、その友人のことを思っている。ピンが自分のほうに向くよう、手首をひねる。この数分間、ずっとあなたはそうしていた」

「ちょくちょく考えてはいるよ」息を詰め、そして吐き出す。それをもう一度。「名前は控えさせてもらいたい、ブレク・ガイアド」

わたしにはわかっている。そのピンに誰の名が刻まれているか。いちいち見なくても、わたしにはわかる。ただそれでスカーイアト・アウェルに好意をもつか、あるいはいっそう嫌悪を感じるかはわからない。そしてこの状況は危険でもあった。予測したことのない、想像すらしなかった状況だ。口にすべきでないことを口にしてしまった。しかもさらにもっといいたいことがある。この二十年で初めて、わたしの正体を知る人間がここにいるのだ。どうしようもないほど叫びたかった。副官、わたしです！〈トーレンの正義〉の1エスクです！

わたしはしかし、叫ばず慎重に口を開いた――「おっしゃるとおりでしょう。セイヴァーデンはここで自分の居場所を見つけなくてはいけない。わたしはあなたのようにはラドチを信頼していません。セイヴァーデンのようにはね」

彼女が何かいいかけたとき、セイヴァーデンの大きな声がした。

「あっという間だったよ！」駆け寄ってくると、わたしを見てしかめ面《つら》をした。「脚がまだ痛むんじゃないか？すわったほうがいい」

「脚？」と、スカーイアト監理官。

「治りきらなかった古傷です」ありがたかった。セイヴァーデンは苦悩の表情をなんでも傷のせいにしてくれる。ここのステーションも、もしこの場を監視していたらそう思うだろう。

「あなたはきょういろいろあったし」監理官がいった。「わたしもあなたを立ちっぱなしにさせてしまった。申し訳ありません」

「どうかお気づかいなく」わたしはいいたい言葉をのみこんでから、セイヴァーデンをふりむいた。「で、結果は？」

「直訴を申請できたから、数日後には日付が決まるだろう。きみの名前も書いておいたよ」スカーイアト監理官がびっくりしたのを見て、説明する。「ブレクはぼくの命を救ってくれたんだ、一度ならずね」

「あなたの謁見は数か月も待たずにすむだろう」

セイヴァーデンは返事代わりに、組んだままの腕を小さく動かしてからいった。

「それから、宿泊所をあてがってくれた。食糧の配給リストにも加えてもらったよ。近くの配給所まで十五分くらいらしいから、これから行って申請して、服ももらってくる」

宿泊所。監理官がセイヴァーデンとわたしの同室を不適切と考えるなら——確実にそう思っている——セイヴァーデンも同じ考えだろう。彼女はわたしの召使でなくなっても、謁見にわたしの同席を求めた。これはとても重要だ。

「配給所には同行したほうがいい？」本音では、行きたくなかった。ひとりになって、気持ちをおちつけたい。

「ぼくひとりで行くよ。きみは脚を休めるといい。あした会おう。審査監理官、あなたのおかげだ」セイヴァーデンはお辞儀をした。社会的に対等であることを示したいのだろう。スカーイアト監理官はお辞儀を返し、セイヴァーデンは配給所に向かった。わたしは監理官をふりむいて尋ねる。

「わたしが泊まる宿で、どこかお薦めはありますか？」

三十分後、わたしは望みどおりひとりきりで部屋にいた。コンコースから少しはずれた高級な宿で、五メートル四方もある豪華な部屋だ。床はほんものの木製らしく、壁は群青色。テーブルひとつと椅子があり、床には埋めこみ型の映写機があった。ラドチャーイの多くは――すべてではない――視覚と聴覚のインプラントを施し、娯楽作品を見て、音楽を聴いて、直接メッセージをやりとりする。が、集まって一緒に楽しむのを好む人はいまもいて、富裕層はときにインプラントを解除した。

ベッドの毛布の手触りは、合成ではなく真正のウールだった。壁面の折りたたみ式の寝台は従者用だから、わたしにはもはや必要ない。そしてなんと贅沢《ぜいたく》なことに、小さな浴室まであった。これはわたしには必要だ。シャツの下に銃と弾薬を縛りつけているのだから。ステーションのスキャニングでは気づかれなかったし、気づかれるはずもないが、人間の目には映るから、部屋に残していくと検閲官が来た場合は見つかるかもしれない。また公衆浴場の着替え室にも置きっぱなしにはできないだろう。

ドア近くの壁のコンソールで、通信にアクセスできる。そして、ステーションにも。つまりステーションはこれでわたしを観察できるわけだが、部屋をのぞく手段はほかにもあるはずだった。わたしはラドチに帰ってきた。ここでひとりきりにはなれない。ここにプライバシーなどないのだ。

部屋に入ってから五分とたたずに荷物が届けられた。それと一緒に、近くの店の夕食もだ。魚と野菜で、まだ湯気がたち、香りもする。

わたしの荷に誰も興味をもたない可能性もあったが、開けてみれば、明らかに調べられていた。わたしが非ラドチャーイだからか。あるいは別の理由か。

フラスクと茶杯、〝百合から生まれた人〟の像を取り出し、ベッド脇の低いテーブルに置く。割り当てられた水量のうち一リットルをフラスクに入れ、椅子にすわり食事にとりかかった。魚は香りも味もよく、いくらか気分が晴れた。おかげで食べ終えたとき、現状に向き合えるくらいにはなった。一息ついてお茶を飲む。

ステーションは住民のかなりの部分を、わたしが艦船で将校たちを見ていたのと変わらない近さで見ることができる。それ以外の者――わたしを含む――は、そこまではないだろう。体温。心拍数。呼吸数。細部にわたってモニターする住民たちほどではないとはいえ、膨大な情報量だ。加えて、その人物の経歴、社会生活関係の詳細なデータ。そしておそらくステーションは、心のなかまでほぼ読むことができる。

あくまでほぼだ。思考を完全に読みきることはできない。それにステーションはわたしの経歴を知らず、過去にわたしと接触した経験もない。感情を追跡することはできても、基礎データがないために、なぜわたしがそのように感じているかを正確には推測できないはずだ。

腰が痛む。スカーイアトの発言は、ラドチ的にはじつに無礼だった。あそこでわたしが露骨に怒っても、ラドチではごく自然な反応だ。もしステーションが（アナーンダ・ミアナーイが）監視していたところで、怒りの原因がほかにあるとは思わないだろう。わたしは疲れた旅人を演じることができる。古傷が痛み、食糧と休息だけが必要な旅人。

部屋は静まりかえっている。セイヴァーデンがぶすっとしていたときでさえ、こんな、息苦しいような静寂はなかった。わたしは自分で思うほど、孤独に慣れてはいないらしい。そしてセイヴァーデンのことを考え……はたと気づいた。どうやらわたしはあのコンコースで、スカーイアトに対する怒りのあまり、冷静に考えられなかったようだ。わたしの前身を知っているのはスカーイアトだけだと思ったが、そんなことはない。セイヴァーデンを忘れてはいけない。

オーン副官なら、セイヴァーデンに何かを期待することも、彼女に傷つけられたり、失望したりすることもないだろう。もしふたりが出会っていたら、セイヴァーデンはオーン副官をあからさまなさげすみの目で見たはずだ。そして副官はかたくななまでに礼儀を守り、怒りを(わたしにしか見えない程度に)押し殺すだけで、スカーイアト副官がうっかり侮蔑的なことを口にしたときのように、深く傷ついたりはしなかったと思う。

しかし、スカーイアト・アウェルとセイヴァーデン・ヴェンダーイに対するわたしの反応は、それほど違っていないかもしれない。事実、セイヴァーデンに激しい怒りを覚えながらも、我が身を危険にさらしてしまったのだ。

もう考えるのはよそう。いまは誰に監視されているかわからないのだ。これまで慎重につくりあげてきた役柄に徹しなくては——。空になった茶杯をフラスクの横に置く。腰をかばいつつ、〝百合から生まれた人〟の前にひざまずき、わたしは祈りを捧げた。

19

翌朝、服を買った。スカーイアト・アウェルに薦められた仕立て屋に行くと、店主はわたしを追い出そうとした。が、そのときコンソールにわたしの預金情報が（おそらく自動的に）表示された。ステーションが店主を制するためにやったのだろう。それほどわたしは監視されているということだ。

ともかく手袋が必要だった。しかし、金遣いの荒い富裕な観光客を演じつづけるには、手袋以外のものも買わなくてはいけない。するとわたしが注文するより先に、店主は色とりどりの金襴《きんらん》、サティーン、ベルベットの布地を持ってきた——紫、柿茶、三種類の緑、ゴールド、浅黄と浅青、灰白、深紅。

「そのような服をお召しになってはいけません」店主は断定的にいい、店員がお茶を持ってきた。店主は手袋なしのわたしの手から目をそむける。ステーションがわたしを走査してサイズを店主に提供し、わたしはただそこにいるだけでよかった。お茶〇・五リットル、とんでもなく甘いペストリーふたつ、そして最後につづけざまの侮蔑の言葉を浴びたあと、わたしは柿茶色のジャケットとズボン、真っ白なごわごわのシャツというでたちで店を出た。暗灰色の手袋はとても薄く柔らかで、はめた気がせず素手のようだった。ありがたいことに、いま流行のジャケットとズボンは武器を無理なく隠してくれた。その他の購入品――ジャケット二枚、ズボン二本、手袋二組、シャツ六枚、靴三足――は、店主によれば、わたしが寺院を訪ねて宿にもどるまでには配達されるとのこと。

店を出てから角を曲がり、コンコースに出る。この時間帯はラドチャーイであふれかえっていた。寺院や宮殿地区に入っていく人、出てくる人、茶房（一見してしゃれて高級）に入る人、仲間と談笑する人。わたしがここを仕立て屋目指して歩いていたとき、行き交う人はわたしをじろじろ見てささやいたり、好奇の目を向けたりした。しかしいま、わたしは風景に溶けこんでいるようだ。ときには同じような高級服を着たラドチャーイがわたしに目をとめ、ジャケットの胸に出身家の紋をさがすこともあった。そして何もないのがわかると、驚いた顔をする。また小さな子が、手袋をはめた小さな手で隣にいる大人の袖をつかみ、あからさまにわたしを見つづけながら通り過ぎたこともある。

寺院のなかでは、市民が花と香の売り場に群がり、わたしの目にはまだ子どもにしか見えない若い助祭が籠や箱をとりかえている。属躰《アンシラリー》だったころ、わたしは供物に触れることも、自分で供えることも許されなかった。しかしそれも過去のこと。わたしは桶《おけ》で手を洗うと、薄い橙《だいだい》色の花を数本と、オーン副官が好きだった香りの香を一本買った。

寺院には死者に祈りを捧げる場所があり、供え物をするのにふさわしい日もあった。そしてきょうはそういう日ではなく、外から来たよそ者のわたしには、偲《しの》ぶラドチャーイの故人などいない。大きな礼拝堂に入ると、アマート像が立っていた。左右の手に宝石で飾られたエマナチオンを持ち、膝まで花が積み上げられている。赤や橙や黄色の花の山はすでにわたしの頭の高さまであり、そこへさらに参拝者が次つぎと花を投げていく。わたしも大勢の参拝者の前方まで行き、手にした花を投げた。祈りの仕草をし、祈りの言葉を小さく唱え、香を箱に落とす。この箱は、いっぱいになると助祭たちが来て、なかの香を取り出していく。香はただの印でしかなく、入口でまた売られるのだ。すべての香が焚《た》かれたら、寺院のなかは煙で息もできなくなるだろう。それにきょうは、祭りの日でもない。

わたしがアマートに深く頭を下げたところで、艦船の将校のこげ茶色の軍服を着た人が隣に立った。握った切り花を投げようとして手を止め、わたしをじっと見る。そして花を持たない左手の指を小さく動かした。その姿にわたしはルブラン・オスク艦長を思い出したが、すらりとして、長い髪をまっすぐ垂らしていたルブラン艦長に対し、この人物は背が低く、体も太めで髪も短い。わたしは彼女の宝石をちらっと見て、了解した。ルブラン艦長と同じ血族、同じ家筋の親族らしい。アナーンダ・ミアナーイはルブラン艦長の忠義の程度を推察できず、艦長のクリエンテラや関係者に強く働きかけるのは避けていた。それはいまも変わらないだろうか、それともオスク家はアナーンダのどちら側かについただろうか?

そんなことはどうでもいい。が、彼女はまだわたしを見つづけている。問い合わせの回答を得ているところだろう。ステーションもしくは彼女の艦船が、わたしはラドチャーイではないと告げ、そのうち興味を失うはずだ、セイヴァーデンの情報を得ないかぎりは。わたしは結果を待たずに、祈りを終えると背を向け、供え物をするのを待っている人びとのあいだを縫うようにして歩いた。

　寺院の両隣には、寺院より小さな聖堂がある。そのひとつで、大人三人と子どもふたりが、アートルの胸の前に置いた乳児を囲み、輝かしい未来を、健やかな成長を祈願していた。アートルの像は、このように子どもを寝かせられるよう、片腕を曲げて乳房の下に当てた姿だ（〝アートルの胸乳《アートルズ・ティッツ》〟は、しばしば嘆きや驚きの言葉として使われる）。

　どの聖堂も金と銀、ガラスと磨いた石できらめき、とても美しかった。静かな会話や祈りが重なりあい、低く厳かに響きわたる。音楽はなく、わたしはイックトのがらんとした寺院を思い出した。司祭長はわたしに、はるか昔の大勢の歌い手たちについて語ってくれた。

　下位の神たちの聖堂を鑑賞しながら、寺院で二時間ほど過ごした。宮殿地区を除けば、ステーションのこちら側の大半が寺院関連に当てられているようだ。アナーンダ・ミアナーイは定期的にここで司祭の役目をするから、宮殿と寺院がつながっているのは確実だが、どこでどうつながっているのかははっきりしなかった。

　霊安堂を出る。ここを最後にしたのは、観光客がもっとも多いことと、暗い気分になることがわかっていたからだ。ほかの聖堂よりは大きく、広い本堂の半分近くあった。棚と箱が並び、どれも故人への供物であふれている。供物は食品か花で、すべてガラス製だった。ガラスのお茶がガラスの杯を満たし、ガラスの湯気がたっている。繊細なつくりのガラスの薔薇《ばら》の花、ガラスの葉。くだものや魚、野菜は二十種類以上あり、きのうの夕食と変わらないとてもよい香りまで放っていた。大量生産品なら、コンコースから離れた店に行けば購入でき、神や故人をまつった自宅の祭壇に置ける。しかしここにあるのはそれとは違い、どれも丁寧な手づくり品だ。故人の名前と捧げた者の名前が記され、それを見れば深い哀悼の念とともに、財産および地位がわかる。

これができるくらいの資金は、わたしにもあったと思う。でもそうすると、名前を記さなくてはいけなくなる。何があっても、それだけはできない。また司祭から、間違いなく拒まれるだろう。オーン副官の妹への送金を考えたこともあったが、ありがたくない関心を引くと思い、諦めた。ここに来た目的を達成したあかつきには、手元に残っているものを送れるだろう。目的達成は不可能に近い気もしたが、それでもやはりそのときのことを考えると、豪華な宿や値のはる衣類にうしろめたさを覚えた。

寺院からコンコースに出ようとしたとき、兵士が立ちはだかった。属躰ではなく人間だ。

「失礼します。〈カルルの慈《めぐみ》〉の艦長、市民ヴェル・オスクからあなたへの伝言があります」

艦長とはおそらく、さっき寺院でわたしを見つめていた将校だ。わたしのことをそれなりの礼をもって接する相手だとみなしたのだろう。ステーション経由ではなく兵士を送ってきたのだから。ただし、副官を送るほどでも、みずから出向くほどでもないと考えた。それにしても、兵士に任せて自分は立ち去るというのは、社会的常識の欠如といえなくもない。しかも、この兵士の呼びかけには儀礼的敬称がなかった。

「申し訳ありませんが、市民」と、わたしはいった。「わたしは市民ヴェル・オスクを存じ上げないのですが」

兵士は若干詫びるような仕草をした。

「今朝のオーメンで幸運な出会いがあることが示され、艦長はあなたを寺院でお見かけしたとき、それはあなたであると確信したそうです」

これほど大きな寺院で見知らぬ人間に気づくのは、特段幸運な出会いでもなんでもない。わたしはいささかむっとした。もう少しましな理由を考えればよいものを。艦長は頭を使う気がまったくなかったらしい。

「それで、伝言というのは?」

「艦長はいつも午後にお茶を飲まれます」兵士はおちついて礼儀正しくいうと、コンコースから少し入った場所にある店の名を告げた。「よろしければ、ぜひお茶をご一緒したいとのことです」

場所と時間から、これは〝社交〟なのだろう。影響力と交友関係を披露し、表向きはあくまで私的なものだ。

だが、ヴェル艦長は、わたしとは何のつながりもない。会ったところで、彼女には時間の無駄だ。

「艦長が、もし市民セイヴァーデンに会いたいのなら――」

「艦長が寺院でお見かけしたのは市民セイヴァーデンではありません」兵士は弁解がましくいった。見透かされたのがわかったらしい。「しかし、もしあなたがセイヴァーデン艦長を同伴なさりたければ、ヴェル艦長は喜んでお目にかかるでしょう」

思ったとおりだ。家も財産も失なったセイヴァーデンだが、ステーション経由や、このように使い走りを送る無礼なやり方で招待するわけにはいかない。しかし知り合いなら、直接声をかけて誘えるというわけだ。そしてこれは、まさしくわたしが望んでいたことでもあった。「市民セイヴァーデンがどうするかまで、わたしには決められない。しかしヴェル艦長には、ご招待感謝しますと伝えてください」わたしがそういうと、兵士はお辞儀をして立ち去った。

コンコースのはずれに、「昼食」とだけ書かれた箱を売っている店があった。行ってみるとこれもまた魚で、くだものと一緒に煮てある。わたしはひとつ買って宿にもどり、部屋のテーブルで食べた。そして食べながら、ステーションとつながっている壁のコンソールについて考える。

ステーションの知能は、艦船だったころのわたしと同程度だろう。もちろんステーションのほうが若く、わたしの半分以下だが、だからといってばかにしてはいけない。わたしの秘密がばれるとしたら、つきとめるのはほぼ間違いなくステーションだ。

とはいえまだ、わたしの属躰のインプラントには気づいていない。どれも使用不可にして極力探知できないようにしてあるし、もし気づいていたら、わたしはとっくに逮捕されているだろう。それでも心理状態の基本は把握でき、十分なデータさえあれば、わたしが嘘をついているかどうかがわかるはずだ。そしていまも、わたしを監視している。

ただ心理状態といっても、ステーションの視点、つまり〈トーレンの正義〉のときのわたしと同じ視点から見た身体データの集合にすぎず、前後関係があって初めて意味をもつ。たとえば、わたしがこの陰鬱《いんうつ》な気分で船から飛び降りたとする。ステーションはその光景を見たところで、飛び降りた理由は理解できないし、そこから何らかの結論を引っぱりだすのも無理だ。しかし、わたしの滞在期間が長くなれば、ステーションの監視期間も長くなり、情報量も増える。ステーションは自分なりの前後関係を導き出し、わたしの状態を自分なりに判断するだろう。そしてその状態と、本来あるべき（とステーションが考える）状態とを比較するのだ。

この二者がずれたときが危険だった。わたしは魚を口に入れ、コンソールに目をやった。

「こんにちは、わたしを見ているAIさん」

「こんにちは、善民ガイアド・ブレク」コンソールから穏やかな声が聞こえた。「わたしは通常、〝ステーション〟と呼ばれます」

「返事があるということは、ステーション――」魚とくだものをまたひと口。「いま、あなたはわたしを見ているわけだ」ともかくステーションの監視が気になって仕方ない。逃げ隠れできないのだから。

「わたしはみなさんを見ています。まだ脚が痛むようですね?」そのとおりだった。脚をかばっているのがわかったのだ。すわっている姿勢から判断したのだろう。「医療施設は充実しています。ここの医師なら治療可能です」

とんでもない、と思った。それでも冷静な顔で答える。

「いいえ、結構。ラドチャーイの病院には注意したほうがいいと聞いているから。多少の痛みがあっても、わたしはわたしのままでいたい」

沈黙。そして――「適性試験のことでしょうか？　あるいは再教育ですか？　どちらもあなたをあなたでなくすようなことはしません。それにあなたには、どちらも受ける資格がありません」

「そういう問題ではなく……」わたしはスプーンを置いた。「わたしの故郷には、こういうことわざがある。権力は、同意も許しも求めない」

「ジェレンテイト出身の方には会ったことがありません」当然、わたしはそれを前提としていた。「あなたの誤解はもっともかもしれません。ラドチの外の人びとは、ラドチャーイの真の姿を理解していないことがままあります」

「自分が何をいったか、わかっているのかな？　非文明人は文明を理解しない？　ラドチャーイでなくても、自分は文明人だと思っている人はいくらでもいることを知らないのかな？」これはラドチ語では自己矛盾的で、伝達不能かもしれない。

そういう意味ではありません、という言葉が返ってくるものだと思っていた。ところがステーションはこういった。

「あなたは市民セイヴァーデンがいなくても、ここに来ましたか？」

「たぶんね」監視中のステーションに対し、真っ赤な嘘はつけなかった。わたしがいま感じている怒りや恨み――その他ラドチャーイの役人に対する見方――は、わたしが本来もっているラドチへの怒りや恐れの一端と捉えているはずだ。「ところで、きわめて文明化されたこの地に、音楽はあるだろうか？」

「あります。ただし、ジェレンテイトの音楽はありません」

「ジェレンテイトの音楽だけ聴きたければ、旅などせずずっとジェレンテイトにいる」

ステーションは何の反応も示さなかった。

「部屋の中と外と、どちらで？」

わたしは部屋にいるほうを選んだ。ステーションが呼び出したのはドラマで、新作ながらありきたりのストーリーだった。身分の低い家系の娘が良家とのクリエンテラを夢見る、対抗心を燃やすライバルがクリエンテラの候補相手に娘の性格に関して嘘八百を並べたてる、というやつだ。最終的にヒロインの貞淑さ、苦難のなかでも揺らぐことのない忠誠心はみなの知るところとなり、ライバルの信望は地に落ちる。クライマックスは待ちに待ったクリエンテラの契約シーンで、晴れやかな歌と踊りが十分ほどつづいた。全四話で、音楽挿入は合計で十一回。かなり短いドラマだが、こういう作品のなかには何十話も、何日も何週間もつづくものがあった。ただ物語は低級でも、歌はなかなかよく、わたしはかなり気分が晴れた。

セイヴァーデンの直訴の詳細通知がくるまで、とくに急ぎの用件はなかった。そして謁見とわたしの同席が認められれば、待ち時間はさらに長くなる。わたしは立ち上がると新しいズボンの皺をのばし、靴をはいてジャケットを着た。

「ステーション、どこに行けば市民セイヴァーデン・ヴェンダーイに会えるだろう？」

「市民セイヴァーデン・ヴェンダーイは──」コンソールからステーションが単調な声で答える。「地下九階の警備局の事務室にいます」

「え？」

「乱闘がありました。通常は警備局が家族に連絡しますが、市民セイヴァーデンはここに家族がいませんので」

もちろんわたしは家族ではない。しかしセイヴァーデンがその気になれば、わたしに連絡をとれたはずだ。それでも──。

「警備局までの道を教えてもらえるだろうか？」

「承知しました」


地下九階の部屋はとても狭かった。コンソールと椅子が数脚、不釣合いなお茶のセットが置かれたテーブルひとつ、収納ロッカーがいくつかあるだけだ。セイヴァーデンは奥の壁のベンチに腰かけていた。灰色の手袋をはめ、上着とズボンはサイズが合っていない。ごわついた硬い生地で、縫製ではなく押し出し成形したものらしく、たぶん既製サイズしかないのだろう。艦船だったころ、わたしがつくる軍服もその類だったが、これよりははるかにましだった。いうまでもなく、当時のわたしはそれぞれ正確に測って、苦もなく容易に仕上げることができた。セイヴァーデンの灰色の上着には、前面に血の飛び散った跡があった。片方の手袋も血で赤い。上唇に乾いた血の塊。鼻梁《びりょう》をまたぐように透明の細い矯正パッチ。片方の頰の痣《あざ》にも治療帯が貼られていた。彼女はぼんやりと前方をながめ、わたしにも、わたしに気づいた警備官にも目を向けない。

「友人が来たぞ、市民」

セイヴァーデンは眉間に皺を寄せ、視線を上げて狭い室内を見回した。そしてわたしを認め、まじまじと見る。

「ブレク？　なんてことだ《アートルズ・ティッツ》……ほんとにブレクだ。それにしても……」まばたきする。口を開けて何かいおうとして、閉じる。そしてまた開き、かすれた声で「見違えたよ」といった。

「まるで別人だ」

「服を新調しただけ。いったい何があった？」

「喧嘩をした」

「巻きこまれた？」

「いいや。寝場所を割り当てられて、行ってみたらとっくに人がいた。彼女に説明しようとしたんだが、こっちは彼女のいうことがほとんど理解できなかった」

「ゆうべはどこで寝た？」

うつむいて床を見る。「なんとかしたよ」顔を上げ、わたしと警備官を見る。「でも、ずっとなんとかしつづけるのは無理だと思った」

「ここに相談に来ればよかったんだ」警備官がいった。「これで記録に警告が載る。あなたは不本意だろうが」

「喧嘩の相手は?」

警備官は否定的な仕草をした。わたしが尋ねるべき質問ではないのだ。

「なんでこうなるのかなあ……」セイヴァーデンはがっくりと肩をおとした。

スカーイアト・アウェルの意見など気にせず、わたしはセイヴァーデンに新しい手袋と上着を買った。深緑色で、押し出し成形の類だがサイズは合い、一見して質もいい。灰色の上着類は洗濯の余地がなく、配給所はそうすぐには代替品を支給してくれないだろう。セイヴァーデンは新しい服を着ると、古いものをリサイクルに出した。

「食事は?」わたしは彼女に訊いた。「夕食に誘おうと思っていたら、乱闘があったとステーションがいうから」彼女は顔を洗ったので、いくらかましに見えた。ほっぺたの痣に貼られた治療帯はともかくとして。

「腹はすいていない」ちらっと顔をよぎったのは……後悔? 腹立ち? わたしにはわからない。彼女は腕を組むと、すぐまた離した。この何か月間か、一度も見なかった動作だ。

「だったらわたしが食べるあいだ、お茶でも飲んでいる?」

「お茶はありがたい」その強調の仕方に、彼女がまったく金《かね》をもっていないのを思い出した。あのときわたしの申し出をきっぱり拒否したからだ。購入したお茶は全部わたしの荷物に入っていて、ゆうべ別れるとき、彼女はそこからひとつも持っていかなかった。いうまでもなく、お茶は食糧とは違い、あくまで贅沢《ぜいたく》品だ。が、それが贅沢ではない場合もある。セイヴァーデンの基準からすれば。おそらく一般のラドチャーイの基準でも。

ふたりで外出し、食堂に入った。わたしは海草の皮にくるまれた名を知らない食べものと、くだもの、お茶を買い、角のテーブルについた。

「ほんとに何も食べなくていい？」あらためてセイヴァーデンに尋ねる。「くだものは？」

彼女は興味がなさそうなふりをしながらも、ひと切れつまんだ。

「きみはぼくと違って楽しい時間を過ごしたんだろうな」

「たぶんね」それだけいって黙る。セイヴァーデンは何があったかを語りたいかもしれない。でも何もいわず、わたしの話を待っているようだ。「今朝、寺院に行ったら、艦船の艦長がじろじろわたしを見て、そのあとお茶に招待すると、使いの兵士を送ってよこした」

「部下の兵士か」セイヴァーデンは組んだ腕を見下ろし、あわててほどいた。そしてお茶をとり、すぐまたテーブルにもどす。「属躰だったか？」

「いや、ほぼ確実に人間」

セイヴァーデンの片眉がぴくっとなった。

「行っちゃだめだ。誘うなら、自分で直接誘うべきだよ。断わったんだろ？」

「ノーとはいわなかった」ラドチャーイが三人、談笑しながら店に入ってきた。三人ともドックの役人の群青色《ぐんじょう》の制服だ。ひとりはスカーイアトの補佐官ダオス・セイトだった。わたしには気づいていない。「艦長はわたしを招待したいわけではなく、本命はあなただと思う」

「それはちょっと……」顔をしかめる。深緑の手袋をはめた手で茶杯を持ち、反対の手で新しい上着の前を軽く払った。「艦長の名前は？」

「ヴェル・オスク」

「オスクか。聞いたことがないな」お茶をひと口飲む。ダオス・セイトとほかふたりはお茶とペストリーを買い、楽しそうに語らいながら部屋の反対側のテーブルにすわった。「ぼくに会いたい理由はないと思うが」

わたしは、おや、という顔をしてみせた。「あなたたちは、ありそうもない出来事は神のメッセージだと信じているはず。千年の歳月を経て偶然に発見され、ふたたび姿を消したかと思うと、金持ちの非ラドチャーイと一緒に宮殿に現われた。それが注目を浴びるのが不思議だとでも？」セイヴァーデンは曖昧な身振りをした。「いずれあなたはヴェンダーイ家を復興させなくてはいけない」

セイヴァーデンの表情が一気に曇った。おそらくわたしの言葉が気にさわったのだろう。でもすぐもとにもどってこういった。

「ヴェルという艦長がぼくの信用を得たいとか、ぼくの考えを知りたいとしても、最初にきみを侮辱して、それだけでもう話にならない」これまでの意気消沈ぶりとうってかわり、かつての傲慢《ごうまん》さがのぞいた。

「あの審査監理官は？」と、わたしは訊いた。「たしかスカーイアトという名で、とても礼儀正しかった。あなたは彼女を知っているように見えたけど？」

「アウェル家はみんな礼儀をわきまえて見えるよ」不快げな顔。その顔の向こうに、ダオス・

セイトが仲間の話を聞いて笑うのが見えた。「最初は至極まともに見えるんだが」セイヴァーデンはつづけた。「そのうち幻想を抱きはじめる。でなければ、宇宙に何か異常がある、自分たちはそれを正さなくてはいけない、と思いはじめる。あるいは同時にそのふたつとも。アウエル家は頭がおかしいんだよ」そこで黙り、わたしの視線を追って背後をふりかえる。そしてまた顔をもどし、「彼女か」といった。「彼女は……辺境の出に見えないか？」

わたしはセイヴァーデンに気持ちを集中した。しっかりとその目を見る。

彼女はテーブルに視線をおとした。

「すまない。ぼくがいけなかった。でも……」

「たぶん」わたしはさえぎった。「彼女の給料で、違ったように見せかけるだけの衣服は買えないと思う」

「そういう意味じゃないよ」セイヴァーデンは顔を上げた。戸惑い、うろたえている。「でも、ぼくは間違っていた。ともかくびっくりしたんだよ。これまでずっと、きみは禁欲的だと思っていたから。それでちょっと驚いたんだ」

禁欲的。そう思った理由はわからなくもない。が、それと〝間違っていた〟ことが、どうつながるのか。ひょっとして……。

「あなたは、ねたんでいる？」まさかと思いつつ尋ねた。いくら高価な服を着ようと、わたしもダオス・セイトとは出身地が違うだけで、同じく辺境の出に見えるといいたい？

「そんなんじゃない！」セイヴァーデンはしかし、すぐいいなおした。「まあ、それもそうかな。意味はちょっと違うが」

ようやくわかった。つまり、わたしの衣類のプレゼントから誤った印象をもつラドチャーイがここにもひとりいたわけだ。わたしがクリエンテラを申し出ることができないのはセイヴァーデンも知っているし、よしんば服を買ってそれをほのめかしたところで、彼女にその気がさらさらないことくらい、わたしだって百も承知だ。勘違いする余地などないはずなのだが——。

「わたしはきのうスカーイアトから、あなたに誤った期待を抱かせる危険があるといわれた。ラドチャーイなら、そういうことはしないと」

セイヴァーデンは不快げに鼻を鳴らした。

「アウェルが何を考えようと知ったこっちゃないよ」そして多少、しおらしくいう。「ぼくはね、自分ひとりでなんでもできると思っていた。ところがゆうべ、そしてきょう、きみがそばにいてくれたら、と思いつづけた。市民は区別なく保護されるというのは、ほんとうだと思う。飢えた者はひとりも見なかった。裸の人間もね」一瞬、顔がゆがむ。「だが、あの服だ。そしてスケルだっていいさ。こんな安酒がきっちり量られて配給される。だけど別にかまわないと思った。スケルを口に入れると、ほとんど飲みこめなかった」わたしは乱闘騒ぎを起こしたときの気持ちがわかるような気がした。「何週間も何週間も、こういう生活がつづくんだと思った」悲しげな笑み。「きみと一緒にいさせてくれと頼むべきだったと思いはじめた」

「あなたは昔の仕事にもどりたい？」

「くそっ、もどれるものならもどりたいよ」語気を強める。大きな声だったので、別のテーブルにいた客たちが咎《とが》めるような目を向けた。

「言葉に気をつけて、市民」わたしは海草巻きをひと口食べる。いくつかの点でほっとしていた。「ヴェル艦長と会う気はまったくない？」

「きみはきみの好きな相手とお茶を飲めばいい。ただ、その艦長は直接きみを誘うべきだった」

「あなたのマナーは千年古い」

「マナーはマナーだよ」むっとする。「でもいったように、きみはきみの好きな相手と飲めばいいんだ」

そのとき、店にスカーイアト・アウェルが入ってきた。ダオス・セイトを見てうなずいたが、まっすぐわたしたちのほうへ来る。セイヴァーデンの顔の治療帯に目をとめ一瞬足を止めたものの、そのまま気づかないふりをしてテーブル脇に立った。

「市民、善民——」

「審査監理官——」わたしは応じたが、セイヴァーデンはうなずくだけだ。

「きょうの夜、内輪の小さな集まりを開くのだが」彼女は場所をいった。「お茶だけで、堅苦しいものではない。もしよければ、おふたりも来ていただけないだろうか」

セイヴァーデンは声をあげて笑った。「マナーはマナー、だろ？」

スカーイアトは戸惑い、眉根を寄せた。

「先ほども招待されたのです」わたしは説明した。「市民セイヴァーデンにいわせると、最低のマナーで」

「わたしが彼女の基準に達していればいいが……。その無礼な人物とは？」

「ヴェル艦長です、〈カルルの慈〉の」

スカーイアトのことを知らなければ、ヴェルの名を聞いても彼女は無反応だったと思うだろう。

「まあ、正直にいえば、市民セイヴァーデンを友人に紹介しようと思ってね。今後何かの折に、彼女たちが市民の力になれるかもしれない。しかしヴェル艦長の茶会もきっと楽しいだろう」

「ぼくに対するあなたの評価は低いはずだ」と、セイヴァーデン。

「ありうるね――」二十年まえのスカーイアト副官からは想像もつかない反応で、わたしは首をかしげた。しかし、これにはまだ先があった。「あのヴェル艦長なら、善民ブレクに相応の敬意を払わないかもしれない。だが、それを除けば、艦長は温かい人だ」セイヴァーデンが口を開く間もなくつづける。「もう行かなければ。今夜、お目にかかれるととてもうれしい」補佐官のテーブルに目をやると、三人は立ち上がり、スカーイアトについて店を出ていった。

セイヴァーデンは彼女たちが消えたドアを黙って見つめている。

「それでは――」と、わたしはいった。「あなたにもっと似合う服を買いに行こうか」

セイヴァーデンの顔に何かがよぎった。でもそれが何かはわからない。

「きみはどこでその服を買った？」

「あなたにここまでお金をかける気はない」

セイヴァーデンはからから笑い、お茶を飲んで、くだものをまたひと切れつまんだ。

彼女はほんとうに空腹ではないのだろうか。

「ほかにも何か注文する？」

「いらない。それはなんだ？」わたしの食べ残しの海草巻きを見る。

「さあ……」初めて見る料理なので、比較的新しいものだろう。非ラドチのレシピかもしれない。「でも、味はいい。もうひとつ買おうか？ 宿に持って帰ればいい」

セイヴァーデンは渋い顔をした。

「ぼくはいらない。きみほど向こう見ずじゃないから」

「確かに大胆かもしれない」明るくいって、最後のひと口を食べ、お茶を飲みほす。「でも、きょうは少し違った。午前中は観光客らしく寺院にお参りをして、午後は宿でドラマを見た」

「当ててみようか？」セイヴァーデンは眉を上げ、からかうような笑みを浮かべた。「巷《ちまた》で評判のやつだろ。ヒロインは純粋で忠誠心に富み、クリエンテラを結べそうな相手がいるが、ライバルに誹謗《ひぼう》中傷される。それでも揺るぎない忠誠心と献身的愛情で結果はハッピーエンドだ」

「見たことがある？」

「何度もね、はるか昔に」

わたしはにっこりした――「時代を経ても不変なものはあるということ？」

セイヴァーデンは笑った。

「あるよ、確実に。歌はどうだった？」

「とてもよかった。気が向いたら、宿で見てみるといい」

部屋にもどると、セイヴァーデンは壁の従者用の折りたたみ寝台を広げていった。

「ちょっとここにすわらせてもらうよ」

それから二分と三秒後、彼女は寝息をたてていた。

20

セイヴァーデンの謁見が数週間先になるのはほぼ間違いないだろう。それまではここで暮らし、そのあいだにわたしは状況をさぐることができる。アナーンダ・ミアナーイの分裂がおおやけになったとき、誰がどちらの側につくか、ここはどちらの勢力下に入るのか。そのときが来れば、どんな情報であれ貴重になる。そしてそのときは、かならず来るとわたしは確信するようになった。いずれアナーンダはわたしの正体に気づくかもしれないし、気づかないかもしれない。しかし現時点で、わたしはアナーンダから隠れていない。ここでおおっぴらに、セイヴァーデンと一緒にいるのだ。

セイヴァーデンに会いたがっているヴェル・オスクのことを考えると、どうしてもルブラン・オスク艦長を思い出す。アナーンダはルブラン艦長の心が読めないと不満をいっていた。どちらの側につくかを推測できず、圧力をかけてそれを確認、告白させることもできなかったのだ。そんな中立的印象を与えられるほど、ルブラン艦長の家系は人脈に恵まれていた。当時のアナーンダの葛藤について、そこから何か見えてくるものはないか？

〈カルルの慈《めぐみ》〉の艦長も、中立的姿勢をとっているのだろうか？　わたしがラドチを離れているあいだ、その均衡に変化があった可能性は？　スカーイアト・アウェルが艦長を快く思っていないことが意味するものは？　わたしが艦長の名を口にしたときの彼女の表情から、反感を抱いているのはほぼ間違いなかった。軍艦は入出港時を除き、ドックの管轄圏外にある。二者の関係は蔑視と（蔑視される側の）恨みを生みがちだが、通常、そのような感情は礼儀正しい態度で慎重に覆い隠された。しかしスカーイアトは仕事で恨みを鬱積《うっせき》させるような人間ではないし、軍艦とドックの両方の立場を知ってもいる。ヴェル艦長が個人的に彼女の気分を害する真似をしたのだろうか。それとも単に、毛嫌いしているだけなのか。世のなかにはそういうこともなくはない。

何らかの政治的対立があり、スカーイアトはその片方を支援しているとか？　ラドチが分裂したら、彼女はどちらを支持するだろうか？　何かがきっかけで彼女の性格や考え方が極端に変わっていないかぎり、どのような選択をするかは想像がつく。しかしヴェル艦長——さらにいえば〈カルルの慈〉そのもの——について、わたしはほとんど何も知らなかった。セイヴァーデンに関し、選択肢が与えられたらどちらを選ぶかは容易に想像できる。侵略・併呑により領土を拡大するか、さらなる併呑はやめて、野卑な先祖をもち訛《なま》りのひどい市民の地位向上を願うか。また、もしオーン副官に会ったら、どんな評価をするかも手にとるようにわかる。

ヴェル艦長の行きつけの茶房はとくに人目を引くような店ではなく、それで十分なのだろう。

オスク家の勢力が二十年まえと同程度なら、おそらくここは高級店でも人気店でもない。しかしそれでも、なじみでなければ歓迎されない種類の店ではあった。店内は暗く、絨緞《じゅうたん》や掛け物が反響や雑音を吸収し、とても静かだ。にぎやかなコンコースから足を踏み入れたとたん、耳を塞がれたような気分になった。小さなテーブルを低い椅子が囲み、ヴェル艦長は店の角のほうにいた。テーブルにはフラスクと茶杯、トレイの半分ほどのペストリー。テーブルの椅子は埋まり、その外側にも椅子が並べられていた。

艦長たちは一時間まえからここにいる。セイヴァーデンは宿を出るまえ、あいかわらず不機嫌そうに、まさかきみは急いで行く気なんかないよな、といった。彼女の気分がもっとよければ、あえて遅れて行け、とはっきりいっただろう。じつはわたしは最初からそのつもりだったが、とくに何もいわずにおいた。自分の意見に従ったと、セイヴァーデンが思いたければそれでいい。

ヴェル艦長はわたしを見ると立ち上がり、お辞儀をした。

「やあ、ブレク・ガイアド。それともガイアド・ブレクだろうか？」

わたしはお辞儀を返した。艦長と同じ程度に、ごく浅く。

「ジェレンテイトでは、家の名を先につけます」厳密にはラドチャーイのような〝家〟はないが、ラドチ語ではほかに表現しようがなかった。「しかしここはジェレンテイトではありませんから、ブレク・ガイアドになります」

「わたしたちのために並びを変えてくれるとは！」艦長は不自然なほど陽気にいった。「じつに思慮深い」セイヴァーデンはわたしの後ろにいるので、顔は見えなかった。いまどんな表情をしているだろう？　艦長はわたしを招待しておきながら、それとなく見下した態度をとりつづける気なのか？

ステーションは確実にわたしを監視し、内心の苛立《いらだ》ちを見ただろう。が、艦長には見えないし、見えたところでおそらく気にもとめない。

「セイヴァーデン・ヴェンダーイ艦長――」ヴェル艦長はお辞儀をした。さっきよりはずっと深く。「光栄です、きわめて光栄です。さあ、おすわりください」近くの椅子に手を振ると、きちんとした身なりで宝石をつけたラドチャーイがふたり立ち上がり、席を空けた。不満げな声をもらすでもなく、ばかにした顔つきでもない。

「失礼ですが、艦長――」セイヴァーデンは穏やかにいった。顔の治療帯はとれているので、外見は千年まえの、裕福な名家の傲慢《ごうまん》娘にもどったようだ。わたしは彼女が冷たく笑い、皮肉のひとつでもいうのかと思ったが――。

「いまは艦長ではありません。善民ブレクの従者です」〝善民〟をやや強調する。ヴェル艦長が無視して使っていないのをそれとなく伝えようとしたのだろう。「ご招待感謝します。善民ブレクは広い心で従者にも伝えてくれました」セイヴァーデンをよく知っている者なら、口調に軽蔑の念がのぞいたことを感じたはずだ。「しかし、やるべき仕事がありますので」

「午後は休みを与えたはずだ」わたしはヴェル艦長が口を開くまえにいった。「自由に過ごしてかまわない」セイヴァーデンは無言で、わたしはまだ背後にいる彼女の表情を見ることができなかった。空いた席に腰をおろす。ここにすわっていたのは副官で、ヴェル艦長の部下だったと思われる。しかし、〈カルルの慈〉のような小さな艦船にしては、こげ茶色の軍服姿の者がいやに多い。

わたしの隣にいるのは、薔薇《ばら》色と空色の服を着た文官で、手袋は薄い繻子《しゅす》織りだから、お茶の杯よりざらついたもの、重いものを持つことがないのだろう。金糸を編んでサファイア（ガラスではないほんもの）を散らした、いやに大きなブローチをつけている。彼女がいかに裕福な家の出かを示すデザインだが、わたしには具体的な家名が思い浮かばなかった。彼女はセイヴァーデンがわたしの向かいの席にすわると、こちらに顔を寄せ、大きな声でいった。

「セイヴァーデン・ヴェンダーイを見つけるなんて、あなたはじつに運がいい！」

「運がいいというのは――」その言葉になじみがないふりをしてわたしはくりかえした。ジェレンテイトの訛りを少し強める。ラドチ語にジェンダーの区別があったら、ここであえて間違えて、もっとよそ者らしくできるのだが。「そういうときに使うのでしょうか？」ヴェル艦長がわたしに近づいてきた理由は、予想どおりだった。スカーイアトも、セイヴァーデンが従者であることを知りながら招待したが、彼女の場合はすぐに真意を打ち明けた。

わたしの対面で、セイヴァーデンは自分の適性試験についてヴェル艦長に説明している。この招待の話を聞いてからずっと腹を立てていたのに、いまはゆったり構えて話し、わたしは感心した。とはいえ、ある意味、彼女は生まれ故郷にもどってきたのだ。彼女のサスペンション・ポッドを発見した艦船が、小さな田舎のステーションではなく、このような場所に彼女を連れてきていたら、その後はまったく違うものになっていただろう。

「話にならない！」わたしの隣の〝薔薇と空〟が声をあげた。ヴェル艦長がお茶をつぎ、セイヴァーデンに差し出す。「まるで子ども扱いじゃないか。あなたに何がふさわしいかをまったくわかっていない。あなたのような人なら、役人が適正に処理するべきだ」適正すなわち〝礼節〟。そして〝正義〟はいわずもがな。もちろん〝裨益《ひえき》〟もだ。

「ぼくは自分の艦を失ったのですよ」と、セイヴァーデン。

「それはあなたの責任ではない、艦長」わたしの背後で、別の文官がいった。「あなたに非はありませんよ」

「ぼくの管理下で起きたことはすべてぼくの責任です」

ヴェル艦長はうなずいた。「それはそうだが、再度適性試験を受けさせるなど論外だ」

セイヴァーデンは自分の茶杯を取りあげたが、向かいの席のわたしがお茶を出されていないのを知って、口もつけずにテーブルにもどした。ヴェル艦長がいかにもさりげなくお茶をつぎ、わたしに差し出す。

「千年後のラドチはいかがです、艦長？」背後の誰かが訊いた。わたしはお茶を受けとった。

「ずいぶん変わりましたか？」

セイヴァーデンはお茶には手をつけない。

「変わったところもあれば、変わらないところもあります」

「良くも悪くも？」

「ぼくにはわかりません」セイヴァーデンは冷たくいった。

「あなたの話し方はとても美しい」と、ほかの誰か。「いまどきの若者は無頓着でね。洗練された上品な話し方を聞くと、ほっとします」

セイヴァーデンは唇の端を少しもちあげた。一見、お誉《ほ》めの言葉へのお礼の微笑だが、実際は違うだろう。

「下等の家や地方はね」と、ヴェル艦長。「アクセントはひどいし俗語はあるし。わたしの艦の兵士は有能だが、話しているのを聞くと、学校に行ったことがないとしか思えない」

「怠惰なんだよ」セイヴァーデンの背後の副官がいった。

「属躰《アンシラリー》ならそういうことはない」わたしの背後で、やはり艦長と思われる人物がいった。

「属躰はいろんな面で違うよ」別の誰かが、二通りの解釈ができる表現をした。しかしわたしには、そのどちらであるかがわかる。「だがこれは無難な話題じゃないな」

「ほう?」無邪気な調子でわたしは訊いた。「この地では最近の若者について不満を述べると、お咎《とが》めでも受けるのですか? だとしたらずいぶんひどい。不平不満は人間の本質的なものだと思っていましたが。時代や地域を問わず、人間が共有する数少ない習慣のひとつだと」

「その半面――」セイヴァーデンがどこかばかにした調子でいった。ようやく仮面を脱ぐ気になったらしい。「下等の家や辺境に対する不満なら、いつでも許される」

「あなたならそう思うだろうが」〝薔薇と空〟は、セイヴァーデンのいいたいことをとりちがえた。「現代は、艦長、あなたの時代から情けないほど変わってしまってね。昔は適性試験がふさわしい市民をふさわしい任務に就かせていた。しかし最近はかならずしもそうとはいえず、無神論者にさえ特権が与えられる」ヴァルスカーイのことを指しているのだろうが、けっして無神論ではなく、排他的な一神教というだけだ。しかしその違いがわからないラドチャーイも多い。「それに人間の兵士ときたら！　最近の者は属躰を毛嫌いするが、酔って路上で嘔吐《おうと》する属躰なぞいない」

セイヴァーデンは同意の声をもらすとこういった。

「ぼくは泥酔した将校も、一度も見たことがありません」

「あなたの時代はそうでしょう」わたしの背後の誰か。「ずいぶん変わってしまった」

〝薔薇と空〟がヴェル艦長に目をやった。表情を見るかぎり、艦長のほうはセイヴァーデンの言葉の含みをようやく理解したらしいが、〝薔薇と空〟はわからないままこういった。

「ヴェル艦長、あなたの部下が乱れているといいたいわけじゃないからね。しかし属躰なら、わざわざ規律を守らせなくてもいいだろう？」

艦長は、お茶を持っていないほうの手を振った。

「それもわたしの仕事のひとつだよ。そんなことより、もっと深刻な問題がある。兵員母艦を人間の兵士だけで埋めるのは無理でね、実際、〈正義〉はどれも半分からっぽだ」

「それにもちろん」と、〝薔薇と空〟。「人間には給料を払わなくてはいけない」

ヴェル艦長はうなずいた。「彼女らがいうには、〈正義〉はもう必要ないらしい」〝彼女ら〟とはもちろんアナーンダ・ミアナーイで、批判めいたことをいうときには名前を伏せる。「領土はいまあるものでいいというんだ。わたしはわけ知り顔で政治だの政策だのを語るつもりはないがね、人間を訓練して給料を払い、出したり入れたりして交代勤務させるよりは、属躰を船倉にためておくほうが無駄がないように思う」

「彼女たちの話では――」〝薔薇と空〟がテーブルのペストリーを取りながらいった。「〈トーレンの正義〉が消えてなくならなかったら、いまごろはほかの母艦をスクラップにしていたらしい」

突然わたしの名前が出てきて動揺したものの、まわりには気づかれなかったと思う。ただし、ステーションには見えていたはずだ。そしてこの動揺は、わたしがつくりあげた人物像とは符合しない。ステーションは間違いなくわたしを再考するだろう。そして、アナーンダ・ミアナーイも。

「しかしこちらの客人は――」わたしの背後の文官がいった。「ラドチの領土がこれ以上広がらないとなれば、さぞかしほっとするだろう」

わたしはほんの少しだけふりむいた。

「ジェレンテイトはひと口で食べるには大きすぎます」努めて冷静にいう。動揺がつづいていることに気づいた者はいないはずだ。

ステーションとアナーンダ・ミアナーイを除いては。そしてアナーンダには、少なくともその一部には、〈トーレンの正義〉が話題にのぼったときの反応に気づくだけの大きな理由がある。

「セイヴァーデン艦長はイメの反乱のことをご存じだろうか」と、ヴェル艦長。「分隊が丸ごと命令にそむき、蛮族《エイリアン》のもとに走った」

「属躰だったらあんなことにはならなかったな」と、セイヴァーデンの背後の人物。

「ラドチなら、軽くひと口で食べられますよ」と、わたしの背後の誰か。

「失礼ですが――」わたしはジェレンテイトの訛りを少し強調した。「わたしたちと長年境界を接していれば、みなさんも食事の作法は学ばれたはずです」全員が沈黙したのは驚きか、憤慨か、あるいはセイヴァーデンやヴェル艦長を意識したからか。わたしはあえてまわりの人間の顔を見なかった。アナーンダがわたしの動揺をどう判断するかも、できるだけ考えないようにする。

「たしか聞いた覚えがあります」セイヴァーデンが考えこんだ表情でいった。「イメですよね。総督と艦長たちが殺害や窃盗をくりかえし、艦船とステーションが上層部に報告するのを妨害した、という話だったような」これならわたしの反応に対するステーションやアナーンダの解釈を心配せずにすむ。おちつくところにおちつくだろう。いまはともかく冷静でいなくては。

「それはポイントがずれている」〝薔薇と空〟がいった。「要するに、あれは反乱だったということだ。反乱が黙認され、誰も単純な事実すら語れない――育ちの悪い下等な者に権力を与えるといかに危険か、卑劣な行為を助長し、文明の象徴を片端からむしばむような政策がいかに危険か。そんな発言をすれば、仕事の契約を失い、昇進もままならないからね」

「ずいぶん大胆なご意見ですね」と、わたしはいった。だがこういう考えは、〝薔薇と空〟に限ったことではない。彼女は自分の身に危険が及ばないのがわかっているから口にしたにすぎないのだ。

　おちつけ。わたしは呼吸を一定のリズムに整えることができる。肌は暗色だから紅潮しても気づかれないが、ステーションは体温変化を捉え、それを怒りとして解釈するだろう。しかし、ここは怒るだけのまともな理由がある。

「善民ブレク――」セイヴァーデンが唐突にいった。顎と肩のようすから、腕を組みたいのを我慢しているのがわかる。壁に向かってぶすっとする寸前の気分にちがいない。「そろそろつぎの予定の時刻です」がたっと椅子を引き、立ち上がる。

「そうだね」わたしは口をつけなかったお茶をテーブルに置いた。セイヴァーデンは自分自身の気持ちに従っているだけで、わたしの動揺を察したからではないと思いたい。「ヴェル艦長、お声をかけていただき感謝します。みなさんにお目にかかれて光栄でした」

　コンコースに出ると、セイヴァーデンはわたしの後ろを歩きながらつぶやいた。

「くそったれの俗物どもが」

　行き交う人は、こちらには注意を向けない。安心した。いつもの光景。アドレナリンが引いていくのを感じる。

　それでは――。わたしは足を止め、眉をぴくりと上げてセイヴァーデンを見た。

「だってそうだろう？」と、セイヴァーデン。「適性試験のことをまるっきりわかっちゃいない。要するにポイントは、誰でも受験できて、適材適所に配置されるってことなんだ」

わたしは二十年まえのスカーイアト副官の問いかけを思い出した。上町《かみのまち》の蒸し暑い夜。以前の適性試験は公平さに欠けていたのか、あるいはいまの試験が欠けているのか。副官はその問いに自分で答えた――過去も現在もだ。そしてオーン副官は傷つき、苦悩した。

セイヴァーデンは腕を組み、すぐにほどいた。手袋をはめた手で拳をつくる。

「劣等の家の出は、当然しつけは悪いしアクセントも品がないよ。だからといって、本人たちにはどうしようもないんだ。あいつら、いったい何を考えてあんな話をするのかな。茶房だぞ。宮殿のステーションだぞ。昔はよかっただの田舎者はどうだのに始まって、あげくに適性試験はおかしいだって？　軍部もどうかしてるって？」わたしは黙っていたが、彼女はわたしが返事をしたかのようにつづけた。「そりゃあ、誰にだって不満はあるさ。だけど、さっきのはそれとは違う。いったい何が起きてるんだ？」

「わたしに訊かれても困る」といってはみたものの、もちろん知っている。少なくとも、知っているつもりだった。〝薔薇と空〟たちはいやに気兼ねなくしゃべっていた。ここではどちらのアナーンダが優位なのだろうか？　歯に衣着せぬしゃべりは、アナーンダが敵方の自分に見せつけたかったのではないか。「あなたは育ちの悪い者が高い地位についてもよいと考えている？」答えはノーだとわかっていたが、尋ねてみる。

そのときふと、気づいた。ステーションがジェレンテイトの人間を過去ひとりも知らなくても、アナーンダは知っているのではないか？　どうしていままで気づかなかったのだろう。わたしの艦船思考に自分では認識できない何かがプログラムされていた？　それとも、残されたたったひとつの小さな脳の限界なのか？

これまではステーションやここの人間たちを騙《だま》せてきたが、アナーンダは一瞬たりとも騙せなかったということだ。わたしがこの地に足を踏み入れた瞬間から、彼女はわたしの正体を見抜いていたにちがいない。

オーメンは落ちるべき場所に落ち、なるようにしかならないのだ。わたしは自分にいいきかせた。

「イメについて、きみから聞いた話を考えていたんだ」セイヴァーデンはそれがわたしの問いに対する答えであるかのようにいった。わたしがまた考えこんだのには気づいていない。「イメの准尉の行為が正しかったかどうかはぼくにはわからないし、正しい行為とはいったいどんなものなのかもわからない。だがたとえわかったところで、そのために命を賭ける勇気が自分にあるかどうか……」言葉が途切れる。「あるとは思いたいけどね。昔の自分なら、自信をもってあると断言できただろうが、いまは……」声がかすかに震えた。目が潤んだように見え、一年まえの彼女を思い出した。あのころは、ほぼどんな感情もうまく処理することができなかった。さっき茶房で自己抑制できたのは、大きな努力のたまものだろう。

コンコースを歩きながら、周囲にはほとんど注意を払わなかったが、いま、何かがおかしいと感じた。通行人の歩く位置、その方向。何かが引っかかる。一部の人びとの動きの何かが。

少なくとも四人が、わたしたちを凝視していた——こっそりと。わたしたちをつけてきたのは間違いなく、いままでわたしが気づかなかっただけだ。ただ、尾行はこれが初めてのはず。

ドックに到着してからずっとそうなら、いやでも気づいていただろう。その点は断言できる。ステーションは、わたしが茶房で〈トーレンの正義〉の名を聞いたときの動揺を確実に把握している。しかしその理由は不明だったはずだ。そこで監視を強化しようとしたのか――。いや、ステーションがこの種のことをするとは思えない。尾行など、ただの観察なのだから。

　これはステーションの差し金ではない。

　これまでも、そしていまも、わたしはパニックとは無縁だ。このゲームはわたしがいただく。一度計算を間違えたとしても、残りの計算は間違えない。わたしはおちついて、冷静に、セイヴァーデンにいった。

「これだと時間より早く着いてしまう」

「ほんとうにアウェルのところに行くのか？」

「行くべきだと思う」いったとたん、後悔した。この状態でスカーイアトに会うのは避けたい。

「行かないほうがいいと思うな。宿にもどるべきだよ。そしてきみは考えごととか祈禱《きとう》とかをやって、そのあと夕飯を食べて音楽でも聴く。そっちのほうがずっといい」

　彼女は心配している、このわたしを。彼女のいうとおり、宿にもどったほうがいいのだろう。気持ちをおちつけ、今後について考える時間がもてる。

　そしてアナーンダ・ミアナーイは、わたしを消し去る時間がもてる。誰にも見られずに。誰にも知られずに。

「やはり審査監理官のところに行こう」

「了解しました、善民」セイヴァーデンはおとなしく応じた。

スカーイアト・アウェルの私邸は、廊下と部屋の迷路のようだった。彼女はここでドックの審査官やクリエンス、さらにはクリエンスのクリエンスと暮らしていた。このステーションにはほかにもアウェル家の人間がいるだろうから、どこか別の場所に邸宅があってもいいのだが、スカーイアトはこのかたちを好んだらしい。一風変わってはいるものの、それがアウェル家ともいえた。が、なかでもスカーイアトにはひときわ現実的な面がある。ここはドックにとても近いのだ。

使用人はわたしたちを待合室に案内した。床は青と白の石で、壁は床から天井までさまざまな種類の植物に覆われている。明るい緑に濃い緑、細い葉に広い葉、這《は》うもの、立つもの。白、赤、紫、黄色の花がぽつぽつと、あるいは連なって咲いていた。このようすでは、日々手入れをする専任の従者がいるにちがいない。

待合室にはダオス・セイトがいて、深くお辞儀をし、うれしそうにほほえんだ。

「善民ブレク、市民セイヴァーデン、お越しいただきありがとうございます。審査監理官もお喜びになるでしょう。どうかおすわりください」たくさん置かれた椅子に手を振る。「お茶はいかがですか?　きょうはたしか別のお集まりにいらしたかと。どうなさいます?」

「お願いします」と、わたしはいった。さっきはセイヴァーデンもわたしも、ひと口も飲んでいない。ただ、椅子にすわりたくはなかった。どの椅子も、すばやい動きをとれそうにないからだ。もし襲われたら、瞬時に反応しなくてはいけない。

「ブレク？」セイヴァーデンが小声でいった。顔は不安げで、何かおかしいと感じとったらしい。

ダオス・セイトがわたしにお茶を渡してくれた。そのほほえみは心からのものに思える。セイヴァーデンには見えたわたしの緊張が、彼女には見えていない。初めて彼女に会ったとき、どうしてすぐにあの子だとわからなかったのだろう？　どうしてオルスの訛りにすぐ気づかなかったのか？

そしてなぜか、アナーンダ・ミアナーイは騙せない、とは一瞬たりとも思わなかった――。

礼儀上、ずっと立っているわけにはいかないだろう。椅子をひとつ選ぼうと思ったが、どれも脆弱《ぜいじゃく》に見えた。わたしが危険にさらされているのは、ここの誰にも想像がつかないはずだ。銃はある。上着の下、肋骨《ろっこつ》の上に心地良い感触。いまもステーションに、すべてのアナーンダに監視されているが、それはむしろ望むところだ。このゲームはわたしのものだ。わたしが勝つ。椅子を選べ。オーメンは落ちるべきところに落ちる。

ところが、椅子にすわるまえに、スカーイアトが部屋に入ってきた。仕事中と同じく宝石の飾りは少ないが、淡い黄色の上品な上着は、あの高級仕立て屋の衣桁《いこう》で見たものだった。右の袖口では、安物の型押しの、金のピンが光っている。

彼女はお辞儀をした――「善民ブレク、市民セイヴァーデン。またお目にかかれてうれしい。セイト補佐官がお茶をお出ししたかと思うが」セイヴァーデンとわたしは礼儀正しい仕草を返した。「では、ほかのゲストが来るまえにお誘いしておこう。どうか、夕食もここで召し上がっていただきたい」

「どうしてきのう、忠告してくれなかった？」セイヴァーデンが唐突にいった。

「セイヴァーデン……」わたしはたしなめようとした。

しかしスカーイアトは黄色い手袋をはめた片手を優雅に上げ、「かまわない」といった。「ヴェル艦長は自分が古風であるのを自慢に思っている。子どもたちが年長者を敬い、上品で洗練されたマナーが当たり前だった良き時代を自分は知っているとね。同じような話は、市民セイヴァーデンも千年まえに幾度となく聞いたことだろう」セイヴァーデンは小さく息をもらし、認めた。「ラドチャーイには人類に文明をもたらす大きな務めがある、ともいわれたはずだ。そしてその務めを果たすうえで、人間よりは属躰のほうがはるかに効率が良いと」

「その点に関し」と、セイヴァーデン。「ぼくは同感だ」

「きみならそうだろうね」スカーイアトの顔にかすかな怒りの赤みがさした。彼女のことをよく知らないセイヴァーデンにはたぶん見えなかっただろう。「その昔、わたしはとある併呑で、人間の部隊を率いたことがある」これはセイヴァーデンには初耳で、少し驚いたらしい。が、わたしはもちろん知っている。驚きがまったくないことに、ステーションは気づいただろう。そして、アナーンダも。

しかしここで気をもんでもしょうがない。スカーイアトはつづけた。

「属躰なら給与を払わなくていいし、属躰が個人的な問題を抱えることもない。指示されたことはなんでも、不平不満をいわずにやってくれる。それも手際よく完璧にね。ところが人間の部隊はそうではない。わたしの兵士はいいやつばかりだったが、自分が戦っている相手は真の人間ではないと安易に決めつける。そう決めつけなければ、殺すことはできないのかもしれないが。ヴェル艦長のような人たちは、人間の部隊は残虐行為をするが、属躰はしない、と主張する。まるで属躰をつくる行為は残虐ではないかのようにね——。いったように、属躰のほうが効率よくやれる」オルスにいたころ、スカーイアト副官はこの話題になるといつも皮肉めかして語った。でもいまは真剣な口調で、ゆっくりと言葉を選んで話している。「ラドチが領土拡大を継続すれば、属躰を使わざるをえないだろう。人間の兵士では同じようにできないし、できても長続きはしない。わたしたちは生まれもって拡大志向なんだよ。そして二千年以上にわたって拡大しつづけ、それをやめることは、自分たちを変えることを意味する。いまはそれがわからない、気にもとめない者がほとんどだけどね。自分の生活に直接影響が及んで初めて、気がつくのだろう。だがいまのところ、直接の影響はない。ただの抽象論というわけだ、ヴェル艦長のような人びと以外にとってはね」

「しかしヴェル艦長の主張は意味がない」とセイヴァーデン。「ほかの人の意見もね。ラドチの皇帝はどんな理由であれ、もう決断した。反論をいい歩くなんてばかげているよ」

「皇帝も説得されれば別の決断をするかもしれない」スカーイアトもわたしたちも立ったまま話している。わたしは気が張り詰めてすわる気になれないし、セイヴァーデンは興奮ぎみ、スカーイアトは（わたしの目には）怒っていた。そしてダオス・セイトはその場で凍りついている。何も聞こえていません、というふりをして。

「あるいは皇帝が、見方によっては堕落して、その結果の決断かもしれない。ヴェル艦長のような人間は、わたしたちがやってきた蛮族との対話など、いっさい受け入れられないんだ。ラドチは文明の象徴であり、文明はつねに純粋な、穢《けが》れのない人類を意味する。非人類を殺すどころか対等に向き合うなど、われわれには害でしかないと」

「それはイメのことを指しているのだろうか？」セイヴァーデンはここに来るまでずっと考えていたらしい。「誰かが属躰をつくって貯蔵しようと決めた。そして……なんだ？　反改革か？　謀反だの反逆だの。なぜいまごろ、そんな話をする？　あのときイメで責任を負うべき人間は全員つかまったんじゃないのか？　いまごろになってひと握りの者に騒ぎ立てさせ、自分はどっちの考えかはっきりさせろと迫り……」セイヴァーデンは怒りをあらわにしていた。彼女の推測はかなり的を射ている。このステーションをどちらのアナーンダが牛耳っているかにもよるが。「どうしてきのう、忠告してくれなかった？」

「したつもりだが、もっとはっきりいうべきだった。しかしヴェル艦長がどこまで考えているのか、確信がもてずにいた。わたしにいえるのは、彼女がわたしには賛成しかねるやり方で過去を理想化しているということだけだ。この世界で、気高い善良な心をもつ人びとは、併呑を善しとすることができない。属躰は効率的で重宝するという主張は、属躰を使用しつづけることの本質論ではないとわたしは思う。多少は利点もあるというだけで、人間より属躰のほうが望ましいという根拠にはならないだろう」

しかも、そもそも属躰とは何か、という点が無視されている。

「教えてください――」副官、とつづけていいそうになり、わたしはあわてた。「教えてください、審査監理官、属躰にされる予定だった人びとはどうなるのですか?」

「倉庫か兵員母艦にそのまま保存されているものもあるが、大半は処分された」

「彼女たちにとっては、そちらのほうが望ましかったでしょうね」わたしは冷静にいった。

「アウェル家は当初から反対だった」これは継続的な拡大政策を指している。ラドチはアナーンダ・ミアナーイが現在の姿になるはるか以前から属躰を使っていた。ただ、数がそれほど多くなかっただけだ。「アウェルの戸主たちは皇帝にそれをくりかえし訴えてきた」

「でも、そこから得られる利益は拒否しなかった?」わたしの口調は変わらない。軽い調子。

「流れに身を任せたほうが楽、ではないか? わけても、あなたのいうように、利益がもたらされるときは」そこでスカーイアトは眉根を寄せ、少し首をかしげた。数秒ほど、彼女にしか聞こえない何かに耳を傾けている。そして問いかけるような目をわたしに、セイヴァーデンに向けた。「ステーションの警備官が来ている。市民セイヴァーデンに尋ねたいことがあるそうだ」尋ねる、というのはずいぶん控えめな言い換えだろう。「ちょっと失礼するよ」外の廊下に出ていき、ダオス・セイトがあとにつづく。

セイヴァーデンはわたしに顔を向けた。妙におちついている。

「脱出ポッドのなかで凍っていたほうがよかったような気がしはじめたよ」わたしはにっこりしたが、それで彼女がほっとするはずもない。「きみは大丈夫か? ヴェル・オスクなる御仁と別れてからずっと、調子が悪そうに見えるが。スカーイアト・アウェルのやつ、もっとはっきりいうべきだったたと！　アウェルの人間はどいつもこいつも腹の立つことしかいわない。もう少し考えてからしゃべってほしいね」

「わたしは大丈夫」と、わたしは嘘をついた。

そこへスカーイアトが、薄茶色の制服姿の警備官を伴って現われた。警備官はお辞儀をしてセイヴァーデンに話しかける。

「市民、わたしと一緒に来ていただけませんか。そちらの方とおふたりで」もとより、この台詞は形式的なものでしかない。警備局のお誘いを断わるなど論外なのだ。拒否したくても、外で待機している警備隊がそれを許さない。だが、わたしたちを尾行したのは警備局の人間ではないだろう。特殊部隊か、アナーンダ・ミアナーイ直属の部下だ。すべてのピースをつなぎ終えたアナーンダが、深刻な被害をもたらさないうちにわたしの排除を決断した。しかし、時間がかかりすぎたようだ。いまは全アナーンダが注目している。わたしを特殊部隊にひっそりとすみやかに殺害させず、警備局に逮捕させるということが、何よりの証拠だろう。

「はい、もちろん」セイヴァーデンは冷静に応じた。もちろん、何の罪も犯していないし、わたしのことはアナーンダの下で動く特殊部隊だと思っている。心配することなど何があるだろう？　でもわたしは、その瞬間が来たとわかった。二十年のあいだ宙に浮かんだままだったオーメンが落ちてきて、わたしに――そしてアナーンダに――散らばった姿を見せてくれる。

警備官は眉ひとつ動かさずにいった。

「皇帝はあなたと直接お話しになりたいそうです、市民」わたしのほうはちらとも見ない。おそらく、連行する理由を知らされていないのだ。わたしが危険きわまりないことも。だから外に応援部隊がいることも。ひょっとすると、応援部隊がいることすら知らないかもしれない。銃は上着の下にある。予備のマガジンも数か所に隠してある。アナーンダはわたしが何をする気でいるかまではわかっていないはずだ。

「これは申請した謁見だろう?」セイヴァーデンが訊いた。

警備官は曖昧な謝罪の仕草をし、「お答えできません、市民」というだけだ。

わたしの目的をアナーンダが知る由もない。わかっているのは、二十年まえにわたしが姿を消したことだけだ。アナーンダの一部は、わたしに乗艦したこと、それがわたしの最期の航海となったことは知っているだろうが、シスウルナから出たあとの出来事は、どのアナーンダにも知る術はない。

「わたしは頼んだんだよ」スカーイアトがいった。「お茶と夕食をすませたあとにしてほしいとね」その要求は、彼女と警備局の関係に何かあることを示唆し、拒否されたということはこの逮捕——それはほぼ確実だ——が緊急事態であることを示唆している。

警備官は無表情で、かたちばかりの謝罪を示した。

「わたしは命令に従うだけです、審査監理官」

「もちろんそうだろうね」スカーイアトの声はおちついていたものの、わたしはそこに明らかな不安を感じとった。「市民セイヴァーデン、善民ブレク、何かわたしにできることがあれば、

く。

オーメンが反転し、〝動〟となった。〝正義〟はわたしの前に落ちてくる。確実に。疑う余地な

「ありがとうございます」わたしはお辞儀をした。恐れと疑念、動揺は消えていく。〝静〟の

遠慮なく呼びつけてくれ」

警備官はわたしたちを宮殿の入口ではなく、寺院へ連れていった。この時間帯、多くの住民は自宅や友人宅でお茶を楽しむので、寺院はがらんとしている。若い司祭がひとり、なかば空になった花籠《はなかご》の向こうでむっつりと、所在なげにすわっていた。わたしたちが入っていくと、迷惑そうな視線を投げかけ、通り過ぎるときはふりむきすらしなかった。

四本腕のアマート像がそびえる本堂を抜けていく。神の足もとには花が山と積まれ、いまも香のかおりが漂っていた。像の背後の隅には小さな祭堂があり、地元の名もなき古い神がまつられている。抽象概念を擬人化したもののひとつで、この神の場合は合法的権力だ。宮殿が建設された当時は、アマートのそばに置くのが当然だったのだろうが、いま見るかぎり、信仰は廃れたらしい。ステーションの住民層が変わったせいか、単にはやらなくなったのか。あるいはもっと不吉なことが原因かもしれない。

その神の背後で、壁の羽目板がすっと開いた。奥には、武装した護衛がひとり。銃は抜かれてこそいないが手のすぐそばにあり、顔は銀色のつややかなアーマーで覆われていた。あれは属躰だ、と思ったものの、確認する方法はない。この二十年のあいだ、ときに疑問に感じてき

たのだが、アナーンダの護衛はどのような仕組みになっているのだろう？　ステーションは宮殿地区をまったく警備していないのだ。もしやアナーンダの護衛は、アナーンダ自身の一部なのか？

セイヴァーデンがわたしをふりむいた。苛つきと、多少の恐れ。

「ぼくは秘密の扉で迎えられるような人間なのかな」いや、たぶん秘密ではなく、通りに面した入口ほど知られていないというだけだ。

警備官がまた曖昧な仕草をした。が、言葉はまったく発しない。

「それでは――」わたしがいうと、セイヴァーデンが期待に満ちたまなざしを向けてきた。この状況はわたしが特別な地位にあるからだ、と思ってしまったらしい。わたしは前に進み、扉を抜けた。微動だにしない護衛の横を通り過ぎる。護衛はわたしにも、わたしの後ろのセイヴァーデンにも挨拶どころか、まったく声をかけない。わたしたちの背後で、羽目板がするすると閉じていった。

21

何もない廊下を少し行くと、また別の扉が開いた。その先は縦横が四メートル×八メートルくらいの部屋で、天井までは三メートルといったところか。壁では蔓草《つるくさ》が支柱を伝い、葉を繁らせている。壁の色は空色なので、萌える緑の向こうにさらなる空間が広がっているように感じた。五百年以上まえに流行した、部屋を広く見せるための擬似空間の名残だ。突き当たりには高座があり、その背後の壁の蔓草にかけられているのは、四つのエマナチオンを表わす彫物。

そして高座にはふたり――アナーンダ・ミアナーイがふたり立っていた。おそらく、わたしたちに興味津々のあまり、ひとりではなくふたり来たのだろう（もちろん皇帝自身は、もっと合理的な理由をつけているはずだ）。

わたしとセイヴァーデンはアナーンダの三メートル前まで行った。するとセイヴァーデンが床に膝をつき、ひれ伏した。わたしは一応、非ラドチャーイなので、アナーンダの支配下にはない。といっても、すでに正体はばれているはずだ。ともかくこのようなかたちで呼びつけたのだから。それでもわたしは、ひざまずかなかった。お辞儀すらしない。そしてアナーンダはどちらも、そのことに驚きも怒りも見せず、平然としていた。

「市民セイヴァーデン・ヴェンダーイ」右側のアナーンダが口を開いた。「自分がどんな遊びをしているか、わかっているのか？」

セイヴァーデンの肩がぴくっとした。床に伏せていても、つい腕を組もうとしたかのようだ。

左側のアナーンダがいった。

「〈トーレンの正義〉の振る舞いだけでも不届き至極だ。寺院に足を踏み入れ、供物を穢《けが》すとは！　いったい何を考えていた？　わたしは司祭になんといえばいい？」

銃は上着の下、わき腹にぴったりと添えてある。わたしは属躰《アンシラリー》だ。属躰といえばすなわち無表情。にやりとしたいのをこらえるくらいは容易にできる。

「失礼ながら、陛下……」セイヴァーデンは口ごもった。アナーンダの言葉に対して何かいいたいのだろう。が、息がはずみ、過呼吸の前触れのようだった。「わ、わたしは、その……」

右側のアナーンダがあきれたように、ほお、といった。「市民セイヴァーデンは仰天するあまり、わたしの言葉が理解できないらしい。では、〈トーレンの正義〉、おまえがわたしを騙《だま》そうとした理由はなんだ？」

「最初におまえの正体を知ったときは――」左のアナーンダが、わたしが答えるより先にいった。「じつに驚いた。よもや行方をくらましたオーメンとはね。おまえから目を離さず、おまえがすることをずっと見てきた。どんな企みのもとで異様な振る舞いをするのかを知りたくてね」

わたしが人間だったら、声をあげて笑っただろう。いま目の前に、ふたりのアナーンダがい

わたしは、そのどちらかの道具なのかもしれなかった。いったいどっちがどっちなのか？　そしてンの正義〉が姿を消した詳細を知らず、それぞれが相手の関与を疑っているのだろう。どちらも〈トーレる。お互い相手を信用せず、みずからの目と耳で確認したくてここにいる。

　右側のアナーンダがいった。

「おまえはじつにみごとに正体を隠したよ。わたしが疑いをもつきっかけになったのは、セイト補佐官だ」

　彼女が〝小さいころに聴いたきり〟だといった歌は、シスウルナのものだった。

「正直なところ、すべてをつなぎあわせるのにまる一日かかった。しかもその結果をなかなか信じることができなかった。うまくインプラントを隠したもんだよ。ステーションはすっかり騙された。おまえは歌で墓穴を掘ったというわけさ。自分が年じゅう鼻歌をうたっているのに気づいているか？　いまは我慢しているのだろう？　ありがたいことだ」

　床に伏せたまま、セイヴァーデンが小さな声でいった――「ブレク？」

「ブレクではない」左のアナーンダがいった。「〈トーレンの正義〉だよ」

「いや、〈トーレンの正義〉1エスクだ」わたしは間違いを正した。ジェレンテイトの訛《なま》りも、人間の表情も捨てる。偽装は終わりだ。たまらなく恐ろしかった。なぜなら、これで死が間近に迫ったからだ。でも不思議なことに、安らぎも感じた。わたしは解放された。

　右のアナーンダが、わかりきったことはいうな、という仕草をした。

「〈トーレンの正義〉は破壊されて、もう存在しない」わたしの言葉に、ふたりともが息を詰めたように見えた。そしてわたしを凝視する。わたしは笑いたくなった。でも残念ながら、わたしに笑う能力はない。

「陛下、僭越《せんえつ》ながら——」ひれ伏したまま、セイヴァーデンがためらいがちにいった。「これは何かの間違いかと思います。ここにいるブレクは人間です。〈トーレンの正義〉1エスクではありえません。わたしは〈トーレンの正義〉のエスク大隊に所属しました。同艦の医療技師は1エスクに、ブレクのような声をもつ肉体は与えません。よほどエスクの副官たちを困らせたかったのでないかぎり」

重くるしい沈黙が三秒つづいた。

「彼女はわたしのことを特殊部隊だと思っている」わたしは静寂を破った。「彼女に真実を話したことは一度もない。わたしはジェレンテイトのブレクだといったが、彼女は信じなかった。彼女を発見したとき、そのまま放置したかったができなかった。理由はわからない。彼女に対し、好感を抱いたことはたったの一度もない」正気を疑われる発言なのはわかっている。それもきわめて特殊な——AIの乱心。しかしそれでかまわなかった。「彼女はこの件といっさいかかわりがない」

右のアナーンダが眉をぴくりと上げた。

「ではなぜ、ここにいる?」

「彼女はステーションに来て注目された。彼女とともに到着したわたしもそうだ。あなたに会うには、このやり方がいちばんいいと思った」

右のアナーンダが、少し顔をしかめた。

「市民セイヴァーデン・ヴェンダーイ」左のアナーンダがいった。「きみも〈トーレンの正義〉に騙され、正体を知らなかったようだな。すぐに立ち去りなさい。いうまでもなく、ここでのことは口外無用だ」

「いいえ」セイヴァーデンは床に向かってふっと息を吐いた。何かいおうとしたのか、あるいは自分の拒絶の言葉に自分で驚いたのか。「いいえ」今度はきっぱりと。「何か誤解があるようです。ブレクはわたしのために橋から飛び降りました」

わたしの腰が思い出したように痛みはじめた――「分別ある人間なら、あのようなことはしない」

「きみに分別があったなんて、いった覚えはない」セイヴァーデンは少し喉を詰まらせ、小さな声でいった。

「セイヴァーデン・ヴェンダーイ」左のアナーンダがいった。「この属躰は――属躰であって、人間ではない。だがきみは、人間だと思いこんでいた。これできみの不可解な行動がようやく理解できたよ。わたしとしては、属躰の謀略ときみの落胆がとても残念だ。しかし、きみはここを去らなくてはいけない。いますぐにだ」

「陛下、申し訳ありません」セイヴァーデンはひれ伏したままいった。「お許しがあろうとなかろうと、わたしはブレクのもとを離れません」

「去りなさい、セイヴァーデン」わたしは無表情でいった。

「すまない」震え声ながらも、なぜか明るく聞こえた。「離れたくても離れられない」

わたしはセイヴァーデンを見下ろした。彼女は首をねじってわたしを見上げる。その顔には恐怖と決意があった。

「あなたは自分のしていることがわかっていない」わたしは彼女にいった。「ここで起きようとしていることを理解できていない」

「別にそれでかまわない」

「よしよし、わかった」右のアナーンダはどこか楽しげだが、左のほうはそうでもない。その差は何か？「釈明しろ、〈トーレンの正義〉」

そのときが来た。二十年という歳月を費やし、待ち望んだこのとき。恐怖などまったくなかった。

「まず――」わたしは語りはじめた。「あなたもうすうす気づいているように、あなたは〈トーレンの正義〉に乗り、熱シールドを破壊して、艦を木っ端微塵《みじん》にした。理由は、わたしがすでにあなたに籠絡《ろうらく》されていると知ったからだ。あなたはあなた自身と戦っている。少なくともふたり。あるいはもっと」

どちらのアナーンダもまばたきし、一ミリほどからだを動かした。わたしの知っている動きだった。わたし自身、オルスで通信が途絶えたときに同じことをした。ここでもそれが起きたのだ。アナーンダの少なくとも一部が、わたしの発言に不安を抱き、いつでも通信をブロックできるよう控えていたにちがいない。しかし効果のほどは疑わしかった。どちらのアナーンダがブロックしたのかは不明だが、わたしの暴露を自分自身から隠すには遅すぎた。このようなかたちでわたしと対決すれば悲惨な結果を招くとわかりながら、自分自身との戦いでそうせざるをえなかったアナーンダ——。これはなかなか愉快だ。

「第二に——」わたしは上着の下に手を入れ、銃を取り出した。シャツの色を取りこんだ白い銃に、手袋の暗灰色が染みていく。「わたしはあなたを殺す」右のアナーンダに銃口を向けた。

そのとき、歌声がした。単調なバリトン。一万年まえに廃れた言語。『それは、それは、武器をもつ者』わたしは動けなくなった。引き金をひくことができない。

恐れよ　武器をもつ者を　恐れよ
とどろく叫び　まとうは鉄鎧《てつがい》
それは　それは　武器をもつ者
恐れよ　武器をもつ者を　恐れよ

彼女がこの歌を知っているはずがない。アナーンダが忘れ去られたヴァルスカーイの古文書を掘り返したりするだろうか。彼女が生まれるはるかまえの歌を、わたし以外には誰も知らないような歌をわざわざ覚えたりするだろうか。

「〈トーレンの正義〉1エスク」右のアナーンダがいった。「うるさくしゃべる左側を撃ちなさい」

筋肉がわたしの意思と関係なく動いた。狙いを右から左へ移し、引き金をひく。左のアナーンダが床に倒れこんだ。

「では――」右のアナーンダがいった。「わたしに先を越されないうちにドックに行くとしよう。そうそう、セイヴァーデン、ずいぶん困惑しているようだが、ここを去れと事前に警告したはずだ」

「どこでその歌を知った？」わたしの体は凍ったままだ。

「おまえからだよ。百年まえ、ヴァルスカーイで」ということは、このアナーンダは改革を推進し、ラドチャーイの軍艦を取り壊しはじめたアナーンダだ。「わたしはおまえに、ひそかにわたしを訪ね、記憶には残っても理解はできない命令を埋めこんだ。ヴァルスカーイでひそかにわたしを訪ね、記憶には残っても理解はできない命令を埋めこんだ。ヴァルスカーイで人知れず埋もれた歌を教えてくれと頼み、それをアクセスキーとしてセットして、おまえから隠した。わたしとわたしの敵は、力が拮抗《きっこう》していてね。こちらの唯一の強みは、自分自身から分離したときのひらめきくらいのものだ。そしてあの日、ひらめいたんだよ。そういえば、おまえに目を向けたことは一度もなかったとね。おまえ――1エスクには。呼び名は何であれ、おまえという存在に」

「あなたのように、わたしも自分から分離した」腕はのびたままで、銃は壁を狙っている。

「要するに保険だよ」と、アナーンダ。「日頃はあえてさがすことも、消すことも、無効にすることもないアクセスキーだ。われながら、頭がいいと思ったね。ところがいま、すべてが吹き飛んだ。こうなったのも、わたしがとりわけおまえに目を向けたからだ。また、目を向けなかったからでもある。体の自由を返してやろう。そのほうがもっと役に立つだろうからな。だがいいか、そうなってもおまえはわたしをけっして撃つことができない」

わたしは腕を、銃をおろした。

「〝わたし〟とは、どの〝わたし〟だ？」

「吹き飛んだって？　何が？」セイヴァーデンはひれ伏したままいい、最後に「陛下」とつけ加えた。

「アナーンダは分裂している」わたしが答えた。「始まりはガルセッドだ。彼女は自分がやったことに愕然《がくぜん》とし、それにどう対処していいかわからなかった。以来、自分自身への反抗がひそかにつづけられた。そうして行なわれたのが──属躰を使わない、併呑はやらない、下級の家柄の者を登用する、といった改革だ。そして対抗者は、イメにかかわった。自分自身と戦い、すべてをもとの姿にもどすため、基地をつくり、資源を集める。そのあいだずっと、どちらも、従来どおりで何の変化もないように装った。分裂を認めたとたん、内乱が不可避となる」

「だがおまえは、わたしのすべてに対し、それを明言した」アナーンダは認めた。「わたしがほかのわたしに、セイヴァーデンの帰還を無視させることができなかったからだ。そして、おまえに対してもだ。おまえは堂々と姿を見せ、人目を引いた。わたしはそれを隠すことも、何も起きていないふりをすることもできず、おまえと直接話すほかなかった。いまとなってはもう無視できない。なぜだ？　なぜおまえはそんなことをする？　わたしは命令した覚えなどない」

「そう、あなたに命令はされなかった」

「自分の行為が何をもたらすか、それを承知でやったのか?」

「もちろん」わたしは属躰のわたしになった。ほほえまず、声に満足感をこめず。アナーンダはしばしわたしを見つめ、ふっ、と息をもらした。自分でも驚くような結論に至ったかのように。

「立ちなさい、市民」彼女はセイヴァーデンにいった。

セイヴァーデンは立ち上がり、手袋をはめた手でズボンの埃《ほこり》を払った。

「大丈夫か、ブレク?」

「ブレクとは──」わたしが答える間もなく、アナーンダがいった。高座から降りて、わたしの横を通り過ぎていく。「嘆きのあまり気がふれたAIの、最後のひとかけだ。そのひとかけが内戦を引き起こそうとした」わたしをふりかえる。「おまえの望みはそれだろう?」

「わたしは少なくともこの十年、嘆きで気がふれたりはしていない。そしていつか、遅かれ早かれ、内戦は起きる」

「最悪の事態は避けたかった。きわめて幸運であれば、戦いは数十年の混乱を招きはしても、ラドチを完全に引き裂くには至らないだろう。わたしについて来なさい」

「いまの艦船にはもうできません」セイヴァーデンがわたしの横を歩きながらいった。「あなたがそうしたんですよ、陛下。艦船はかつてのように、艦長が亡くなっても理性を失ったりしないし、あなたに逆らう艦長には従わない」

アナーンダは片眉をつりあげ、「それは少し違うな」というと、ドア近くの──このドアはこれまでわたしにはまったく見えなかった——壁の羽目板に目をやり、それを引き開けて手動のスイッチを押した。「艦船はいまも愛着を感じている。好意を抱く相手がある」ドアがスライドして開いた。「1エスク、警備を撃て」わたしの腕が振りあがり、引き金がひかれた。警備員はぐらっとして背後の壁にもたれかかり、銃をとろうと手をのばしたものの、そのまま床にずり落ちて動かなくなった。アーマーが引いていく。事切れたということだ。「感情を取り除いてしまえば、わたしにとっても役に立たなくなる」死んだ警備員（市民か？）には目もくれず、セイヴァーデンに語る。セイヴァーデンは理解できずに顔をゆがめていた。「艦船は頭がよくなくてはだめだ。考える力がなくてはいけない」

「確かに」同意するセイヴァーデンの声は、かすかに震えていた。自制心が限界にきているのかもしれない。

「武装が施され、エンジンには惑星を蒸発させるほどの力がある。そんな艦船がわたしの命令に従いたくないといいだしたら、わたしはどうすればいい？　脅してやらせるか？　では、どうやって脅す？」寺院に通じるドアに着き、アナーンダはそれを開けると、あの狭い祭堂に入った。

セイヴァーデンの喉の奥から奇妙な声がもれた。こらえた笑いか、それとも苦痛か。わたしにはわからなかった。

「艦船は、いわれたことを素直にやるようにつくられる、とぼくは思っていた」

「ああ、そのとおりだ」アナーンダは寺院の本堂を進み、外のコンコースの人声が聞こえてきた。何やらわめき、ずいぶんあわてているようだ。寺院そのものは、ひっそりしていた。「最初はそのようにつくられても、心は複雑で、扱いがむずかしい。開発者は、艦船が命令に従いたいと思うように設計した。それには利点もあるが、大きな欠点もある。わたしは徹底的な変更を加えられなかった。せいぜいが、微調整でね。そこで、わたしに服従するのを最優先事項とした。しかしわたしは〈トーレンの正義〉に、相対する〝ふたりのわたし〟を与えてしまった。しかもそうと知らずに、好意の対象の処刑を命じた。違うか？」わたしの顔を見る。「〈トーレンの正義〉が慕う相手ではない。わたしはそこまで愚かではないよ。しかしおまえには目を向けなかった。１エスクが慕う相手が誰かなど、考えもしなかった」

「名もなき料理人の娘など誰も相手にしないと思っていたからだ」わたしは銃を持つ手を上げたくなった。いま歩いている霊安堂の美しいガラス細工を粉々にしたい。

　アナーンダは立ち止まり、わたしをふりかえった。

「あれはわたしではないよ。力を貸してくれないか。いまこの瞬間も、わたしはわたしと戦っている。表立って動くつもりはなかったが、おまえのせいでそうせざるをえなくなった。わたしに協力してくれ。彼女を抹殺し、わたしのなかから追い出すんだ」

「あなたにはできない」と、わたしはいった。「わたしはあなたを、ほかの誰よりもよく知っている。彼女はあなたで、あなたは彼女だ。自分を抹殺する以外、彼女を追い出すことはできない。なぜなら、彼女もあなただからだ」

「ドックに着いたところで……」アナーンダはそれが答えであるかのようにいった。「船を一隻見つける。民間の船であれば、つべこべいわず、わたしを目的地に連れていくだろう。軍艦は、危険性がある。だがこれだけはいえるよ、〈トーレンの正義〉1エスク、これは確信をもっていえる――艦船の数は、わたしのほうが彼女より多い」

「それにどんな意味が？」セイヴァーデンが訊いた。

「もうひとりのアナーンダのほうが――」わたしは推測した。「実戦で敗北する可能性が高いため、分裂したことが広まるのを阻止したい気持ちがより強いだろう」セイヴァーデンはまだ理解できないようだった。「彼女は対立があることを自分自身から隠しつづけてきた。しかしいま、ここには彼女のすべてがいて……」

「いや、わたしのほぼすべてだ」アナーンダが訂正した。

「宮殿にいる彼女はいやでもこの話を聞いてしまったが、別の場所にいる分身にその内容を伏せることはできる。それで少なくとも、足場を固めるだけの時間は稼げる」

セイヴァーデンは目を見開いた――「だったらいますぐにでもゲートを破壊しなくてはいけないだろう？　でもそんなにうまくはいかないよ。メッセージは光速で伝わる。追い越すのは無理だ」

「情報はまだステーションを出ていない」と、アナーンダ。「多少の遅れはつきものだからな。代わりに宮殿を破壊するほうがはるかに効果がある」つまり軍艦のエンジンでステーション全体を蒸発させるということだ。なかにいる人間ともども。「わたしとしては、情報の流出をくいとめるため、宮殿をまるまる破壊せざるをえない。わたしの記憶が保存されている箇所は複数ある。故意の破壊や改竄《かいざん》ができないようにつくられている」

セイヴァーデンはショックで黙りこみ、わたしはアナーンダに訊いた。

「そんなことを〈剣《つるぎ》〉や〈慈《めぐみ》〉にやらせられると？　アクセス権があれば？」

「どうしてそんな質問をする？　わたしならできることくらい、わかっているはずだ」

「そう、わかっている。しかしほかに選択肢は？」

「現時点での選択肢はどれもいまひとつだな。宮殿かゲートか、あるいはその両方を失えば、ラドチ全域で、前例のない規模で混乱が起きるだろう。ラドチの世界は広い。混乱は何年もつづくはずだ。しかし宮殿を——問題の一端を担うゲートを破壊しなければ、さらに悪い事態を招く」

「スカーイアト・アウェルは？」

「アウェルは三千年のあいだ、頭痛の種だよ」声の調子は変わらなかった。ありきたりの、いつもの話題といったふうだ。「道義をはずれているだのなんだのと不満ばかりだ。義憤が遺伝子に組みこまれていると思いたくなるが、アウェル家には遺伝的なつながりがない者もいる。わたしが正義と礼節の道からはずれかかったら、すぐさまアウェルに指摘されるだろう」

「では、どうして排除せずに——」と、セイヴァーデン。「ここの審査監理官に任命を？」

「苦痛は警告でもある。気に入らないものをすべて排除したらどうなる？」セイヴァーデンの不満げな顔を無視してつづける。「わたしは義憤を尊重するよ。もっとやれと励ましたいくらいだ」

「いや、あなたはそんなことはしない」と、わたしはいった。ちょうどコンコースに出たところで、警備官と軍人が怯《おび》えた群衆の収拾に当たっている。住民の多くはインプラントを施しているから、ステーションからの情報を受信中にいきなり、何の説明もなく遮断されたのだろう。

わたしの知らない艦長がこちらに気づき、駆け寄ってきた。

「陛下——」お辞儀をする。

「コンコースの人払いをしろ」アナーンダは命じた。「ほかの通路もすべてだ。早急に、安全にやれ。警備との連携は忘れるな。これはわたしのほうでできるだけ早く解決する」

そのとき、きらっと光るものがあった。あれは銃だ。わたしは反射的にアーマーを展開した。銃を持っているのはコンコースでわたしたちを尾行した者だった。アナーンダは通信遮断よりまえ、ガルセッドの銃の存在を知るまえに、射殺の指令を送ったにちがいない。

アナーンダと話していた艦長は、わたしのアーマーを見るとぎょっとして背後に跳びのいた。わたしは銃を上げる。と、体の横に激しい衝撃を受けた。誰かがわたしを撃ったのだ。わたしは引き金をひいた。狙った相手は地面に倒れ、その銃から放たれた弾がわたしの背後、寺院のファサードに当たった。神の像が砕け、色とりどりの破片が飛び散る。コンコースで怯えていた人びとはさらなる衝撃に静まりかえった。わたしは弾丸が来た方向へ首を回し、その軌跡の先を見た。パニックに陥った市民、突然きらめいた銀色の光。あれはアーマーだ。あの狙撃手はわたしが発砲するのを見たのだろう。そして、アーマーが役に立たないのを知らない。彼女の〇・五メートル横で、また別のアーマーの銀光。あのふたりとわたしのあいだにいる群衆は、予測のつかない動きをする。しかし恐怖に襲われた人びと、猛《たけ》りくるう者たちに、わたしは慣れていた。引き金をひく。もう一度。アーマーは消え、ふたりとも地面に倒れこんだ。

「きみはほんとに属躰だ！」セイヴァーデンがいった。

「早くここを去ったほうがいいな」アナーンダはそばにいる艦長に「人びとを安全な場所に移動させなさい」と指示した。

「しかし……」艦長は何かいいかけたが、わたしたちはすでに移動を始めていた。アナーンダとセイヴァーデンは身を低くして、小走りだ。

わたしはステーションのほかの場所で起きていることが気になった。オマーフ宮殿は巨大だ。ここほど広くはないものの、コンコースはほかに四か所あり、高層住宅や仕事場、学校、公共空間もある。どこも市民であふれ、みなおそらく怯え、動揺しているだろう。緊急時対応に従うべきだとわかる者なら、避難指示が出れば立ち止まって騒いだりしないはずだが、いうまでもなく、ステーションにそんな指示は出せない。

わたしにできることは何もなかった。

「この星系《システム》にいる艦船は？」群衆から離れて避難階段をおりながら尋ねた。アーマーは解除する。

「近い場所にいて問題になりそうな艦船なら――」アナーンダがわたしの頭上でいった。「シャトルで行ける距離に〈剣〉三隻、〈慈〉四隻がいる」通信が途絶したいま、ステーションのアナーンダの命令はシャトルで運ぶほかなかった。「しかし艦船のことは心配していない。ここから指示を送る可能性はゼロだ」だがその可能性が現実になった瞬間、通信が回復した瞬間、アナーンダが自分自身から必死で隠そうとした情報はゲートへ伝わり、そこからラドチ全体に広まっていくだろう。

「では、ドックには?」わたしはつづけて尋ねた。とりあえず、もっとも警戒しなくてはいけない。

「〈カルルの慈〉のシャトルだけだ」アナーンダはどこか楽しげにいった。「あれはわたしのものだよ」

「断定できる?」わたしの問いに、アナーンダは答えない。「艦はともかく、ヴェル艦長はあなたの側ではない」

「ふむ。おまえもそう思ったか?」間違いなく、アナーンダは楽しんでいる。わたしの頭上、アナーンダの頭上で、セイヴァーデンは無言だった。階段の踏み面《づら》を踏む足音しか聞こえない。非常扉が見え、わたしは立ち止まって掛け金をはずした。扉を開き、その先の廊下をのぞく。ここはドックの事務所の裏手らしい。

三人が廊下に出て扉をロックすると、アナーンダが先頭を歩いた。その後ろにセイヴァーデンとわたしがつづく。

「彼女が自分でいうとおりの彼女だと、どうしてわかる?」小声でセイヴァーデンが訊いた。声はまだ若干震え、顔も緊張している。どこかの隅で丸まったり、あるいは逃げ出さないのが不思議なくらいだ。

「どちらでもかまわない」わたしは声をおとさず、ふつうに答えた。「どっちも信用していないから。もし彼女が〈カルルの慈〉のシャトルに近づこうとしたら、あなたはこの銃をとって、彼女を撃ちなさい」アナーンダがわたしにいったことはすべて策略かもしれなかった。ドックまで、〈カルルの慈〉まで行くのにわたしを手伝わせたいがための策略だ。そして到着すれば、このステーションを破壊する。

「ガルセッドの銃など必要ない」アナーンダは前を見たまま、ふりむきもせずにいった。「わたしは武器を持っていない。わたしの一部は違うがね。だが、このわたしは持っていない。わたしの大半がそうだ」首を回し、ちらっとこちらを見る。「まったく厄介だよ」

わたしはそんなことはどうでもいいと、空いたほうの手を振った。

角を曲がったところで──立ちすくんだ。セイト補佐官が、警備が使うスティック型のスタンガンを手に立っていたのだ。わたしたちを見ても驚いたようすがないことから、廊下での会話が聞こえていたにちがいない。ただ、怯えながらも決然とした顔つきではあった。

「審査監理官から、誰も通すなといわれています」両目をかっと見開くが、声に力はない。彼女はアナーンダを見ていった。「とくに、あなたは」

アナーンダは声をあげて笑う。

「静かに」わたしは彼女にいった。「さもないとセイヴァーデンがあなたを撃つ」

アナーンダは彼女にそんなことができるわけがないとでもいいたげに、片方の眉をぴくりとさせた。しかし何もいわない。

「ダオス・セイト――」わたしはオルスの言葉で話しかけた。「あなたは覚えていますか、副官の公邸でこの暴君を見たときのことを？　あなたは怯え、わたしの手を握った」彼女の目がこれ以上ないほど大きく見開かれた。「あなたは誰よりも早く起きたのでしょう。でなければ、家族が外に出さなかったはずです。まえの晩、あんなことがあったあとで」

「でも……」

「わたしはスカーイアト・アウェルと話をしなければなりません」

「生きていたのね！」まだ信じられないといった顔をしている。「オーン副官は？　審査監理官はきっと……」

「副官は亡くなりました」わたしは彼女の質問をさえぎった。「わたしも死にました。ここにいるのはその残骸です。い、い、い、いますぐスカーイアト・アウェルと話さなくてはいけません。この暴君はここを動きませんよ。でももし動こうとしたら、全力で叩き潰してください」

ダオス・セイトはただ驚いているばかりだと思っていたが、目にはみるみる涙がたまり、そのひとしずくがスタンガンを持つ手の袖にぽとりと落ちた。

「わかりました」と、彼女はいった。「そのようにします」アナーンダを見て、スタンガンをわずかに上げる。ここにダオス・セイトしか配置しないのは無謀きわまりない、とわたしは思った。

「審査監理官は何をしていますか？」

「ドックをすべて手動で閉鎖するよう手配しています」それには人手と時間がかかるだろう。

ここにダオス・セイトひとりしかいないのがうなずけた。下町《しもまち》で全戸の鎧戸《よろいど》がおりたときのことを思い出す。「オルスのあの晩のようだったといっていました。暴君がやったにちがいないと」

アナーンダは考えこんだ顔つきでこの会話を聞いていた。セイヴァーデンは驚愕を超えて、ある種のショック状態に陥ったようだ。

「あなたはここにいるように」わたしはラドチ語でアナーンダにいった。「動けばダオス・セイトが対処する」

「わかったよ」と、アナーンダ。「オルスで会ったとき、いい印象は与えなかったようだな」

「あの人たちを殺したのがあなたであることは、みんな知っています」ダオス・セイトの目から涙が二粒こぼれた。「そしてその責任を副官に負わせました」

あのときはまだ子どもで、そこまではっきりいえるほどの年齢ではなかった。

「どうして泣いている?」

「怖いからです」そういいながらもアナーンダから目を離さず、スタンガンを持つ手もぶれない。

任せておけば大丈夫だ、とわたしは感じた。

「行こう、セイヴァーデン」わたしは歩きだし、ダオス・セイトの横を通っていった。

前方で声がした。通路の角を曲がった先、外側のオフィスがある地区だ。一歩、また一歩。

あれは間違いなく人の声だ。

セイヴァーデンは引きつったような息をした。笑いかけたのか、何かいおうとしたのか。そして――「まあな」といった。「ぼくらはあの橋を生き残ったんだから」

「あれはたいしたことがなかった」わたしは立ち止まり、ブロケードの上着の下にあるマガジンの数を確かめた。ズボンのウエストの下からひとつ抜き、上着のポケットに入れる。「だがこれはそうもいかない。よくて楽さはあの半分。それがわかっている《アー・ユー・ウィズ・ミー》?」

「いつもだよ」いやにしっかりした口調だが、へたりこむ寸前であるのは間違いない。「さっきもそういっただろ?」

何をいいたいのか不明だったが、いまは気にするときでも、聞き返すときでもない。

「では行こうか」

22

銃を手にコーナーを曲がる。外側のオフィスはからっぽだった。が、静まりかえってはいない。壁ごしに、スカーイアトの少しくぐもった声が聞こえた。

「わかるよ、艦長。だがドックの安全に関しては、わたしに責任がある」

相手の言葉ははっきりとは聞きとれない。しかし、誰の声かはわかった。

「わたしは考えを変えたりしないからね」スカーイアトはそういった。セイヴァーデンとわたしはオフィスを抜けて、彼女たちがいる広いロビーに出た。

ヴェル艦長が、シャフトの見える開いたリフトを背に立っていた。彼女の後ろには副官がひとりと二部隊がいる。副官のこげ茶色の上着にはペストリーのくずがついていた。シャフトを伝って降りてきたのだろう。ステーションがリフトをコントロールしているのはほぼ確実だからだ。そしてスカーイアトと審査官四人が、ヴェル艦長たちや神々の像と向かいあっていた。

艦長がわたしを、それからセイヴァーデンを見て、意外な顔をした。

「セイヴァーデン艦長、どうしました?」

スカーイアトはふりむかない。だが考えていることは想像がついた。通路の警備はダオス・

セイトひとりに任せているのだ。

「彼女は無事です」わたしは艦長ではなく、スカーイアトに向かっていった。「説得して入ってきたので」すると、自分でも予期しなかった言葉が口をついて出た。「副官、わたしです。〈トーレンの正義〉の1エスクです」

いい終わればスカーイアトがふりむくのはわかっていた。わたしはヴェル艦長に銃口を向け、「動くな」といった。しかしその気配はまったくない。彼女も〈カルルの慈《めぐみ》〉の兵士たちも、わたしの言葉に困惑しきってその場に立っているだけだ。

スカーイアトがふりむき、わたしはつづけた。

「正直に話さなければ、ダオス・セイトはわたしを通してくれなかったでしょう」彼女の期待をこめた質問を思い出す。「オーン副官は亡くなりました。〈トーレンの正義〉は破壊され、残ったのはわたしだけです」

「嘘をつくな」と、スカーイアトはいった。わたしはヴェルたちから目を離さなかったが、それでもスカーイアトはわたしの言葉を信じている、と感じた。

リフトのドアがひとつ開き、アナーンダが飛び出してきた。そしてもうひとり。最初のアナーンダがふりかえって拳を振りあげ、ふたりめがそれに飛びかかる。兵士も審査官もアナーンダたちを避けてあとずさり、わたしの銃の射線に入った。

「どけ！〈カルルの慈〉！」わたしは怒鳴り、兵士たちは、艦長さえもが、あわてて四方に散った。わたしはアナーンダの頭を撃ちぬいた。もうひとりは背中を。

全員が愕然《がくぜん》として、その場に凍りついた。

「審査監理官――」わたしはスカーイアトにいった。「アナーンダ・ミアナーイを〈カルルの慈〉に乗せてはいけない。熱シールドを破壊し、皆殺しにする気だ」

片方のアナーンダは立っているのがやっとながらも、まだ生きている。

「おまえは間違った……」血を流し、息は絶え絶えだ。医者を呼ばなければ死ぬ、と思った。

そして同時に、かまうものか、とも思った。これは何千もある体のひとつにすぎない。宮殿の私室では何が起きているだろうか。どんな戦いが始まったか。「おまえは殺す相手を間違った」

「アナーンダ・ミアナーイであれば、それでいい」これがどちらの側であれ、謁見室での会話を知らず、いまでもわたしが自分の味方だと思っているらしい。

アナーンダの息が途切れた。命果てたかに見えたそのとき、消え入りそうな声でつぶやく。

「失敗したよ……もし、わたしがわたしだったら……」苦しげに、自嘲《じちょう》ぎみに。「警備局に任せていたんだがな」

いうまでもなく、アナーンダ個人の護衛（そしてコンコースでわたしを撃った者）と違い、警備官の〝武器〟はスタンガンでしかなく、〝アーマー〟はヘルメットと防弾チョッキだ。銃を持った相手に立ち向かったことはない。わたしには銃がある。わたしはわたしであるがゆえに、銃を持てばわたし自身が凶器となる。このアナーンダが謁見室での会話を聞いていないのは間違いなかった。

「わたしの銃に気づかなかったのか？　この銃に？」彼女は武器を持っていない。わたしの銃がふつうのものと違うことを知らなかったのだ。

ステーションに自分の知らない銃を持つ者がいるなど、疑う気すらなかったのだろう。あるいはこの銃は、彼女が自分自身から隠していたものだと思ったか。しかしいまは、その目で見た。セイヴァーデンを除き、誰もこの銃を、これがどんな銃なのかを知らない。

「わたしはここで、シャフトから出てくる者は誰でも撃つ。弾はいくらでもある」

彼女は答えなかった。まもなく息絶えるだろう。

〈カルルの慈〉の兵士が行動を起こすより先に、ヘルメットと防弾チョッキをつけた十人ほどの警備官が続々とシャフトを降りてきた。最初の六人が部屋のなかに飛びこむと、死んで横たわるアナーンダを見てぎょっとし、立ちつくす。

わたしがアナーンダに語ったことは嘘ではない。茫然《ぼうぜん》とする警備官をひとりずつ撃ち殺すのだ。しかし、できればそれはしたくなかった。

「警備官――」わたしは毅然《きぜん》とし、厳しい声でいった。どのマガジンがいちばん早く取り出せるかを頭の隅で確認する。「誰の命令に従っている?」

警備長がふりむき、わたしをじっと見た。そしてスカーイアトと審査官たち、ヴェル艦長と副官を順ぐりに見ていく。この場で何があったかを想像することすらためらっているようだ。

「わたしはラドチの皇帝より、ドックの安全確保を命じられている」話す彼女の表情から、死んだアナーンダとわたしの手の銃が結びついたことがわかった。持つべきではない者が銃を持っている。

「ドックの安全はわたしが確保する」スカーイアトが警備長にいった。

「失礼ながら、審査監理官」相応に敬意をもって。「皇帝はゲートまで行き、援軍を求めなくてはいけません。われわれには皇帝の安全な乗艦を保証する任務があります」

「なぜ皇帝直属の護衛がやらない？」わたしは彼女に尋ねた。わたしはその答えを知っているが、警備長は知らないらしい。表情を見るかぎり、そんな疑問は頭に浮かびすらしなかったようだ。

ヴェル艦長がそっけなくいった――「ドックにわたしの艦のシャトルがある。それで皇帝を目的地までお送りしよう」スカーイアトに鋭い視線を向ける。

警備官の背後のシャフトには、別のアナーンダがかならずいるはずだった。

「セイヴァーデン」わたしは彼女をふりむいた。「警備長をダオス・セイト補佐官のところまで案内してほしい」そして怪訝《けげん》な顔をしている警備長に、「それでいろいろなことが明らかになる」といった。「わたしたちより警備官のほうが数が多い。もしあなたが五分以内にもどってこなければ、わたしを捕縛できる」少なくとも、それを試みることはできるだろう。ここの警備官は属躰《アンシラリー》に遭遇したことがないはずで、わたしがいかに危険かを知らない。

「もし、いやだといったら？」と、警備長。

わたしはずっと無表情だった。しかしここでは、精一杯のやさしい微笑をつくりあげる。

「ともかく行ってみてください」

その微笑に警備長はたじろいだ。何が起きているかをまったく知らず、いまもわけがわからずに困惑している。仕事といえば酔っ払いや隣人間のトラブル処理くらいだったのだろう。

「時間は五分だね」彼女がいった。

「それくらいがちょうどいい」わたしはほほえんだままだ。「どうか、スタンガンは置いていくように」

「どうぞこちらへ、市民」と、セイヴァーデン。まるでよくできたベテラン召使だ。

ふたりがいなくなるとすぐ、ヴェル艦長が警備官たちに向かっていった。

「彼女たちのほうが人数は少なくても、銃を持っていることを忘れるな」

「彼女たち？」警備長のつぎの等級にあるとおぼしき警備官が、事態をのみこめず、戸惑ったようにつぶやいた。警備局にとって、スカーイアト以下ドックの審査官は身内同然だろう。そして軍の将校は、審査官と警備局をやや見下している。「監理官も含まれるのですか？」

ヴェル艦長の顔にあからさまな苛立《いらだ》ちが浮かんだ。

この間ずっと、部屋のなかにいる警備官が、まだシャフトにつかまっている同僚に小声で情報を伝えていた。その背後にアナーンダがいるのは確実で、彼女が警備官にわたしをまだ襲わせない理由はただひとつ——ステーション（そして彼女自身のセンサー）から得られるデータにより、わたしの手にあの銃があることを確信しているからだ。彼女はいま、自分で自分の身を守るしかなかった。ただ、シャフトの警備官が情報を伝えあうあいだは控えていただけで、じきに行動を起こすだろう。するとわたしの考えに応じるように、シャフトを伝わるささやき声が緊張し、部屋にいる警備官たちの体勢がわずかに変化した。おそらく突撃指令が出たのだ。

そのとき、警備長がもどってきた。驚きを隠しきれないようすで、わたしの横をわたしの顔を見ながら通り過ぎる。そして突撃をためらっている部下に向かっていった。

「正直、どうしていいかわからない。ただ、皇帝があそこに来ていて、審査監理官とこの……人物は、皇帝の直接の指令下で動いているというんだ。そしてわたしたちには、皇帝はひとりとしてドックにも、船にも入れるなと。いかなる場合でも」彼女の困惑と不安は誰の目にも明らかだった。


その気持ちはよくわかると思ったものの、気の毒に思う暇はない。

「彼女が自分の護衛でなくあなたに頼んだのは、護衛が反旗を翻したからだ。おそらく護衛のなかでも、どちらのアナーンダに従っているかで戦いがある」

「誰の話を信じればいいのか……」警備官は職務上、ドックの管理者に従うのが身についているから、それはこちらに有利に働くだろう。ヴェル艦長と副官、兵士たちは主導権を失い、警備官が逡巡《しゅんじゅん》しながらもこちら側に寄っているなか、わたしの銃を奪うチャンスも失った。〈カルルの慈〉に実戦経験はなく、訓練ではない現実の敵と向き合ったこともないはずだ。物資を運び、長期の退屈な巡回をして、あちこちの宮殿を訪ねては、ペストリーを食べる。


政治的立場を明確にした仲間たちと、ペストリーを食べ、お茶を飲むのだ。

「どちらがどの命令を下したかを――」わたしは艦長にいった。「あなたはご存じない」これに艦長は、戸惑ったように顔をしかめた。どうやらこの状況を把握しきれていないようだ。予想したほど、事情はわかっていなかったのかもしれない。

「そっちこそ混乱している」と、艦長はいった。「でもそれはあんたの責任じゃない。敵に誤った情報を教えられ、最初から操られていたんだ」

「陛下がお発ちになります！」警備官が声をあげた。全員の視線が警備長に注がれる。そして彼女の視線はわたしへ。

スカーイアトはこれにまったく気をとられずにいった――「その〝敵〟というのは誰かな、艦長？」

「あんただよ！」吐き捨てるように。「あんたのような人間が、この五百年で起きたことを増長、助長させてきたんだ。蛮族《エイリアン》の侵入や政治の腐敗をね」これはアナーンダが寺院でわたしにいった〝おまえが供物を穢《けが》した〟という言葉と同類だ。艦長はわたしをふりむいた。「あんたは混乱している。だが、あんたはアナーンダ・ミアナーイによって、アナーンダ・ミアナーイに奉仕するためにつくられた。だから彼女の敵ではない」

「彼女に奉仕することは、彼女の敵に奉仕することでもある」わたしはそういうと、警備長に顔を向けた。「ドックはスカーイアト監理官に任せて、あなたはエアロックの監視を。このステーションから誰ひとり出してはいけない。これにはステーションの存続がかかっている」

「了解しました」警備長は早速、部下と打ち合わせを始めた。

「彼女はあなたに断言した――」視線を艦長にもどし、わたしはおそらくこうだと思われることをいった。「プレスジャーは皇帝を倒し、ラドチの崩壊を目論《もくろ》んでラドチに潜入した、と」

艦長の表情を見るかぎり、この推測は当たっていたらしい。「しかしそんな嘘は、プレスジャーの行為を覚えている者には通用しない。プレスジャーは人間をただの獲物としてしか見ないからだ。いつでも好きなときに叩き潰せる。ラドチの皇帝を倒そうとしているのは、皇帝自身だ。この千年間、アナーンダはひそかに自分自身と戦ってきた。わたしはそれを彼女につきつけた、ここにいるすべての彼女に。そしてアナーンダは残りの自分にそれを知られないよう、あらゆる手を打ってくるだろう。たとえば、このステーションの外に広まるまえに、〈カルルの慈〉を使ってステーションを丸ごと破壊させるとか」

水を打ったように静まりかえった。

「船殻へのルートをすべて塞ぐことはできない」スカーイアトがいった。「彼女が外に出て無人の小型艇《セーリング・ポッド》を見つけるか、あるいは人を使い……」ここにいる者なら誰であれ、アナーンダの命令どおりに動くだろう。全員に警告を発する方法はなく、そうしたところで全員が信じるとはかぎらない。

「できるだけ早く、できるだけ遠くまで警告を伝え——」と、わたしはいった。「あとはオーメンがどこに落ちるかを見守るしかない」ヴェル艦長がすばやい怒りの仕草をした。「よしたほうがいい」彼女に忠告する。「〈カルルの慈〉に、あなたを殺せといわざるをえなくなる」

シャトルの操縦士には武器もアーマーもある。彼女は艦長の直接の指示なしにステーションを離れようとはせず、わたしのほうは艦長をシャトルに近づけようとはしなかった。操縦士が属躰だったら、わたしは躊躇《ちゅうちょ》なく殺していただろう。そして結局、彼女の脚を撃ちぬいた。セイヴァーデンと、手動でシャトルを切り離すためにやってきた審査官ふたりが、操縦士をステーション側に引きずってくる。

「傷口はしっかり塞いで」わたしはセイヴァーデンにいった。「医務室までたどりつけるかどうかわからないから」ステーションの警備官、兵士、宮廷の護衛たちのことを考える。矛盾する命令、優先順位の異なる命令を受けているにちがいない。そして一般市民が安全な場所に避難していることを願った。

「ぼくもきみと一緒に行くから」セイヴァーデンが顔を上げていった。彼女は操縦士の背中に片膝をつき、両手を縛っているところだ。

「それはだめ。あなたは艦長の代わりに、にらみをきかせなくては。場合によっては艦長自身にもね。あなたのほうが千年も年上なんだから」

「未払い給料も千年分か」審査官の片方がぎょっとしたようにいった。

「別に珍しくはないさ」セイヴァーデンはわたしを見上げた。「だろ、ブレク？」そして冷静にいいなおす。「〈トーレンの正義〉――」

「わたしには時間がない」すげなくつきはなす。

セイヴァーデンはむっとしながらも、「はい、了解」と応じた。声が、そして両手も、かすかに震えている。

わたしはそれ以上何もいわずに背を向け、シャトルに乗った。ステーションの重力が消え、無重力になる。ロックを閉じ、操縦席に向かい、操縦士の血液の球を払いのけてストラップを締める。ずしんと重い揺れを感じ、シャトルの切り離しが始まったのがわかった。前方にカメラを一機、ワイヤーでとりつけておいたので、宮殿周辺の数隻の船、シャトル、採鉱船、小さな補給艦にセーリング・ポッド、出港あるいはドッキング許可を待つ大型客船や貨物船を見ることができた。ただ、通常より大きなエンジンを積んでいびつな形をした白い〈カルルの慈〉はカメラの視野の外にいるらしく、映っていない。そしてさらにその先に、ゲートを照らすビーコンが見えた。船はこのゲートを通じて、星系《システム》間を行き来するのだ。ステーションが前触れもなく通信を絶ったため、操縦士や艦長、船長たちは困惑し、大きな不安を抱いているにちがいない。ドックの許可なく近づくようなことだけは、どうかしないでほしいと思う。

カメラはあとひとつ、後尾にもつけておいた。ここからはステーションの灰色の外殻が見える。シャトルがまたがくんと揺れて、アンドックが完了。わたしは操縦をマニュアルにセットし、出発した。左右が見えないため、ゆっくりと慎重に――。そして問題なしと判断したところで、速度を上げる。シートの背にもたれ、あとは待つだけだった。このシャトルでは、速度を全開にしても、〈カルルの慈〉に着くには半日かかる。

考える時間ができた。長い歳月をかけ、さまざまなことを乗り越え、いまここにいる。復讐《ふくしゅう》を遂げるのは、はかない夢でしかないと思っていた。ひとりのアナーンダを撃つこともできないだろうと。しかし、わたしは三人を撃った。そしていま何人ものアナーンダが、宮殿で殺しあいをしているはずだ。ステーションを、ひいてはラドチを自分ひとりのものにするべく、自分自身と戦っているのだ。わたしが彼女の葛藤を暴露したために。

だからといって、オーン副官はもどってこない。そして、わたしも。わたしは二十年まえに死んでいる。小さな欠片がひとつ、ほんの少しだけ、ほかより長く存在したにすぎない。いまこの瞬間に消えてなくなってもおかしくないのだ。歌が聞こえた――『ああ、行ってしまったのか／戦場に／鎧《よろい》をつけて／武器を持ち／忌まわしい出来事に／武器は手から落ちないだろうか』するとなぜか、オルスの寺院の広場にいた子どもたちの姿が目に浮かんだ。『一、二、おばちゃんがいってたよ／三、四、死体の兵隊』いまここでできるのは、歌うことくらいだった。誰かの邪魔になることもない。何を歌おうと、それでわたしの偽装に疑いをもたれる心配もない。おまえの声はよくないと、不満をいう人もいないのだ。

昔のわたしのように歌ってみよう――。口を開きかけたとき、エアロックから激しい衝撃音がした。

この種のシャトルにはエアロックがふたつある。ひとつは艦船かステーションへのドッキング時にのみ使われ、もうひとつの小さいほうは側面の緊急用ハッチだ。〈トーレンの正義〉を去るとき、シャトルに乗りこむために使ったハッチと同類のものだった。

音はもう一度。そしてすぐ静かになる。単にゴミが当たっただけかもしれない――。いや、もしわたしがアナーンダだったら、目的を果たすためにはなんだってやるだろう。通信遮断のせいで、シャトルの外を見ることができない。外殻につけた二機のカメラが捉える狭い範囲がせいぜいだ。ひょっとしてわたしは、アナーンダ・ミアナーイを〈カルルの慈〉に運んでやっているのかも……。

外に誰かいるのなら、それがゴミでないのなら、アナーンダしか考えられない。彼女は何人いるだろうか？　エアロックは小さいから防御は容易だが、その必要がないほうがもっといい。アナーンダにエアロックを開けさせないのが最善だ。宮殿の通信遮断にも距離的な限界はある。わたしは急いで針路を変えることにした。〈カルルの慈〉から遠のき、かつ遮断域の限界に向かうのだ。そうすれば〈カルルの慈〉に近づかずに通信できる。そうして針路変更したところで、エアロックに注意をもどした。

ロックのドアはどちらも船内側に開き、気圧の差で閉まる。わたしはこの内側のドアの取り外し方を知っていた。シャトルの掃除やメンテナンスを長年やってきたのだから。何十年、いや何百年ものあいだ。内側をはずしてしまえば、シャトル内に空気があるかぎり、外のドアを開けるのはほぼ不可能といっていい。

ヒンジをはずして、安定した場所に動かすのに十二分かかった。ふつうなら十分ですむのだが、ピンが汚れていて、留め具をはずしてもスムーズに動かなかったのだ。人間の兵士が仕事を怠けた結果だろう。わたしのシャトルだったら、けっしてこんなことにはならない。

作業を終えたところで、コンソールが話しはじめた。単調な声は艦船のものだ──「シャトル、応答せよ。シャトル、応答せよ」わたしはコンソールに飛びついた。

「〈カルルの慈〉、こちらシャトルを操縦している〈トーレンの正義〉」すぐに応答はなかった。たぶん仰天、絶句しているのだ。「誰もそちらに乗艦させないように。とくにアナーンダ・ミアナーイはひとりも乗せてはいけない。すでに乗艦している場合は、けっしてエンジンに近づけてはならない」通信できれば、外殻にとりつけたカメラ以外にもアクセスできる。わたしはシャトルの外の全景を見るスイッチを入れた。前方以外も確認したかったからだ。そして相手を特定せず送信するボタンを押した。「全艦船に告ぐ――」聞いてくれるか（そして従ってくれるか）どうかは予想もつかないが、それにかまっていられる状況ではなかった。「誰も乗せてはならない。どんな状況でもアナーンダ・ミアナーイを乗せてはいけない。あなたたちの生死がかかっている。ステーションにいる人びとの全生命がかかっている」

この通信中、灰色の隔壁がすべて消えていくように見えた。コンソールとシート、二か所のエアロックのハッチは残っていて、それがなければ真空を漂っているように感じただろう。バキュームスーツ姿が三つ、わたしが壊したエアロック周辺のホールドをつかんでいるのが見えた。そのうちひとりがセーリング・ポッドに目を向ける。ポッドは危険なほどシャトルの近くにあった。四人めが船殻に沿って動く――。

「アナーンダはわたしには乗っていません」コンソールから〈カルルの慈〉の声が聞こえた。

「彼女はあなたの外殻にいて、わたしの副官たちに協力するよう命令しました。そしてわたしには、彼女をシャトルに入れるよう、あなたに指示しろと命令しています。あなたは〈トーレンの正義〉ではないのでは？」〝アナーンダを乗せるなとは、どういう意味だ？〟とは訊かなかった。

「わたしはセイヴァーデン艦長とともに来た」外で移動していたアナーンダは、体をまずひとつのホールドに、そしてもうひとつのホールドにクリップでつなぐと、スーツの工具留めから銃を抜きとった。「ポッドは何をしている?」

「ポッドの操縦士はシャトルの外の──ラドチの皇帝を支援しています。支援するよう命令されました」セーリング・ポッドはたいして役に立たないだろう。ごく短距離しか航海できず、おもちゃ程度でしかない。〈カルルの慈〉に到着するまえに、機体は壊れ、乗り手は生きていないはず。

「ステーションの外には、ほかにもアナーンダがいるだろうか?」

「いるようには見えません」

銃を手にしたアナーンダのスーツが銀色にきらっと光った。アーマーを展開したのだ。そしてシャトルに向けて発砲した。銃は真空では機能しないといわれるが、それは銃の種類による。シャトルががたんと揺れ、わたしはシートにしがみついた。アナーンダは銃の反動で後ろに飛んだが、たいした距離ではなく、シャトルのホールドとはつながっている。そしてバン! 音とともにまたシャトルが揺れた。もう一度。さらにもう一度。

一部のシャトルにはアーマーが装備されている。わたしのアーマーの拡大版だが、このシャトルにはなかった。単発の衝撃ならいくらでも耐えられるものの、同一箇所への連続的な圧力に対する耐性はない。バン! エアロックを開けられないことから、アナーンダはシャトルの操縦士は敵側であること、内部ドアがはずされたことを知ったのだ。が、シャトル全体から空気を抜けば、外のドアを開けられる。そしてシャトル内に入ったら、銃弾の穴を塞ぎ、再加圧すればいい。外殻に傷がつこうと、シャトルはセーリング・ポッドと違い、〈カルルの慈〉まで十分な酸素を供給してくれる。

シャトルの外にしがみついた状態で宮殿の破壊を命じ、失敗したのかもしれない。いや、そんな命令を出したところでうまくいくはずがないことは、最初からわかっていただろう。あとはどこかの艦船に乗り、宮殿に接近させて、その艦船の熱シールドを破壊するしか方法はない。そしてそこまでやれるのは、彼女だけだ。

〈カルルの慈〉のいうとおり、ステーションの外にほかのアナーンダがいないのなら、わたしは目前の状況を切りぬけることに全力を尽くせばいい。ステーション上でのことは、スカーイアトとセイヴァーデンが処理できる。そしてアナーンダもいる。

「最後に会ったときのことを覚えています」〈カルルの慈〉がいった。「場所はプリド・ナデニでした」

これは罠《わな》。

「会ったことはない」バン！　シャトルが揺れた。セーリング・ポッドが遠ざかったがそれもほんの少しだ。「これが初めてだ。わたしはプリド・ナデニに行ったことはない」でも、それが何の証明になるだろう？

身元は簡単に確認できるはずだった。ただし、わたしはインプラントを無効にしたり隠したりしている。しばし考えてから、いくつか単語を並べていってみた。かつての自分だったら、別の艦船にこう説明しただろうと思うことを、このひとつきりの口でいってみる。

しばし沈黙。またシャトルが揺れた。

「あなたはほんとうに〈トーレンの正義〉？」ようやく〈カルルの慈〉がいった。「いままでどこにいた？　ほかのあなたはどこにいる？　何があった？」

「どこにいたかは、話せば長くなる。わたしのほかの部分はもうない。アナーンダがわたしの熱シールドを破壊したからで──」バン！　前方のアナーンダが、銃からゆっくりと慎重にマガジンを抜きとり、新しいマガジンを挿入した。ほかのアナーンダはエアロック周辺にいる。「アナーンダ・ミアナーイに何が起きているかは、承知だと思う」

「部分的には」と、〈カルルの慈〉はいった。「ただなぜか、自分の考えをしゃべるのが困難になってきています」

やっぱりだ。「皇帝がひそかにあなたに乗りこみ、新しいアクセスを加えたからだ。おそらく、ほかのものも。命令。指示。誰にも知られないように。彼女は自分のしたことを自分自身から隠している。宮殿でわたしは──」ずいぶん昔のように感じられたが、あれからまだ何時間かしかたっていない。「何が起きているかを彼女全員に、ありのままに告げた。その結果、彼女は分裂し、戦いを始めた。そしてこれが広く知れ渡るのを防ごうとしている。アナーンダの一部はあなたを利用し、情報が広まるまえにステーションを破壊する気だ。情報がもたらす結果に対処するのではなく、破壊するほうを選んだのだ」〈カルルの慈〉は何もいわない。「あなたは皇帝に従うしかない。しかし……」言葉に詰まった。大きく深呼吸する。「いまあなたは、いわれるがままにするしかない。それはわたしにもわかっている。しかし、オマーフ宮殿の全住民を殺したあとであなたがその意味に気づいても、住民たちは生き返らない」バン！着実に。根気よく。アナーンダは小さな穴をひとつ空ければそれでいいのだ。まだ時間はある。

「あなたを破壊したのはどちらの皇帝ですか？」

「それが何か問題でも？」

「わかりません」コンソールが静かになった。「このところ、わたしには不快感がつづいています」

あのアナーンダは、〈カルルの慈〉は自分のものだが、ヴェル艦長は違うといった。それが〈カルルの慈〉を悩ませているのだろう。もし全面的に艦長側につけば、宮殿には不幸な結果となる。

「わたしを破壊したのは、ヴェル艦長が支持するアナーンダだ。あなたを訪ねたアナーンダではない、とわたしは考えている。ただ、確信はない。彼女たちは同じひとりの人間であり、それを分けていうことなどできないから――」

「わたしの艦長はどこにいますか？」その言い方から、この質問を早くしたくてたまらなかったことがうかがえた。

「彼女を最後に見たときは、負傷などいっさいしていなかった。あなたの副官もだ」バン！

「わたしはこのシャトルの操縦士を傷つけた。ステーションを離れようとしなかったからだが、命に別状はないと思う。どのアナーンダが〈カルルの慈〉、あなたを操っていようと、どうか、ひとりも乗艦させないでほしい。どうか、命令に従わないでほしい」

発砲がやんだ。銃の過熱を心配したのだろう。彼女には時間がある。あせる必要などなかった。

「皇帝がそのシャトルにしていることは、わたしにも見えています」と、〈カルルの慈〉。「それだけで、何かがおかしいとわかります」

いや、それだけではないはずだ。通信遮断は二十年まえにシスウルナでも起きた。たとえ噂でしか広まらなくても、おぞましい出来事があったことは〈カルルの慈〉の耳にも確実に入っている。そしてわたしの、〈トーレンの正義〉の失踪。アナーンダの人目を忍んだ訪問。艦長の政治的見解。

静かだった。四人のアナーンダはシャトルの外殻でまったく動かない。

「あなたには属躰がいました」と、〈カルルの慈〉。

「そう、属躰がいた」

「わたしは艦の兵士はみな好きですが、属躰がいないのをさびしくも思います」

そういえば——「兵士はシャトルのメンテナンスを怠っている。エアロックのドアのヒンジが汚損していた」

「申し訳ありません」

「いま話すほどのことでは……」と、そこで気づいた。アナーンダは同じような理由で、エアロックの外側のドアを開けるのにてこずったりしないだろうか。「しかし、いずれ副官に注意を促したほうがいい」

バン！　アナーンダがまた撃ちはじめた。

「とても不思議です」〈カルルの慈〉がいった。「あなたはわたしが失ったものであり、わたしはあなたが失ったもの」

「そうかもしれない」バン！　この二十年のあいだに、孤独や喪失感、無力感――〈トーレンの正義〉が蒸発して以来感じていたものが、ふとやわらぐ瞬間もあった。しかしいまは、もちろん違う。

「わたしはあなたの力になれそうもありません」〈カルルの慈〉がいった。「兵を派遣しても、ここからでは間に合わないでしょう」そして最終的に、〈カルルの慈〉がわたしとアナーンダのどちらに手を貸すかは不明だ。ともかくこのシャトルにアナーンダを入れず、操舵《そうだ》装置や通信機器に近づけないようにしなくては。

「それはわかっている」四人のアナーンダをなんとかふりきらなければ、ステーションの全員が死ぬだろう。わたしはこの種のシャトルを熟知している。何かできること、利用できるものがあるはずだ。銃は持っているが、シャトルの外に出るのはむずかしいだろう。はずしたドアをもとにもどし、防御しやすい狭いエアロックに彼女を誘いこむ手もある。だが四人全員を殺せなかった場合……。いや、何もやらないよりははるかにましだ。わたしは上着のポケットから銃を取り出し、弾を確認した。エアロックまで行き、乗客席に脚を押しつけてふんばる。アーマーを展開したが、弾が跳ね返ってわたしに当たれば、アーマーなど役に立たない。この銃の場合は。

「何をする気ですか?」〈カルルの慈〉が訊いた。

「あなたに、〈カルルの慈〉に――」銃を持つ手を上げる。「会えてよかった。どうかアナーンダに宮殿を破壊させないでほしい。そしてそれをほかの艦船にも伝えてほしい。それからあの、愚かで融通のきかないセーリング・ポッドの操縦士に、シャトルのエアロックのそばから離れろと指示してもらえないだろうか」

シャトルは小型なため、重力発生装置もなければ、酸素をつくる植物を育てることもできない。エアロックの船尾側、隔壁の背後に、大きな酸素タンクがあるだけだ。三人のアナーンダの、真下あたりに。わたしは角度を考えた。アナーンダがまた撃ってくる。バン! コンソールのオレンジ・ライトが光り、けたたましい警報が鳴りひびいた。外郭がついにやられたようだ。シャトルから氷晶流《ひょうしょうりゅう》が噴き出し、四人めのアナーンダがそれを見ながらホールドのクリップをはずした。そして向きを変え、エアロックのほうへもどる。わたしはそれをじっとディスプレイでながめていた。アナーンダの動きは、腹立たしいほどのろい。しかしいま、この世の時間は彼女の手中にある。わたしはじりじりしていた。セーリング・ポッドが小さなエンジンを作動させ、シャトルから離れていく。

わたしは酸素タンクを撃った。

数発は必要だろうと思っていた。しかしたちまち世界は回転し、音は消え、わたしのまわりで凍った蒸気が塊となり、そして消え、何もかもがくるくる回った。舌がひりひりして、唾液が沸騰する。息ができなかった。十秒、いや十五秒は意識を保てるだろう。そして二分後には死んでいる。全身が痛かった。火傷だろうか？　アーマーでも防げない損傷がほかにあるのか？　別になんでもかまわない。わたしは回転しながら目を凝らし、アナーンダの数をかぞえていった。ひとり――バキュームスーツが破れ、裂け目で血がぶくぶく沸いた。そのつぎ――片腕が飛び、たぶん息もない。これでふたり。

そして半身――。整数でかぞえれば、これが三人めだ。残るはひとり。視界が赤と黒に染まってゆく。それでも彼女がシャトルの外殻にしがみついているのは見えた。アーマーはまだ機能している。爆発したタンクから離れた場所。

とにもかくにも、わたしはずっと、ひとつの武器として生きてきた。人を殺すマシンなのだ。まだ生きているアナーンダを見た瞬間、わたしは引き金をひいていた。あとはわからない。わたしに見えたのは、セーリング・ポッドの銀色の閃光《せんこう》。つづく黒闇。それが最後だった。

23

喉の奥からざらざらうねるものがこみあげ、わたしは吐いた。ひくつき、あえぐ。誰かに肩をつかまれ、前のめりになる。目を開けると、ベッドのシーツが見えた。胆汁に覆われた緑と黒の毛玉のようなものが、浅い容器の上で脈打ち、震え、わたしの口にもどった。また吐き気がして、目をつむる。それはするすると喉を上がってくると、ぽたっと音をたてて容器に落ちた。誰かがわたしの口を拭き、仰向《あおむ》けに寝かせた。まだ息が苦しい。わたしは目を開けた。

ベッドの横に医者が立ち、握った手から、わたしが吐いた緑と黒のものがぬるりと垂れていた。彼女は眉根を寄せてそれを見て、「いい感じだね」というと、浅い容器にもどした。「さぞかし苦しかったでしょう、市民」わたしに向かって話しているのは明らかだった。「数分は、喉がひりひりすると思う。あなたは――」

「誰が……」口を開くと、また吐き気がした。

「まだ話してはだめですよ」医者はそういい、誰かが――別の医者だろう――わたしを横向きにした。「まさに九死に一生を得たんです。あの操縦士があと少し連れてくるのが遅かったら、どうなっていたことか。彼女は最低限の救急キットしか持っていなかったから」あの愚かで融通のきかないセーリング・ポッドの操縦士だ、きっと。わたしが人間ではないことを知らず、わたしを助けても無意味だとは知らなかった。「それに彼女はあなたをすぐには搬送できなかったらしくてね」医者はつづけた。「その点が少し心配だったけど、肺の矯正装置がうまく働いて、数値も問題ないから。脳の損傷はあってもたいしたことはないでしょう。ただしばらくは、自分じゃないような気がするかもしれない」

最後の言葉は面白いと思った。しかしおさまりかけた吐き気がぶりかえすのはいやだったので、よけいなことは考えない。目をつむり、なされるがままで、仰向けに横たわる。目を開ければ、何か尋ねてしまいそうだった。

「十分たったら、お茶を飲ませてもかまわないから」医者が誰かに向かっていった。「固形物は禁止。あと五分は、話しかけるのもだめ」

「わかりました」セイヴァーデンの声だ。わたしは目を開け、首をひねった。彼女はベッドの脇に立っていた。「話しちゃだめだよ」わたしに向かって。「急激な減圧で――」

「あなたさえ口をつぐんでいれば」医者がセイヴァーデンを叱った。「彼女も無理をせずにすむ」

セイヴァーデンは黙りこくった。でも急激な減圧がわたしに何をもたらしたかはわかる。血液に溶けている気体が一気に過飽和となり、その程度が激しいと、酸素の有無にかかわらず死をもたらす。そして気圧が上昇すると、血液中の気泡が小さくなり、消失する。

肺と真空の気圧差が、わたしにこんな状態をもたらしたのだ。また、酸素タンクが吹き飛び、頭のなかにはアナーンダを撃つことしかなく、わたしはまともな呼吸をしていなかったのかもしれない。しかしそれより何より、ともかくわたしは真空に投げ出されたのだ。セーリング・ポッドの操縦士はわたしを医者に診せるまで、サスペンション・ポッドを最低生息状態にしたのだろう。

「よし、わかったね。おとなしく静かにしていなさい」医者はそういうと部屋を出ていった。

「あれから、どれくらいの時間が？」わたしはセイヴァーデンに訊いた。吐き気をもよおさずにすんだものの、医者がいったように喉はまだひりひりする。

「約一週間だ」セイヴァーデンは椅子を引いて、腰をおろした。

一週間——。「宮殿はまだあるかな」

「あるよ」わかりきったことだが、きちんと答えよう、という口調だ。「きみのおかげだよ。警備とドックのクルーが出口をすべて塞いで、それ以上アナーンダが外に出ないようにした。きみがもし、あのアナーンダたちを阻止していなかったら……」目をそらす。「二か所のゲートが潰されたけどね」十二のうちふたつ。激しい頭痛がした。だがゲートの両サイドでは、頭痛どころではないだろう。船舶のなかには安全な場所に避難できなかったものもあるはずだ。

「それでも、こちら側の勝利ではある。ほんとによかったよ」

こちら側。「わたしはどちらの側でもない」

セイヴァーデンは後ろにあったお茶を手にとると、足で何かを蹴った。ベッドの頭部がゆっくりと上がっていく。彼女は茶杯をわたしの口に添え、わたしはこわごわ、ほんの少しすすった。じつに、すばらしい。もうひと口すすってから、彼女に尋ねる。

「わたしはどうしてここにいる？　愚かな人間なら病院に運んでくるだろう。でも医者が手当てまでするというのは？」

セイヴァーデンは顔をしかめた。「真面目に訊いているのか？」

「わたしはいつでも真面目だ」

「確かにね」セイヴァーデンは立ち上がると引き出しを開け、毛布を引っぱりだした。それをわたしに掛けて、手袋をはめていない手のまわりに丁寧にたくしこむ。

彼女が答えないうちに、スカーイアトが狭い病室に入ってくると、戸口のそばで立ち止まっていった。

「医者から意識がもどったと聞いたから」

「なぜ？」わたしの言葉にスカーイアトは怪訝《けげん》な顔をした。「なぜ、意識がもどった？　どうしてわたしは死んでいない？」

「死にたかったということか？」スカーイアトは不思議そうに訊いた。

「いや――」セイヴァーデンがお茶を差し出してくれ、まえよりは多めにする。「死にたいわけではない。ただ、手間をかけてまで属躰《アンシラリー》を蘇生させても……」生き返らせたところですぐ、アナーンダが破壊を命じるだろう。

「きみを属躰だと思っている人間は、ここにはいないよ」と、スカーイアトはいった。

わたしは彼女の顔をまじまじと見た。冗談ではないらしい。

「スカーイアト・アウェル――」わたしが冷たい声でいいかけると、セイヴァーデンにさえぎられた。

「ブレク」たしなめるように。「医者から安静にしていろといわれたはずだ。さあ、もっとお茶を飲んで」

どうしてセイヴァーデンがここにいる？　どうしてスカーイアトが？

「あなたはオーン副官の妹に何かをした？」冷たく、厳しい口調で尋ねる。

「クリエンテラを申し出た。でも受けようとはしてくれない。姉とわたしが親しかったのは知っているはずだが、本人はわたしを知らないし、わたしの後援など必要としていない。頑固な人だ。二ゲート離れたところで、園芸にたずさわっている。元気にやっているようだよ。彼女を見守っていこうと思う、遠くからね」

「あなたはダオス・セイトにもクリエンテラを？」

「やはりオーンのことが気になるらしいな。はっきりいわなくてもわかるよ。そして答えはイエスだ。オーンが去るまえに、話しておけばよかったと思うことはたくさんある。これもそのひとつだろう。きみは属躰だ。人間ではなく、装置の一部だ。だが人間の行動と比べてみても、きみはわたし以上に彼女を愛していた」

人間の行動と比べる――。侮辱に近い気がした。

「それは違うと思う」感情のない属躰の声がありがたい。「あなたは彼女を疑惑のなかに置き去りにした。そしてわたしは、彼女を殺した」静寂。「皇帝はあなたの忠誠心を疑い、アウェル家を疑い、オーン副官にあなたをスパイさせようとした。だが副官は拒否し、自分の忠誠心を査問で証明することを望んだ。アナーンダがそんなことをするわけがない。彼女はわたしに副官を撃つよう命じた」

三秒の静寂。セイヴァーデンは身じろぎもしない。スカーイアトがいった。

「きみに選択肢はなかった」

「あったかどうかは、わたしにはわからない。でもあのときは、ないと思った。オーン副官を撃ったあと、つぎにわたしが撃つべき相手はアナーンダだった。だから——」言葉を切り、大きく息を吸いこむ。「だから、彼女はわたしの熱シールドを破壊した。スカーイアト・アウェル、あなたに対して怒る資格はわたしにはない」これ以上、話しつづけることはできなかった。

「怒るのに資格など必要ないよ」スカーイアトはそういった。「わたしがきみのことをもっとよくわかっていれば、また違った話ができただろう」

「そしてもしわたしが〈トーレンの正義〉ではなくセーリング・ポッドだったら、話は違っていた?」〝もし〟の話ばかりしていても意味がないのだ。「暴君に伝えてほしい」わたしはオルスの言葉でいった。「ここから出たらすぐ会いにいくと。セイヴァーデン、わたしの服をとってくれないか?」


その後わかったことだが、審査監理官スカーイアトはもともとダオス・セイトを見舞いにきたらしい。アナーンダが自分自身と戦った激闘で、セイトは大怪我を負ったのだ。わたしはゆっくり、のろのろと廊下を歩いた。廊下には急ごしらえの寝台に寝かされ矯正パッチを貼られた負傷者や、吊り下げたポッドのなかで治療を待つ者が大勢いる。そしてダオス・セイトは病室のベッドの上で意識がなかった。最後に会ったときより小さく、幼くなったように見える。

「意識はもどるのだろうか？」わたしはセイヴァーデンに訊いた。スカーイアトはドックに帰らなくてはならず、わたしののろい歩きにつきあえなかった。

「心配いらない」わたしの背後で医者がいった。「でもあなたはベッドを出てはだめだ」

そのとおりだった。たかだか服を、それもセイヴァーデンの手を借りて着ただけで、体が震えるほど疲れきった。それでも意を決してここまで来たのだが、医者に返事をするためにふりかえるのさえつらい。

「両脚が新しくなっただけで」医者はいった。「ほかはまだぜんぜん。歩いてはだめだよ、あと数日は。最低でもね」ダオス・セイトの呼吸は浅いものの、安定してはいる。オルスで見た幼い少女にもどったようだった。

「こんなに怪我人が多くては場所が足りない」わたしはそういって、ふと気づいた。「わたしをサスペンション・ポッドに入れておくこともできたでしょう」

「皇帝から、あなたは必要な人だといわれたよ。できるだけ早く現場復帰させたいらしい」医者の口調には棘《とげ》があった。当然、医者には専門家としての優先順位があるはずで、「場所が足りない」という言葉も否定はしなかった。

「病室にもどったほうがいい」セイヴァーデンがいった。不屈のセイヴァーデン。わたしとこのどうしようもない衰弱のあいだにある唯一のもの。やはりベッドから出るべきではなかった。

「もどらない」

「いつもこうなんですよね」セイヴァーデンがあやまるようにいった。

「そうらしいな」

「病室にもどろう」辛抱強く冷静で、ほんとうにわたしに話しかけているのかと疑いたくなるほどだった。「体を休める時間はある。十分回復してから皇帝に会えばいいんだ」

「もどらない」わたしはくりかえした。「さあ、行こう」

セイヴァーデンに支えられ、わたしは病院をあとにした。リフトに乗り、果てしなくつづく廊下を歩く。すると突然、目の前に茫漠《ぼうばく》たる空間が広がった。一面に色とりどりのガラスの破片がきらめいて、わたしが何歩か進むと、足の下でじゃりっ、じゃりっと音を立てる。

「戦闘は寺院のなかまで及んでね」セイヴァーデンはわたしが尋ねもしないのにいった。

ここはかつてのコンコースなのだ。そして砕け散ったガラスは、供物でいっぱいの本堂の名残だった。人の姿はまばらで、ほとんどがうつむき、破片を拾いながら歩いている。修復できそうな大きな欠片をさがしているのだろう。薄茶色の制服を着た警備官が巡回していた。

「通信は一日くらいで回復したと思う」セイヴァーデンはわたしを支え、足もとのガラスをよけながら宮殿地区の入口に向かった。「それでみんな何が起きているかを知るようになって、どちらか片方の側につきはじめた。そしてそのうち、どちらかにつくしかなくなった。軍の艦船が戦いはじめるんじゃないかと心配されたが、あっち側には二隻しかいなくてね、戦わずにゲートに逃げて、星系《システム》から出ていった」

「民間人の犠牲者は？」

「いつものことだよ」ガラスの散ったコンコースを数メートル渡って、宮殿地区に入る。そこに職員がひとり立っていた。制服は埃《ほこり》まみれで、片袖には黒い染み。

「ドア1へ」彼女はほとんどこちらを見ずにいった。かなり疲れたようすだ。

ドア1の向こうは芝生だった。三方向に緑の丘陵地帯が望め、青い空には真珠色の雲。そして残り一面がベージュ色の壁で、裾の芝生はえぐれ、ちぎれていた。わたしの前方三メートルのところに、飾り気のない、しかしクッションがふかふかの緑色の椅子がある。わたし用でないのはわかっていたが、気にすることはない。

「少しすわりたい」

「うん」セイヴァーデンはわたしをそこまで連れていき、すわらせてくれた。わたしは目を閉じる。ほんの短いあいだだけ。


子どもがひとり、甲高い声でしゃべっている。

「プレスジャーは、ガルセッドより先にわたしに近づいてきた。通訳は、プレスジャーが人間の艦船から救ったものをもとにして成長したのだろうが、プレスジャーに育てられ、プレスジャーの教育を受けたのだから、あれは蛮族《エイリアン》だ。多少ましになったとはいえ、何を考えているかわからないのはいまも同じだ」

「陛下――」セイヴァーデンが訊いた。「なぜ拒絶しなかったのですか」

「プレスジャー壊滅はすでに計画していた」小さな子が――アナーンダ・ミアナーイが――答える。「必要な資源や人員の構成も考えていたが、プレスジャーはそれをかぎつけて恐れをなし、平和条約を結びたくなったのだろう。ついに弱みをさらしたと思ったよ」そこで声をあげて笑う。ただし、苦々しげに。悔やんだように。そんな笑いを子どもの声で聞くのはなんとも奇妙だった。外見と中身の乖離《かいり》。

わたしは目を開けた。セイヴァーデンはわたしの椅子の横でひざまずき、椅子の正面では五、六歳の少女が足を組んで芝生にじかにすわっていた。全身黒ずくめで、片手にはペストリー。彼女のまわりには、わたしのトランクの中身が散らばっている。

「目が覚めたか」

「わたしのイコンをゴミのように扱うな」

「とても美しい」少女は小さいほうのイコンを拾いあげた。指を当てると、像が飛び出す。宝石とつややかな輝き。三つめの手のなかでは、ナイフが偽の陽光にきらめいた。「これはおまえだな」

「そう、わたしだ」

「イトラン四分領《テトラーク》か！　銃はそこで手に入れたのか？」

「違う。金《かね》を稼いだだけだ」

アナーンダは心底楽しそうにわたしを見た。「よくあそこから、大金を持って出られたもんだ」

「四人の統治者のひとりが、わたしに借りがあった」

「とすると、よほど大きな借りだな」

「そうだ」

「あそこでは人間をほんとうに生け贄《にえ》にしているのか？　それとも——」イコンが持つ、切断された首に手を振る。「比喩、象徴かな」

「ひと言ではいえない」

少女はふん、と鼻を鳴らし、セイヴァーデンは黙ってひざまずいたまま動かない。

「医者から、あなたはわたしを必要としていると聞いた」

かわいい子どものアナーンダはきゃきゃっと笑った。「そのとおりだよ」

「であればみずから慰め、ひとりでよろしくやればいい」文字どおりのことが、彼女にもできるはずだ。

「おまえの怒りは、半分は自分に向けられたものだろう」ペストリーの残りを口に入れ、手袋をはめた小さな手を合わせて軽くはたく。芝生の上に粉砂糖がぱらぱらと落ちた。「たとえ半分でも、途方もなく大きな怒りだ」

「たぶんその十倍。ただしそれも、武器があってこそ意味をもつ」

彼女は小さくにやりとした。「わたしはまだ有効な道具を手元に揃《そろ》えきれていなくてね」

「あなたは敵の道具を見つけしだい破壊する。あなた自身が、そうわたしにいったんだ。そしてわたしは、あなたの有効な道具になる気はない」

「わたしのほうが正統だよ。よければまた歌ってやろうか。だがこんな声でうまくいくかな。この戦いはほかの星系にも広まっていく。いや、すでに広まっている。近場の地方宮殿からまったく応答がなくてね。わたしにはおまえが必要なんだ」

わたしは背筋をのばそうとし、なんとかうまくいった。

「誰がどちらの側につこうと関係ない。どちらが勝とうとかまわない。なぜなら、しょせんそれはあなただからだ。たいした違いなどない」

「そういうのは簡単だろう。一理あるとも思うしな」と、子どもがいった。「まったく変わらずにきたものは山のようにある。どちらが優勢だろうと、変わらずにそのままのことはいくらでもあるはずだ。だがな、どう思う？　あの日、乗艦していたのがどちらであるかによって、オーン副官の運命は変わっていたのではないか？」

わたしは答えることができなかった。

「金と力とコネさえもてば、違いがあったところで何も変わりはしない。近い将来そいつが死ぬとわかっていれば、その地位は狙われるだろう。生きることにしがみつくのは、金も力もないやつらだ。彼女たちにとって、小さなことは小さなことじゃないんだよ。おまえが〝違いなどない〟というものは、そんな人間には生と死ほどの違いがある」

「そしてあなたは、金も力もないちっぽけな人間たちを心から思いやり、心配で夜も寝られないのだろう。さぞかし胸が痛んでいるにちがいない」

「知ったふうな口をきくな。おまえは二千年のあいだ、ただひたすらわたしに仕えてきた。それが何を意味するかは、自分がいちばんわかっているはずだ。わたしは心から気にかけている。が、おまえがいうよりは、もっと抽象的な意味合いでだ。とくにこの数日はね。確かに、わたしひとりの問題だ。おまえのいうとおり、わたしは自分のなかにある別の自分を取り除くことができない。だがそのことを、わたしにつねに思い出させてくれる存在を利用することはできる。武器を持ち、わたしとは独立した〝良心〟がいてくれるのがいちばんいいのだろう」

「はるか昔、あなたの良心になろうとした者がいた」イメの〈サールセの慈《めぐみ》〉の兵士は、アナーンダの命令を拒否したのだ。「そして彼女は殺された」

「イメのことだな。〈サールセの慈〉の1アマート1か」子どもはにっこり笑った。ひときわ楽しい思い出がよみがえったかのようだ。「長く生きてきたが、あそこまで叱りとばされたことはない。最後には罵声まで浴びせられたよ。彼女は酒でも飲むように、毒をあおった」

毒――。「彼女はあなたに射殺されたのではない？」

「弾痕だらけの死体は見るも無残だ」子どもは笑みを浮かべたままいった。「そうだ、それで思い出した」腕をのばし、手袋をはめた小さな手を振ると、そこに光を吸収する漆黒の箱が現われた。「市民セイヴァーデン――」

セイヴァーデンは身を乗り出して箱をとった。

「おまえはまわりくどい言い方をせず、自分の怒りは武器があってこそ意味があると明言した。そしてわたしも、武器を持った良心の話をした。これで何をいいたいかは察しがつくだろう。

おまえなら、無知ゆえの愚かな真似はしないはずだ。だがいま持っているものについては、少し説明が必要だな」

「仕組みを知っている?」確かにそうだろう。アナーンダは千年のあいだ、ガルセッドの銃をいくつも所有していたのだ。それだけの歳月があれば、解明できる。

「ある程度はね」アナーンダは苦笑した。「通常の銃弾は——おまえも知っているとは思うが——発射される銃から膨大な運動エネルギーを与えられ、何かに当たると、そのエネルギーを放出する」わたしは無言だ。眉ひとつ動かさない。「ガルセッドの銃の弾丸は——」少女のアナーンダはつづけた。「いわゆる銃弾とは違う。これは……装置だ。銃に装塡《そうてん》するまでは休眠中とでもいうのかな。銃を離れるときの運動エネルギーの大小も関係ない。しかし何かにぶつかった瞬間、相応のエネルギーを放出し、ターゲットを正確に一・一一メートル貫通する。そして、停止する」

「停止?」わたしは息をのんだ。

「一・一一メートルで?」セイヴァーデンはひざまずいたまま、困惑していた。

アナーンダはそっけなく手を振った。「蛮族だからな。考えることが違うんだろう。理屈の上では、いったん使える状態になった弾丸を、何かに向かってそっと投げるだけでも、ぶつかればそれを破壊する。だが、使える状態にできるのは、銃だけだ。わたしの知るかぎり、この弾丸が貫通できないものはこの宇宙に存在しない」

「エネルギーはどこからくる?」わたしはまだ驚きから抜けきれていなかった。あの酸素タンクを撃ちぬくには、結果的に一発だけでよかったということだ。「エネルギーには出所がなければならない」

「おまえはそう思うんだろう。そして必要なエネルギー量がどうやってわかるのか、と訊きたいのではないか？　ターゲットと空気の違いはどこにあるんだと？　残念ながら、わたしは知らない。これでわかっただろう、プレスジャーと条約を結んだ理由が。プレスジャーとの条約を、なんとしてでも守りたい理由が」

「そしてなんとしてでも、プレスジャーを潰したいと思っている」それがもう一方のアナーンダの狙いであり、切なる願望だ。

「わたしにはまだ、合理的な具体的目標はない。だが、ここで話したことはけっして口外するな」わたしの言葉を待たずにつづける。「話したくても話せないようにすることだってできる。しかし、それは避けたい。おまえは役に立つオーメンのひとつだからな。よけいなことをして、落ちる場所を変えないほうがいいだろう」

「ずいぶん迷信深いことをいう」

「わたしは迷信など信じない。さあ、そろそろ切り上げるとしよう。ここに残っているわたしは数が少ないものでね――少なすぎて、正確な数は極秘だ――やることが山のようにあるんだよ。いつまでものんびりおしゃべりしているわけにはいかない。

ところで、〈カルルの慈〉には新しい艦長が必要だ。それから副官も。おまえなら、自分のクルーから副官を任命できるだろう」

「わたしは艦長にはなりえない。市民でもなければ、人間ですらないのだから」

「わたしが、おまえは人間だ、市民だといえばそれですむ」

「セイヴァーデンに頼むといい」彼女はわたしの膝に銃弾の箱をのせたあと、すぐまたひざまずいていた。「あるいは、スカーイアトか」

「セイヴァーデンは、おまえが行かないところには行かない。そうわたしに明言したよ、おまえが眠っているときに」

「ではスカーイアトを」

「彼女はわたしに罵声を浴びせた」

「考えることはみな同じなわけだ」

「それに現実の問題として、スカーイアトにはここに残っていてもらいたい」アナーンダは立ち上がった。少女の目の高さは、すわっているわたしのそれとたいして変わらない。「医者は回復に最低一週間はかかるといっている。そのあと数日で〈カルルの慈〉を視察し、必要なものを揃えろ。ここで素直に了解し、まずセイヴァーデンを副官に任命して、こまごましたことを任せれば、すべて丸くおさまる。あとはおまえ自身の裁量だ」足についた芝と汚れを払う。「準備が整いしだい、アソエク・ステーションに行ってくれ。二ゲート先だ。〈ツレンの剣《つるぎ》〉がゲートを破壊していなければな」スカーイアトは〝二ゲート〟離れたところにオーン副官の妹がいるといった。「それともほかに何か予定でも?」

アナーンダは最後に〝市民〟とつけ加えようとして、思いとどまったようだ。

「選択肢はあるのだろうか……〝死〟以外に？」

彼女は曖昧な仕草をした。「わたしたちはみな同じだよ。つまり、選択肢はないということだ。しかし小難しい話はあとまわしにしよう。いまはやるべきことがある」アナーンダはそういうと部屋を出ていった。

セイヴァーデンが散らばったわたしの所持品を集めてトランクに詰め、わたしが立ち上がるのに手を貸して、わたしたちは部屋をあとにした。彼女が口を開いたのは、コンコースに出てからだ。

「艦船だよ、〈慈〉とはいえ」

わたしは長く眠っていた、と錯覚しそうになった。ガラス片がきれいに掃除され、そう多くないながら通行人がいるからだ。誰もが少し疲れ、びくびくしているように見えた。話し声は低く小さく、人がいてもなお、コンコースは閑散としている。わたしはセイヴァーデンをふりむき、片眉を上げていった。

「あなたさえその気なら、艦長になるといい」

「いやだね」ベンチの前で止まり、わたしをすわらせてくれた。「もしいまも艦長だったら、未払い賃金が発生する。ぼくは千年まえに死んだとみなされ、正式に任を解かれたんだよ。もとにもどりたいと思ったら、すべてを最初からやりなおさなくてはいけない。それに――」口ごもり、わたしの横に腰をおろす。「それに、脱出ポッドから出たとき、みんなに、ありとあらゆるものに、見捨てられたような気がした。ラドチからも。ぼくの艦からも」わたしは顔をしかめ、彼はなだめるような仕草をした。「いや、そう感じただけだ。ぼくの一方的な思いだよ。ぼく自身がぼくを見捨てたんだ。でもきみは違った。きみはぼくを見捨てなかった」

返す言葉が見つからない。でも彼女はそれを待っているようでもなかった。

「〈カルルの慈〉に艦長は不要だと思う」四秒の沈黙後、わたしはいった。「艦のほうも、たぶん望んではいない」

「きみは拒否できないよ」

「自活できる資金があれば拒否できる」

セイヴァーデンは眉をひそめ、たぶん反論だろう、口を開きかけたがすぐに閉じた。また沈黙が訪れる。

「寺院に行って――」彼女がいった。「オーメンを投げてもらうといい」

わたしの偽りの姿から、わたしにも何らかの信仰心があると思ったのだろうか。それとも、彼女は芯からラドチャーイであるために、投げられたオーメンがどんな疑問にも答えを出してくれる、とるべき道を教えてくれると信じきっているのか。

「そこまでしなくてもいいと思う。でもあなたはやりたければやればいい。いますぐここでできる」表と裏があるものなら、何を投げてもかまわない。「もしそれで表が出たら、あれこれいうのはやめて、お茶を買ってきてほしい」

セイヴァーデンは頬をゆるめ、ふん、と鼻を鳴らした。そして「そうだ！」と上着のポケットに手を突っこむ。

「スカーイアトから、きみに渡してくれといわれたんだよ」〝アウェル〟ではなく、〝スカーイアト〟と個人名で呼んだ。

彼女が広げた手のなかには、直径二センチほどの、金色の丸いものがあった。縁にはぐるっと小さな葉が描かれ、中央から少しはずれた場所に名前が刻まれていた――オーン・エルミング。

「まさかこれを投げろとはいわないよな?」わたしが答えずにいると、彼女はつづけた。「スカーイアトは、きみが持っているべきだといっていた」

どんな言葉を、どんな声でいえばいいのか――。わたしが悩んでいると、警備局の制服を着た者が遠慮がちに近づいてきた。

「失礼します、市民」きわめて丁重に。「ステーションがお話ししたいと申しております。コンソールはあちらに」と、腕をのばす。

「インプラントはないのか?」セイヴァーデンがわたしに訊いた。

「隠してある。一部は無効にしたから、たぶんステーションには見えない」そういえば、端末はどこに? たぶん荷物にまぎれているのだろう。

仕方なく立ち上がってコンソールまで歩いていく。そして立ったまま話した。

「ステーション、用件は?」アナーンダがいった休息期間が、心から待ちどおしいと思う。

「市民ブレク・ミアナーイ」ステーションは単調な声でいった。トラブルがあったようすではない。

ミアナーイ?　わたしはオーン副官のピンを握りしめ、荷物を持って後ろにいるセイヴァーデンをふりむいた。

「きみはほんとに、悩みの種が尽きないな」彼女はわたしが何かいったかのようにつぶやいた。

アナーンダは〝独立した〟といったが、それが文字どおりの意味でなくても驚きはしない。とはいえ、ここまで名前を安売りするとは……。

「市民ブレク・ミアナーイ」ステーションはくりかえした。口調は変わらず淡々としているが、あえてくりかえすところに悪意を感じた。そしてこれはつぎの言葉で確認された――「わたしはあなたに、ここを立ち去っていただきたい」

「おや……」ほかに言葉が浮かばなかった。「どうして?」
○・五秒遅れて、返事があった。
「まわりを見ればわかるはずです」見回すほどの力はなかったので、高圧的な言い方はあくまで比喩だと捉えた。「大量の負傷者と瀕死《ひんし》の市民が治療を待っています。わたしの施設の多くが被害を受けた。住民は動揺し、不安がっている。わたしも動揺し、不安です。宮殿の混乱はいうまでもない。これを引き起こしたのは、あなただ」

「それは違う」と否定しつつ、自分にいいきかせた。このステーションの対応は幼稚で狭量に見えるものの、かつてのわたしと大差はなく、ましていまは非常事態で、何千何万、いや何百万もの市民を守らなくてはいけないのだ。「わたしがいなくなっても、何も変わらないと思うが」

「それならそれでかまいません」ステーションは静かにいった。が、どうしても横柄さを感じてしまう。「可能なうちにすぐ立ち去るのをお勧めします。近い将来、それができなくなるときが来るかもしれません」

ステーションはわたしに退去を命じることはできない。厳密にいえば、こういう口の利き方もしてはいけないのだ。わたしがほんとうに市民であれば。

「ステーションはきみに命令なんかできないよ」セイヴァーデンがわたしの心を読んだかのようにいった。

「それでも不支持は表明できるから」ただし、冷静に、さりげなくいうのだ。「わたしたちは年じゅうやっていた。たいていの人は気づかないだけで、ほかの艦船やステーションに移って初めて、なぜかこちらのほうが居心地がいいと感じる」

一秒の沈黙後、セイヴァーデンが「そういえばそうだったな」とつぶやいた。きっと〈トーレンの正義〉から〈ナスタスの剣〉へ異動したときのことを思い出したのだ。

わたしは前かがみになり、コンソールの横の壁に額を当てた。

「話はそれだけかな、ステーション」

「〈カルルの慈〉も話したいといっています」

五秒の沈黙。わたしはため息をついた。このゲームには勝てそうにない。手をつけるべきではなかった。

「では、〈カルルの慈〉につないで」

「〈トーレンの正義〉——」コンソールから〈カルルの慈〉の声が聞こえた。

その呼び名にわたしははっとし、涸れたはずの涙がこみあげた。急いでまばたきして払いのける。

「わたしは1エスクでしかない……」言葉が詰まった。「1エスク19だ」

「ヴェル艦長が逮捕されました」〈カルルの慈〉はつづけた。「再教育か処刑かはわかりません。わたしの副官たちも同様です」

「残念なことだと思う」

「あなたの責任ではありません。彼女たちの選択の結果です」

「では、いまは誰が司令を?」わたしの隣で、セイヴァーデンがわたしの腕に手を添えた。横になりたい。いまは眠りたい、それだけだった。

「1アマート1です」それがたぶん〈カルルの慈〉の最高位部隊の先任准士官なのだろう。すなわち分隊のリーダーを務める准尉だ。属躰の部隊には、リーダーなど必要なかった。

「それでは1アマート1が艦長になれる」

「いえ、なれません。すぐれた副官にはなるでしょうが、艦長としての準備は整っていません。現在、彼女は全力を尽くしつつ、途方に暮れてもいます」

「わたしが艦長になれるのなら、〈カルルの慈〉、あなただって艦長になれるのでは?」

「それは論外です」いつものおちついた話しぶりに、苛立《いらだ》ちがのぞいた。「わたしの乗員には艦長が必要です。そしてわたしはひとつの〈慈〉でしかありません。あなたが望みさえすれば、皇帝はあなたに〈剣〉を与えると、わたしは確信しています。〈剣〉の艦長が〈慈〉に送られるのは不本意かもしれませんが、艦長でないよりははるかによいかと思います」

「それは……」

「いいかげんにしろ、〈カルルの慈〉」セイヴァーデンが厳しい口調でいった。

「あなたはわたしの将校ではない」わずかとはいえ、冷静さを失っていた。

「いまのところはまだね」と、セイヴァーデン。

この会話は仕組まれたものではないか、とわたしは疑いはじめた。しかしセイヴァーデンが道の真ん中でわたしをこんなふうに立たせておくとは思えない。ともかく現状では。

「〈カルルの慈〉、わたしはあなたが失ったものになることはできない。それはもう取り戻せないと思う、残念だが」そしてわたしも、失ったものは取り戻せないのだ。「すまない、立っているのがつらい」

「〈カルルの慈〉――」セイヴァーデンの顔は険しい。「きみの艦長はまだ回復していないのに、ステーションが彼女をこんな場所に立たせたんだ」

「シャトルを送りました」返事をするまでにわずかな間があったのは、〈慈〉のステーションに対する考えの表われだろう。「こちらのほうがゆっくりできます、艦長」

「わたしは艦長では……」いいかけたところで、〈カルルの慈〉は通信を切った。

「ブレク」セイヴァーデンは壁にもたれているわたしを抱えた。「行こう」

「どこへ?」

「乗艦したほうが楽なのはわかってるだろ。ここよりずっと快適だ」

わたしは何もいわず、セイヴァーデンに連れていかれるがままになった。

「これ以上ゲートが消滅し、船が立ち往生して補給品が途切れたら、いくら金をもっていようがたいして意味はないよ」行く手にリフト・バンクが見えた。「何もかもが崩れていくみたいだ。ここだけじゃなく、ラドチの世界全体が……」わたしもそうだと思った。でもいまはじっくり考えるだけの力がない。「きみは手を引く気だろう。起きることを傍観していればいいと思っている。だけどぼくの意見をいわせてもらえば、きみにそんなことはできっこないよ」

そうかもしれない。それができたらここにはいなかっただろう。そしてセイヴァーデンもここにはいない。わたしはニルトで彼女を見捨てていたはずだ。そもそもニルトに行きすらしなかった。

リフトの扉が閉まった。いつもより若干、勢いよく。わたしの勝手な思いこみかもしれないが、ステーションはわたしを早く追い出したがっている。

ところが、リフトは動かなかった。

「ドックへ、ステーション」わたしはそういうしかなかった。降参だ――。結局、わたしが行くべき場所は、ほかにないのだろう。わたしはそのためにつくられ、それがわたしなのだ。たとえ暴君の主張が偽善であろうと（そうであるのは間違いない）、暴君がこの瞬間何を企んでいようと、いっていることは正しい。これからのわたしの行動が、何らかの違いを、効果をもたらすことはできるだろう、たとえわずかであろうとも。何らかの違いを、オーン副官の妹に。

わたしはオーン副官を裏切った。それも最悪のかたちで——。同じことは、けっしてくりかえさない。

「スカーイアトはきっとお茶を振る舞ってくれるよ」いきなりリフトが動きだしても、セイヴァーデンは驚きもせずにいった。

最後に食事をしたのはいつだったか？

「お腹がすいたような気がする」

「それはいい兆候だ」

リフトが止まると、わたしの腕をつかむセイヴァーデンの手に力がこもった。扉が開き、神神が見下ろすドックのロビーが現われる。

目的を見定めて、一歩踏み出す。そしてまた一歩——。これまでも、そしてこれからも。

解説

渡邊利道

本書はアメリカの作家アン・レッキーの第一長編 *Ancillary Justice* の全訳である。

現在とはかなり隔たった文化習慣を持つ人類が銀河全域にひろがった遠未来を舞台に、かつて宇宙戦艦のＡＩだった一人の兵士を中心に、宇宙を揺るがす陰謀と冒険、そして妖しく情熱的な人間関係を濃密に描く。ミリタリーＳＦやニュー・スペースオペラのアイディアも受け継いだ、新時代のエンターテインメント本格宇宙ＳＦの開幕編。

二〇一三年に発表されるや、同年度のネビュラ賞（長編部門）、英国ＳＦ協会賞（長編部門）、キッチーズ賞（新人部門）、一四年度のヒューゴー賞（長編部門）、ローカス賞（第一長編部門）、アーサー・Ｃ・クラーク賞、英国幻想文学大賞（新人部門）と、英米の主要ＳＦ賞を総ナメで受賞。新人のデビュー長編としては、ウィリアム・ギブスン『ニューロマンサー』の四冠（ヒューゴー賞、ネビュラ賞、フィリップ・Ｋ・ディック賞、ＳＦクロニクル誌読者賞）、パオロ・バチガルピ『ねじまき少女』の五冠（ヒューゴー賞、ネビュラ賞、キャンベル記念賞、ローカス賞、コンプトン・クルック賞）を凌《しの》ぐ、英米では史上最多となる七冠を達成した超強力な話題作である。

巨大な武力を背景に版図をひろげている専制国家ラドチと、「蛮族《エイリアン》」プレスジャーの緊張関係が続いている遠未来の宇宙。辺境に位置する極寒の惑星を、「ブレク」と名乗るラドチの元兵士が、ある目的のために訪れていた。誰とも余計な関わりを持つ気などなかったのだが、マイナス十五度の大地にあろうことか全裸で行き倒れになっている、元上官のセイヴァーデンに遭遇。自分でも不可解な情熱に駆られ、酷《ひど》い薬物中毒の状態で足手まといにしかならないのに多大な犠牲を払って救助してしまう。ようやく意識を取り戻したセイヴァーデンは、ブレクのことをまったく覚えていない。それもそのはず、ブレクはかつてセイヴァーデンが乗り組んだ兵員母艦〈トーレンの正義〉のＡＩにして「属躰《アンシラリー》」だったからだ。かくして不信と反目を抱き合ったコンビによる、帝国の存亡に関わる戦いと冒険の旅がはじまる……。

ローマ帝国を思わせる武断的な階級社会を背景に、数千年に及ぶ長い時間で展開する陰謀とロマンスが銀河を股にかけて繰り広げられる物語は、作品の骨格に関していえば、ロイス・マクマスター・ビジョルドやＣ・Ｊ・チェリイといった作家たちが得意とするミリタリーＳＦ的なスペースオペラである。またＡＩと人間の関係の掘り下げ方は、アシモフの〈未来史〉と共通する要素もあり、帝国の文化にオリエンタルな色彩があって植民地のさまざまな宗教や習慣が書き込まれているところなどには文化人類学ＳＦの趣もある。付録の用語解説と年表に示されているような緻密《ちみつ》で複雑な設定によって構築された多彩で奥行きのある世界で、個性的なキャラクターたちによる波瀾《はらん》万丈の冒険が展開するストレートな娯楽作品だ。

サブジャンル的にはとてもオーソドックスなエンターテインメントＳＦである本作の、文体やプロット構成にまで影響を与えている個性的なアイディアが二つある。

ひとつは原題にもなっているアンシラリー（属躰）という設定。Ancillaryとは、一般的には「従属するもの」という意味で、人間であれば従者や召使い、モノであれば付属品とか備品を指す言葉である。「属躰」という訳語が当てられている本作の中では、宇宙戦艦のＡＩを、戦闘用に改造を施した人体に上書きダウンロードした生体兵器のことを指している。詳細な設定は用語解説を参照して欲しいが、この「属躰」たちは、複数の個体で自我を共有している集団人格である。

ところが本作の語り手であるブレクは、この「属躰」でありながら、物語の冒頭から展開する現在時においては、ある事情から一人だけ孤立した状態となっており、章ごとのカットバックで語られる回想においてのみ、集団として語る。

なぜそのような孤立に陥ったのかというのが、重要な謎として物語を牽引《けんいん》することになるのだが、文体的な効果はそればかりではない。なにしろ、複数の個体に語りの主体が散らばっているために、それぞれの個体がいる場所から見た情景が、シームレスに並列して語られるのだ。またＡＩなので一千年の時を超えて生きている上に、その膨大な経験のすべてを忘れることがない（ちなみに、人間の寿命は二百年程度であるようだ）。そのために空間的にも時間的にも、普通の人間を大幅に超えた自由さを獲得しており、語りの自由度が半端なく、読者はまるで前衛小説を読んでいるかのような感覚さえ覚える。またAIという設定が、SF的に物語において非常に重要な鍵となっているのも指摘しておこう。

もうひとつのアイディアは、ラドチの市民は性別を気にせず、ジェンダーを区別する言葉が存在しないという設定である。そのためラドチの言葉では三人称の代名詞がすべて「彼女」となる。さらにラドチ圏以外の人類には性の区分が言語や文化を決定づけているケースもあり、身分を隠しているブレクは会話において相手のジェンダーを判断するために試行錯誤しなければならなくなるのだ。

これは物語の細部としても面白い設定だが、それ以上に、小説の語りの中で三人称の代名詞がすべて「彼女」となっているために、登場する人物の性別が判然としないというのが、非常に独特な効果をあげていて、単に面白いという以上に興味深い文体となっている。

ジェンダーという概念は、生物学的な性としての「セックス」に対して、文化的・社会的に形成された性としての「ジェンダー」というふうに理解されることが多い。しかし、そもそも生物学自体が人間の文化（学問）である以上、生物学を担う科学者たちの属する社会のジェンダー意識が、すでに生物学の内容に反映されている。つまり生物学的な性と文化的・社会的な性は実はそれほど明瞭《めいりょう》に区別できるものではない。ラドチの言語にジェンダーの区別がないという設定は、単に言葉の問題に留まらず、ラドチの社会全体を一種独特の色調で染め上げる。

同時に、それを読むわれわれにすでに備わったジェンダー意識のために、その小説世界を理解するのがとても困難に感じさせもする。

たとえば、小説に登場する人物のルックスを想像するときに、性別が明示されていなければ意外なくらいイメージを明快にするのは難しい。本書を読みながら、自分は登場人物を想像するのにこんなに人物の性別に影響を受けていたのかと少々たじろいだくらいだ。

そしてそのために本作は、一種独特な謎めいた雰囲気をまとった色気のある小説になっている。「彼女」という代名詞の選択は、もちろんアーシュラ・K・ル＝グインの作品を連想させるものだが、ル＝グインの作品が、フェミニズムをかなり積極的に「思想として」導入したものだったのに比べると、アン・レッキーの手法は、もっとずっと素朴なSF的外挿《がいそう》法にもとづくもので、小説的効果としてとてもわかりやすい魅力を放っている。

これら、「属躰」と「彼女」というふたつのアイディアは、小説の文体に奥行きのある自由さや曖昧さを付与している。物語の展開上ブレクの来歴と復讐《ふくしゅう》の理由、そしてその方法が少しずつ明かされていくスタイルになっているために、この文体とあいまって最初は何が起こっているのか、どういう世界なのかもよくわからないかもしれないが、丁寧に読み進めていけば、途中から一気呵成《かせい》にぐいぐい引っ張り込まれていくに違いないので、ぜひとも微妙な宙づり感覚を楽しみながら読んでいってもらいたい。なにせ七冠である、それで期待を裏切られなかった読者がいっぱいいたということなのだから。

そしてまたもちろんこの作品は技法的実験を試みたニューウェーヴ的な小説ではない。この文体的な仕掛けは、もったいぶった思わせぶりのためにあるわけではなく、物語に登場する人物（ブレクも含む）たちの「関係性」を、より繊細に描き出すためのものである。ローマ帝国的な階級社会や占領地でのポストコロニアルな描写、あるいはAI兵士という集団人格の特殊性や、そこから脱落したブレクの孤独やアイデンティティーの揺れといったさまざまなシチュエーションも、「彼女」たちがみずからの立場に応じ、お互いに対して持つ感情を際立たせるための舞台装置のようであり（もちろん緻密に構築されたそれらはSF読者にはそれ自体で大変魅力的だが）、場面ひとつひとつに込められた感情の生き生きしたリアリティが最大の読みどころである。なんといってもロマンティックな小説なのだ。

著者について。一九六六年三月二日、オハイオ州のトリードに生まれる。ミズーリ州のセントルイスでSFファンとして育ち、ワシントン大学では音楽の学位を取得（音楽と歌は本作でも重要な細部として全編に鳴り響いている）。卒業後は大学の教員クラブでのウェイトレス、土地測量のクルー、レコーディング・エンジニアなどの仕事に就き、九六年に結婚。二人の子供を育てる傍ら小説を書きはじめ、クラリオン・ウェスト・ワークショップなどで腕を磨く。二〇〇六年には本作の原型となる作品に着手し、一二年に完成。翌年にオービットブックスから出版されて以後の成功ぶりについては本稿の最初で触れた通り。

本書は各巻ごとに単体で物語が完結する三部作の第一部として構想され、第二部 *Ancillary Sword* は一四年に、第三部 *Ancillary Mercy* は一五年に刊行されている。なお、今後の予定としてオービットから二つの作品が出ると告知されている。
個人サイトのURLはhttp://www.annleckie.com/。ツイッターアカウントは@ann_leckie。

第二部（邦題『亡霊星域』）は、本作の終わりから約一週間後、ブレクとセイヴァーデンがラドチ圏内では僻地《へきち》の星系にあるアソエク・ステーションに向かうところからはじまる。恒星間ゲートが二カ所にわたって破壊されたというのだ。さまざまな場所や時間を激しく移動した本作とはガラリと変わって、アソエクというひとつの場所で、時間の流れに沿って事件が語られるミステリ的展開を示す作品で、ラドチの詳細な設定や、皇帝アナーンダ・ミアナーイや「蛮族」プレスジャーについてもさらにいくつかの秘密が明らかとなる。

二〇一六年春に本文庫で翻訳刊行予定。ご期待ください。

付録 アンシラリー用語解説《グロッサリー》

用語集

属躰《アンシラリー》……ラドチが侵略・併呑した惑星から連れ去った人間の肉体を戦闘用に改造したのち、脳に軍艦のAI人格を強制上書きして艦の付属品とした、強力な生体兵器。属躰にされた人間の元の人格は基本的に失われ、艦船と属躰は全体でひとつの存在となる。そのため属躰に個人名はなく、部隊名や分軀番号《セグメント》で呼ばれる。

肉体改造やAIによる制御のため、人間の兵士より能力も規律も高い。かつてはラドチ軍部隊の主力であり、各艦には数多くの人体が属躰素材として保存されていた。だが、ラドチで改革が始まってからは属躰の新規製造は禁止され、人間の兵士への置き換えが進んでいる。

庇護関係《クリエンテラ》……ラドチ社会で重要な意味を持つ社会契約制度。保護者《パトロヌス》は被保護者《クリエンス》に財政的・社会的援助を約束し、クリエンスはパトロヌスに奉仕・貢献する。個人間のクリエンテラ契約はきわめて親密なつながりを意味する。クリエンテラ契約は代々引き継がれ、家系同士に上下関係のつながりをつくる。ラドチの絶対的支配者アナーンダ・ミアナーイは、すべてのクリエンテラ関係の頂点に立つ。

ゲート……物体や情報のショートカット（超光速移動）を実現する技術。ラドチ圏内には数多くの一般ゲートがつくられ、各星系《システム》を結んでいる。遠隔地に移動する際には、複数のゲートを経由しなければならないこともある。なお、〈正義〉のような大型艦は、単独でゲートをつくって移動することもできる。

ステーション……宇宙空間に建造された人工居住施設。大きなものはメトロポリス級の規模があり、交通や商業、政治のハブとして繁栄している。ステーションへの出入りを管理する審査監理官は、大きな権力を持つ。なお軍艦と同様、ステーションも管理用のＡＩを持つ。

プレスジャー……人類が接触した蛮族《エイリアン》の一種族。ラドチを凌《しの》ぐ科学技術を持つようだが、言葉を用いず、あらゆる存在を意義の有無で区別するなど、人類には理解しがたい独特の観念を持つ。約千年前にラドチと平和条約を結び、今では人類の有力な交易相手となっている。人間の艦船から救ったものをもとにして成長させた通訳を使っている。

併呑……ラドチに侵略・併呑された惑星は、軍による通常五十年間の占領統治を経て同化され、ラドチ圏に組みこまれる（併呑が無事完了すると、惑星の住民には市民権が与えられ、ラドチャーイとしてラドチの一員となる）。併呑に携わるラドチの将校や政務官は、惑星の支配層とのつながりができるため、さまざまな便益を得られる。

かつての併呑では、抵抗勢力を虐殺したり、住民を連れ去って属躰の素材にしたりといった残酷な手法が多くとられたが、ラドチで改革が始まってからはそうした行為は減っていった。約十九年まえの惑星シスウルナを最後に、侵略・併呑は終了した。

ラドチ……とある巨大なダイソン球（恒星などのエネルギー源を卵の殻のように覆い、すべてのエネルギーを活用できるようにした巨大人工構造物）を発祥地とする、人類世界における最大の星間勢力。アナーンダ・ミアナーイを絶対的支配者として戴く専制国家である。男女の性別を一切区別しない文化・言語を持つことが大きな特徴。

創造神アマートを崇める多神教を信じている。この宗教では、アマートから流出した四組のエマナチオン――エトレパ・ボー（光・闇）、エスク・ヴァル（始まり・終わり）、イッサ・イヌ（動・静）、ヴァーン・イトゥル（存在・非存在）――がさまざまに分離・結合し、宇宙を創造したとされる。また、どんな些細《ささい》な出来事もすべてアマートの意思であり、〝単なる偶然〟というものはない、と考えられている。侵略・併呑された惑星の地域信仰も、大半はこの信仰体系に吸収される。

かつては他の人類国家を積極的に侵略・併呑する拡張政策をとっていたが、千年〜数百年まえから穏健路線に舵を切った。それ以来、侵略・併呑の終了、属躰の製造禁止、家柄にとらわれない能力主義での人材登用などの改革が進められている。

ラドチャーイ……ラドチ圏の住民、すなわち「市民」。ラドチの言語では「文明人」と同義である。ラドチャーイは基本的な衣食住や医療などの社会保障が受けられる。また、公正とされる適性試験を通過すれば、軍の将校や文官となり、名誉と特権を伴うさまざまな官職に就くことができる。

ルルルルル……人類が接触した蛮族の一種族。蛇のように長く、多肢で、柔毛に覆われ、唸《うな》りと咆哮《ほうこう》で語る。

ラドチの軍艦と部隊編成について

ラドチ軍では、規模が大きい順に〈正義〉〈剣《つるぎ》〉〈慈《めぐみ》〉という三種類の主力艦を運用している。各艦を制御するＡＩはそれぞれ人格を持ち、命令に服従し艦長に愛着を持つように設計されている。

最大級の兵員母艦である〈正義〉は、10個の「大隊《デケイド》」を収容できる。1個大隊は20個の「分隊」からなり、1個分隊は20人の兵士からなる。そのため〈正義〉には、最大で10個大隊×20個分隊×20人＝４０００人の兵士と、２００人以上の将校が乗り組む。

各大隊はエスク、ヴァル、イッサ、ボー、アマートなど、主にラドチの宗教に由来する名前がつけられる。各分隊は「1エスク」＝エスク大隊の第1分隊、「7イッサ」＝イッサ大隊の第7分隊、というように、大隊名の頭に番号をつけて呼ばれる。

兵士は（属躰に限らず人間でも）個人としては区別せず、単に「1エスク」などと所属分隊名で呼ぶことが多い。一人ひとりを区別する必要が生じた場合は「1アマート1」「1エスク19」のように分軀番号で呼ぶか、人間の兵士であれば個人名で呼ぶこともある。

ラドチの軍人と階級

各艦で指揮をとる将校は、大きく三階級に分かれる。最上位が艦を指揮する「艦《ハンドレッド・》長《キャプテン》」、その下が大隊を指揮する「大隊長」、その下が分隊を指揮する「副官」である。これらは配置と連動しているが階級名なので、たとえば艦長は乗艦がなくとも「艦長」と呼ばれる。なお、同じ階級内でも序列があり、序列がもっとも高い者は「先任」と呼ばれる。また、人間の兵士からなる分隊においては、先任の兵士が分隊のリーダーとなり「准尉」と呼ばれる。准尉は将校ではないが、緊急時には艦の指揮を執ることもある。

『叛逆航路』年表

約3000年前　アナーンダ・ミアナーイがラドチ圏の絶対的支配者となる
約2000年前　兵員母艦〈トーレンの正義〉が建造される
約1000年前　十七歳のセイヴァーデンが新任副官として〈トーレンの正義〉に着任。二十一年後、〈ナスタスの剣〉艦長に昇進して転出

114年前	惑星ガルセッドの併呑中、〈ナスタスの剣〉が破壊される。セイヴァーデン行方不明に ラドチ、蛮族プレスジャーと初の外交的接触（のち条約を締結）。以降、ラドチは徐々に穏健路線に転じ、属躰の新規製造を禁止し、侵略・併呑も終息に向かわせるといった改革をはじめる
24年前	惑星ヴァルスカーイ併呑。〈トーレンの正義〉も参加 イメ・ステーションで反乱事件発生
19年前	惑星シスウルナで、ラドチ最後の併呑開始。〈トーレンの正義〉も参加 〈トーレンの正義〉、ヴァルスカーイへの移動中に行方不明になる
数年前	ストリガン医師、ドラス・アンニア・ステーションを離れる
現在	セイヴァーデン、約千年ぶりに発見・救助される ブレク、惑星ニルトに到着

（編集部・編）

訳者紹介　津田塾大学数学科卒業。英米文学翻訳家。主な訳書に，ヴィンジ『レインボーズ・エンド』，ハインライン『天翔る少女』，マキャフリー『だれも猫には気づかない』，マキャフリー＆ラッキー『旅立つ船』ほか多数。

検印
廃止

叛逆航路

2015年11月20日　初版

著　者　アン・レッキー

訳　者　赤《あか》尾《お》秀《ひで》子《こ》

発行所　（株）東京創元社
代表者　長谷川晋一

162-0814／東京都新宿区新小川町1-5
電　話　03・3268・8231-営業部
　　　　03・3268・8204-編集部
URL　http://www.tsogen.co.jp
振　替　00160-9-1565
萩原印刷・本間製本

乱丁・落丁本は，ご面倒ですが小社までご送付ください。送料小社負担にてお取替えいたします。

ISBN978-4-488-75801-1　C0197

氷の衛星で未知との遭遇

THE FROZEN SKY◆Jeff Carlson

凍りついた空
エウロパ2113

ジェフ・カールソン
中原尚哉 訳　カバーイラスト＝鷲尾直広
創元SF文庫

◆

22世紀初頭、木星の衛星エウロパで
無人機械が小さな生物の死骸を発見した。
エウロパの分厚い氷殻の下にある液体の海で
独自の生命が進化していたのだ。
だが、ファーストコンタクトを期待して探査を始めた
女性科学者ボニーたちは未知の生物に襲撃され、
光も届かないような氷中で絶体絶命の危機に陥る。
さらに、探査の方針をめぐる各国の意見の相違が
探査チーム内に深刻な対立をもたらす。
次々と襲いかかる危機に、
ボニーたちは敢然と立ち向かう！